Dowe gode
Dibi Breytenbach

LAPA Uitgewers
Pretoria
www.lapa.co.za

© Teks: Dibi Breytenbach 2018
© Publikasie: LAPA Uitgewers (Edms.) Bpk.
Bosmanstraat 380, Pretoria
Tel: 012 401 0700
E-pos: lapa@lapa.co.za

Geset in 10 op 11.8 pt Leawood
deur LAPA Uitgewers
Teksredakteur: Jeanette Ferreira
Omslagontwerp: Flame Design
Gedruk en gebind deur Novus Print,
'n Novus Holdings-maatskappy

Eerste uitgawe 2018

ISBN 978-0-7993-8981-4 (gedrukte boek)
ISBN 978-0-7993-8982-1 (ePub)
ISBN 978-0-7993-8983-8 (mobi)

© Alle regte voorbehou. Geen gedeelte van hierdie boek mag op enige manier gereproduseer word sonder die skriftelike toestemming van die kopiereghouers nie.

Een

Die geur van reën hang swaar in die lug. Irmela Volker staan tam langs die tafel met 'n opskeplepel in haar een hand en 'n pan met braaiaartappels in die ander.

"Is dit genoeg?" vra sy. Sy sit twee gebakte aartappels op haar skoonpa se bord neer.

"Nein." Hy beduie met sy vurk en sy sit nog twee by.

Die swoelte wurg haar. Veraf blitse speel aan-aan in die skemerdonker en 'n warm bries ritsel deur die takke van die witstinkhoutboom langs die groot eetkamervenster. Haar hare sit in yl slierte aan haar ken en wange vas en die sweet loop in taai, vet druppels tussen haar borste af.

Die ouman kyk op. "Hoor julle dit?"

Irmela verwissel van voet. Haar dye skuur klewerig teen mekaar. Dit voel of haar skoonpa se swaar Duitse woorde die drukking in die lug verdig.

"Wat bedoel Pa?" Heinrich Volker kyk vraend op. Fronsplooie keep diep tussen sy wenkbroue in sy bruingebrande gesig.

Hy lyk moeg, dink Irmela. Haar man moet hard werk vir sy erfporsie. Henno Volker laat sy enigste seun nooit vergeet dat die plaas Carlsbad verdien en nie bloot geërf word nie. Terwyl die ouman nog lewe, is hy die onbetwiste keiser van Carlsbad. Sy woord is die hoogste en enigste wet wat geld op hierdie dertien duisend hektaar in die hartjie van die Natalse bosveld.

So is dit al vir vyf geslagte vandat die eerste Volker uit Duitsland in die vroeë negentienhonderds voet aan wal gesit het in Afrika.

"Dit klink of daar iemand by die motorhuis is. Ek het die deur hoor kraak."

Irmela sit die aartappels op 'n houtbord op die embuiatafel neer en luister na die geluide van die naderende nag. Behalwe die brulpadda by die visdam wat bronstig op die reën wag, hoor sy niks. "Dis Pa se verbeelding," sê sy uiteindelik. Sy hou haar stemtoon lig om die lemkant van haar woorde te versag, want die ouman verduur geen oneerbiedigheid nie. "Ons sou tog die alarm gehoor het." Sy wys na buite. "Kyk, die ligte is ook af."

Sy is dankbaar vir die plaasbeveiligingskomitee se aanbeveling, al het dit 'n fortuin gekos. Die hele werf is omhein met 'n geëlektrifiseerde sekuriteitsheining, twee meter hoog. Sodra iemand daaraan raak, trek 'n onaardse geskal oor die huis en die omringende bos en helder sekuriteitsligte wat aan die alarm gekoppel is, skakel outomaties aan. Dit is hulle eerste linie van verdediging teen enigiemand wat hulle leed wil aandoen. Dit hou ook die olifante uit haar groentetuin.

Henno frons en sny sy aartappel in twee. "Waar's die slaai?"

Woordeloos draai sy terug kombuis toe. Sy tel die slaaibak van die kombuistafel af op en tel tot tien. Toe stap sy stadig terug na die eetkamer.

"Eet Pa se kos voordat dit koud word." Sy sit die bak slaai voor hom neer. Die groente is vars gepluk, die tamaties se skille bloesend en geurig en die kropslaai krakend.

Henno steek nog 'n aartappel in sy mond. "Slaap Sigrid?" vra hy toe hy klaar gesluk het.

Irmela knik terwyl sy vir haar 'n stoel langs haar man uittrek. Sy gaan sit moeisaam en dep die sweet op haar wange met 'n lapservet wat sy langs haar bord optel en uiteindelik op haar skoot platstryk. "Sy is gedaan gespeel."

"Oormoeg," sê Heinrich. Hy glimlag en sit sy hand op hare. "Dis lekker op die plaas."

Sy antwoord nie, maar skep versigtig vir haar van die slaai in die kleinbordjie aan haar linkerkant. Haar skoonpa dring aan op die oordadig gedekte tafel met volledige gerei vir slaai, vis en vleis en borde vir voorgereg, hoofgereg en nagereg. Die servette van ouderwetse wit damas het aan sy oorlede vrou behoort. Hulle is beskaafde mense, sê Henno altyd. Hy sal nie toelaat dat hulle staan en ontmens hier in die bos nie.

Hy hoef nie die skottelgoed of servette te was nie, dink Irmela vir die soveelste keer. 'n Stuk tamatie gly van die lepel af en land op die grond langs haar stoel. Sy stoot dit onopsigtelik met haar voet onder die tafel in.

"Ons moet onthou om sout uit te sit vir die njalas, Heinrich," sê Henno met sy growwe stem.

"Ja, Pa." Metaal skraap teen porselein soos wat Heinrich die laaste kos op sy bord met sy mes en vurk bymekaarskraap.

Iets laat die haartjies in Irmela se nek roer. Sy ril, stoot haar stoel agteruit en stap na die eetkamervenster toe. Buite, ver anderkant die heining, lê die digte Zoeloelandse bos asemloos en wag vir verligting van die dag se broeiende humiditeit. Sy trek-trek aan die oop gordyne.

"Wat is dit?" vra Heinrich.

"Dit voel skielik asof iets vir my kyk." Sy draai om.

"Dit is jóú verbeelding, Irmela." Heinrich steek sy vurk in 'n stukkie brosgebraaide hoendervel in die opskepskottel en druk dit smakkend in sy mond. "H'm," sê hy. "Lekker."

"Sies, man," frons sy. "'n Mens eet nie so uit die skottels nie." Sy laat sak haar hande en tuur vir 'n oomblik woordeloos na die diep duisternis wat voor haar uitgestrek lê.

"Kom sit," sê Henno gebiedend en beduie met sy mes na haar oop stoel.

Sy trek haar asem diep in, maar gehoorsaam sonder 'n verdere woord. Die staanhorlosie in die hoek tik deur die stilte en in die verte rammel die weer.

"Hierdie weer moet breek," sê Heinrich. "Ek kan dit nie meer uithou nie."

"Wragtig," sê sy pa. Hy stoot sy bord voor hom uit, skuif sy stoel agteruit en vou sy hande met genoegdoening oor sy maag. Vet blink op sy lippe en in die diep plooi langs sy ken. Hy beduie met sy kop na Irmela. "Kinder, Küche und Kirche. Daar's heelwat voor te sê."

Kinders, kombuis en kerk. Dit is mos 'n vrou se plek. Irmela antwoord nie. Haar skoonpa se alledaagse chauvinisme dreun by haar verby.

"Regtig, Pa," sê Heinrich. Hy skud sy kop.

Henno sit weer regop en trek onbedoeld 'n hoek van die tafeldoek skeef. Die onverwagte beweging laat die leë kristalglase op die tafel teen mekaar rinkel. "Hoor daar," sê hy fronsend. "Dáár. Daar ís iets."

Irmela kyk vir Heinrich oor die tamatieslaai. Sy beduie ligweg met haar kop na die voordeur en rol haar oë. As iemand nie nou gaan kyk nie, kry hulle vanaand geen rus of duurte nie.

Heinrich Volker stoot sy stoel agteruit en staan op. "Ek dink dit is dalk net 'n vlakvark wat onder die heining deur gegrawe het. Ek sal gaan kyk."

"Hulle is bliksems." Henno maak sy bors amegtig skoon en kyk na Irmela. "Jou kropslaai is te naby aan die draad." Hy beduie met sy dik, stomp voorvinger na haar. "Jy moet die bedding skuif."

"Ja, Pa." Sy staan op en draai na die buffet agter haar. "Trek dié aan," sê sy vir haar man en hou 'n koeëlvaste baadjie na hom toe uit. Die baadjie is swaar. Sy het dit ten duurste by 'n spesialiswinkel in Durban gekoop, op aanbeveling van die oudsoldaat wat vir hulle 'n kursus in plaasbeveiliging aangebied het. Dit moet gedra word wanneer daar in die aand uitgegaan word.

Heinrich frommel sy neus en skud sy kop. "Dis oukei. Die alarm het tog nie afgegaan nie." Hy trek 'n gesig. "Die ding is swaar. En dis warm."

"Asseblief, Heinrich."

"Ek gaan net tot op die stoep, Schatzi. En ek het dié." Hy tel die groot jaggeweer wat teen die muur staan op en haal dit oor. Die komitee beveel aan dat daar altyd 'n vuurwapen byderhand moet wees. Die geluid van staal op geoliede staal is 'n ongenooide gas in die stigtelike Europese vertrek. "Ek's nou terug." Hy draai om en draai weer terug. "Net tot op die stoep," herhaal hy. Met 'n skewe glimlag stap hy uit die eetkamer. Sy voetstappe weerklink hol op die plankvloer van die lang gang wat na die voordeur lei.

Irmela sug en vee oor haar gesig.

"Daar's 'n stuk grond nader aan die wasgoedlyn," sê Henno Volker. "Jy kan dit kry vir jou slaai. Dis ver genoeg van die heining af." Hy beduie met sy mes na die boontjies in die opskepskottel langs die slaai. "Het jy botter ingesit?"

Irmela maak haar oë toe. "Ja, Pa." Sy hoor hoe Heinrich die stoeplig aanskakel.

"Scheisse," klink sy stem hard in die gang. "Ons moet hierdie deur skaaf." Die ou eikehoutvoordeur kraak oop. Die geringste klamheid in die lug laat die hout in sy kosyn swel.

"Jy kan vir Heinrich vra om dit vir jou om te spit," sê Henno vrygewig. "Sodra hy klaar is met die draad by die seekoeidam." Hy kyk afwagtend na haar.

"Dankie, Pa," antwoord sy uiteindelik.

Hy knik en druk 'n stuk soetpampoen in sy mond.

"Ek sien niks," klink Heinrich se stem in die gang af.

"Kom in en kom eet klaar!" roep Irmela. Dit ís waarskynlik 'n ongedierte wat agter haar groente aan is. 'n Naguiltjie se soet fluit klink vanuit die wildevy langs die heining. Irmela wag vir sy maat se antwoord. Die aandstilte verdiep.

"Kom jy?" roep sy weer. Sy hoor vir Henno kou en wens hy wil sluk en klaar eet.

'n Knal skeur die stilte aan skerwe.

"Wat de ...?" Henno stoot sy stoel terug, vinnig vir 'n man van sy ouderdom.

"Heinrich?" Irmela staan op. "Heinrich!"

Die ouman draai na die olifantgeweer wat teen die buffet aanleun. "Bly hier," beveel hy.

Irmela steur haar nie aan hom nie. "Heinrich!" roep sy weer.

Die geknetter van outomatiese geweervuur doof haar woorde uit.

Heinrich. Heinrich is op die stoep. Sy storm die gang binne. Haar man staan met sy rug na haar gekeer, jaggeweer teen sy skouer gelig. Sy vinger krul om die sneller.

"Irmela!" roep haar skoonpa. Sy stem klink asof dit van ver af kom.

Sy antwoord nie. Sy wil vir haar man skree om in die huis in te kom, maar haar waarskuwing stol op haar lippe. Met afgryse vervul kyk sy toe terwyl Heinrich se gespierde lyf in 'n makabere dans ruk en ruk tot die geweer uit sy hand val en hy op sy knieë voor die deur neersak.

"Heinrich!"

Asof sy droom, sien Irmela haarself. Sy bevind haar opeens by haar man. Hoe sy daar gekom het, weet sy nie. Sy lippe beweeg toe sy hom die huis binnetrek.

"Sjt," sê sy.

Hy snak na sy asem. Die soet, warm reuk van bloed vul haar neus.

"Kyk vir my," beveel sy. "Kýk vir my."

Sy blou oë vind hare. Sy sleep hom die studeerkamer binne. Ver weg hoor sy die enkelskote van 'n jaggeweer klap.

"Sluit ... sluit die deur." Die woorde ruk uit sy borskas. Sy hemp glinster donker in die lig van die klein leeslamp wat Irmela vergeet het om af te skakel. Bloederige skuim vorm om sy mondhoeke en sy oë dop om in die kasse.

Sy kniel langs hom en skud sy skouers. "Maak oop jou oë." Haar stem is onverbiddelik. Heinrich Volker se ooglede flikker kortstondig oop, met moeite, trillend en delikaat soos motvlerke.

Voetslae dreun oor die plankvloer.

Irmela kyk op.

'n Donkergeklede figuur verskyn in die studeerkamer se deur, toe nog een. Voordat sy kan skree, kan beswaar maak, dring die voorste man die vertrek binne en druk die loop van 'n outomatiese vuurwapen in die sagte holte tussen haar oor en haar nek.

"Sikhuphi isikhiye." Die stem is laag en bruusk.

Die man soek 'n sleutel. Soos al die plaaskinders in die omgewing, haar man en haar skoonpa, praat Irmela Volker vlot Zoeloe.

Sy probeer antwoord, maar hy gee haar nie kans nie.

"Sikhuphi isikhiye," herhaal hy, hierdie keer harder en aggressiewer. Hy druk sy hand in haar blonde hare en anker haar meedoënloos aan die grond vas. Donker oë staar genadeloos deur 'n wolbalaklawa na haar.

Heinrich Volker kreun.

"Lenja iyaphila," sê die ander man – die hond lewe.

Haar man se liggaam ruk hulpeloos toe 'n geskoeide voet hom hard in die ribbes skop.

"Asseblief," smeek sy. "Asseblief." Sy probeer opstaan, maar die knellende vingers in haar hare laat haar nie toe nie.

"Die sleutels vir die kluis, waar is dit?" eis die man vir die derde keer, in Engels.

Sy beduie met bewende vingers na 'n bos sleutels wat op die lessenaar onder die leeslamp lê.

Nog voetslae dreun op die plankvloer. 'n Derde aanvaller storm die vertrek binne.

Vandag sterf hulle almal.

"Guter Gott, Du bist bei uns." Die kleintydgebed rol onwillekeurig oor haar stram lippe.

"Shut up," sê die man met sy hand steeds in haar hare. "Thula!" Hy verslap nie sy greep nie, maar maak 'n skerp beweging met sy kop. Sleutels rinkel. Metaal krys op metaal soos daar na die korrekte sleutel gesoek word. Uiteindelik hoor sy die groot, swaar geweerkluis oopgaan.

"Mutti!"

Sigrid.

Die kind se paniek sny deur haar verdwasing. Dit klink of sy steeds in haar kamer is.

"Mutti!"

"Asseblief," fluister sy.

Heinrich snak skerp na sy asem. Irmela kyk af. Pienk skuim vermeng met vars bloed en borrel by sy neusgate uit. Sonder 'n woord verskuif die man die skerp loop van die geweer van haar keel na die holte van haar swaar gewonde man se nek, waar die kakebeen en oor in 'n weerlose eenheid heg.

'n Skoot donder langs haar kop verby. Heinrich se liggaam ruk een keer, en toe is hy stil.

"O, God." Haar man lê in 'n vormlose bondel op die grond.

"Shut up, bitch."

Irmela maak haar oë toe.

"Ons is klaar," sê 'n stem in Zoeloe.

Die man verslap sy greep op haar hare. Harde hande gly ruweg oor haar borste. 'n Duim en voorvinger knyp 'n teer tepel geniepsig deur haar klere. Sy trek haar asem skerp in.

"Yekela leso sfebe," sê een van die ander twee – los uit die teef.

Hy leun oor haar. Sy asem ruik na sorghumbier. "Ngizobuya futhi," sê hy saggies in haar oor – ek kom terug.

Irmela sluk. Sy bly bewegingloos op haar knieë staan. Voetslae vervaag op die plankvloer en sy hoor hulle harde stemme in die bos verdwyn.

"Mamma!" Haar dogter se vreesbevange stem dwing haar op haar voete.

Sy strompel deur die doodsvertrek. Die reuk van bloed en buskruit is soos 'n ondeurdringbare membraan oor die huis gedrapeer.

"Ek kom," fluister sy. "Ek kom." Sy voel haar van haar lyf geskei, 'n amorfe wese, terselfdertyd lewend en dood. Haar huis is vreemd en haar tred onseker. Sy trap versigtig. Haar eens bekende landskap is deur die bliksemgang van geweld tot niemandsland vervorm.

Sy stap die babakamer binne sonder om die lig aan te skakel en tel die snikkende kind uit die bed met sy opslaankante.

"Sjt," sê sy. "Sjt."

Haar hande gly oor haar dogter, desperaat op soek na beserings. Haar vingers tas oor voet, heup en wang, mollig met die ongevormde potensiaal van 'n baba op die rand van kleuterdom, oor donshaartjies fluweelsag in die delikate nek wat ruik na Johnson's se babapoeier. Die oleander langs die kamervenster krap teen die ruit in die onrustige aandbries. 'n Uil roep op die dak en 'n deur klap in die gang.

Irmela verstyf en druk haar kind stywer teen haar vas.
"Pa," roep sy sag.

Die huis swyg.

"Pa!"

Sy stap voetjie vir voetjie uit die babakamer die gang binne. Die dubbeldeure wat lei na die breë agterstoep waar hulle gisteraand nog gebraai het, klap-klap in hulle eikehoutkosyn.

Die kind knies teen haar bors.

"Sjt," sê sy weer. Sy stoot die klappende deur versigtig met die punt van haar skoen oop, net 'n bietjie, en trek haar asem skerp in. Voor haar op die grond in die helder ganglig wat oor die donker stoep stroom, staar haar skoonpa se oë hemelwaarts. Hy lê op sy rug in sy bloed, geweer steeds in die hand.

Sy stoot die deur vinnig toe. "O, Here." Haar stem is skor.

Die uil roep weer.

In 'n dwaal stap sy en haar kind na die radio wat agter die spensdeur hang. Sy tel die handstuk werktuiglik van sy mikkie af, druk die kommunikasieknop met bewende vingers soos wat sy geleer is.

"Carlsbad, Carlsbad, stuur," klink 'n stem deur die eter.

Sy sluk.

"Carlsbad, stuur," herhaal die stem kalm, maar dringend.

"Ons ... ons is aangeval," fluister sy skor. "Heinrich ..."

"Carlsbad, enige beserings of dood?" vra die gesiglose stem oor die radio.

Irmela antwoord nie. Sy sak op die grond neer met haar kind in haar arms. Hier gaan sy vir altyd sit, net hier, op die grond agter die spensdeur.

"Carlsbad, kom in, kom in," kraak die stem.

Sy lig haar arm om te antwoord, maar dit is te swaar. Dit is net te swaar. Sy kan vir ewig so bly sit, sy en haar kind, saam in die donker spens.

Vir altyd in die donker.

In vrede.

Twee

Aella O'Malley staar na die gekleurde ruit agter die kerkorrel terwyl haar vingers oor die klawers gly. Haar voete vind hulle eie weg oor die orrelpedale. Bach se "Toccata in D-mineur" donder om haar soos die eerste dag van die Skepping. Dit vul elke hoekie en gaatjie van die leë kerkgebou. Hier in hierdie selfde kerk waar sy vir Roel ontmoet het, bevind sy haar amper elke aand vandat hy drie weke gelede oorlede is, in die laaste week van Januarie. Dit is beter as om in haar stil huis voor die televisie te sit.

As sy mooi daaroor dink, is dit 'n vermorsing van tyd. Niks wat sy speel, laat haar beter voel nie en Roel kom nooit weer terug nie. Dis amper net so nutteloos soos die ure wat sy op die skietbaan saam met Whistler deurbring. Hy is die bevelvoerder van die ondersoekspan wat renosterstropery in die uitgebreide area vanaf hulle tuisdorp Opathe tot teenaan die Mosambiek-grens ondersoek. Aella ken hom langer as wat sy vir Roel geken het. Hulle twee het saam begin werk as speurders op Opathe, saam motordiefstalle, faksiegevegte en veediefstalle ondersoek, saam troos in mekaar se liggame gevind voordat hulle paaie in spesialisondersoekwerk geskei en sy haar geesgenoot in 'n maer musiekonderwyser gevind het.

Vandat Roel dood is, sleep Whistler haar amper elke dag skietbaan toe. "Dis goed vir jou siel, O'Malley," beweer hy.

"Skiet dit uit." Sy skiet patroon op patroon na onbeweeglike papierteikens en steeds word die holte in haar hart nie gesond nie.

Haar kort vingers met die stompgekoude naels vlieg oor die klawers met 'n lewe van hulle eie. Dié Toccata was een van Roel se gunstelinge. Hy kon dit self goed speel, beter as sy. Dit was die eerste stuk musiek wat sy hom hoor speel het toe hy as nuwe kerkorrelis 'n uitvoering vir die musiekliefhebbers van hulle kunsverhongerde dorp gelewer het. Sy sien hom in haar geestesoog, die skraal gesig met die dun draadraambril en sy vurige Christelike geloof in die hiernamaals en die ewige lewe. Sy wens haar eie oortuigings het so vas gestaan soos syne, maar 'n dekade se omgang met rowers, moordenaars en verkragters het haar sinies gemaak.

Hulle liefde was 'n bliksemslag.

"Die gode het dit so bestem," het hy vir haar ná hulle eerste afspraak gesê.

"Wat bedoel jy?" het Aella fronsend gevra.

"Lank, lank gelede het Zeus mense gemaak met twee koppe, vier bene en vier arms."

"Vreemd."

"Wag nou," het hy gesê. "Daar's 'n punt aan hierdie storie."

"Wat?"

Hy't geglimlag en sy hand op hare gesit. "Hy't gedink hierdie skepsel van hom is hopeloos te magtig, toe haal hy die twee helftes weer uitmekaar. Só is die mens verdoem om vir ewig en ewig na sy ander helfte te soek. Ons is gelukkig dat ons mekaar gekry het."

Hy was reg. Hulle helftes was perfekte pasmaats. Roel het moeiteloos en sonder weerstand deur die lewe gegly, soos 'n gondel op die water. Vir haar is die lewe 'n hindernisbaan. Roel was 'n vredemaker. Sy is 'n vegter.

Dit is haar eerste Valentynsdag sonder hom.

"Weet jy hoekom jy so hardegat is, Aella?" het hy haar eendag onverwags gevra.

Sy het haar kop fronsend geskud.

"Dis jou naam."

"My naam?"

"Jip."

"Weet jy ooit wat beteken dit?"

"Ek's maar net 'n grênd Ella," het sy gespot.

Roel het sy kop geskud. "Toe nie. Aella beteken 'warrelwind'. Ek het gaan oplees daaroor. Jou naam is 'n kruising tussen dié van 'n amasone en dié van 'n seerower. Aella was 'n amasone en Grace O'Malley was 'n seerower. Dis hoekom jy so veglustig is."

"Loop skyt, man."

Hy het goed geweet dat sy nie so 'n eksotiese herkoms het nie. Haar ma was die Grieks-Afrikaanse eienares van 'n vis-en-tjipswinkel op Fouriesburg wat die fout gemaak het om verlief te raak op 'n verbygaande Ier met 'n hemelse stem, 'n silwer tong en 'n onstuitbare dors. Aella se musikale vermoëns het sy van hom geërf. Sy sou musiekonderwyseres geword het as hy nie haar studiegeld uitgedrink het nie. Dis die enigste rede hoekom sy in die polisie beland het. Ten minste het dit haar 'n salaris besorg.

"Maar ek bly lief vir jou." Roel het sy eie mites geskep.

Die kerkvenster se gekleurde ruit weerkaats gebroke fragmente in die druppel wat onverwags op haar hand val.

"Dis tyd dat jy ophou baklei, Aella."

In sy laaste weke was Roel se spraakvermoë omtrent al wat die wrede motorneuronsiekte nog nie van hom geroof het nie. Tot aan die einde het Aella geweier om te glo dat hy nie gesond gaan word nie. Sy het elke stukkie inligting wat sy oor sy siekte kon opspoor met hom gedeel. Sy het vir hom vitamienaanvullings gekoop, organies verboude groente en vrugte verpulp en in teelepelgrootte porsies vir hom gevoer. Sy het vir die eerste keer in 'n lang tyd gebid, kleintydgebede wat soos borrels na die oppervlak van haar bewussyn gestyg het.

"Laat my gaan," het Roel gesmeek, meer as een keer.

Sy het hom geïgnoreer en sy beweginglose arms en bene gemasseer en getreiter, manies, asof sy die lewe deur blote wilskrag in sy dooie spiere wou terugforseer.

"Sien jy?" het sy daardie laaste dag gesê. "Dit werk."

Dit het vir haar gevoel of daar verbetering was, asof sy die geringste weerstand in sy andersins nuttelose spiere kon begin voel.

Roel het haar met sy oë liefkoos. "Ek gaan my dood verlang na jou."

Hy het onder haar hande weggeglip.

Een oomblik was hy daar, sy gees skraal en trillend soos die dons van 'n distelblom. Sy kon dit onder haar vingers voel want sy het met sy hand in hare gesit, soos elke uur van elke dag wat sy langs sy bed deurgebring het. Die volgende oomblik was hy weg, sonder weerstand, net soos hy gelewe het.

'n Siel is 'n dinamiese entiteit, het sy daardie dag agtergekom. Die afwesigheid daarvan is tasbaar en onmiddellik. Vir 'n lang oomblik kon sy bloot na hom staar. Daardie broos omhulsel, die papierdun skulp wat Roel in sy laaste dae gehuisves het, het binne 'n oogwink dié van 'n vreemdeling geword.

Die laaste akkoord van die Toccata kom tot 'n bulderende einde. Die kerkvensters ratel van die diep mineurklanke se intensiteit. Aella se hande val op haar skoot. Gaan sy ooit ophou verlang?

Nog 'n druppel val op haar vingers.

"Kaptein O'Malley, is alles reg?"

Aella kyk op toe sy dominee Haufmann se stem hoor.

"Ek het gehoor dis stil hierbinne, toe dag ek jy's klaar." Die jong leraar sluit elke aand vir haar die kerkgebou oop. Hy was 'n goeie vriend van Roel.

Sy knik woordeloos en sluk stram aan die knop in haar keel.

"Dit lyk nie so nie." Sy grou oë kyk besorg na haar.

"Dit sal beter raak," sê sy uiteindelik. Sy skakel die orrel af en trek die rolklap toe om haar hande iets te gee om te doen.

"Jy moet praat, Kaptein," sê hy.

Aella knip haar oë. "Ekskuus?"

"Jy moet praat. Dit help nie jy sit aand na aand hier nie. Ek kan sien jy sukkel." Hy leun met sy heup teen die kerkbank agter die orrel en vou sy arms. "'n Mens moet praat, Kaptein. Jou siel smag daarna, veral ná so 'n verlies."

Aella frons. Wat weet so 'n jong mens van doodgaan? Haar mondhoek vertrek sinies. Sy het geen respek vir die dood nie. Die dood is 'n eiegeregtige, kosmiese grap. Daar is geen misterie aan nie. Hy vat sonder aansien, help homself roofsugtig aan hoop en vreugde en steel selfs die stilte wat die vrede kussing.

"Gaan dit hom terugbring, Dominee?" vra sy uiteindelik. Haar pistool in sy aanknipholster druk ongemaklik teen haar heupbeen. Sy probeer dit met haar vingerpunte verskuif, maar dit help nie. Niks help nie. Dit bly ongemaklik. Straatligte flikker gebroke deur die ruite. Die skemer verdiep vinnig. Praat kan sy nie, maar sy is kwaad. Sy stry 'n hopelose stryd want sy verlang elke oomblik van elke dag na Roel. Praat gaan egter niks help nie.

Die predikant maak sy mond oop, maar word onderbreek deur Aella se selfoon.

Hy lig sy wenkbroue. "Mozart?"

Sy knik. Roel het self nog die eerste mate van "Eine kleine Nachtmusik" as haar luitoon geïnstalleer. Sy haal haar selfoon uit haar kortmoubaadjie se sak.

"Ekskuus, Dominee," sê sy terwyl sy antwoord. Dit is Handsome Kunene van die misdaadkamer.

"Hulle soek na jou," sê hy in swaar geaksentueerde Engels. "Jy moet kom."

In die agtergrond hoor sy dringende stemme. Radio's piep en kraak. Die elektriese atmosfeer van die misdaadkamer knetter deur die eter.

"Praat met my," sê sy vir haar kollega. Sy skuif uit die orrelbank, staan op en stap sonder 'n woord na die stoepie onder die kerktoring. Dit is reeds amper donker. 'n Helder lig skyn oor die Muur van Herinnering. Leë nisse staar soos die hol oë van 'n skedelbeen kerkwaarts en wag vir die een of ander ongelukkige siel se as om sin aan dié uitgawe vir die bouwerk te verleen.

"There was an attack."

Aella maak haar oë toe en trek haar asem diep in.

"Waar?" vra sy toe sy dit stadig uitblaas.

"Carlsbad Farm. Hulle wag vir jou."

'n Onsigbare hand knel om haar bors en pers die lug uit haar longe. In haar geestesoog sien sy die plaaswerf, die ouderwetse huis met sy tuin en sy gasvrye mense. Sy ken die plek goed.

"Carlsbad?" vra sy toe sy uiteindelik beheer oor haar stembande herwin het. "Is jy seker?"

"Yebo."

"Is iemand dood?" Dit is 'n sinnelose vraag. Hulle sou haar andersins nie gebel het nie. Sy is die enigste speurder wat moordsake in hulle distrik ondersoek.

"Hulle sê so," antwoord Kunene. "Jy moet ry. Die PKRS is

reeds gekontak." Hy beëindig die gesprek sonder seremonie.

"Ek kom," sê sy vir die dooie handstuk. Sy byt haar onderlip vas tot sy bloed deur die dun epiteel kan proe.

Sy het Henno op Boerevereniging-vergaderings leer ken as 'n korrelkopwewenaar. Heinrich se vrou Irmela oefen by dieselfde gimnasium as sy. Daarby het sy en Roel, toe hy nog kon, gereeld op Sondagmiddae met die boer se seëns op die uitgestrekte wildplaas gaan rondry in die hoop om renosters of olifante te sien te kry.

Aella trek haar asem diep deur haar neus in. Geleidelik klop haar hart stadiger. Sy ril. Waar is haar motorsleutels? Sy tik-tik aan haar baadjiesakke. Wat het sy daarmee gemaak? Sy stap met afgemete treë die kerk binne. Die sleutels lê op die orrelbank waar sy gesit het.

"Ek moet ry," sê sy stomp.

"Jy is wasbleek." Die dominee frons. "Was dit slegte nuus?"

"Daar was 'n plaasaanval."

"Liewe hemel." Die man sit sy saamgevoude hande voor sy mond asof hy bid. "Nog een?"

Die kerkklok beier deur die leë kerk en doof die leraar se woorde uit. Dit is seweuur.

"Ek stap saam met jou na jou kar toe," sê die dominee.

"Dis oukei." Aella lig haar hand. "Tot later."

Die jong leraar maak sy mond oop om iets te sê. Sy wag nie om te hoor wat dit kan wees nie. Sonder 'n verdere woord stap sy na die wit dubbelkajuit-Hilux wat die staat aan haar toegeken het.

'n Aanval.

Nog een.

Sy klim in die hoë voertuig en druk die sleutel in die aansitter. Haar voete raak die pedale net-net. Met 'n sug knip sy haar pistoolholster los en sit die vuurwapen op die passasiersitplek neer. Dis beter. Sy draai die sleutel en die voertuig dreun gerusstellend onder haar. Toe ry sy by die kerk se lowerryke parkeerterrein uit en draai regs in die rigting van die grootpad na die see. Die roete na Carlsbad lei verby die laerskool aan die regterkant van die pad, verby die groot madressa aan die linkerkant.

Carlsbad, 'n groen juweel in die hartjie van die KwaZulu-

Natalse bos. Aella was vyf weke tevore saam met Whistler daar toe drie renosters gestroop is. Sy het vir Roel daardie oggend in die hande van 'n tuisversorger gelaat, want sy moes die Volkers gaan bystaan.

"Fokken bliksems," het Whistler afgemete gesê terwyl hulle in afgryse na die opgeblaasde, horinglose karkasse in die klein oopte tussen die platkruine gestaar het. "Etters."

Henno, Heinrich en Irmela Volker was ook daar, stil en woedend. Daar was nie woorde nie.

Dit was die tweede keer dat die Volkers se renosters gestroop is. Die stropers is professioneel. Sover is daar nog niemand gearresteer nie.

Buite die dorp trap sy die versneller dieper met die punte van haar tone in. Die kragtige enjin antwoord sonder teëspraak. Plase en plantasies flits soos 'n snelfilm in die nag verby. Baie daarvan lê braak, want hulle eienaars het lank reeds die grond verlaat om 'n ander heenkome in vreemde lande te soek. Dis net die bittereinders wat steeds vasklou aan hulle plase soos wat hulle dit al vir geslagte doen.

Nog 'n aanval.

Dit is die derde een binne agtien maande.

Haar kakebene klem onwillekeurig opmekaar en haar vingers verstyf om die stuurwiel.

Die eerste aanval was verlede Maartmaand by Afgunswinkel op oom Van Galen se plaas. As kind in Nederland het die ouman die Tweede Wêreldoorlog oorleef. Ná die oorlog het hy sy fortuin in Afrika kom soek. 'n Driekwarteeu later het Aella sy lyk in die melkstal opgetel. Hy is vir twee duisend rand en 'n haelgeweer vermoor deur die man wat koeldrank by sy kontantwinkel afgelewer het. In die nag sien sy steeds die ouman se gesig voor haar met sy yl wit hare wat soos donsvere oor sy bebloede gesig wapper.

Sy draai die ruit af. Die koel aandwind streel met sagte vingers oor haar gesig. Die lug ruik na bos en stof en die poeieragtigheid van soetdoringbloeisels.

In Desember was daar Adams in Laersdrift. Dié boer is doodgeslaan deur 'n familielid van 'n werker op 'n buurplaas. Toe Aella op die toneel kom, kon hulle hom slegs uitken aan die trouring aan sy vinger.

Al die sterftes, al die lyke.

Dit hol haar van binne uit.

Sy knip haar oë en fokus op die pad wat soos 'n lanferlint voor haar uitstrek. Dit is donkermaan en die dorp se stralekrans lê reeds ver agter haar. Bliksemstrale speel op die horison en verlig die naghemel. Sy ry verby die witgepleisterde biltongstalletjie aan die linkerkant van die pad. Dit gloei soos 'n baken in die donker. Dié tyd van die aand is dit toe, maar deur die dag doen dit goeie besigheid met vakansiegangers en sakemanne op pad na die see toe. Een of ander tyd gaan dit ook deel word van die statistiek, want daar is geld en die mense is honger.

By die afdraai na Konfoormeule met die klein satellietpolisiestasie langsaan flikker die rooi ligte van 'n ambulans in die donker voor haar. Sy draai links en volg in die voertuig se stofspoor. Dié ry besadig in die rigting van Carlsbad.

"My magtig," sê Aella afgemete toe sy die voertuig verbysteek. Sy flikker haar ligte. Ry vinniger, beduie sy. Sy wag nie om te kyk of die ambulansbestuurder haar boodskap verstaan nie. Ver voor, omhul deur die duister van plantasies wat die pad aan beide kante begrens, sien sy nog ligte.

Sy byt haar onderlip tussen haar tande vas.

Die boere en die plaaswag is gemobiliseer. Dit voorspel moeilikheid. Angstige boere het 'n kort lont, groot gewere en jeukerige vingers. Daarby vertrou hulle niemand nie. Ná wat sy die afgelope agtien maande gesien en gehoor het, kan niemand hulle daarvoor verkwalik nie. Haar bakkie ratel op die sinkplaatpad en die duisternis suig haar in.

Dit is piknagdonker in die plantasie. Niemand weet hoe donker dit in hierdie deel van Afrika kan word nie. Drie plaasbakkies voor haar verlig egter haar pad. Voor haar ry 'n bruin Land Cruiser. Dit is die verstekvoertuig in hulle distrik. Elke tweede boer het een. Sy toet toe sy verbysteek en in die polisiebakkie se kopligte kan sy vlugtig 'n hand sien waai. Voor haar is daar nog 'n Cruiser en 'n Toyota Hilux. Hulle ry vinnig, maar Aella ry vinniger. Sy steek die drie voertuie moeiteloos verby. In die verbygaan herken sy die Hilux. Dit behoort aan S.P. van der Walt, voorsitter van die plaasbeveiligingskomitee en ouderling in Roel se kerk. Hy flits sy ligte vir haar.

Nie nou nie, dink Aella. Hulle ligte verdwyn om die draai by Mawana Game Ranch. Weer is sy en die donker alleen op die pad. Sy ry stadiger, want voor haar op 'n heuwel gloei die wit muur van Carlsbad se indrukwekkende hek. Henno Volker het baie geld vir hierdie hek betaal. Irmela het haar vertel.

"En vir wat?" het sy retories gevra terwyl hulle besig was om af te koel ná 'n intensiewe oefensessie in Vicky se gimnasium. "Hy moet eerder die geld vat en iemand aanstel om vir Heinrich te help. My arme man werk hom dood terwyl my skoonpa lekker van die stoep af boer."

Sy ry nog stadiger totdat sy amper tot stilstand kom voor die oordadige konstruksie. *Carlsbad*, staan daar in swierige koperletters teen die onberispelike muur. Die naam roep beelde van koue sneeu en skerp bergspitse op, nie stof en mot en roes nie. Die bakkie skud en ratel oor spoorstawe wat in 'n netjiese rooster op die grond tussen die hekpale uitgelê is sodat 'n bees of 'n bok nie daaroor kan stap nie. Of dit 'n olifant sal stuit, weet sy nie. In teenstelling met die oordadigheid van die plaasingang lei 'n eenvoudige tweespoorpaadjie haar die bos binne. Oë gloei onheilspellend in die donker ruigtes.

Sy ril.

Daar is baie ongediertes op Carlsbad.

Sy ry nog stadiger, want sy wil nie in 'n olifant vasry nie. 'n Jakkals draf voor haar oor die klipperige paadjie, toe nog een. Hulle is donkerdiere. Sinister. Sy ril weer. Koue vingers streel oor haar skouers en die delikate agterkant van haar nek. Sy sal dit nooit erken nie, maar ná 'n leeftyd laat die eerste roep na 'n moordtoneel haar steeds hoendervleis uitslaan.

Die plaashuis se ligte glinster deur die roering van takke en blare. Die bakkie skud op sy harde vere toe sy teen 'n klein steilte af met 'n tuisgeboude laagwaterbruggie oor 'n droë rivierbedding ry. Haar lippe pers ferm opmekaar. Die voertuig stoei aan die ander kant van die bruggie teen die steilte op na die werfhek toe. Uiteindelik is sy bo. Die hek staan oop. Sy ry deur en hou stil onder die akasia waar sy en Whistler stilgehou het die dag toe die renosters geskiet is. 'n Bottel water rol onder die passasiersitplek uit; iets wat sy daar begin bêre het op Roel se aandrang. Sy skakel die enjin af. Daar is 'n algehele afwesigheid van klank op die werf.

Dit is altyd so.

Sy trek haar asem diep in terwyl sy die deur oopmaak. Die

groen-en-wit Avanza van die Plaaslike Kriminele Rekordsentrum staan langs 'n blou Skyline met roeskolle op die kattebak. Die kar behoort aan Sibisi. Hy is 'n oorblyfsel uit 'n ander tyd, op die rand van aftrede. Omdat hy uit die ou bedeling stam, sal hy aftree op die rang van adjudant-offisier. In drie en twintig jaar is hy nooit bevorder nie, want die nuwe geskiedenis is in 'n onvergewensgesinde stryd met die oue.

Dit is 'n skande. Sibisi is 'n goeie polisieman. Hy verdien beter. Daarby is hy die enigste speurder op die klein polisiestasie langs Konfoormeule. Hy is hoofsaaklik getaak met die bemiddeling van onderlinge dispute wat die potensiaal het om op geweld uit te loop. Sibisi is 'n vredemaker. Hy is waarskynlik eerste gekontak omdat Carlsbad vir amptelike doeleindes van die satellietstasie met sy gebrekkige hulpbronne vir polisiëringsdoeleindes afhanklik is.

Sy tel haar pistool op en klim stadig uit die bakkie. Lig spoel uit die huis oor die onverligte grasperk en laat skadu's voor haar voete speel. Haar oë gly oor die werf terwyl sy die holster aan haar broekband vasknip. Die pistoolkolf druk koel teen haar vel.

"Sawubona," klink 'n diep stem uit die nag op.

Aella kyk op. Sibisi leun in die skadu's teen die stoepmuur langs die strelitziabos. Toe sy naderstap, staan hy regop en strek regaf teen sy lyf.

"Captain."

"Naand, Adjudant." Aella hoor bewegings in die huis, maar geen stemme nie. "Praat met my."

Hy maak sy keel skoon. In die oorspoellig van die stoep lyk sy gesig so grys soos as. Sibisi hoort nie op hierdie toneel nie.

"Amabili," sê hy sag – twee.

Aella probeer praat, maar haar woorde stol in haar keel. "Wie?" vra sy uiteindelik.

Hy druk met sy duim en voorvinger teen sy neusbrug. "Mister Volker and his son."

Sy maak haar oë toe. Vir 'n oomblik wieg sy op haar voete. "Mevrou Volker en haar kind?" Sy maak haar oë oop.

"Hulle is binne." Sibisi knipper sy oë. "Hulle is ... orraait." Hy fluister die woorde.

Aella lek oor haar droë lippe. "Waar is hulle?"

"In die eetkamer."

Sy trek haar asem diep in en draai na die stoeptrappe om die huis binne te gaan.

"Wag," sê Sibisi.

Aella frons. "Wat nou?"

"LCRC. Hulle het gesê ons moet wag. Hulle neem nog foto's."

Sy draai terug. "Het jy met haar gepraat?"

Sibisi skud sy kop. "Not much. Sy praat deurmekaar."

Aella byt aan haar wysvinger se nael tot sy die bloed soos warm koper in haar mond proe. "Het sy seergekry?" vra sy uiteindelik.

"Angisabona" – ek het nie gesien nie.

Haar oë gly oor die werf. Sy hoor 'n ritseling in die bos langs die draad en verbeel haar sy hoor die flappende ore van 'n olifant wat stilweg in die duisternis verdwyn.

Sy is bang vir olifante.

"Hoe het hulle by die werf ingekom?" Hulle. Hy. Sy weet nie. Sy tuur na die donker bos. Die huis is 'n eiland van lig in die duister van die woesteny wat hulle omring. Sewentig kilometer na die ooste lê die eindelose Indiese Oseaan, na die noorde die ruigtes van Mosambiek en die einders van die res van Afrika. Is die boosdoeners nog in die omgewing?

Sibisi skud sy kop. "Angazi" – ek weet nie. Hy volg haar oë. "It is very dark."

Vir 'n lang oomblik staan hulle en luister na die bosgeluide wat deur die stil nag klief. Iewers skree 'n jakkals en verder af, in die rigting van die rivier, klink die onheilspellende antwoord van sy maat.

Sibisi maak sy keel skoon. "Hulle het die jong mister Volker daar op die stoep geskiet." Hy beduie met sy kop na die voordeur.

"Waar is sy liggaam dan?" vra Aella fronsend. Van waar sy staan, kan sy die voordeur sien. Daar is geen liggaam op die stoep nie.

"Inside."

"Binne?"

Sibisi knik. "Sy't hom binnetoe gesleep."

"Jy's nie ernstig nie." Heinrich Volker was 'n lang man, groot en swaar van been. Ten spyte van die feit dat Irmela se lyf reeds 'n kind gedra en gebaar het, is sy steeds gebou soos 'n merrievul.

"Dis wat sy sê."

Die diep dreuning van meer as een voertuig onderbreek die gesprek.

Aella kyk om.

Die neus van S.P. van der Walt se Hilux verskyn in die werfhek.

"Heiden," sê sy sag terwyl sy haar weerbarstige hare uit haar gesig stoot.

Sibisi antwoord nie.

Sy kyk woordeloos na die bakkie wat langs die voëlbad op die gras stilhou. Die twee Land Cruisers parkeer in gelid. Die voertuie se kopligte gooi helder strale oor die werf. Sy byt aan die los naelriem van haar verwoeste vingernael terwyl Van der Walt sy deur oopmaak en met 'n vloeiende beweging uitklim. Die spoeg in haar mond laat haar vinger brand. Sy vee haar hand aan haar broekspyp af en stap met lang treë vorentoe.

"Klim terug in jou kar en draai om," beveel sy sonder om te groet. Sy moet opkyk, want Van der Walt is 'n groot man.

"Sê jy?" vra hy met sy growwe stem.

Aella sit haar hande op haar heupe en hou sy oë met hare gevange. S.P. van der Walt is 'n intimiderende man met 'n lyf en gesig wat lyk of dit uit Afrika-klip gekap is. Sy het die eerste keer met hom te doen gekry toe sy net in Opathe aangekom het en saam met Whistler die boer se gesteelde beeste moes opspoor. Dis hy wat vir haar van die geskiedenis van hulle distrik vertel het, van die Voortrekker-setlaars wat gesteelde beeste vir koning Cetshwayo gaan soek het en toe deur sy impi op die pad na Opathe in 'n hinderlaag gelei en uitgemoor is. In omgangstaal is die verwysing "die pad na Opathe" 'n doodsdreigement. Die pad na Opathe is 'n verraderlike pad.

"Sê ek. Dit is my toneel, S.P. Moet dit nie moeiliker maak as wat dit is nie."

"Irmela het geradio." Van der Walt se mond is 'n donker spleet.

Aella trek haar asem in. "Sy is daarbinne. Sy en Sigrid is oukei. Hulle leef."

'n Kiewiet roep onrustig. Die wind steek van die see se kant af op en fluister deur die doringbome wat hulle omring.

Die groot boer staar na Aella en asem uiteindelik uit. "Heinrich? En die oom?" Sy neusvleuels sper wyd. Hy wil verbybeur na die huis, maar Aella sit haar hand op sy arm.

Sy skud woordeloos haar kop.

Van der Walt maak sy oë toe. Sy lippe beweeg, maar hy maak geen geluid nie.

"Ry," sê sy weer. "Daar is niks wat julle nou kan doen nie."

Die boer knip sy oë en staar oor Aella se skouer na die huis agter haar. "Die ander manne het reeds begin om die paaie af te sper, tot anderkant Konfoormeule."

Aella maak keel skoon, want 'n knop het hom daar tuisgemaak en sy sukkel om te praat. "Dis 'n goeie ding." Sy lek oor haar droë lippe. "Gaan nou."

'n Motordeur klap en Aella kyk op. Vet Jan Pieterse klim stadig uit sy Land Cruiser en stap moeisaam oor die netjiese grasperk in hulle rigting. 'n Groot rewolwer hang in 'n holster aan sy sy.

"Ons kan nie ingaan nie," sê Van der Walt met 'n strak gesig toe die vet man by hulle aansluit.

Selfs dié tyd van die aand kan Aella die sweetdruppels op die boer se bolip in die swak werflig sien glinster. Sy hartaanval is 'n ramp wat 'n plek soek om te gebeur.

"Nou wat dan?" vra hy. Sy asem hyg deur sy oorwerkte longe.

"Ons kan nie ingaan nie." Van der Walt se woorde is strak.

"Draai terug," sê Aella.

Jan Pieterse trap besluiteloos rond.

"Julle kan niks hier doen nie," sê sy sag. "Nie voor ons klaar is nie."

Die twee boere staar woordeloos na mekaar en toe na haar. Daar is niks om te sê nie, niks om te doen nie.

"Ons wag by Konfoormeule," sê Van der Walt uiteindelik. Hy haal 'n selfoon uit sy sak en hou dit in die lug. Sy gesig gloei in die lig van die instrumentjie in sy hand. "Fok, daar's al weer nie sein nie."

Aella haal haar selfoon uit haar baadjiesak. Hy is reg. Sy kan nie eens 'n noodoproep maak, sou dit nodig wees nie.

"Hoe hou ons comms?" vra sy retories. Dalk keer die boere iemand aan. Dit het al vantevore gebeur.

"Die radio. Vra vir Irmela." Hy haal 'n sakdoek uit sy sak en blaas sy neus. "As sy kan praat."

Aella knik. "Gaan nou." Sy streel met stywe vingers oor haar keel, want dit voel asof die hitte en die latente geweld haar wurg.

S.P. van der Walt staar woordeloos na die plaashuis wat wit skyn op die boomryke erf. Skadu's verberg die uitdrukking op sy gesig, maar Aella weet wat hy dink.

Daar, behalwe vir die lukraak toebedeelde genade van Bo, lê hý.

"Irmela en Sigrid?" vra hy ná 'n lang stilte.

Aella skud haar kop. "Ek moet eers met haar praat."

"Ek sal hulle kom haal," sê Jan Pieterse. Sy mondhoek trek-trek en sy ronde gesig is strak. "My vrou ..."

"Gaan nou," val Aella hom in die rede.

Sonder 'n woord draai S.P. van der Walt om en klim terug in sy voertuig. Jan Pieterse stap steunend na sy eie Land Cruiser en klim met moeite in. Van der Walt skakel sy bakkie aan en lig sy hand. Aella knik. Sy kyk hoe hy stadig agteruitry en die voortou neem by die werfhek uit. Toe die laaste rooi liggie in die donker verdwyn, draai sy om.

Die boere moet net kalm bly, dink sy. Asseblief. Asseblief. Sy vee haar klam handpalms aan haar broekspype af. Die plaasbeveiligingsplan mag nou wel professioneel opgestel wees, maar die boere is bang, en hulle is kwaad. Hulle voel hulle van God en mens verlaat, sonder hoop op uitkoms of verlossing.

Die diep dreuning van die drie voertuie verdwyn langsaam in die verte. Algaande daal die nagstilte soos 'n laken oor die werf.

Drie

"Hoe ver dink jy is hulle daarbinne?" vra sy vir Sibisi wat stil staan en wag.

Hy haal sy skouers op. "Angazi."

Sy byt aan haar pinkienael en trek haar asem diep in. Die geur van soetdoringbloeisels herinner aan die somer met sy versengende hitte. Sy kyk op toe 'n uil iewers roep en ril onwillekeurig weer.

"Is jy oukei, Kaptein?" vra Sibisi.

"Meer as hulle." Sy beduie met haar kop na die huis en verskuif die pistool na die holte van haar rug. "Kom. Ons kan nie heelnag hier staan nie."

Sonder 'n verdere woord stryk sy oor die dik grasperk na die huis aan. Agter haar hoor sy Sibisi se swaar asemhaling. Aan die voet van die breë stoeptrappe staan sy stil. Lank gelede het iemand die trappe en die lang stoep wat die huis omring donkergroen geverf. Klein, handbeskilderde keramiekteëls teen die stoepmuur is 'n latere byvoegsel, meer kontemporêr. Twee groot varings staan in potte op staanders aan beide kante van die deur. Donker gate in die witgepleisterde muur langs die voordeur en die verbrokkelde sitkamervenster skrei teen die vreedsame stilte van die nag. Daar is oorlog gemaak hier.

"Captain?" vra Sibisi sag.

Aella trek haar asem diep in en staal haar. Die laaste keer

wat sy hier op Carlsbad was, die dag toe die renosters gestroop is, het Irmela Volker tuisgemaakte limonade op hierdie stoep bedien. "Ek's orraait, Adjudant. Regtig."

"Oukei, Kaptein."

Sy knip haar oë en klim stadig teen die stoeptrappe uit. Die bloedplas by die voordeur glinster en lyk soos donker jellie onder die skerp lig bokant die voordeur.

Sy draai om. "Hier, sê jy?"

Sibisi knik.

Bloederige sleepmerke is getuienis van Irmela Volker se poging om haar man te red.

Aella draai om en tuur die donker in. Die aanvallers kan agter die eerste bos lê en wag en sy sal dit nooit eens weet nie. Sy draai weer terug. Fyn haartjies kriewel in haar nek en sy kan haar die kruisdrade van 'n teleskoop op haar weerlose rug verbeel. Haar oë gly oor die koeëlgate in die muur en die houtkosyn. Daar is baie. Sy haal haar selfoon uit haar sak en skakel die flitsligtoepassing aan wat Roel destyds vir haar geïnstalleer het toe hy nog beheer oor sy hande gehad het.

"Jy dra jou dood aan jou Maglite," het hy gesê.

Aella knip haar oë en lig stadig oor die muur langs die voordeur. Fyn bloedsproeimerke op die pleister en donker druppels op die varingblare lyk asof iemand dit met 'n aërosolkannetjie gespuit het. Sy frons. Iemand het 'n groot geweer gebruik om vir Heinrich Volker te skiet.

'n Diep keep in die kosyn trek haar aandag. Aella leun vorentoe en tuur skreefoë na die hout. "Daar's 'n koeëlpunt hier." Sy wys na 'n merk langs die deurslot. Metaal glim dof in die stoeplig.

Sibisi leun vorentoe. "Wragtig."

Haar voet stamp teen iets en sy kyk af. "Wat's dit?" Met moeite sak sy op haar hurke, versigtig om nie die bloedplas raak te trap nie. Sy skreef haar oë. Uiteindelik neem die voorwerp vorm aan. Dit is 'n geweerloop. Die vuurwapen lê onder die potplantstaander langs die voordeur. "Daar lê 'n geweer hier."

Blare ritsel en in die verte runnik 'n sebra.

"Naand, Cappie."

Aella kyk op en kom stadig orent.

Kaptein Cedric Afrika, die hoof van die Plaaslike Kriminele

Rekordsentrum, staan met 'n kamera in sy hand in die eetkamerdeur. Hy en sy twee kollegas Thulani Masuku en Sizwe Mngomezulu is die somtotaal van die forensiese kundigheid in hulle distrik. Afrika se gesig is strak. Die geel skynsel van die ganglig werp skadu's in die diep kepe tussen sy neus en sy mond.

"Kaptein," antwoord Aella formeel. Sy byt aan haar onderlip. "Daar's 'n koeëlpunt hier in die hout," sê sy uiteindelik. "En 'n vuurwapen onder die varing."

"Daar is waarskynlik nog punte," bry hy. "Total overkill, as jy my vra." Sy Kaapse aksent val vreemd op die oor.

Haar oë gly oor die pokmerke wat die geweerskote uit die wit pleister geruk het. "Kan ek al binnekom?"

"Be my guest. Ek het klaar foto's geneem."

Sy tree oor die stollende bloedplas. Haar voetstappe weerklink hard op die plankvloer.

"Waar's mevrou Volker?"

"Sy's hier binne." Hy beduie met sy kop oor sy skouer. "Masuku het reeds die ambulans en die lykswa gebel."

"Is sy beseer?" vra Aella ná 'n lang stilte. In haar vraag lê 'n duisend vrese opgesluit en in elkeen is daar bloed.

Hy skud sy kop. "Geskok. Sy en die kind."

"En Heinrich? Haar man, bedoel ek. Waar's hy?" Die uil roep weer. In die diep stilte wat volg, kan Aella die huis voel asemhaal.

"Daar." Afrika beduie met sy kop na die studeerkamer aan Aella se linkerkant. "Die ouman lê op die stoep, daar agter." Lig skyn helder deur die glaspanele van die dubbeldeur aan die punt van die gang wat agterstoep toe lei. Een van die panele is stukkend. 'n Portretraam lê gesigkant ondertoe op die plankvloer. 'n Donker gat is uit die spierwit gangmuur geruk.

"Hy lê reg voor die deur," sê Afrika.

"Al twee." Aella sukkel om dit te verstaan.

Afrika knik weer met 'n swaar beweging.

Sy leun by die studeerkamerdeur in. 'n Leeslamp op die lessenaar gooi sagte lig oor die vertrek. Die oop deur van die groot geweerkluis langs die kapstok teen die muur trek dadelik haar aandag. "Het julle al gepoeier hier?"

"Nog nie," antwoord Afrika agter haar. "Masuku en Mngomezulu is nog agter op die stoep besig."

Sy kyk af. In 'n skadukol voor die lessenaar sien sy vir Heinrich Volker op 'n Persiese mat op die plankvloer lê. Die vertrek is deurtrek met die reuk van bloed. Geweld het die eens forse liggaam van alle waardigheid gestroop. Sy maak haar oë toe. Vir wat? Hoekom vat die aanvallers nie net wat hulle wil hê nie? Hoekom moet hulle so moor?

Sy maak haar oë oop en draai om. "In die eetkamer?"

Afrika knik.

Sy skuur woordeloos by hom verby na die eetkamer met sy swaar donker meubels en handgekerfde staanhorlosie in die hoek. By die deur staan sy stil. Sy sluk. Irmela Volker sit op 'n divan teen die eetkamermuur. Traanspore blink op haar bleek wange. Haar arms is styf om haar kind gevou. Sy wieg werktuiglik heen en weer. Haar skouers ruk soos sy bewe en daar is bloed op haar ligpienk bloes.

"Irmela," sê Aella sag.

Die Duitse vrou se oë is glasig en dit lyk nie asof sy haar hoor nie. Die kleuter nestel teen haar ma se bors aan. Moeder en kind is 'n onlosmaaklike eenheid.

Aella maak haar keel skoon. "Irmela," sê sy weer, harder dié keer. Sy stap nader en gaan sit langs haar op die divan.

Die meisietjie knies en die boervrou knip haar oë. "Aella," sê sy hortend.

"Het jy seergekry?" vra Aella sag. Sy lig haar hand vertroostend. Irmela Volker deins terug. Van naderby is sy deurskynend bleek. 'n Aar klop in haar nek en 'n blou kol teen haar wang is 'n onverwagte spatsel kleur in haar bloedlose gesig.

Aella laat sak haar hand. "Wat het gebeur?" vra sy sag.

Irmela skud haar kop en sluit haar oë. Sy trek haar asem diep in. Sy sluk. "My ma-hulle..."

Haar ouers boer op die buurplaas. Heinrich en Irmela Volker was van hulle kinderdae af vir mekaar bestem.

Aella staan stadig op. "Moet ek hulle kontak?"

"Ek het geradio." 'n Spiertjie spring langs die vrou se mond en 'n trilling bewe deur haar skouers.

"Kan jy praat?"

Irmela sluit haar oë. Haar ken bewe. Vars trane pers tussen haar geslote ooglede deur en rol stadig in die spore van die voriges oor haar wange. Sy maak haar oë oop en vee haar gesig met 'n bewerige hand af. Uiteindelik knik sy; 'n kort, skerp beweging.

"Kan ek vir jou iets bring?" vra Aella hulpeloos. "'n Glas water?"

Die boervrou skud haar kop, byt haar bloedlose lippe tussen haar tande vas en trek haar asem rukkerig in. "Niks. Ek wil niks hê nie." Haar stem is hees.

Die kleintjie knies onvergenoeg.

"Sjt." Irmela wieg meganies vorentoe en agtertoe en streel sag oor die kind se donskoppie. Daar is bloed onder haar naels. "Sjt," sê sy weer. "Sjt." Sy staan swaar op en verskuif die kleuter na haar heup. Aella kan haar ruik. Die warm reuk van bloed vermeng sinies met 'n poeiergeur en die metaalstank van vrees. Irmela Volker stap na die groot venster wat uitkyk oor die malse tuin van Carlsbad terwyl sy die kind sus.

Woordeloos sluit Aella by haar aan. Vir 'n lang oomblik staar hulle stil na buite. Trane rol oor die boervrou se wange, maar dit lyk nie asof sy dit besef nie. Aella voel in haar baadjiesak en haal 'n verkreukelde sneesdoekie uit. Sy hou dit woordeloos na die huilende vrou uit.

"Hier."

"Dankie." Die woord is 'n skor fluistering.

"Is jy seker jy wil nie iets hê nie?"

Irmela skud haar kop en dep haar gesig versigtig met die pienk sneesdoekie. Sy sluk. "Nee, dankie." Sy knip haar oë. Dit lyk soos gebreekte blou glas. "My huis ... hierdie huis is besmet."

Aella maak haar keel skoon. "Wat het gebeur?" vra sy weer. Sy sluk. 'n Beklemming om haar strot maak dit moeilik om te praat.

Dis lank stil. "Ons het aangesit vir ete." Sy maak 'n vae beweging met haar hand.

In die weerkaatsing van die gladde ruit voor haar bemerk Aella die skottels op die eetkamertafel agter haar. Sy draai om. 'n Gebakte hoender lê koploos met sy bene omhoog in 'n sous wat stol. Daar is kaboemielies en groenboontjies, goue pampoen en braaiaartappels. Tamatieslaai glinster in 'n elegante slaaibak.

Boerekos.

"Ons het aangesit om te eet," herhaal Irmela sag. Sy draai

om. Iewers in die donker roep 'n uil. Dit klink asof hy op die huis se nok sit. "My skoonpa het iets op die werf gehoor." Sy sluk weer en trek haar asem sidderend in. "Heinrich ... Heinrich het gaan kyk."

Aella gee haar swyend kans om klaar te praat.

"Hulle het van buite af geskiet, Aella."

Aella frons. "Wat bedoel jy?"

"Van die ander kant van die draad af. Dis al wat dit kan wees." Haar ken bewe. "Heinrich het voor sononder al die hek gesluit en die alarm geaktiveer. My skoonpa het teruggeskiet, maar ..."

"Maar?" vra sy sag.

"Hy was op die stoep." Sy bal haar vuis en druk haar hand voor haar mond. "Toe ek die skote hoor ... Ek het hom die huis binnegetrek, Aella." Sy maak haar oë toe. "Toe ..." Sy maak haar oë oop. "Hy het gelewe."

Aella kyk stil na haar.

Die blonde vrou skud haar kop verdwaas. "Hoekom? Vir wat?"

Aella het geen antwoord nie. Daar ís geen antwoord nie. Op die buffet staan 'n oop doos sjokolade en 'n kaartjie wat sê *Happy Valentine's Day*. Langsaan lê 'n koeëlvaste baadjie. Irmela het haar oë gevolg.

"Hy wou dit nie aantrek nie," sê sy dof.

Aella sit haar arm versigtig om die bewende vrou se skouers. Dit voel soos 'n voëltjielyf teen hare. Geluidlose trane drup op die meisietjie se donshare en laat haar met groot blou oë na haar ma kyk.

"Sjt," sê Aella lomp. "Sjt."

Die staanhorlosie slaan die ure in die eetkamer. Dit is negeuur.

Vier

'N diep dieseldreuning kondig die aankoms van nog 'n voertuig op die werf aan. Aella kyk om. Helder kopligte spoel oor die donker grasperk. Deure klap en vinnige voetslae volg.

"Mein Gott," hoor sy 'n man se diep stem. "Irmela. Irmela!"

"My ouers." Die boervrou trek haar asem in. "Hier," antwoord sy. "Hier, wir sind hier im Esszimmer."

'n Groot kakiegeklede man bars die eetkamer binne, gevolg deur 'n vaal vroutjie.

"Irmela. Mein Kind."

Aella staan eenkant toe.

Die vroutjie druk by haar man verby en sit haar arms om haar dogter se lyf. Sy streel oor Irmela se gesig en arms en oor die lyfie van haar kleindogter asof sy met haar hande wil seker maak dat hierdie bloed van haar bloed ongeskonde is. "Mein Kind ..." Haar stem is skor.

"Meneer Gevers." Aella sit haar hand op die gesette boer se arm.

Die man se bruingebrande gesig is wasbleek, deurskynend soos sy dogter s'n. Sy kakebene is opmekaar geklem en spiere bult onder die growwe vel van sy wange. "Wat het gebeur?" vra hy deur styfgetrekte lippe. Hy draai om en kyk na die eetkamer asof dit die eerste keer is wat hy die vertrek betree.

Op 'n manier is dit, dink Aella. Hierdie huis was nog nooit 'n misdaadtoneel nie.

"Ek weet nog nie," antwoord sy eerlik.

"Heinrich? Henno?" vra Gevers hard. Angs maak hom veglustig.

Aella het dit al voorheen gesien.

"Vati," vermaan sy vrou. Sy neem die meisietjie uit haar dogter se arms.

Aella skud haar kop. Sy hoef niks verder te sê nie.

"Mein Gott." Die boer gaan sit swaar op 'n eetkamerstoel asof die asem uit sy lyf gesuig is en hy sy groot gebeente met moeite orent moet hou.

Irmela vou haar arms om haar middellyf. "Hulle was hier," sê sy. "Hierbinne." Haar skouers skud. Blink trane val op die plankvloer voor haar voete. "Hier in my huis."

Die kind steek haar armpies na haar ma toe uit en begin ook huil. Vir 'n oomblik lyk die grootmoeder verskeurd tussen haar verantwoordelikhede. Kind of kleinkind – wie het haar die nodigste?

"Waar?" vra Aella. "Hier in die eetkamer?"

"Moet jy haar nou pla?" vra Gerdt Gevers terwyl hy van die eetkamerstoel af opstaan. "Kan jy nie sien ..." Hy beduie met sy hand.

Aella antwoord nie. Sy draai na Irmela en sit haar hande op die huilende vrou se skouers. "Irmela," sê sy stadig en duidelik. "Praat met my."

Die jong vrou haal snakkend asem en vee uiteindelik haar gesig met Aella se verkreukelde sneesdoekie af. Sy knip haar oë. Aella staan terug. Haar pistool irriteer haar en sy skuif die holster ongeduldig na haar heup toe.

Irmela skud haar kop. "In die studeerkamer."

"Hoeveel?" vra Aella.

"Kaptein O'Malley." Gerdt Gevers se donker stem is waarskuwend.

"Dis oukei, Vati," antwoord Irmela. "Das ist für Heinrich." Sy raak met haar duim aan die merk onder haar oog en sluk. "Drie. Daar was drie."

"Is alles reg met jou?" vra die grootmoeder stadig. Die vraag verberg 'n oervrees: moeder tot dogter, vrou tot vrou.

Irmela Volker knik woordeloos.

"Kom ons ry," sê Gerdt Gevers onrustig. "Dalk is hulle nog hier rond."

Irmela gaan sit in die stoel waaruit haar pa pas opgestaan het. "Mutti, gaan staan daar anderkant." Haar woorde is sag, maar onverwags ferm.

Die grootmoeder maak haar mond oop asof sy wil teëstribbel, maar draai uiteindelik om en gaan staan met haar kleinkind aan die ander kant van die vertrek.

Aella vou haar arms. Deur die groot ruit kan sy sien hoe Afrika, Mngomezulu en Masuku na die heining toe stap. Uit hulle flitsligte skiet helder strale deur die donker. Sibisi stap stadig agterna. Die staanhorlosie teen die muur tik oorverdowend in die stilte. Sy wieg ongeduldig op haar hakke. Elke sekonde wat verbytik, kom die Volkers se moordenaars verder weg.

"Aella," sê Irmela. Sy kyk op.

"Is jy oukei vir praat, Schatzi?" val haar pa haar in die rede. Sy knik stil.

Aella vee die agterkant van haar nek met haar hand af. Dit is nat van die sweet. Die vertrek is bedompig. "Wat?"

Die jong boervrou byt op haar onderlip en maak haar oë toe. "Daar was masjiengewere," sê sy stadig. "Daarvan is ek seker." Sy maak haar oë oop en trek haar asem diep in. "Dit het geklink soos oorlog." Haar vingers vroetel onrustig met mekaar. Sy kyk vir haar pa wat haar nog stywer teen hom vastrek asof hy met sy blote teenwoordigheid die boosheid in hierdie huis wil beswer.

"Schweinehunde," sis Gerdt Gevers. Sy bruingebrande arm met die silwerwit haartjies aan die gewrig bewe in die helder eetkamerlig. 'n Groot pistool hang soos 'n nagedagte aan sy heup; 'n dooie stuk staal.

Buite kriek die krieke en 'n padda kwaak diep. Nog 'n padda antwoord onder die eetkamervenster.

Irmela Volker trek haar asem diep in. "Hulle het ingekom toe ek vir Heinrich in die studeerkamer neergelê het. Ek het nie gedink nie." Sy vryf oor haar arms soos iemand wat koud kry. Fyn hoendervleis slaan op die bleek vel uit. "Ek het nie gedink nie."

"Wat wou hulle hê?" vra Aella uiteindelik. "Het hulle gesê?"

"Die kluissleutel."

Aella frons. "Net dit?"

Irmela knik.

"Wat was in die kluis?" vra Aella.

Die blonde vrou haal haar skouers hulpeloos op en skud haar kop. "Gewere, dokumentasie. Ek weet nie. My skoonpa het die kluis gebruik. Heinrich ..." Sy huil weer.

"Irmela?" vra Aella sag. "Het hulle enigiets anders gedoen? Enigiets?"

Irmela Volker laat sak haar gesig in haar hande. Haar lyf ruk en ruk. "Heinrich ..." snak sy weer. "Hulle het hom daarbinne doodgeskiet. In sy kop." Sy laat sak haar hand en vee oor die kolle op haar bloes. "Sy bloed ..."

Gerdt Gevers maak sy oë toe.

Afgryse. Woede. Hartseer. Hulpeloosheid.

Daar is geen enkele naam vir die emosies wat oor die groot boer se gesig speel nie. Dit is 'n gesig wat uniek is aan diegene wat deur die noodlot aan die hande van geweldenaars oorgelaat is. Hy maak sy oë oop en kyk na Aella.

"Genug." Hy druk sy dogter se bewende liggaam weer teen sy lyf vas. "Dit is genoeg." Hy laat sak sy gesig in haar hare. "Sjt," murmel hy sag. "Sjt." Die boer sus sy dogter asof die jare tussen haar kindertyd en haar grootmenstyd nooit daar was nie. "Kom, Irmela. Kom ons ry."

Aella knik. Dit is genoeg.

"Ry versigtig," sê sy sag vir Gerdt Gevers. Sy kan later weer met Irmela Volker praat. Dit is genoeg vir nou. "En hou jou oë oop."

Die groot boer knik. Woorde is oorbodig. Stilweg draai hy om en du sy dogter na haar ma en haar kind wat steeds roerloos teen die muur staan en wag. Die kleintjie knies nie meer nie.

Hulle voetstappe verdwyn in die gang na die voordeur.

"Moenie kyk nie," hoor Aella sy growwe stem op die stoep. Die Duits wat in hulle distrik gepraat word, klink so baie na Afrikaans dat sy dit sonder moeite verstaan.

Dit is nie goed vir 'n vrou om haar man se bloed te sien nie.

Sy wag totdat sy hulle deur die eetkamervenster in hulle voertuig sien klim. 'n Jakkals roep in die verte. Vir 'n oomblik staan Irmela Volker roerloos teen die voertuig afgeëts met haar hande voor haar mond en kyk na haar huis. Toe klim sy in die groot bakkie en maak die deur toe.

Aella trek haar asem diep in. Vanmiddag nog was Irmela die vrou van 'n welgestelde boer. Vanaand is sy 'n weduwee. Binne 'n oogwink, 'n klap van die vingers, het die gode hulle dobbelstene gegooi. Sy staar bewegingloos deur die venster. Die noodlot en sy handlangers is bliksems. Toe die voertuig se rooi agterligte in die rigting van die werfhek verdwyn, draai sy om. Die geur van gebakte hoender hang swaar in die lug en vermeng walglik met die stank van bloed. Sy druk haar hande in haar baadjiesakke. Onwillekeurig bal sy haar vuiste.

"Shit," sê sy sag.

Stadig stap sy uit die eetkamer.

Sy het werk om te doen.

In die gang staan sy stil en staar na die donker merke op die ligte hout. Toe tree sy versigtig oor die bloedige sleepmerke en skakel die studeerkamerlig met die kneukel van haar middelvinger aan. Wit lig baai die vertrek in kliniese besonderhede en kleur Heinrich Volker se liggaam in grusame detail.

Vir 'n lang oomblik staan sy roerloos, absorbeer sy die nabrand van geweld. Dit eggo in die versteurde vibrasies van die eens stigtelike vertrek. Haar oë gly oor die swaar belaaide boekrakke teen die muur. Luther en Goethe staan langs Thomas Mann en Oswald Spengler. Die Volkers is eklektiese lesers. Kant, Dostojefski, Dickens en Tolstoi – almal net so verplant, verganklik, dood en wit soos die Duitser op die vloer voor haar voete.

Die donker leegheid in haar rek sy kake wyd en sy glip sonder teenstand in die koesterende harnas daarvan. Koelweg takseer sy Heinrich Volker se lyk. Die boer se borskas is bebloed, sy gesig blou en vervorm. Dooie oë blink glasig deur geswolle ooglede en hy lyk verbaas, soos al die ander dooies wat onverwags uit die lewe geruk word.

Die dood is 'n ewige hinderlaag.

Dit het ondervinding vir Aella geleer.

Sy buk af en kyk woordeloos na die liggaam. Heinrich se dooie oë kyk swyend terug na haar en sy sak op haar hurke langs hom neer.

"Wat de hel het hier gebeur, Heinrich?" Die oop geweerkluis trek haar aandag. Dit is heeltemal leeg. Sy byt haar duimnael tot sy bloed proe. Die pyn is 'n anker en 'n fokuspunt. "Jissis, Heinrich," sê sy sag. Sy staan stadig op en draai om.

Henno is op die agterstoep, het Cedric Afrika gesê. Woordeloos verlaat sy die studeerkamer. Sy stap verby die eetkamer, verby 'n slaapkamer met helder handgeverfde houtletters teen die deur wat sê dat Sigrid hier slaap, verby 'n badkamer en nog 'n slaapkamer na die agterstoep se deur toe.

Die lang gangmuur is behang van foto's. Vergeelde beeldinge van mense wat lank reeds dood is, vertel in sepia die geskiedenis van die Volker-familie. Aella staan vir 'n oomblik en kyk na 'n foto van 'n ouman met 'n welige baard op 'n perd voor die plaashuis. 'n Inskripsie in swart ink op die foto sê: *Rupert Volker – 1930*. Die huis het nie veel verander van toe tot nou nie, met die uitsondering van kunstige keramiekteëls teen die trappe.

Langs Rupert se foto hang dié van 'n jonger man wat ongeërg teen 'n ouderwetse motorkar leun. 'n Entjie verder hang 'n foto van Henno. Hy staan geweer in die hand langs 'n dooie kameelperd. Henno was 'n vermaarde jagter wat passievol was oor bewaring. Dié teenstrydigheid kon Aella nog nooit verstaan nie.

Sy buk by die portretraam op die vloer. Daar is 'n koeëlgat in die middel. Sy haal 'n sneesdoekie uit haar sak, draai dit om haar vingerpunte en keer die raam sagkens daarmee om; versigtig om nie vingerafdrukke op die verniste hout te laat nie. Misdaadtoneelintegriteit moet ten alle koste bewaar word. Heinrich, Irmela en Sigrid Volker lag vrolik deur gekraakte glas. Die foto is onlangs geneem. Kersfees, miskien, want 'n vrolik versierde Kersboom staan agter Heinrich se linkerskouer. Die koeëlgat tussen Heinrich en Irmela se glimlaggende gesigte is 'n besmetting, 'n belediging. Aella staar woordeloos na die geskende foto en steek haar hand uit, maar trek dit dadelik weer terug. Sy sal afskeid neem van die Volkers die dag as hulle moordenaars gevonnis word. Sy staan op, trap versigtig oor die fotoraam en trek die krakende stoepdeur oop.

Bloed het 'n poel teen die houtdrumpel gevorm.

Sy trek haar asem diep in. In die helder stoeplig lyk Henno Volker soos iemand wat in sy bloed aan die slaap geraak het. Sy liggaam is op die oog af ongeskonde, asof die lewensvog wat hom soos 'n korona omring 'n blote rekwisiet is. Hy lê met sy rug teen 'n silwer gasbraaier wat langs 'n tuintafel staan. 'n Groot jaggeweer lê langs hom op die grond. Die geweer se duur houtkolf lê in die bloed.

Daar is baie bloed.

Aella kyk op.

Hulle het van die ander kant van die draad af geskiet, het Irmela gesê.

Sy tree versigtig verby die boer se lyk na die trappe wat lei na die agterkant van die huis. 'n Sementdam staan aan haar linkerkant en 'n ent weg kan sy vaagweg die donkerder silhoeëtte van buitegeboue teen die nagduister onderskei. Sy stap stadig na die verste kant van die werf waar die stoeplig se strale met die duister stoei. By die wasgoeddraad draai sy om en kyk terug na die stoep toe. Dit is die enigste moontlikheid, die enigste skoon siglyn.

Sy draai terug en stryk doelgerig aan na die heining toe. Hier, verder weg van die huis af, ruik die nag na stof en gras en die klam belofte van reën. Iets ritsel in die bos anderkant die werf. Aella vries en sit haar hand op haar pistool. Haar hart tamboer in haar borskas.

"Wie's daar?" vra sy deur stywe lippe. Haar stem verdwyn in die grootsheid van die duisternis asof sy nooit gepraat het nie. 'n Klein skaduwee glip voor haar verby en verdwyn spookagtig in die nag.

"Hulle was hier," sê sy hardop om die skrik te besweer. Sy trek haar asem rukkerig in en stap tot teen die draad. "Net hier." Sy kyk terug na die stoep. Dit is 'n allemagtige skoot in die donker. Wie ook al vir Henno Volker geskiet het, kán skiet. Sy takseer die afstand met haar oë. Hoe ver sou dit wees? Vyftig meter? Vyf en sewentig? Die dreuning van 'n voertuig en helder ligstrale wat deur die nagdonker klief, trek haar aandag. Rooi ambulansligte flikker langs die witstinkhoutboom voor die huis.

Aella maak haar oë toe. Gaan net weg, dink sy. Julle is te laat. Daar is niks vir julle hier nie.

"Waar's jy?" hoor sy Cedric Afrika se stem oor die werf aangesweef kom.

"Hier agter," antwoord sy. Die woorde stol. "Hier agter," antwoord sy weer, hierdie keer aansienlik harder. Sy kyk hoe hy met lang treë oor die werf aangestap kom.

"Die ambulans is uiteindelik hier. Dit het hulle lank genoeg gevat." Hy snork minagtend. "Hulle moes seker eers iemand langs die pad aflaai. Of oplaai. Hulle is mos 'n glorified taxi service."

"Hulle kan maar hulle ry kry," antwoord Aella. Sy beduie met haar kop na die draad. "Daar's van hier af geskiet."

"Ja?" Afrika kruis sy arms voor sy bors. "Hoe weet jy?"

'n Spiertjie spring in Aella se wang. "Kyk na die siglyn." Sy draai na die huis. "En Irmela Volker het vir my gesê dat hulle van anderkant die heining af geskiet het."

"Sy't nie baie met ons gepraat nie," antwoord Afrika. Hy sit sy hande op sy heupe terwyl hy peinsend na die huis staar. "Die boere het nou net geradio."

"Ja?" Aella kyk afwagtend na haar kollega.

"Hulle het iemand voorgekeer."

Die uil roep weer iewers in die bos.

"Hulle wag by Konfoormeule. Iemand moet gaan kyk wat aangaan. Netnou slaan hulle 'n arme onskuldige donder dood."

"O, Vader," sê Aella. Dis presies waarvoor sy bang is. "Dankie."

"Gaan jy self ry?" vra hy.

"Alexander moet iemand stuur," antwoord sy terwyl sy haar kop skud. "Ek kan nie op twee plekke tegelyk wees nie." Sy haal haar selfoon uit haar sak. Een staaf. Dis beter as niks, maar nie veel nie. Laat sy in elk geval probeer.

"Die fokker moet vir jou 'n partner gee."

"Raait," antwoord sy. Die kolonel, soos die res van die polisiebestuur, is 'n hindernis wat met agterdog bejeën word. Sy rol deur haar kontaklys tot by haar nuwe bevelvoerder se nommer. "Julle moet die kluis behoorlik poeier," sê sy terwyl Alexander se nommer lui en lui. "Wat ook al daarin was, was al wat hulle wou hê."

"Wat sê mevrou Volker?" vra Afrika terwyl sy wag dat Alexander antwoord.

Aella skud haar kop. "Dokumente. Vuurwapens. Sy weet nie regtig nie. Ag, dêmmit." Sy druk haar selfoon dood toe 'n Amerikaanse blikstem vir haar sê dat die kolonel nie nou beskikbaar is nie, maar dat sy 'n boodskap ná die biep moet los.

"Wat?" vra Afrika.

"Alexander antwoord nie sy foon nie. Ek gaan self moet ry."

"Hy's seker by 'n meeting," sê Afrika. Sy stem is bitter. "Dis mos wat gebeur as politicians dink hulle is poliesmanne. Almal weet hy het sy rang gekry net omdat hy in die Kommissaris se gat opgekruip is."

"Sê jy vir my," antwoord Aella. Sy skakel weer die flitsligtoepassing aan. Die liggie skyn verbasend helder deur die donker bos. Sy lig soek-soek grondlangs aan die buitekant van die heining en kyk terug na die stoep waar Henno Volker se voete aan die bokant van die trap steeds sigbaar is. "Julle sal met die draad langs moet stap. Kyk daar."

"Ek sien niks," antwoord Afrika. Hy leun vorentoe.

"Pasop. Die draad is geëlektrifiseer."

"Die hek is oop," antwoord hy droog.

Aella vryf oor haar neusbrug waar pyn onder die dun vel vorm aanneem. "'n Blonde oomblik." Sy haak haar vingers deur die draad. Die selfoon se lig gooi skadu's in 'n insinking in die sagte sandgrond aan die boskant van die heining. Sy kan dit duidelik sien. 'n Holte waarin 'n lyf sal pas met twee kleineres daarnaas wat deur skerp elmboë in die stof veroorsaak is.

"Hier het 'n skieter gelê," sê sy vir Afrika.

"Shit."

"Julle sal al met die draad langs moet stap, van voor die hek af." Aella huiwer 'n oomblik. "Heinrich is op die voorstoep geskiet, 'n soortgelyke skoot."

"Hulle het die huis onder observasie gehou," sê Afrika stadig.

Aella knik en skop na 'n afgesaagde boomstomp wat lank gelede gegroei het waar die draad intussen gespan is. "Irmela sê daar was drie van hulle binne-in die huis."

Afrika sit sy hande op sy heupe. Hy tuur na die donker ruigtes. "Ons sal moet terugkom. Ons gaan niks in die donker kry nie."

Nog 'n voertuig dreun deur die werfhek. Aella kyk op.

"Hier is die lykswa uiteindelik," sê Afrika.

Woordeloos kyk sy hoe die lykswabestuurder langs die ambulans intrek. Iemand maak die passasiersdeur oop en sy sien hoe die lykswabestuurder 'n lewendige gesprek met die ambulansman voer. Masuku, Mngomezulu en Sibisi se gesigte dryf spookagtig in die lykswa se kopligte. Harde stemme sweef oor die godverlate werf. Masuku beduie wild met sy hande. Die volgende oomblik klim die ambulansman terug in die ambulans, skakel dit aan en sit dit in trurat. Hy ry vinnig agteruit. Met 'n skreeuende enjin verdwyn die ambulans in die donker.

"Bliksem," sê Afrika. "Hy rev te hoog. Amper het hy daardie boom geslaan. Ek wonder wat Masuku vir hom gesê het. Hy lyk die donder in."

Aella haal haar skouers op. 'n Tak kraak in die onderbos. Sy verstyf en lig met haar selfoon in die rigting van die geluid. 'n Ietermagog verskyn met huiwerige tred uit die duisternis. Hy trap versigtig, asof hy die aarde nie vertrou nie. Die stert met sy dik skubbe ritsel deur die gras. Die dier staar verdwaas na die lig. Toe knip hy sy oë en verdwyn so onverwags as wat hy verskyn het.

"My hel," sê Afrika. Hy draai na Aella. "Dis die eerste keer in my lewe dat ek so iets sien. Op die Flats ken ons mos nie sulke goed nie." Cedric Afrika moes hom uit die moederstad losskeur om Natal toe te kom om 'n kaptein te word. Dis hoe regstellende aksie werk.

"Iemand sal moet bel vir draagbare spreiligte." Die beeld van die ietermagog is in Aella se geestesoog geëts; 'n dier op die rand van uitsterwing. Dalk sien sy dit nooit weer nie. "Hier is allerhande gediertes. Olifante ook. Julle sal hierdie toneel vanaand moet werk, voordat die diere dit opfoeter." 'n Blouwit flits slaan ver weg, na die see se kant toe. Sy kyk op. "En voor dit reën."

"Olifante?"

Sy knik.

"Fokkit." Afrika haal 'n pakkie sigarette uit sy bosak en druk een in sy mond.

Aella frons. "Nie hier nie."

"Wat?"

Sy beduie na die sigaret. Sy kan die bitter smaak van tabak op haar agtertong proe. Vir 'n vlietende moment oorweeg sy dit om een by haar kollega te bedel.

Vyf maande.

Sy kan uithou.

"Die sigarette," sê sy uiteindelik. "Bêre. Jy gaan my toneel opneuk."

Cedric Afrika haal die sigaret uit sy mond en sit dit terug in die pakkie. "Raait."

Aella kyk weg, want hy herken haar skynheiligheid vir wat dit is.

"Cappie," sê Afrika.

"Wat?"

Hy beduie na die sekuriteitsligte wat op strategiese afstande van mekaar teen die heining gemonteer is. "Hier is mos ligte. Hoekom dink jy brand dit nie?"

Aella frons. Sy skud haar kop. "Ek het geen idee nie."

"Dink jy nie dis strange nie, Kaptein?" vra Afrika. "Hierdie hele ding."

Aella haal haar bakkiesleutels uit haar sak. "Wat bedoel jy?"

"Ek het gehoor toe mevrou Volker vertel het van die masjiengewere. En nou die gunner's nest daar in die sand. Really?" Die kontoer van sy wydgestrekte arms is afgeëts teen die stoeplig. "En mevrou Volker. Ek bedoel ..." Hy struikel oor sy woorde.

Aella lig haar hare uit haar nek. Haar vel is warm en natgesweet.

"Mevrou Volker, sy's orraait?" sê-vra hy.

"Sy sê so," antwoord Aella.

Afrika se stem is gedemp. "Is dit nie vir jou ook vreemd nie? Jy weet mos wat doen hulle met die vrouens."

Aella maak haar oë toe. Sy weet.

"Ek vat vir Sibisi saam meule toe dat ons kan gaan kyk wat daar aangaan voordat die boere kop verloor," antwoord sy sag.

"Kan jy hulle kwalik neem as hulle kop verloor?" vra Afrika.

'n Bries roer deur die bos en die onderbos.

"Hulle moet net nie simpel wees nie," antwoord sy uiteindelik. "Sien jou later."

Vyf

Sy sink weg in die malse grasperk toe sy kop onderstebo na haar bakkie stap. Waar is Sibisi? Stemme op die agterstoep laat haar opkyk. Dit is die lykshuispersoneel. Hulle laai Henno Volker se lyk op 'n ingeduikte staaldraagbaar.

Só kom hierdie tak van die Volkers in Afrika tot 'n einde. Die geëlektrifiseerde draad wat die netjies gemanikuurde grasperk van olifant, renoster en ongedierte skei, lyk opeens hopeloos ontoereikend, soos die naïewe geloof in wetenskap en rede wat die eindelose duisternis moet beswer.

"Where are you going?" vra Sibisi uit die donker.

Aella stik. "Heiden," sê sy toe sy uiteindelik haar asem terugkry.

"Sorry, Captain."

"Ek soek na jou," sê sy stram. "Ons moet Konfoor toe gaan. Die boere het iemand voorgekeer."

"Hulle gaan hom doodslaan." Sibisi stel dit onomwonde, 'n feit soos die son wat gaan opkom in die oggend.

Sy knik. "Ons het nie tyd om te mors nie." Sonder 'n verdere woord stryk sy na haar bakkie aan. Hy volg haar steunend. "Wat het Masuku vir die ambulansman gesê?" vra sy oor haar skouer.

"Hy't gesê hy's fokken useless." Sibisi klink uitasem.

"Regtig?"

"Yebo."

"Ry met jou eie kar," beveel sy toe sy by die bakkie kom.

"Yindaba?" – hoekom?

"Jy moet huis toe gaan wanneer ons klaar is daar. Dis laat." Sy sit haar hand op sy arm. "Ons gaan heelnag hier wees, Khehla." Hy sal wel verstaan hoekom sy hom 'n ouman noem. "Jy moet gaan slaap. Jy's nie gesond nie. Netnou baklei jou vrou met my."

"Ngiyabonga, Captain." Sibisi is 'n heer uit die ou skool. Hy draai na die afgeleefde Skyline, maak die deur krakend oop en klim styf-styf agter die stuurwiel in.

Vir 'n oomblik staar Aella stil na die nerfaf voertuig, die somtotaal van 'n leeftyd se diens aan die staat en sy mense. Dit is min waardering vir baie opoffering. Sy skud haar kop. Dit word beslis nie beter nie.

Met 'n sug klim sy in haar bakkie en skakel dit aan. Sy sit die voertuig in rat en ry so vinnig as wat dit veilig is by die werfhek uit, terug op die tweespoorpaadjie wat lei na die distrikspad. Sibisi se Skyline dreun luid agter haar. Dit klink asof daar 'n gat in die uitlaatpyp is. Die naglug ruik na die bos; organies en misterieus. Akasia en ilalapalm staan in sterligreliëf geëts.

Sy rem hard toe 'n duiker die paadjie voor haar ligvoets oorsteek. Vlugtig en fyn verdwyn die bokkie in die bosse langs haar. Sy verwissel van rat en trek besadig weg. In haar truspieëltjie kan sy sien dat Sibisi 'n ent teruggeval het. Dit kan vir hom geen plesier wees om in haar voertuig se stof te ry nie. Die strale van die bakkie se kopligte sny soos touleiers deur die donker bos. Bokant haar flikker sterre in onmeetbare massas; oënskynlik ewig onveranderlik en kil. Agter haar dreun die weer. Dis net Afrika wat die toevallige reisiger met sterlig in sy een hand en onweer in sy ander laat. Sibisi val verder terug en toe die paadjie rondom 'n groep nabome aan die voet van 'n kliprant kronkel, is sy die enigste mens in die heelal.

Sy ril.

In hierdie duisternis kan sy haar allerlei monsters verbeel. Vir al wat sy weet, is die aanvallers regtig steeds hier iewers. Sy is dankbaar toe die Skyline se geel kopligte weer in haar truspieëltjie verskyn en Carlsbad se wit hek voor haar opduik. 'n Mens is nie gemaak om so alleen in die wêreld te wees nie. Sonder om stil te hou draai sy links op die verlate distrikspad na die meule. Sy kyk vlugtig of Sibisi steeds volg en trap die brandstofpedaal dieper in. Die bakkie se kragtige enjin versnel sonder moeite.

Naboom en kiepersol flits by haar verby en Sibisi se Skyline verdwyn uit haar stofspoor. Die bakkie ratel oor die sinkplaatpad. Om 'n draai gly die agterkant van die groot voertuig op die gruis. Aella kyk vlugtig na die spoedmeter. Die naald raak aan honderd en dertig kilometer per uur. Op hierdie pad is dit lewensgevaarlik. As daar nou 'n koedoe voor haar inspring, is sy in haar peetjie. Sy haal haar voet van die versneller af. Geleidelik haal Sibisi haar in.

"Sorry," sê sy sag, al kan hy haar nie hoor nie.

Die helder ligte van baie voertuie by Konfoormeule is reeds van ver af sigbaar. Sy knip haar oë en verminder spoed.

"Dêmmit."

Sy draai links by die meule se perseel in en parkeer langs 'n vaal Land Cruiser. Uit die hoek van haar oog merk sy hoe Sibisi ook die perseel binnery. Sy skakel die bakkie af en klim uit die hoë voertuig in een, gladde beweging want harde stemme en 'n vreesbevange kreet trek haar aandag. Sinistere geluide klink hard uit die klein kantoor by die laaiplatform aan die punt van die vierkantige gebou. 'n Groep kakiegeklede mans maal rusteloos voor die deur rond.

"Moer hom, Sakkie," sê 'n gesiglose stem.

Die nat klank van vlees op vlees is onmiskenbaar.

"Xolisa, xolisa" – jammer, jammer. Iemand vra herhaaldelik om verskoning.

"Jou varkhond." Die houe intensiveer en die vreesbevange stem klink yl en pynlik deur die ou gebou.

"Vandag bliksem ek vir jou dood."

"Fokken moer."

"Los hom vir my." Aella eien vir vet Jan Pieterse naaste aan die deur.

"Gee hom vir ons," eis 'n ander stem uit die groep malendes.

"Flippen hel," sê Aella. Het hierdie mense geen gesonde verstand nie? Sy baan haar weg met moeite deur die groep boere.

"Staan eenkant toe," sê sy vir Jan Pieterse wat onverwags voor haar inskuif.

Sy oë is vasgenael op die oop kantoordeur. Hy is onbewus van Aella se teenwoordigheid. Nog 'n boer skuif nader. Vir 'n oomblik is sy vasgevang in 'n onbeweeglike mensemassa. Van naderby ruik sy hulle; die rens reuk van testosteroon oordek met die ysterstank van vrees.

"Skuif," sê Aella weer terwyl sy met moeite deur die vleismuur beur. Uiteindelik worstel sy haar weg na voor. Sy trek haar asem diep in. "My liewe donder."

Voor haar in die beknopte kantoor staan S.P. van der Walt wydsbeen bo-oor 'n tingerige swart man met 'n blou oorpak aan. Die man se neus bloei en albei sy oë is toegeswel.

"Praat, jou moer." S.P. draai sy lyf en skop die man in die ribbes.

Die lug verlaat die skraal lyf hoorbaar.

"Wat de duiwel maak jy?" vra Aella hard. Sy tree vorentoe. "Staan eenkant toe, my magtig."

Van der Walt verstar. Hy draai om en kyk na haar asof hy haar nog nooit in sy lewe gesien het nie terwyl hy sy groot hande in vuiste bal. Sy bors dein op en neer en sweet pêrel op sy voorkop. Die maer man by sy voete snak na asem.

"Jy gaan hom doodmaak," sê Aella. Sy stap die kantoor binne en buk om die man op die vloer van nader te betrag. Bloed loop by sy mondhoek uit en hy kreun diep. Sy kyk op na Van der Walt en lig haar wenkbroue. "Wil jy hê dat ek jou vir moord moet arresteer?"

Stadig vervaag die uitdrukking in die groot boer se oë. Hy maak sy hande oop en weer toe en trek uiteindelik sy asem diep in. "Die moer ..."

"Staan eenkant toe," sê Aella. Sy kom regop en druk haar wysvinger teen Van der Walt se bors. Hy is so onbeweeglik soos 'n berg. "Skuif."

Hy tree stokkerig terug.

"Nog," beveel sy. Sy beduie na die teenoorgestelde kant van die klein kantoor.

Hy loop stadig agteruit, sy oë vasgenael op sy slagoffer.

Die skraal swart man snak weer na asem en hoes pynlik. "Ahhh." Hy vou sy arms beskermend oor sy bors. Sy lyf krul inmekaar.

Aella sit haar hande op haar heupe. "Jy't sy ribbes afgeskop, S.P."

"Ek moes hom doodgeskop het." Van der Walt vee sy mond met die agterkant van sy hand af.

Sy buk weer en leun met haar hande op haar knieë oor die skraal man. Hy maak sy kop met sy hande toe.

"Ngiyaxolisa, ngiyaxolisa," prewel hy.

"Waaroor is jy dan jammer?" Aella staan stadig op. Woede pols warm deur haar lyf. Sy draai na Van der Walt. "Wat de hel het hier gebeur?" vra sy afgemete.

Hy trek 'n gesig en staar na die swart man. Buite dreun die ander mans se diep stemme net so doelloos en dwalend soos die kele waaruit dit kom.

Nog 'n groot lyf dring die klein vertrekkie binne.

"Gee die fokker vir ons," eis Andries Vermeulen. Sy hand is op die holster van die groot pistool op sy heup. "Ons sal hom uitsort vir die stuk kak wat hy is."

Aella verstyf. Sy draai na hom met haar hande in haar sye. "Luister," sê sy hard. "Gaan staan jy ook sommer daar anderkant."

Hy huiwer, maar Aella staar hom in die oë terwyl sy haar hand op haar vuurwapen sit. Kom vat my aan, daag sy hom woordeloos uit. Vandag sluit ek die hele heethoofdige spul van julle toe. Vir 'n oomblik lyk dit asof Vermeulen haar onuitgesproke uitdaging gaan aanvaar, maar uiteindelik ontspan sy skouers en tree hy stadig agteruit.

"Nog," beveel Aella. Sy beduie na die verste hoek van die meule se werf toe, na waar die afgeleefde afleweringsvragmotors staan. 'n Groot spreilig verhelder die area en in die gloed teen die agtergrond van die hoë doringdraadheining lyk die saamgebondelde boere soos 'n toneel uit 'n eindtydvoorspelling.

"Sorry," hyg die man op die grond.

"Wat het hier gebeur?" vra Aella weer.

Stilte.

Boomtakke skraap teen die sinkdak en ver weg hoor sy die hoë gerunnik van sebras. Daar is baie van hulle in die omgewing. Wat laat 'n sebra in die donker runnik? Luiperds? Hiënas? Al twee is realistiese opsies in hierdie deel van die wêreld. Sy lig haar wenkbroue.

Die man op die grond kreun diep.

S.P. van der Walt tree weer vorentoe. "Die bliksem het

weggekruip op die plaas," sê hy. Hy vee weer sy mond af asof hy iets slegs geëet het. "Die Volkers s'n." Die boer staar met onverbloemde haat na die bloeiende man terwyl hy met sy kop na die voertuie beduie wat lukraak op die meule se werf geparkeer staan. "Daar staan sy taxi."

Aella kyk om. Daar staan inderdaad 'n vaal minibustaxi vasgeparkeer in die middel van die groep plaasbakkies en die groot Land Cruisers. Sy het dit nie gesien in die harwar met haar aankoms nie.

"Ek verstaan nie," sê sy fronsend.

Van der Walt haak sy duime deur sy gordel se lusse. "Toe ons netnou wegry op die plaas, toe kry ek hom aan die binnekant van die draad langs die hek. Sy ligte was afgeskakel en as my bakkie se ligte nie toevallig op daardie stadium op sy windskerm geval het nie, het ek hom waaragtig nie gesien nie." Hy tel sy voet met die swaar plaasstewel aan op asof hy die man se kop wil vergruis.

Aella gaan staan tussen die boer en die ineengekrimpte taximan en vou haar arms. Sy lig haar wenkbroue. "Versigtig, S.P."

Vet Jan Pieterse verskyn steunend langs Van der Walt. "S.P. het stilgehou," sê hy, "en toe hy uitklim om te gaan kyk, toe jaag die moer vir ons weg, hierdie kant toe." Hy beduie breedweg met 'n pofferige hand in die rigting van die werf en bosse en die heuwels daaragter. "Die manne het gelukkig klaar begin om die pad hier af te sper."

"Hy't gestop toe hy die ligte sien." Van der Walt staar deurdringend na die hulpelose man op die grond.

"Xolisa," kreun die taxibestuurder pynlik.

"Moenie vir my kom 'xolisa' nie, jou fokken hond." Van der Walt lig weer sy voet.

"Het jy gehoor wat ek sê?" vra Aella. Sy skud haar kop. Liewe magtig. "Hou jou hande tuis, S.P., anders sluit ek vir jou toe vandag." Sy skreef haar oë en wys na die donker kant van die laaiwerf. "Gaan staan daar anderkant saam met jou pel."

Hy kyk opstandig na haar en maak sy mond oop, maar Aella spring hom voor.

"Gaan. Nou." Vir 'n lang oomblik staar hulle woordeloos na mekaar.

Uiteindelik draai die groot boer met stywe skouers weg.

Aella wag roerloos tot hy by die ander mans aansluit. 'n Onrustige stilte oorspan die groepering; 'n kruitvat wat wag vir 'n vonk.

Sy buk weer. "Praat jy Engels?" vra sy vir die taximan.

Hy antwoord nie.

Met 'n sug staan sy regop. Waar is Sibisi? Uiteindelik bemerk sy hom aan die buiterand van die groep; aan die punt van die laaiplatform waar die spreilig se verste strale net-net bykom. Haar oë vind syne en sy wink met haar kop. Kom help. Vir die soveelste keer voel sy haar deur taal en onmag gestrem. Dit is 'n groot frustrasie. Die boere staan stilswyend terug en laat Sibisi ongehinderd deur. 'n Onheilspellende vibrasie talm in die lug, elektries en gevaarlik.

Ons sal moet vinnig werk, dink Aella. Slegs die grootste wilskrag en 'n inherente respek vir gesag wat reeds van kindsdae af deur skool en kerk by hulle ingedril is, hou hierdie mans onder bedwang. Dit is yl beskerming teen 'n oerdrang wat roep om vergelding.

Sy kyk na Van der Walt. "Julle moet in patrollies verdeel," sê sy. Dit sal hulle iets gee om te doen. "Ry die pad tot by Mthonjaneni. Ons soek na ten minste drie aanvallers."

Hy antwoord nie en daar is ook geen reaksie van die res van die boere nie. Hulle oë lyk dood en plat in die spreiligte se goue skynsel.

Vader, tog.

Die taxibestuurder druk met sy vuiste voor hom op die grond. Hy wil opstaan.

Sibisi druk hom onsag terug. "Hlala pansi" – sit.

"Vra vir hom wat sy naam is," vra Aella.

Hy knik en draai na die kreunende man. "Ubani igama lakho?" Die taximan staar blind en hulpeloos in die rigting van Sibisi se stem. Sy oë is heeltemal toegeswel. Uiteindelik antwoord hy, maar sy stukkende mond ontvorm sy woorde tot 'n tekstuurlose gebrabbel.

"Kom weer?"

Sibisi herhaal die vraag en hierdie keer is die antwoord duideliker.

"Thokozani." Hy praat met groot moeite.

"Thokozani wie?" vra Aella. Sy kyk na Sibisi. "Sê vir hom ons is polisie, hy moenie ons tyd mors nie."

Weer eens tolk Sibisi en hierdie keer por hy die man ook met sy voet aan.

Aella skud haar kop en frons. "Moenie."

Sibisi laat sak sy voet.

"Msimango," antwoord die taxibestuurder ná 'n kort stilte. Die naam skuim in bloederige borrels uit sy mond. Hy vee sy geswelde gesig teen sy skouer af en spoeg 'n blerts slym voor Aella se voete. Hortende woorde volg op die spoegsel. Hier en daar verstaan sy 'n woord, maar die algemene strekking bly vir haar 'n raaisel.

"Wat sê hy?" vra sy uiteindelik.

Sibisi vou sy arms fronsend.

"Wat?"

Hy maak sy keel skoon. "Hy wil weet hoekom arresteer jy nie die man wat hom so geslaan het nie."

Aella knip haar oë. "Ekskuus?"

S.P. van der Walt en Jan Pieterse tree dreigend nader. "Gee hom vir ons."

Aella antwoord nie. Om vir Van der Walt nou te arresteer sal waarskynlik die vonk wees waarna die kruitvat smag. Môre gaan sy egter sy waarskuwingsverklaring kry wanneer hy alleen en sonder ondersteuning is. Die boere moet leer om nie die reg in eie hande te neem nie.

In die geel skynsel van die gloeilamp bokant die verweerde lessenaar is die skadu's van die fronsplooie tussen die mans se oë en die bitter trek om hulle monde die stille getuie van die droewe toestand waaronder hulle en andere van hulle klas probeer om 'n lewe uit die ongenaakbare Afrika-grond te worstel.

"Gaan huis toe, S.P.," sê Aella uiteindelik. "Daar is niks vir jou hier nie, nie as jy jou nie steur aan die reëls nie." Aella kan die spiere in sy kakebene sien bult. Sy skuif verby die taxibestuurder op die grond en gaan staan met haar hande op haar heupe in die oop kantoordeur.

"Almal van julle," sê sy hard.

Die groep boere skuifel nader.

"Wat?" vra Andries Vermeulen.

"Gaan huis toe."

'n Geruis van vlerke vul die stilte en 'n reuseooruil swiep bokant hulle koppe verby; 'n sinistere voorteken van iets waaraan Aella nie eens wil dink nie. Haar oë gly oor die groep mans tot dit op 'n maer man heel agter val. Willem Visagie is die meule se bestuurder.

"Vir wat?" vra 'n gesiglose stem vanuit die donker.

"Ja, toe," sê nog een. "Vir wat?"

Aella byt aan haar verweerde duimnael. Dit is pynlik, want daar is lankal reeds geen nael meer tussen die punt van haar vinger en die sagte lewe wat dit veronderstel is om te bedek nie.

"Dis sommer kak," sê nog 'n stem. Dit klink na jong Van Rensburg. "Hoekom moet ons ons steur aan hierdie bitch? Hierdie bliksems het mos al die regte. Fok ons en fok ons gesinne. Solank die arme fokken donders net nie iets oorkom nie."

Agter Aella hoes die taxibestuurder pynlik, 'n diep, roggelende klank. Dit klink nat, asof 'n ribbebeen deur 'n long gesteek het en bloed die man se borsholte stadig van onder af vul. Dit is heeltemal moontlik. Sy het dit al voorheen gehoor. Sy kyk vlugtig oor haar skouer. Msimango sit regop terwyl Sibisi 'n wakende oog oor hom hou. Dit lyk darem nie asof hy besig is om dood te gaan nie.

Sy draai terug, vee haar duim aan haar broekspyp af en kyk uitdrukkingloos na die mans. "Hierdie bitch gaan vir julle almal arresteer as julle aangaan soos wat julle aangaan," sê sy stadig. Sy beduie met haar voorvinger na 'n fris jong man wat kop en skouers bokant die ander boere uittroon. In die spreiligte is die yl baardjie op sy ken en wange skaars sigbaar. "Gerrit van Rensburg," sê sy. "Jou ma het jou mos nie só grootgemaak nie. Sal jy daarvan hou as iemand só van haar praat?"

Aella ken baie van hulle se ma's, vrouens en susters. Dit is hoe dit werk in hulle distrik. Die jongman staar na die grond, na die bome, na die sterbelaaide hemel daarbo.

"Almal van julle," herhaal sy hard. "Tensy julle bereid is om nou hierdie grondpaaie na Mthonjaneni te deursoek, stel ek voor dat julle in julle karre klim en huis toe gaan. Julle mense is alleen. Julle het julle deel gedoen. Ons sal dit van hier af vat. Laat die reg toe om sy gang te gaan."

"En wat as die bliksem borg kry?" klink nog 'n stem uit die donker. "Dan is hy weg. Dis mos hoe dit werk. Hulle moor ons uit, maar ons moet ewig volgens die godverdomde reëls speel."

Aella maak haar oë toe. Sy staan steeds met haar hand in die lug. Dit is soos om 'n orkes te dirigeer, dink sy. So navigeer sy haar pad tussen onheil en selfbejammering. Menuetto, allegretto. Dit is 'n ewige dans.

Sy maak haar oë oop. "Ons weet nog nie eens of hierdie man iets verkeerd gedoen het nie."

"Nou wat het hy dan in die donker op Henno Volker se plaas gesoek?" eis S.P. van der Walt met 'n teenvraag.

"Ja," antwoord Estian Cronjé. Hy is 'n afstammeling van generaal Cronjé wat by Paardeberg oorgegee het, het hy haar eendag vertel. "Wat het hy in die donker daar gedoen?"

"Ons gaan nooit weet as julle hom doodslaan nie," antwoord Aella. Irritasie stoot soos suurmaag in haar op. Sy sluk dit met mening terug. "Toe," sê sy weer. "Ry nou." Vir 'n lang oomblik staar sy na die groep mans, en hulle na haar. Sy draai na die meulenaar. "Willem, jy moet wag."

"Kom ons ry," sê iemand uiteindelik. "Ons vrouens is alleen."

Mopperend draai die boere na hulle voertuie. Hulle loop in groepies of in pare. Opstand volg hulle soos 'n lewende ding. Dit raak al hoe moeiliker om hulle onder bedwang te hou. Aella kan hulle nie regtig kwalik neem nie. Hulle almal loop met 'n teiken op die rug. Die dag as die een of ander heethoof besluit om skietlustig te raak gaan dit 'n bloedbad tot gevolg hê.

Een vir een klim die mans in hulle groot voertuie. Hulle ry stadig en in gelid uit die laaiwerf na die grootpad. Die ry voertuie laat Aella dink aan 'n stoet, 'n konvooi van die lewendes in 'n stoet vir die dooies.

Ses

"Kaptein O'Malley."
Aella draai terug. Willem Visagie staan haar handewringend en aankyk. Willem word permanent geterroriseer deur werklike en gewaande vrese. Die skuif van die stad af platteland toe waar hy dagin en daguit in die godverlate meule tussen die plantasies sit en mielies maal, het sy eens gladde stadsmaniere tot 'n hele aantal senuweeagtige aanwensels omvorm.

"Dis die stilte," het hy op 'n keer vir haar vertel. "Dis die verdomde stilte." Hy doen aanmekaar aansoek vir werk in groter standplase, maar die ekonomie is ook nie van so 'n aard dat dit met gemak 'n meulenaar in 'n ander dorp kan absorbeer nie. Tot tyd en wyl word Willem Visagie en sy vrou en kind aan die lewe gehou deur dieselfde boere wat vanaand hier bymekaargekom het, want die meule behoort aan hulle.

"Ek hoor die Volkers is dood, almal van hulle."

Aella se ooglid spring ongemaklik. Sy vee met haar vingerpunte daaroor. "Henno en Heinrich. Irmela en Sigrid is oukei." Agter haar roggel die taxibestuurder weer.

"Dit is verskriklik."

'n Wind steek op, ruis deur die bloekombome se kruine en gaan lê net so vinnig as wat dit opgesteek het.

Sy beduie met haar kop na die taxi wat ontbloot onder die spreiligte staan. "Sal die taxi veilig wees hier vir die nag?"

Die meulenaar frons. "Hoekom?"

"Dis 'n bewysstuk. Afrika-hulle van die PKRS is besig by die Volkers. Hulle gaan nie vanaand tyd kry om te kom foto's neem nie en ek kan die voertuig nie skuif voordat hulle dit onder oë gehad het nie."

Visagie haal sy skouers op. "So veilig as wat dit kan wees, skat ek." Hy beduie na die drie afgeleefde vragmotors wat netjies in gelid onder 'n sinkafdak geparkeer staan. "Jy kan die taxi daar trek."

"Ek kan nie. Dit moet bly net waar dit is."

"Dan skat ek dis seker orraait." Die meulenaar druk sy hande in sy denimbroek se sakke. "Ek sluit die hek met 'n ketting. Niks het nog hier weggeraak nie."

Dis 'n kwessie van tyd, dink Aella, maar sy sê dit nie. "Dis net tot môreoggend." Sy draai na Sibisi wat steeds die wag oor die taxibestuurder hou. "Is hy nog orraait?"

Sibisi praat in Zoeloe met Msimango wat swygsaam op die grond sit. Die taxibestuurder knik stadig en vee weer sy mond aan sy skouer af. 'n Bloedstreep bly op die wit katoen van sy T-hemp agter.

Aella beduie met haar kop na die taxi. "Ek gaan die sleutel uithaal, dan ry ons. Hierdie man moet by 'n dokter uitkom." Sonder 'n verdere woord stap sy uit die benoude kantoor en glip by die laaiplatform af na die uitgerydge oppervlak van die meule se laaiwerf. Gruis knars onder haar skoene. Sy moes eintlik sommer self vir S.P. van der Walt gearresteer het, dink sy wrewelrig. Net hier. Nou moet sy in die hospitaal gaan sit met hierdie verdagte en hoop dat die een of ander Kubaanse dokter hom sal verwerdig om die pasiënt voor sonop te behandel. Intussen raak die afstand tussen haar en die Volkers se aanvallers al hoe groter.

Hoe nader sy aan die vaal voertuig kom, hoe sterker word die reuk van dagga. Dit laat haar nies. Vies vee sy haar neus met die agterkant van haar hand af. Dis dan seker wat Msimango daar op die plaas gedoen het. Hy het van die pad afgetrek om vir hom 'n hot-box te maak, soos die taxibestuurders dit noem. Die voertuig se geslote vensters spreek van die moontlikheid. Aella wens hulle wil ophou met die gewoonte. Die bestuurders sit vir ure so in hulle geseëlde taxi's en dagga rook en gaan laai dan passasiers met hulle bedwelmde lywe op. Sy het al self gesien hoe die mense van die tweedehandse rook ewe bedwelm raak. Om egter daarvoor half doodgeslaan te word is belaglik.

Verdomp.

Sy haal haar selfoon uit haar sak en luister vir 'n oomblik na die stilte. Toe skakel sy nogmaals die flitsligtoepassing aan. Sy stap tot by die oop bestuurdersdeur. *Sizabantu Taxi Association* staan daar op die deur in swart letters geverf. Help die mense, beteken dit. Daar is 'n telefoonnommer by.

Aella skud haar kop.

Help die mense. Inderdaad.

Sy leun oor die bestuurdersitplek na binne. Die sieklike, soet daggareuk brand in haar neus. Dit is asof die rook deur die ou voertuig se bekleedsel en binneafwerking gesyfer het om uiteindelik deel van die metaal en rubber te word, asof dit deur osmose tot wesenskenmerk van die minibus omtower is. Die helder ligstraal gly oor die verweerde sitplekke. Wit watteersel peul deur vuilbruin viniel. Aan die manier waarop die banke oneweredig vorentoe hel, is dit duidelik dat heelwat lywe al deur hierdie taxi vervoer is. Die arme passasiers. Vir die meeste van hulle is hierdie doodskiste die enigste manier om die platteland van Natal te deurkruis.

Behalwe 'n paar kunspelsdobbelstene wat aan die truspieëltjie hang, lyk dit egter of die voertuig heeltemal leeg is. Aella sug. Dit verander dinge drasties. Msimango is onskuldig. S.P. van der Walt het vir hom groot moeilikheid op die hals gehaal en haar tyd gemors.

Idioot.

Sy leun terug om die sleutel uit die aansitter te trek. Agter haar roer die aandbries deur die bloekoms wat die meule omgrens in 'n spel van nagskadu en sterlig. 'n Glinstering vang haar oog. Fronsend klim sy op die taxi se voetrus en leun halflyf bo-oor die bestuurdersitplek. Sy lig met haar selfoon deur die spasie tussen die twee voorste sitplekke na die lang bank agter die bestuurdersitplek. Dit is ooglopend nie die een waarmee die taxi uit die fabriek gekom het nie. Die knopperige sitplek is prekêr gebalanseer op 'n tuisgemaakte staalraam wat seker deur 'n agterplaaswerktuigkundige aanmekaargesit is.

Die bloekoms roer weer. Vir 'n vlietende moment is die taxi in duister gehul.

Aella se frons verdiep.

Daar is tog iets.

Sy rig die selfoon se helder straal onder die aanmekaargeflanste bank in en trek haar asem skerp in.

Liewe donder.

Sy maak haar selfoon teen die bestuurdersitplek se rugkant staan, klim van die voetrus af terug en maak die syserp om haar nek met bewende vingers los. Sy draai dit om haar een hand. Selfoon in die ander hand stap sy om die taxi se neus na die groot glydeur aan die passasierskant van die afgeleefde voertuig.

Etters.

Die deur staan op 'n skreef oop. Toe Aella die handvatsel met haar serpoordekte hand lig, sien sy dat die slot amper heeltemal weggeroes het. Sy stoot die deur verder oop, leun na binne en lig met haar selfoon oor die ruim spasie onder die bank.

"Bliksem."

Die selfoon se helder straal gly oor die lang loop van 'n jaggeweer. Dit lê skuins bo-oor die kenmerkende piesangvormige magasyn van 'n AK47. Die verchroomde loop van 'n groot pistool glinster onheilspellend in die lig en haar oog volg die kontoere van nog 'n AK47.

Aella laat haar selfoon stadig van links na regs gly terwyl sy haar met die kneukels van haar ander hand op die taxi se vuil vloer stut. Behalwe die vuurwapens is daar stringe bandammunisie, ooglopend bedoel vir outomatiese vuurwapens. Sy kom stadig regop. Wie ook al in hierdie taxi gery het, het gekom om oorlog te maak. Sy druk haar selfoon terug in haar sak en stap met lang treë terug na die kantoor. Visagie kyk op toe sy die vertrekkie binnestorm.

"Wat nou?" vra hy.

Sy ignoreer hom. Sy draai na Sibisi. Hy het hom intussen op 'n swart plastiekstoel langs Msimango wat steeds op die grond sit, tuisgemaak. "Vra vir hom wie saam met hom gery het."

Sibisi tolk vinnig.

'n Lang stilte volg.

Iewers ver bulk 'n bees en 'n hadida roep verward in die donker nag. Sweetdruppels pêrel op die taximan se bolip en sy gesig is asgrys van pyn.

"En sê vir hom ek vat hom nie dokter toe voordat hy vir my sê nie," voeg sy stram by. Sy moet vir Cedric Afrika bel. Hierdie toneel sal ook vanaand nog bewerk moet word. Dit gaan 'n lang nag word. Weer tolk Sibisi en steeds swyg Msimango.

"Het jy my nog nodig?" vra Visagie senuweeagtig.

Aella knik. Sy beduie met haar kop na 'n koffieperkoleerder wat op 'n tafeltjie in die hoek van die benoude kantoor staan. "Gaan sit solank koffie op. Jy gaan nie vroeg huis toe vanaand nie." Sy haal weer haar selfoon uit haar sak. Die instrument se plat skerm sê vir haar dat sy slegs noodoproepe kan maak.

"Donder."

"As jy by die hek gaan staan, is daar opvangs," sê die meulenaar agter haar.

"Dankie." Sy hoor hoe Sibisi sag met Msimango praat. In sy vrye tyd is Sibisi 'n umfundisi – 'n lekeprediker – in een van die groot kerke in die township. As daar iemand is wat 'n sondaar tot bekering kan bring, is dit hy. Woordeloos stryk sy aan na die hek met haar selfoon in die lug. Een staaf. Aan die oorkant van die grondpad wat tussen die plase deurkronkel, brand die ligte van die Swathi-kliniek. Welmenende Duitse altruïste het dit opgerig. Hulle sukkel steeds om 'n dokter te kry om die fasiliteit te beman. Niemand wil in die agterveld van die Zoeloelandse platteland werk nie. Sy trek 'n gesig.

Dalk moet hulle 'n dokter uit Duitsland stuur.

By die linkerkantste hekpaal wys die drie klein stawe op haar selfoon uiteindelik dat sy kan bel. Sy soek vinnig Afrika se nommer op haar kontaklys. Hopelik is hy iewers op daardie doodswerf waar daar selfoonopvangs is. 'n Onsekere luitoon doen niks om haar optimisme te staaf nie, maar die volgende oomblik antwoord hy glashelder. Die kuberruim was hulle ter wille.

"Hoe ver trek julle?" vra sy.

"Ons gaan heelnag hier wees," antwoord Afrika. "Heel fokken nag. Daar's 'n kakhuis vol spore reg met die draad af en ten minste twee skerpskuttersneste. En die bliksems het gerecce."

"Waar?" Aella skop teen 'n graspol.

"By die stoor."

In haar geestesoog sien sy die groot stoor buitekant die

plaaswerf. Gedurende die jagseisoen hang die biltongjagters, wat vir die Volkers 'n lekker bron van ekstra inkomste is, hulle prooi daar om uit te bloei totdat die jagtog verby is. Vir die res van die jaar staan die stoor leeg. Desjare was dit 'n waenhuis, dit kan nie sluit nie. Om die waarheid te sê, dit het nie eens behoorlike deure nie.

"En ons wag vir die spreiligte," voeg hy by. "Masuku het nou-nou gery."

Carlsbad is vyftig kilometer van die dorp af. 'n Vinnige heen en terug van 'n honderd kilometer om te gaan toerusting haal, is iets wat die Duitsers nie sal verstaan nie.

"Ek het vir jou slegte nuus," sê Aella toe Afrika stilbly om asem te haal.

"Wat?"

"Die taxi wat S.P. van der Walt-hulle gestop het, is propvol vuurwapens."

In die stilte wat volg, kan sy hoor hoe Afrika diep sug. Daar is 'n suising oor die eter en sy harde asemhaling verdwyn kortstondig heeltemal. "Wie's op die toneel?"

"Ek, Sibisi en Willem Visagie. En die taxibestuurder," voeg Aella as nagedagte by. Sy kan stemme en beweging oor die afstand tussen haar en Afrika hoor. "Hy's hard geslaan. Ek moet hom by 'n dokter kry en gou ook. Hy's die enigste behoorlike leidraad wat ek het."

"Shit." Afrika trek sy asem in. "Oukei," sê hy. "Oukei. Ek sal die gunne kom haal en terugkom plaas toe en solank vir Mazibuko hier los. Daar is egter nie 'n manier waarop ons die taxi vanaand kan werk nie."

"Visagie sê die taxi sal orraait wees tot môreoggend," antwoord Aella. "Neem net foto's vanaand. Ek gaan vir Sibisi en Willem Visagie hier los by die vuurwapens sodat ons nie die ketting breek nie." Hofsake word gewen en verloor op tegniese aspekte soos kettinggetuienis. Sy vat nie kanse nie. "Kom haal net die goed."

"Roger." Afrika se stem verdwyn in 'n statiese suising.

"Ek vat intussen die drywer hospitaal toe."

"Raait."

Aella kan skaars hoor wat hy sê.

"... twintig minute ..." sê Cedric Afrika voordat sy stem heeltemal verdwyn.

Aella draai na Sibisi en Visagie. "Cedric Afrika sê hy's op pad. Sal julle reg wees hier tot hy kom?"
Sibisi knik. "I suppose so."
"Sluit die hek."
Willem Visagie knip sy oë stadig. Hierdie tyd van die aand behoort hy ook eintlik by sy huis, vrou en kind te wees. Geen regdenkende mens word tog uit vrye wil deel van so 'n misdaaddrama nie.

"En moenie aan die taxi raak nie," herhaal Aella vir die meulenaar se onthalwe. Nuuskierigheid is die bron van groot kwaad. Sy draai na Msimango wat stom op die grond sit en sit haar hande op haar heupe. "Nou's dit ek en jy."

Sy weet nie of hy haar verstaan nie, maar hy draai sy gesig na haar stem toe, blind in die aangesig van die ellende waaraan hy deelagtig is. Sy bebloede mond gaan oop en toe. Hy sê steeds niks. Aella sien nie uit daarna om hom hospitaal toe te neem nie. Sy sal met hierdie verdagte in die ongevalleafdeling van die eens funksionerende dorpshospitaal sit, wagtend op onvriendelike Kubaanse dokters se arbitrêre en onwillige diens alvorens sy hom na die aanhoudingselle kan verskuif. Dis nou as hulle hom nie summier in die hospitaal opneem nie. Die nag strek nimmereindigend voor haar uit.

Sy trek haar asem diep in. Met elke oomblik, elke tik van die sekondewyser raak die Volkers se moordenaars verder weg. En daar is niks wat sy daaraan kan doen nie.

Sewe

Die bloekombome se takke roer teen die sterrehemel.
"Kom," sê Aella.

"Woza," herhaal Sibisi.

Msimango probeer opstaan, maar sukkel met sy seer en blinde lyf.

"Help my," sê Aella vir Sibisi.

Hy tree nader, haak sy voorarms onder die skraal man se oksels in en lig hom orent. Msimango kreun diep.

"Versigtig, Adjudant," maan Aella. "Versigtig."

Sibisi antwoord nie. Hy laat gly sy hande oor Msimango se lyf, tik aan sy hempsak en aan sy bebloede broeksband. Teen die taximan se regterheup vind hy iets.

"Haibo, voertsek," protesteer die klein mannetjie. Tevergeefs probeer hy met sy hand keer.

"Thula," beveel Sibisi. Hy steek sy hand na Aella uit. "Hierso, Kaptein." Die houthef van 'n toegevoude Okapi-mes lê stil en dodelik in sy palm.

Aella huiwer vir 'n oomblik, maar vat dit uiteindelik by hom. Die mes is nuut, waarskynlik onlangs gekoop by een van die talle Chinese winkels wat soos paddastoele in Opathe opgeskiet het. "Hier's 'n selfoon ook." Hy oorhandig 'n ouderwetse Nokia aan haar.

"Dankie." Sy druk die mes en die selfoon in haar sak. Msimango is hulpeloos geslaan op die oomblik, maar wie weet wat alles op die donker pad na Opathe kan gebeur? Sy trek 'n gesig, vies vir haarself dat sy nie eerder daaraan gedink het om die beseerde man te deursoek nie.

"My pleasure." Hy beduie na die bakkie. "Kom ons laai hom in." Voetjie vir voetjie skuifelstap hy met Msimango na die meulekantoor se oop deur.

Aella haak haar arm aan die ander kant om die taxibestuurder se smal skouers. Hy is nog korter as sy, 'n onbenullige gewig. Saam-saam maneuvreer sy en Sibisi hom swyend by die laaiplatform af, oor die grinterige werf na haar bakkie toe. Die deur staan wawyd oop en die dakliggie skyn helder soos wat sy die voertuig in haar haas gelos het.

"Hou hom regop," beveel sy. Sy du die klein mannetjie na Sibisi se kant toe en hy maak hom teen die bakwerk staan. Sy leun by die oop deur in en vroetel op die konsole onder die handrem rond vir haar boeie. Die staal glinster kil in haar hand. Sy staan terug en beduie met haar kop. "Draai hom om." Sy gaan nie kanse vat nie.

Sibisi gehoorsaam woordeloos.

Sonder omhaal en sonder teenstand boei sy haar prisonier se hande agter sy rug vas. Tussen haar en Sibisi bondel hulle die tengerige gewig in die voertuig. Msimango gaan lê kreunend op die lang agtersitplek.

"Gaan jy orraait wees, Kaptein?" vra Sibisi. Hy vryf sy hande besorg.

Msimango se asemhaling is vlak en in die geel skynsel van die dakliggie is sy vel vaal en natgesweet.

"Ek dink so," antwoord Aella. "Sy fut is uit."

"Hulle het die kak uit hom geslaan."

"Jy moes vir S.P. van der Walt arresteer het," sê Aella. Konfoormeule val ook onder die satellietstasie se jurisdiksie; Sibisi se verantwoordelikheid.

"Hoe?" vra Sibisi. Hy laat sak sy arms langs sy lyf. "Ons was net twee en hulle was baie. Met gunne," voeg hy by. "En hulle was kwaad."

Dis waar.

Hy haak sy duime deur sy gordellusse. "Maar ek gaan in any case môre met hom praat. He's not going anywhere. Hy is altyd op die plaas." Hy trek 'n wrang gesig. "En dan moet die aanklaer maar besluit wat hy wil doen."

Die weer dreun bokant hulle koppe, maar met geringer intensiteit. Die vroegaanddrif is besig om hom uit te woed sonder dat 'n druppel reën geval het. Reeds kan Aella die seesoelte teen haar vel voel, taai, warm en benouend.

"Julle moet vir julle toesluit in die kantoor tot kaptein Afrika kom," sê sy. "Ons weet nie waar hierdie mense is nie, en hulle is gewetenloos. Hulle sal nie huiwer om te skiet nie, veral nie as hulle hul vuurwapens kom soek nie."

Sibisi knik. Hy weet.

Aella sit haar hand op sy skouer. Dit was nie 'n maklike aand vir hom nie. "Dankie."

"Drive safely, Captain."

Sy laat sak haar hand en klim in die bakkie. Die groot voertuig dreun hard toe sy dit aanskakel. Die skerp kopligte skyn helder op die vaalwit taxi. Wie sou kon dink dat so 'n doodgewone voertuig soveel dodelike vuurwapens vervoer? Versigtig trek sy uit die laaiwerf tot op die grondpad en wag totdat Sibisi die hek agter haar toestoot. In die truspieëltjie kan sy sien hoe hy sy hand lig toe sy toet. Sy hou hom dop tot hy in die kantoor verdwyn en die deur agter hom toetrek. Eers toe draai sy links na die dorp. Sy ry vinnig, maar versigtig.

Msimango kreun weer diep en hoes. "Aah," hyg hy.

Gebreekte ribbes. Definitief.

Sy merk beweging in die truspieëltjie. "Wat maak jy?" vra sy.

Hy antwoord nie, maar in die dowwe lig van die paneelbord kan sy sien dat hy van posisie verander het sodat hy skuins agter haar teen die linkeragterdeur sitlê. Sy borskas dein rukkerig op en af.

"Wat het jy op die Volkers se plaas gedoen?" vra Aella hardop, sonder om 'n antwoord te verwag. Die bakkie tref 'n knik en Msimango trek sy asem skerp in.

"Sorry," sê Aella. Sy verminder spoed.

"Mama," klink die yl stem agter haar.

Die man moet baie pyn hê as hy vra vir sy ma. Sy antwoord nie, maar hou haar oë op die pad.

"Mama," sê hy weer, die keer marginaal harder. "Ek wil praat."

Aella rem skerp, want Msimango praat Afrikaans met haar.

Hy snak na sy asem. Die bakkie kom in die middel van die donker pad tot stilstand. Sy draai om. "Jy verstaan my tog," sê sy fronsend.

"Yebo, mama."

"Nou vir wat mors jy my tyd so?"

Hy hoes pynlik.

"Hè?" Aella staar vir 'n lang oomblik na die klein mannetjie op die agtersitplek. Wragtig. Nou wil hy praat? Hier in die middel van nêrens? Sy skud haar kop en sit die voertuig in rat.

"Ngiyaxolisa, Mama," vra hy kreunend om verskoning. Hy hoes weer. "Sisi."

Aella trek weg. Sy kan nie so in die pad bly staan nie. Dis gevaarlik.

"Ek wil praat," sê Msimango weer. Hierdie keer praat hy Engels met haar. Sy Engels is suiwer; ongetwyfeld die gevolg van sendingskoolopleiding. Daar is heelwat sendingstasies in hierdie deel van die platteland.

"Ek het jou gehoor." Sy haal haar selfoon uit haar sak en sit dit op haar skoot neer terwyl sy met haar duim deur die toepassings rol en gelyktydig een oog wakend op die pad hou. Uiteindelik vind sy die selfoon se stemopnemer, aktiveer dit en sit die instrument op die sitplek langs haar neer.

"My liewe hemel, Aella," hoor sy Roel se stem en sy glimlag skeef. Haar vermoë om te bestuur en terselfdertyd oor 'n selfoon te praat en teksboodskappe en e-posse te stuur en te ontvang het hom diep ontstel. Hy was altyd bang dat sy haar gaan verongeluk.

Sy pers haar lippe opmekaar. Nie nou nie.

"Wat wil jy vir my sê?" vra sy. Die bakkie se voorwiel tref 'n slaggat en sy moet keer dat die selfoon van die sitplek afgly. Weer kreun haar gevangene diep.

"Dêmmit," sê Aella. "Sorry."

Sy skuif die selfoon terug na die rugleuning. Dit neem steeds op wat gesê word. Toe 'n steenkoolvragmotor voor haar opduik, skakel sy na 'n laer rat oor en haar oë glip na die truspieëltjie. Msimango lê steeds teen die deur, ongetwyfeld nie in staat om te veel rond te skuif terwyl sy hande agter sy rug geboei is nie. Sy druk die bakkie se neus verby die swaar voertuig. Die baan vir die aankomende verkeer lê verlate uitgestrek in die nagdonker en die kragtige bakkie steek die vragmotor moeiteloos verby.

"Jy sal vir die hof sê ek het gepraat?" vra hy skor.

"Is dit wat jy wil hê?" antwoord Aella met 'n teenvraag. Dit is 'n delikate dans waarvan die passies met groot versigtigheid uitgevoer moet word.

"Yebo."

Voor haar flikker die dorpsliggies reeds.

"Nou maar praat," sê sy.

Aan die regterkant van die pad gooi groot spreiligte wat dateer uit die dae van opstand en onderdrukking 'n goue gloed oor die rye sinkhuisies van die uitgebreide township aan die buitewyke van Opathe. Hier en daar staan 'n baksteenhuis wat intussen uit die ellende verrys het. Sy verminder spoed, op die uitkyk vir die rondloperbeeste wat sommige townshipbewoners op die grasstroke aan die kant van die verwaarloosde gebied laat wei.

"Dit was Chonco," prewel Msimango.

"Chonco?"

"Yebo."

Aella frons. "Ek verstaan nie. Wie's Chonco?"

Hy steun. "Hy werk by Ceza-hospitaal, Mama. Hy's 'n klerk. En hy ry taxi ook."

"'n Drywer?" vra Aella.

"Hy ry partykeer, as hy geld nodig het."

Aella ry nog stadiger. "Wat van Chonco?"

Msimango hoes weer en hyg na sy asem terwyl hy terugslaan na Afrikaans. "Hy't gesê daar is geld op daardie plaas. Vier miljoen. Hy't gesê ons moet dit gaan haal. Dit is ons geld. Die Boere skuld ons."

"Hoe't hy geweet van die geld?" vra Aella. In die truspieëltjie kan sy sien hoe die skraal man sy lyf met moeite regop stoot.

"Sgoloza se girlfriend het so gesê."

Aella hou by die stopstraat in die ingang na die dorp stil. Daar is geen ander voertuig in die donker straat nie. 'n Lang laning palmbome wieg in die nagbries onder die straatligte op die middelmannetjie en 'n rondloperhond snuif aan 'n hoop swartsakke op die sypaadjie.

"Wie is Sgoloza?" vra sy. Sy kyk om. In die helder skynsel

van die straatligte blink Msimango se gesig van die sweet. Gebreekte ribbes is baie seer.

"Hy is Chonco se baas by die taxi's."

Aella trek stadig weg. Sy ken nie die naam nie. Daar is so baie taxi-eienaars, sindikate en verenigings dat dit onmoontlik is om tred te hou met almal.

"Ken jy hom?" Sy verwissel van rat.

"Nee. Chonco ken hom." Msimango se stukkende mond verwring die woorde pynlik.

Sy frons. "Jy bestuur dan self 'n taxi. Hoe is dit dat jy hom nie ken nie?"

"Sgoloza is long distance."

Sy trek 'n gesig. Die inligting sal opgevolg moet word deur mense wat baie meer as sy van die taxibedryf weet. Dit is 'n ondeursigtige kraaines van wettighede en onwettighede wat vir die oningewyde 'n mynveld van waarheid en onwaarheid is.

"Hoe het Sgoloza se girlfriend geweet daar is geld op die plaas?" vra sy toe sy by die rooi verkeerslig voor die hardewarewinkel stilhou.

"Chonco het gesê sy werk daar."

Stadig skuif die legkaartstukke nader aan mekaar, kop en stert, bout en moer. Amper elke plaasaanval is die gevolg van binneinligting, het sy geleer. Gaan soek die persoon wat die boer die meeste vertrou. Hy is gewoonlik die skuldige. Dit is altyd so. Altyd. Vertroue word maklik gegee. Dit is 'n goedkoop geskenk en 'n duur verlies. Die gesprek is irreëel, want sy bespreek die moord op Henno en Heinrich Volker met Msimango asof dit die weer is waaroor sy praat.

"Wie is Sizabantu Taxi Association?" vra sy uiteindelik. Sy rem toe 'n kat voor haar oor die straat hardloop. "En wat weet jy van die vuurwapens in die taxi wat jy bestuur het?"

"Angazi," steun Msimango. "Chonco weet. Hy het met die taxi gekom."

Sy kyk op haar duur horlosie, 'n geskenk van Roel. Die fosforwysers sê dat dit elfuur is. Hoe lank sal sy by die hospitaal moet wag? Die Kubane gaan almal huis toe ná vyf en moet geskakel word indien daar enige noodgevalle is. Somtyds neem dit ure vir een van hulle om op te daag. Daar is baie inligting wat opgevolg moet word vannag. Daar is nie tyd om vir hulle te wag nie.

Msimango kug weer en haal hard en vinnig asem.

Hy moenie doodgaan nie. Hy is die enigste getuie wat sy het. Die hospitaal se sperboom duik voor haar op en sy hou langs die houthuisie stil waarin die wag moet wees wat die valhek beman.

Daar is niemand nie.

Sy trommel met haar vingers op die stuurwiel se harde raam. Toe niemand uit die duister te voorskyn kom nie, toet sy.

Daar is steeds niemand nie.

Sy trek die bakkie se handrem op. "Sit stil."

Msimango antwoord nie. Hy lê teen die deur en haal moeisaam asem. Aella klim uit die luierende voertuig en lig self die sperboom. Die ysterpaal is swaarder as wat dit lyk. Uiteindelik glip dit in 'n groef en bly dit vanself orent.

Sy klim terug in die bakkie. Msimango het nie beweeg nie. Sy trek stadig weg. Agter haar staan die sperboom soos 'n baken teen die sterbelaaide hemel. Sy ry verby die hospitaal se voordeur om 'n draai na die wassery en kombuis tot aan die verste punt van die perseel waar die ongevalleafdeling binne sig van die lykshuis geleë is.

Daar is slegs twee voertuie in die verwaarloosde parkeerspasie voor die dubbele glasdeur wat sê *Ongevalle/Casualty*. Aella herken dokter Montoya se ou wit Mercedes. Langs die Mercedes staan 'n smerige viertrekvoertuig met nommerplate wat onleesbaar is van stof en modder. Sy trek langs die viertrek in. Deur die glasdeure kan sy sien dat die groen stoele wat in 'n netjiese dubbelry in die wagvertrek geplaas is, onbeset is.

Msimango kreun weer.

"Ons is hier." Met moeite onderdruk sy 'n gaap. Sy skakel die bakkie af en druk haar selfoon terug in haar sak. Gruis knars onder haar voete toe sy om die voertuig se neus stap. Vrugtevlermuise tjank soos hondjies in die groot bome bokant haar kop en die lug ruik na jasmyn en appelkoosbloeisels.

Ná die dreigende onweer het dit 'n lieflike aand geword.

Agt

Die bakkie se deur kraak toe Aella dit vir Msimango oopmaak. "Kom."

Hy draai hulpeloos na haar. "Ek gaan val."

Sy sit haar hand op sy skouer. "Jy sal nie. Ek sal jou help. Skuif vorentoe."

Hy maneuvreer hom moeisaam tot hy uiteindelik met sy voete op die oop deurraam sit. "Jy sal vir die hof sê?" vra hy weer.

"Ek sal vir die hof sê." Sy skuif haar arm onder sy skouer in. "Skuif nog vorentoe," beveel sy. "Ek belowe dat ek jou nie sal laat val nie."

Msimango gehoorsaam stadig. Versigtig gly hy teen die hoë sitplek af terwyl hy swaar op haar leun. Toe hy uiteindelik met sy voete op die harde gruisklippies staan, verskuif Aella haar greep na haar prisonier se elmboog. Voetjie vir voetjie skuifel hulle aan na die ongevalleafdeling se dofgevatte glasdeure. Sy stoot dit met haar voet oop.

"Stap," sê sy vir Msimango. Sy du hom na binne, na die naaste stoel.

"O'Malley."

"Whistler?" Aella kyk om toe sy die growwe stem hoor.

Whistler sit langs die onbemande toonbank aan die teenoorgestelde kant van die vertrek. Sy het hom eergister laas op die skietbaan gesien. Sy kakieklere is vol stof en hy lyk gehawend. Langs hom sit 'n vreemde man met 'n bebloede kakiebroek aan.

"Wat maak jy hier?" Sy druk vir Msimango versigtig in die groen stoel naaste aan haar neer. Hy gaan sit woordeloos.

Whistler beduie met sy kop na Msimango. "Wie't hom so gebliksem?" antwoord hy met 'n teenvraag. Diep plooie keep vore in die smal spasie tussen sy skerp neus en dun lippe en lê soos merkers uitgekerf tussen sy ruie wenkbroue. Jare se omgang met moordenaars, rowers en verkragters het dié erosieslote daar getrek. As Aella in die spieël kyk, sien sy die vae buitelyne van soortgelyke groewe in die kort afstand tussen haar neus en ken. Whistler se besemrige snor tril saam met elke beweging van sy bolip. Die snor word elke dag gryser.

"Die boere," antwoord Aella. Sy vee 'n haarsliert uit haar gesig. "Henno Volker en sy seun is geskiet vanaand."

Vir 'n lang oomblik is daar stilte. Iewers in die wagkamer kir 'n kriek en ver na die ooste kan Aella hoor hoe die lang steenkooltreine na Richardsbaai op die groot aansluiting langs die township rangeer.

"Dood?" vra Whistler grof.

Sy knik stadig.

"Shit." Hy vee met lang vingers oor sy snor asof hy dit op sy bolip wil platstryk. "Al twee van hulle?" Sy donker oë is troebel.

Aella knik weer.

Whistler se kakebene bult onder sy bruingebrande vel. "Heinrich se vrou?" vra hy terwyl hy sy asem diep intrek. "En die kind?"

Aella maak haar oë toe. Voor haar sien sy Irmela se bleek gesig en Sigrid se oë. Dit is pynlik. Sy maak haar oë weer oop. "Hulle is orraait," antwoord sy sag. Haar mondhoek vertrek. "So orraait as wat hulle kan wees onder die omstandighede."

Whistler sit sy hand agter sy nek en skud sy kop. Hy trek sy asem diep in. "Fokkers." Hy maak sy oë toe. "Fokken, etterse fokkers."

Aella antwoord nie. Wat meer is daar te sê? Haar oë gly oor die andersins leë vertrek. "Waar's die dokter?" vra sy. "Ek moet teruggaan plaas toe."

Hy maak sy oë oop en beduie na die toe deur aan die agterkant van die vertrek. Sy hand bewe en daar is 'n wit kring om sy mond. "Daarbinne. Wat hy daar doen, is niemand se fokken besigheid nie. Hy's soos 'n vlermuis uit die hel daar in nadat ons sy gat moes lek om sy werk te kom doen. Ons wag steeds dat hy ons roep. Die bliksem gaan nog 'n internasionale insident veroorsaak." Hy trek sy asem sidderend in. Geleidelik bedaar die emosie in sy gesig. "Wat's sý storie?" vra hy ná 'n kort stilte. Hy beduie na Msimango wat hulpeloos sit en wag.

Aella beduie na die glasdeur. "Kom ons gaan staan buite. Hy praat Afrikaans."

Whistler volg haar na buite sonder om die vreemdeling saam te nooi. Hy trek die deur versigtig agter hom toe.

Aella leun teen die muur en druk met haar duime teen die dik spiere in haar nek. Dit is snaarstyf gespan. "Hulle het hom met 'n taxi vol vuurwapens gevang."

"Vuurwapens?" vra Whistler. Hy frons. "Watse vuurwapens?"

Aella hou die ontvangsvertrek noukeurig dop. Die Kubaanse dokter moet gou maak. "AK's met bandammunisie," antwoord sy. "Een pistool en 'n jaggeweer wat ek gesien het."

"Wát?"

Sy draai na hom. "Dit was verskriklik."

"Bandammunisie." Whistler skud sy kop. "Die arme bliksems het nie 'n kans gehad nie." Hy asem hoorbaar uit en kyk na Msimango wat ineengedoke op die groen stoel sit. Aella volg sy oë. Die tengerige man se borskas dein rukkerig op en neer. "Hy kan gelukkig wees dat hy nog lewe," merk hy op.

"Hy sou nie as dit van S.P. van der Walt afgehang het nie."

"Sy handewerk?"

Aella knik. "Sibisi gaan hom môreoggend arresteer vir aanranding." Sy trek 'n gesig. "Daar was te veel van hulle en te min van ons vanaand."

"Die boere gaan dit fokkol like."

"Reg is reg, Whistler." 'n Bries steek op uit die noorde en waai suur oor die afvalhoop aan die agterkant van die hospitaal. Aella frommel haar neus en beduie na die vreemdeling wat toe-oë en kop agteroor teen die muur sit. Sy bebloede been is lank voor hom uitgestrek. "Wie's hy?" vra sy.

Whistler snork minagtend. "'n Fransman wat Provinsie aan my afgesmeer het."

"'n Fransman?" Sy kyk woordeloos hoe Whistler 'n pakkie Voyagers uit sy hempsak haal. Hy tik 'n sigaret met sy wysvinger uit die harde omhulsel, sit dit tussen sy lippe, steek dit aan en trek die rook diep in totdat 'n rooi kool aan die punt gloei.

"Hy's van Interpol, maar gestasioneer in Pretoria," antwoord hy. Rook borrel by sy mond en neusgate uit. "Die Europeërs het hom gestuur om te kom kyk wat doen die taakspan met hulle geld."

Die taakspan wat renosterstropery in hulle uitgestrekte area moet bekamp, bestaan as gevolg van die ruimhartige befondsing van Europese natuurliefhebbers. Dit weet Aella goed. Soms is sy jaloers op Whistler. Haar ondersoeke word nie naastenby so goed befonds nie. Oënskynlik is 'n menselewe minder werd as dié van 'n renoster. Aella trek haar asem diep in. Die rook ruik lekker. Sy kan al voel hoe dit die bitter holte in haar binnekant bevredigend vul.

"Soek jy een?" vra Whistler. Hy hou die pakkie in sy benerige vingers na haar uit. "Kry vir jou."

Sy lig haar hand werktuiglik, maar laat sak dit weer met moeite. Nee. Sy pers haar lippe saam en skud haar kop.

Whistler druk die sigarette terug in sy sak terwyl hy skreefoog deur die rook na haar tuur. "Jy's 'n fokken saint, O'Malley."

"Ek wens ek was," antwoord sy stadig. Haar oog val op haar horlosie. Dis amper halftwaalf. "Hierdie Kubaan mors my tyd," sê sy fronsend. Sy beduie na die vreemdeling. "Wat het met hom gebeur?"

"Die arme donder." Whistler trek weer diep aan sy sigaret en skiet uiteindelik die stompie die duister in. Die kooltjie gloei kortstondig, maar sy liggie verdwyn weldra tussen die gruis van die parkeerterrein. "Hoekom die buitelanders altyd daarop aandring om in die veld in te bliksem, sal net hulle weet. Die oomblik as hulle hier land, is dit mos net bos toe, al weet hulle not te fok wat om daar te maak."

Die Fransman maak sy oë oop asof hy weet dat daar van hom gepraat word. Hy kyk stip na Aella. Sy kyk verleë weg.

"Ons was vanmiddag by Shayamanzi," sê Whistler ongestoord. "Ek wou vir hom gaan wys waar hulle daardie koei verlede week geskiet het, moer toe en gone agter die berg. Hulle dink mos ons smeek vir 'n helikopter omdat ons daarvan hou om te vlieg. Ek sê nogal vir hom hy moet reg agter my loop want 'n mens moet mooi kyk waar jy trap. Of hy my verstaan het, weet ek nie, want die volgende oomblik toe trap die arme doos in 'n slagyster. 'n Regte een. Hoe ek dit misgetrap het, weet die liewe Vader alleen. Gelukkig was die veer slap, anders was sy fokken been af."

Aella grimas simpatiek. "Eina."

"Hy kort eintlik net 'n klem-in-die-kaak-inspuiting. Dis al. Ek het gekyk. Dit lyk erger as wat dit is."

"O." Sy kyk weer onderlangs na die vreemdeling. Hy is 'n aantreklike man.

Whistler haak sy duime in sy denimbroek se sakke. "Vir 'n Fransman is hy 'n taai bliksem. Niks se gepis of geween toe ek die slagyster oopmaak nie." Hy trek 'n wrang gesig. "Maar hy's lekker blou."

Aella vryf oor haar arms. Dit is skielik koel. Sy beduie na Msimango. "Hy't gepraat op pad hiernatoe, Whistler."

Whistler leun teen die glasdeur se staalraam terug. "Uit sy eie?"

Sy knik. "Hy wil hê dat ek vir die hof sal sê hy het gehelp."

"Om staatsgetuie te draai gaan nie sy gat red nie," antwoord Whistler. "Hy sal eers moet pleit. Wat sê die donder in elk geval?"

Aella druk haar duimnael in haar mond en haal dit onmiddellik weer uit. Haar spoeg brand haar vinger. "Ene Chonco wat by Ceza-hospitaal werk, het vir hom vertel dat daar 'n spul geld in die Volkers se huis is. Hulle moes dit blykbaar gaan haal."

Whistler takseer haar skewekop. "'n Huisroof? En daarvoor vat hulle aanvalsgewere met bandammunisie saam?"

Sy haal haar skouers op. "Dis wat hy gesê het."

"Dis 'n inside job, O'Malley. Hoe't hulle anders geweet van die geld?"

Aella draai haar rug teen die deur en vou haar arms. Sy kyk vlugtig deur die glas. Msimango sit steeds ineengekrimp op die stoel en die Fransman is besig met sy selfoon. Van die dokter is daar geen teken nie. "Hy sê dat die huisbediende die inligting vir haar kêrel gegee het."

"En die kêrel is Chonco?" vra Whistler. Hy kyk peinsend na haar. "Ek weet van 'n Chonco by die hospitaal."

Sy skud haar kop. "H'm-h'm. Iemand met die naam van Sgoloza. Dit klink vir my asof hy 'n taxi-eienaar is, want Msimango sê dat hy Chonco se baas by die taxi's is."

"Die Chonco waarvan ek weet, werk in Ontvangs," merk hy op.

"As dit dieselfde een is, bestuur hy deeltyds taxi's ook." Sy trek haar vingers deur haar weerbarstige hare.

"Dit klink vir my maar na 'n deurmekaarspul."

"Dit is." Vir 'n lang oomblik staar hulle oor die donker parkeerterrein, verby die lykshuis na waar straatligte in die verte in reguit lyne flonker. As sy mooi kyk, kan sy die blou lig voor die aanklagkantoor skuins oorkant die kloktoring van die Klipkerk eien.

"Wat maak jy by die werk, O'Malley?" vra Whistler onverwags.

"Wat bedoel jy?"

"Jy't vir my eergister by die skietbaan gesê jy's nog vir twee weke af."

Sy byt pynlik op haar lip. "Ek kan nie so by die huis sit nie, Whistler. Ek is besig om van my kop af te raak." Sy stoot 'n stukkende polistireenkoppie met die punt van haar skoen oor die gruis. "Daar is in elk geval niemand anders om hierdie werk te doen nie."

Die frons tussen sy donker oë verdiep. "Jy sal iemand móét kry om jou te help, Aella. Hierdie is 'n groot saak. Jy kan dit nie alleen doen nie."

"Wie?" vra sy stokkerig.

Hy sit sy hande op haar skouers. Van naderby ruik hy na sigaretrook en Old Spice, vertroostend en bekend. "Gaan praat met die kolonel."

"Ek het hom gebel. Hy antwoord nie sy selfoon nie."

Whistler sug. "Liewe Vader, tog." Hy haal sy hande van haar skouers af en steek dit weer in sy sakke. "Mind you, dalk is dit beter so. Netnou neem die aasvoëls oor. Hy dink mos ons weet fokkol en hulle weet alles." Whistler se aasvoëls is die Valke, die polisie se eenheid vir prioriteitsmisdaadondersoek.

"Jislaaik, Whistler."

"Wat? Hulle sit op 'n tak soos aasvoëls en wag vir ons om die sake op te los voordat hulle neerdaal en al die krediet vat." Sy mond vertrek wrang. "Alexander dink mos ons is stupid. Dis omdat hy self nooit 'n speurder was nie. Hy is 'n politikus wat daarvan hou om shine te vang; 'n regte poephol, as jy my vra." Hy leun verby haar en stoot die glasdeur oop. "Gaan oor sy kop, O'Malley." Die harde trek om sy mondhoek versag. "Hulle kan iemand van Durban af kry as hulle regtig wil. Of een van ons intrek. Jy rou nog. Hulle kan dit wragtig nie van jou verwag nie." Hy beduie haar ferm na binne. "Kom ons gaan wag vir die kwak." Hy laat haar voor hom by die muwwe vertrek instap, sy hand intiem op die holte van haar rug.

Msimango sit in die groen stoel sy pyn in stilte en verduur. As dit nie vir sy borskas was wat kort-kort dein nie, sou 'n mens kon dink dat hy dood is.

"Moeretter," sê Whistler snydend.

"Los hom uit," sê Aella. "Hy is my enigste getuie."

Die Fransman kyk op toe hulle langs hom gaan sit.

Daar is iets eksoties aan die man, iets wilds. Sy blonde hare is windverwaaid en sy fletsblou oë lyk soos spoelklippe in 'n onverwags soel gesig. Sy safariklere is ooglopend duur en van 'n baie beter fabrikaat as Whistler se uitgewaste hemp en broek wat hy by die koöperasie gekoop het. Daarby het die Fransman 'n paar stewels aan wat Roel lank gelede in 'n sportwinkel in Durban bewonder het. Die prys het hom egter afgeskrik. Die Fransman se duur broek is geskeur en rooi swamme blom op sy kuit.

"Majoor Christophe Leblanc, kaptein Aella O'Malley," stel Whistler hulle in Engels aan mekaar voor.

"Naand," sê Aella en steek haar hand uit.

"Bonsoir." Die Fransman se handdruk is ferm. "Kaptein O'Malley?" vra hy. Hy klink meer Amerikaans as Frans. "Is jy ook 'n polisiebeampte?"

Aella knik.

"Moenie dat haar voorkoms jou om die bos lei nie, Leblanc," sê Whistler. "Dit lyk maar net asof die wind haar gaan wegwaai. O'Malley ondersoek ernstige en geweldsmisdaad."

"'n Pynlike spesialisgebied," antwoord die Fransman. Sy gesig vertrek toe hy van posisie verander.

Aella glimlag styf. Sy beduie na sy been. "Dit lyk seer."

Hy knik en grinnik verleë. "Dit is. Die slagysters wat julle boere gebruik om probleemdiere mee te vang is niemand se speelmaat nie. Ek dink egter dat my ego seerder gekry het as my been."

Aella maak haar mond oop om te sê dat dit met enigiemand kon gebeur, maar Whistler spring haar voor. "Hierdie fokken Kubaan moet sy gat roer," sê hy hard. "Netnou kry jy bloedvergiftiging en dan is dit net kak en hare."

Asof die dokter vir Whistler gehoor het, gaan die toe deur uiteindelik oop. Die lang, skraal, donker figuur van dokter Montoya verskyn in die opening. Hy is nog jonk.

Hy groet nie.

Aella en Whistler groet ook nie. Hulle het min vir Montoya te sê, en hy vir hulle.

"Bonsoir," sê Leblanc.

Die Kubaan ignoreer hom. "Who's first?" vra hy kortaf.

Aella moet mooi luister om te hoor wat hy vra, want dit klink asof hy aan sy onwillige woorde verstik.

Sy beduie met haar kop na Whistler.

"Ons," sê Whistler. Hy wys met 'n vinnige beweging van sy wysvinger tussen hom en Leblanc.

Die Kubaan ignoreer hom ook en draai na Msimango.

Whistler en Leblanc kyk vlugtig na mekaar. Leblanc lig sy wenkbroue. Whistler frons. Aella skud haar kop. Die dokter het geen maniere nie.

"Wat het met hom gebeur?" vra Montoya in sy swaar aksent-Engels.

"Hy is aangerand," antwoord Aella styf.

"Deur julle?" Die dokter kyk langs sy neus af na haar, sy afkeer van haar en alles wat sy verteenwoordig duidelik sigbaar in sy stywe rug en afgemete woorde.

Sy kyk koelweg terug. "Mense."

Die dokter sê niks verder nie, maar buk oor die taximan. "Het jy baie pyn?"

Msimango kreun diep. "Eisj," antwoord hy. "Eisj."

Montoya staan regop. "Hy's eerste."

Aella staan op en sit haar hand onder Msimango se arm. "Kom," sê sy. Hoe vinniger die dokter die man kan sien, hoe beter. Sy het werk om te doen.

Whistler beduie na die Fransman. "Wat van hom? Netnou kry hy klem-in-die-kaak."

Die dokter ignoreer hom.

"Doos," sê Whistler onderlangs in Afrikaans.

Aella frons in sy algemene rigting. Dit is die verkeerde tyd om moeilik te raak.

Whistler kyk uitdrukkingloos voor hom uit. 'n Spiertjie spring in sy wang.

"Come, come," sê die Kubaan.

Toe Msimango uiteindelik op sy voete is, lei Aella hom versigtig na die klein ondersoekkamer. Dit gaan stadig. Vir die soveelste keer verwens Aella vir S.P. van der Walt. Sy hardhandige optrede laat waardevolle ure verlore gaan. Sy onderdruk 'n gaap met moeite. Die horlosie teen die muur sê vir haar dat dit amper halfeen is.

By die deur draai die dokter om. Hy maak 'n ongeduldige beweging met sy hand. "Haal dit af," beveel hy.

Aella frons. "Wat?"

"Die boeie. Haal dit af. Hoe moet ek my pasiënt ondersoek as sy hande geboei is?"

Dit lyk vir Aella of dit vir dokter Montoya onsmaaklik is om met haar te praat. Sy stywe mond maak dit nog moeiliker om sy geradbraakte taal te verstaan. Sy byt op haar tande en haal haar bakkiesleutels uit haar sak. Die silweragtige sleuteltjie hang onopsigtelik aan die ring. Sonder 'n woord maak sy die boeie om haar prisonier se dun gewrigte los. Hy laat sak sy arms kreunend langs sy lyf. Sy stap vorentoe om die dokter en Msimango die ondersoekkamer binne te volg.

"Uit," sê die Kubaan. Hy stoot die taxibestuurder voor hom uit en druk die deur in Aella se gesig toe.

"Onbeskofte etterkop," sê Whistler agter haar.

Aella draai om en gaan leun teen die toonbank. Sy draai die boeie om en om in haar hande. Die metaal is warm van Msimango se liggaamshitte. Sy sit die boeie op die toonbank langs haar neer.

Leblanc stoot sy beseerde been lank voor hom uit en draai sy kop na haar. "Wat het hy gemaak?" vra hy. Hy beduie met sy kop na die ondersoekkamer.

Aella knaag aan haar wysvinger se nael, maar bedink haar en maak 'n vuis waarmee sy haar linkerskouerspier knie. "Hy was betrokke by 'n plaasaanval," antwoord sy ná 'n kort stilte.

'n Trein fluit op die stasie. Die trae, jammerlike geluid is 'n anachronisme, 'n herinnering aan beter tye lank gelede.

"Dit is 'n veragtelike misdaad." Die Fransman se woorde eggo die trein se fluit.

Aella antwoord nie. Leblanc is reg. Wat is daar in elk geval meer te sê?

Die Fransman grimas pynlik en draai na Whistler. "Kom ons gaan. Ons kan salf en pleister by die apteek koop. Ek dink ek sal in veiliger hande wees as 'n slang my pik."

Whistler staan op en gaan staan agter Aella. Hy stoot haar vuis eenkant toe en knie haar dik nekspiere met sy maer hande. Sy maak haar oë toe. Dit is verruklik pynlik.

"Norrefok, ou perd," antwoord hy kras. "Daar's allerhande kak op hierdie slagysters. Netnou kry jy ..." Hy buk af. Sy lippe roer teen Aella se oor. "Wat is klem-in-die-kaak in Engels, O'Malley?"

Aella maak haar oë oop. Vir 'n oomblik kan sy nie onthou nie. "Tetanus," antwoord sy uiteindelik nadat sy deur haar trae geheuebank gesif het. "Die woord is tetanus."

Whistler staan regop, sy hande steeds op haar skouers. Hy praat met die Fransman. "Daar het jy dit. Nou-nou gaan jy dood en dan is dit my fokken skuld." Hy staan terug. "Dankie, sou ek sê," sê hy vir Aella.

"Dankie." Haar skouerspiere voel vaagweg gekneus.

Whistler gee haar 'n tikkie op die arm en gaan sit weer langs Leblanc. Hy staan amper onmiddellik weer op. "Waar gaan jy in elk geval dié tyd van die nag op Opathe 'n oop apteek kry? Jy's donders ver weg van die beskawing af, my vriend." Hy tik aan sy hempsak. "Fok, as ek nie nou rook nie, kak ek in my broek." Hy haal weer die verfrommelde pakkie sigarette uit sy hempsak.

"Mag 'n mens hierbinne rook?" vra die Fransman.

"Sien jy iemand wat kla?" antwoord Whistler. Hy haal sy sigaretaansteker uit sy broeksak en steek sy sigaret aan, maar maak tog die glasdeure oop voordat hy teen die staalraam gaan leun.

"Le docteur?" vra Leblanc.

"Le docteur se moer," sê Whistler in Afrikaans. Hy blaas

die rook voor hom uit. Dit hang soos 'n onweerswolk in die ontvangsvertrek.

"Is daar iemand dood tydens die aanval?" vra Leblanc.

"'n Pa en sy seun," antwoord Aella.

"Merde."

'n Vragmotor dreun in die straat. Iewers in die woonbuurt met sy hoë heinings en groot huise ween 'n hond buitenstyds want dit is nie volmaan nie.

"Hoekom?" vra hy uiteindelik fronsend. "Al die haat. Dis ..."

"Wie de fok sal weet," antwoord Whistler voordat Aella iets kan sê. Hy draai kortstondig sy rug op hulle en skiet sy stompie na buite.

"Het jy al iets wys geraak oor die Volkers se renosters?" vra Aella. Dooie boere en dooie renosters. Hulle is algar ewe bedreig. Whistler draai terug.

"Soort van," antwoord hy. Whistler het 'n uitgebreide informantenetwerk, tot in Mosambiek. "Dis 'n raaisel binne-in 'n raaisel."

Hulle kyk op toe die deur oopgaan. Die Kubaanse dokter is klaar met Msimango. Hy stoot die man voor hom uit.

"Jy kan hom vat," sê hy vir Aella.

Sy staan op. In die kort rukkie wat sy hom nie gesien het nie, het Msimango se toestand versleg. Die vel om sy oë is so dik geswel dat dit lyk asof dit wil bars. "Gaan jy hom dan nie in die hospitaal laat opneem nie?" vra sy fronsend. "Kyk net hoe lyk hy."

"Dis nie nodig nie," antwoord Montoya bot. "Hy't nie inwendige beserings nie en niks is gebreek nie. Daar's in elk geval nie 'n bed vir hom nie."

"Regtig?" vra Aella skepties. Msimango lyk asof hy enige oomblik kan omval.

Die Kubaan verwerdig hom nie om haar te antwoord nie, maar draai sy rug op haar en beduie met sy kop na die Fransman. "Kom."

"Sterkte," sê Aella vir Leblanc.

Hy grimas pynlik terwyl hy opstaan. "Merci. Á bientôt."

"Wat sê hy?" vra sy vir Whistler toe die Fransman die ondersoekkamertjie binnehink.

Hy haal sy skouers op. "Ek het geen fokken idee nie." Hy beduie na Msimango. "Gaan jy orraait wees met hom?"

Aella draai na die taxibestuurder. Hy is ooglopend geen bedreiging nie. Sy tel die boeie van die toonbank af op en laat glip dit sonder 'n woord in haar baadjiesak. Toe sy haar hand om sy boarm sit, voel dit broos soos glas, asof sy dit met die geringste drukking van haar vingers kan breek.

"Ek dink so," antwoord sy uiteindelik. "Moenie bekommerd wees nie, Whistler. Ek weet wat ek doen."

"Dis waaroor ek fokken stres," antwoord hy.

"Moenie."

Sonder 'n verdere woord lei Aella haar prisonier uit die gebou na die bakkie toe. Voetjie vir voetjie stap hulle, want ongeag die Kubaanse dokter se mening, is seer séér.

"Het hy vir jou pille gegee?" vra Aella toe sy die tingerige lyf die hoë voertuig in help.

Hy beduie na sy bosak en gaan lê plat op die bank.

"Goed."

Sy skuif agter die stuurwiel in en skakel die bakkie aan. Whistler leun teen die ongevalleafdeling se oop deurraam en steek nog 'n sigaret aan. Sy lig haar hand. Hy wuif haar weg met 'n sardoniese tweevingersaluut. Wat sal sy maak sonder hom?

Sy trek besadig weg terwyl sy hom dophou in die truspieëltjie. Hy staan steeds in die deur. Sy kyk vir hom en hy kyk vir haar tot sy by die wassery om 'n draai in die pad verdwyn.

Nege

"Jy moet jou pille drink," sê Aella vir Msimango toe hulle teen die lang bult na die dorp afry. Die bakkie se linkervoorwiel tref 'n slaggat wat deur die nagskadu's van die plataanbome op die sypaadjie verbloem word en hy kreun diep.

"Kanjani" – hoe? wil hy kreunend weet.

By die rooi verkeerslig in die hoofstraat moet Aella stilhou want voor haar steek 'n steenkoolvragmotor die kruising raserig oor. Sy leun vorentoe en vroetel met haar vingerpunte by haar voete tot sy die bottel water raakvat.

"Hier." Sy draai die prop af en leun agtertoe om die bottel in Msimango se hand te druk.

"Wat is dit?" vra hy fluisterend.

"Water," antwoord Aella. Sy sit die bakkie in rat. "Amanzi."

"Ngiyabonga" – dankie.

Sy trek weg. Ver voor haar langs die poskantoor se dubbelverdiepinggebou skyn die aanklagkantoor se blou lig eensaam in die stil straat. 'n Maer geel hond draf skeef-skeef op die sypaadjie. Toe Aella voor die aanklagkantoor stilhou, staan hy stil en draai om, een voet in die lug. In die straatligte se gloed is die holtes tussen sy ribbes duidelik sigbaar.

"Jy sal vir die hof sê?" vra Msimango weer.

"Ek sal." Sy skakel die bakkie af en maak haar deur oop. Toe sy uitklim, laat spaander die hond en verdwyn in die stegie tussen die speurderskantore en die Pakistani se winkel. Siestog. Die straatbrakke het dit nie maklik in Opathe nie.

"Chonco mag nie weet nie," kom Msimango se stem uit die donker kajuit. "Hy mag nie. Hy sal vir my doodmaak."

Aella druk haar deur agter haar toe en stap om die bakkie om die taxibestuurder s'n vir hom oop te maak. Warm dampe slaan uit die teer op, 'n oorblyfsel van die dag se hitte. Haar pistool skaaf ongemaklik teen haar benerige ruggraat en sy verskuif dit na haar heup. "Jy sal veilig wees in die selle," sê sy toe sy die deur oopmaak.

"Ons sal sien." Sweetdruppels pêrel op Msimango se bolip en sy kaalgeskeerde skedel. "Ons sal sien."

"Vat my hand." Aella steek haar hand na haar prisonier uit en sit dit bo-op die skraal vingers wat soos 'n kloutjie op sy skoot lê.

Hy krul sy hand versigtig om hare. Met moeite help sy hom uit die voertuig en maak die deur agter hom toe. Woordeloos lei sy hom stadig oor die oneweredige sypaadjie tot op die vloerteëls van die blinknuwe aanklagkantoor. Die vars verf en die reuk van teëlsement slaag nie daarin om die stank van vrees en testosteroon te verbloem nie. Dit is reeds in die diepste wese van die gebou ingeënt, onlosmaaklik deel van baksteen en sement en 'n tasbare bewys van die institusionalisering van die mens se onvermoë om sy naaste lief te hê.

"Naand," groet Aella die konstabel agter die toonbank. Iemand het reeds die gladde sykant van die nuwe toonbank met 'n spyker of 'n ander skerp voorwerp bygekom. 'n Diep krapmerk lê soos 'n letsel diagonaal vanaf die werksoppervlak tot amper op die grond.

Hy groet nie terug nie, want hy is verdiep in 'n koerant wat voor hom oopgesprei lê.

"Waar is die res van jou skof?" vra sy.

Die jongman is heeltemal alleen in die groot aanklagkantoor. Aella het hom nog nooit vantevore gesien nie. Hy is seker 'n nuwe rekruut. Sy moet oor die toonbank leun om sy naamplaatjie te lees. Jacobs, staan daar.

Konstabel Jacobs antwoord nie.

Sy wys na Msimango en lig haar stem. "Ek moet hierdie verdagte inboek vir ondervraging."

Hy beduie met sy kop na 'n groot sleutel wat langs 'n grys

kantoortelefoon op die toonbank lê. Daar is altesaam vyf aanhoudingselle in die gebou: vir mans, vrouens, jeugdiges, geestesongesteldes en spesiale gevalle soos Aella s'n. Dieselfde sleutel sluit al vyf selhekke oop en is veronderstel om op 'n veilige plek en buite sig gebêre te word.

Die konstabel blaai verder deur sy koerant.

Hitte vlam in Aella se wange en sy voel hoe haar hart warm bloed deur haar are pomp. Haar kakebene knel styf opmekaar. Konstabel Jacobs sal dit nie waag om so onbeskof met Whistler te wees nie.

"Waar's die SAP 14?" vra sy met stywe lippe. Sy verwys na die selregister wat voltooi moet word wanneer 'n prisonier ingeboek word.

Hy haal sy skouers op, sy oë vasgenael op sy koerant. "Gevat vir inspeksie, dink ek." Hy lek sy vinger nat en blaai na die sportblaaie.

Aella frons. "Hierdie man is beseer." Sy wys na Msimango wat swaar teen die toonbank leun.

Die konstabel kyk op en weer af. Hy steur hom nie aan haar nie.

"My magtig." Aella kyk vlugtig deur die aanklagkantoor. Haar oë val op 'n ander vaalbruin register. "Gee vir my die VB aan," beveel sy. As die konstabel dan nie die prisonier behoorlik kan inboek soos wat regulasies dit vereis nie, gaan sy 'n inskrywing in die voorvalleboek maak. Die aanklagkantoorbevelvoerder moet die boek nagaan voordat die oggendskof aan diens kom. Hy sal weldra sien dat hy met 'n beseerde prisonier in sy sel sit. Sy gaan ook 'n inskrywing maak oor konstabel Jacobs se onaanvaarbare gedrag, vir wat dit mag werd wees.

Die jong man staan traag op, stap na die tafel waar die voorvalleboek verlate lê en plak dit onsag voor Aella op die toonbank neer. Toe gaan sit hy weer agter sy koerant en ignoreer haar asof sy nooit daar was nie. Sy maak 'n vinnige inskrywing in die boek en tel die sleutel op. Sonder 'n verdere woord lei sy vir Msimango deur die lang gang wat na die aanhoudingselle lei. Die vaalblou teëlvloer is stowwerig en vol voetmerke; 'n onpraktiese kleur vir 'n area wat baie verkeer dra.

"Hierlangs," sê sy. Sy stuur haar prisonier na 'n helderverligte dwarsgang waarin die oranje traliehekke wat na die verskillende selle lei, netjies langs mekaar in gelid voor hulle uitstrek. Die selle se ligte is afgeskakel vir die nag. Van ver af hoor Aella iemand klaend sing. Die skril klank kerf deur die gebou en eggo deur die holtes van die selblok.

"Kom," sê sy vir Msimango toe hy huiwer. Sy lei hom stadig vorentoe.

Hulle stap verby die vrouesel. In die ganglig wat deur die tralies na binne val, sien Aella 'n enkele vrou kop onderstebo in die hoek op 'n sementbankie sit. Sy sing en ween terwyl sy vorentoe en agtertoe wieg. Sy is baie dronk.

"Thula!" skree 'n manstem uit die aangrensende sel.

"Halleluja," sing die vrou snikkend en uit volle bors.

"For fuck's sakes," sê iemand anders.

Iemand hamer met sy vuis teen die muur wat die twee selle van mekaar skei. "Sjarrap!"

Die lied word sagter en sagter soos 'n radio waarvan die klank afgedraai word. 'n Laaste halleluja verdwyn met 'n hik iewers tussen tralies en sement. Uiteindelik is dit stil. Die mans lê in vormlose bondels op die grond in hulle sel. Niemand steur hulle aan Aella en Msimango nie. Stilweg lei sy haar prisonier na die leë sel aan die punt van die gang, die een vir spesiale gevalle.

"Staan stil," sê sy toe sy die sleutel in die slot druk en die hek oopknars.

Hy gehoorsaam woordeloos.

"Hier," sê sy. Sy lei hom die sel binne na 'n stapel viltmatrasse wat in die hoek gepak is. "Jy kan hier slaap." Sy druk sy hand op die matrasse en hy gaan sit swaar. Vir 'n vlietende moment voel Aella vir hom jammer, maar dan sien sy weer Heinrich Volker se bebloede gesig.

"Probeer slaap," sê sy. "Ons sal later praat."

Msimango antwoord nie, maar lê kreunend agteroor. Aella staar vir 'n lang oomblik na hom. Toe draai sy om, sluit die sel agter haar en stap met afgemete treë terug na die aanklagkantoor.

Konstabel Jacobs is steeds in sy koerant verdiep. Hy kyk nie op toe sy die selsleutel langs hom neerplak en uitstap nie. Sy sluit die bakkie oop en klim in, leun met haar kop teen die stuurwiel en trek haar asem diep in. Diesel- en stofdampe hang swaar in die lug. Vir 'n lang oomblik sit sy net, bewegingloos in die moment geanker. Toe sit sy regop en skakel die bakkie aan voordat sy dalk aan die slaap raak. By die robot voor die taxiterminus draai sy regs in die lang straat uit die dorp wat na Carlsbad lei. Sy ry weer verby die township onder sy helder ligte. Ook daar is dit stil.

Plase, plantasies en bosse flits in die donker by haar verby. Sy trap rem toe 'n jakkals voor haar oor die pad draf. Hy verdwyn in die lang gras op die teenoorgestelde skouer asof hy nooit daar was nie, 'n kortstondige versteuring in die ritme van die nag. Enige aanduiding dat daar ooit 'n boer in hierdie vallei was, gaan binnekort net so verdwyn. Sy kan dit reeds sien aan die slap grensdrade wat die eens winsgewende plase omhein het, die maer beeste met hulle lang horings wat onbelemmerd van een stuk weiding na die volgende beweeg en klein nedersettings wat soos paddastoele uit voormalige landerye en weikampe verrys.

Teen hierdie tyd is Henno en Heinrich Volker reeds in die verwaarloosde lykshuis langs die hospitaal. Aella se hande klem om die stuurwiel. Vir wat?

Wanneer het die lewe so goedkoop geword en genade so duur?

Om die draai voor die meule verminder sy spoed. Die laaiwerf se hek is gesluit met 'n ketting en 'n groot slot. Die taxi staan verlate onder die spreiligte. Die sydeur is toe. Dit is goed. Cedric Afrika was hier. Aella hou voor die hek stil en laat sak haar ruit. Die naglug streel oor haar wange. Sy staar na die lendelam voertuig agter die hoë heining. Watse geheime steek jy alles in jou opgeneukte binnekant weg? Sy sug. Hopelik is die voertuig veilig vir die nag. 'n Beweging langs die heining trek haar aandag en 'n paar oomblikke later verskyn 'n sekuriteitswag agter die hek.

Willem Visagie het bykomende voorsorg getref.

"Can I help you, Madam?" vra die wag hoflik.

Aella byt aan haar ringvinger se nael waar 'n los velletjie ongemaklik teen die sagte vel van haar pinkie krap. Sy beduie met haar kop na die taxi. "Jy moet mooi daarna kyk. Dis belangrik."

Hy knik. "Warrant Officer Sibisi told me."

"Dankie." Die velletjie skeur tot in die weerlose naelbed en sy vee haar vinger geïrriteerd teen haar bloes af. Dit verskerp bloot die pyn.

Die sekuriteitswag draai om en sit sy eensame patrollie met stywe bene voort. Aella sit die bakkie in rat en trek stadig weg.

Chonco van die hospitaal, dink sy toe sy deur die Volkers se plaashek ry. Sy luister hoe die droë gras op die middelmannetjie teen die bakkie se onderstel skraap. Hoekom sal iemand wat by 'n hospitaal werk hom skuldig maak aan 'n plaasaanval? Iemand wat werk het, het tog nie nodig om te roof nie. In haar geestesoog sien sy die holtes langs die heining waar 'n skerpskutter gelê het. En hoekom só?

Dit maak nie sin nie.

Toe sy oor die laagwaterbruggie ry, kan sy sien dat die buitekant van die Volkers se werfheining helder verlig is. Die PKRS se draagbare spreiligte het opgedaag. Sy hou stil toe sy beweging buite die heining bemerk. Dit is Cedric Afrika wat aanstryk na die plaashuis.

"Het jy die vuurwapens gekry?" roep sy deur haar oop venster. Sy ry deur die hek, parkeer op die gras en klim uit.

Afrika stap nader. "In my bakkie in bewysstuksakke. Gelukkig het ek ekstras gehad." Hy vee oor sy voorkop. "Bewysstuksakke is in elk geval omtrent al wat ek het. Fokken Hoofkantoor het nog nie vir ons booties gestuur nie en dis 'n goeie ding dat hier niemand gerape is nie. Al die crime kits is op."

Aella trek 'n gesig. Hulle moet maar werk met wat hulle het. As hulle vir Hoofkantoor wag om te doen wat hulle moet, gaan hulle lank wag.

Sy beduie na die heining. "Wat het julle gekry?"

"Drie plekke, Cappie," antwoord Afrika ernstig. "En die stoor."

'n Tak kraak. Aella kyk om na die oop werfhek. Sy het geen begeerte om in 'n olifant vas te loop nie. Daar is egter niks te sien nie, want die wit halogeen van die spreiligte skep 'n verblindende muur van lig waaragter die bos tot 'n vermoede verban is.

Afrika volg haar oë. "Masuku het so 'n uur of wat gelede hier opgedaag met die spreiligte. Hy't uiteindelik die kolonel in die hande gekry." Hy hark sy vingers deur sy krullerige hare. Skadu's speel oor sy gesig en verleen prominensie aan die hoë wangbene wat spreek van Khoi-bloed in sy are. "Drie neste, Cappie. Dis evil."

Aella knip haar oë teen die skielike branderigheid wat sy onwelkome opwagting maak. Die Volkers het nie 'n kans gehad nie. Sy draai stadig om. Die huis se deure staan wyd oop en lig spoel deur die vensters. As sy nie van beter geweet het nie, sou dit feestelik gelyk het. Sy kyk vir Masuku deur die eetkamervenster. Dit lyk asof hy die vertrek van voor af deursoek vir vingerafdrukke.

Aella knip haar oë. "Wys my," antwoord sy.

"Kom check hier." Afrika draai woordeloos om en stap voor haar uit tot langs die heining waar spreiligte opgestel is. Mngomezulu staan aan die buitekant van die heining met 'n kamera in sy hand. Hy neem foto's van indentasies in die sanderige grond. Die spreiligte gooi skaduwees in die holtes en duike langs die draad.

"Kyk hier," sê Afrika weer. Hy draai om en wys na die plaashuis se oop voordeur. "Daar's 'n duidelike siglyn van hier af ook."

Aella kyk om. Van waar sy staan, kan sy vir Heinrich Volker in haar geestesoog op die voorstoep van die opstal sien staan. Sy leun vorentoe, sak op haar hurke en druk haar vingers deur die heining se stywe kabels.

"Die fokkers het die hele security system uitgeshort." Cedric Afrika pluk aan die dwarskabel voor hom. "Ek sal jou gaan wys." Hy sak kreunend langs haar neer. Sy groot maag is in die pad. Hy wys. "Daar het hy gelê."

Koper glim op die grond.

Afrika trek sy asem steunend in. "Hulle het nie eens hulle doppies opgetel nie. Dit lyk asof hulle oorlog gemaak het hier. Die ander neste lyk net so. Mngomezulu moet net die foto's klaar neem en dan sal ons dit bymekaarmaak."

Die doppies lê op die sanderige grond.

"Touch DNA," sê Aella terwyl sy fronsend regop kom. "Iemand moes tog die magasyne gelaai het." Iemand wat nie bewus is nie van die forensiese tegniek waarmee DNS onttrek word uit die velselle in sweetmolekules wat agtergelaat word op items wat deur verdagte persone aangeraak is. "Sal dit werk?"

Afrika skud sy kop. "Ek het nog nooit 'n positief van 'n patroondoppie af gekry nie. Never ever. Of 'n vingerafdruk for that matter nie. Die goed word te warm as dit afgevuur word."

"Dep dit in elk geval," sê Aella. "Vir ingeval." Iemand moes daardie patrone in 'n magasyn gelaai het, en die magasyn in die vuurwapen wat die Volkers doodgeskiet het. Dalk, net dalk, is hulle gelukkig en het daar DNS op die koper agtergebly. As die engele hulle genadig is, is daardie DNS-patroon in die nasionale databank.

"Oukei." Afrika klink nie oortuig nie. Hy hoes amegtig. "Daar's hierdie plek en daar onder waar ons vroeër was en dan een doer anderkant by die onderste hekpaal. Wil jy gaan kyk?"

Aella ril. Om so 'n aanval teen weerlose burgerlikes te beplan en uit te voer verg 'n monsteragtige ingesteldheid. Hoe kan sy ooit sulke boosheid bekamp? Haar oë gly teen die draad langs tot by die stoor. "Die stoor?"

"Ons wag vir daglig."

Sy stap stadig teen die heining af. 'n Duisend oë staar uit die donker na haar. Sy voel dit in haar rug en in die weerlose omtes van haar agternek. Boosheid is 'n brullende leeu wat hom op Carlsbad tuisgemaak het. Sy trek haar asem diep in. Ver in die bos tjank 'n hiëna. Dit klink soos hekseglag.

"Dit lyk amper soos 'n militêre operasie," sê Afrika.

Aella knik. Dit lyk so.

"As dit 'n nuwe trend is, Cappie, sê ek vir jou dat elke boer in hierdie land sy gat koebaai kan soen."

Aella kyk op haar horlosie. Dit is net ná twee.

"Die mense wat hier werk?" vra sy tam. "Het enigiemand al met hulle gepraat?"

Afrika skud sy kop. "Daar is geen werkers op die werf nie. Ek neem aan hulle woon op 'n ander plek."

Hy haal weer sigarette uit sy sak en hierdie keer druk hy een tussen sy lippe in. Aella volg die beweging van sy hand na sy mond afgunstig. Hy hou woordeloos die pakkie na haar uit. Vir 'n vlietende moment is die drang om uiteindelik toe te gee aan die versoeking oorweldigend. Sy skud haar kop en draai haar rug op hom. 'n Vuurhoutjie knars agter haar. Aella knip haar oë. Sy sal die werkers moet opspoor.

Dit gaan nie maklik wees nie. In die verlede het die plaaswerkers op die plase gebly, somtyds vir geslagte lank. Deesdae bly baie van hulle in verwaarloosde huisies op gemeenskapsgrond. Grond verwissel van hand en baie min boere sien kans vir die aanhoudende konfrontasie wat saam met sekerheid van verblyfreg gaan. Wie is reg en wie is verkeerd?

Sy weet nie, maar sy sal vir Irmela Volker moet vra waar die mense bly sodra dit lig word.

Sy draai na Afrika. Haar oë voel warm en krapperig en sy knip dit 'n paar keer. Dit help nie. "Daar was drie in die huis," sê sy ná 'n kort stilte. "Kon julle al sien waar hulle ingekom het?"

"Ek het jou mos gesê hulle het die system gebypass." Hy lei vir Aella na die hekpaal. "Hulle het die hek uitgeshort. En toe die hek eers oop is, toe werk die res van die fokken stelsel glad nie."

Haar oë volg die beweging van sy hand en uiteindelik maak haar brein sin van wat haar oë sien. 'n Stuk draad is vasgeklamp aan die elektriese motor wat die hek beheer en met 'n netjiese lus en krokodilklampe daarop herlei.

"Hulle het dit bloot oopgestoot nadat hulle die ketting en slot gebreek het." Hy beduie na 'n dik ketting en slot wat verlate onder die spreiligte in die stof lê. Dit was veronderstel om addisionele sekuriteit in die nag te bied.

Dis dan hoekom die hek oopgestaan het toe sy op die toneel aankom. Aella skud haar kop. Sy het nie eens daaroor gedink nie, bloot aangeneem dat Irmela Volker hulle onder dwang laat inkom het. Sy maak haar oë toe. Hulle gaan vir dae op hierdie toneel wees. Dit voel asof sy nie kan asem kry nie, want dit is 'n onmoontlike taak.

"Ons het hulp nodig," sê sy stadig.

Afrika lig sy wenkbroue. "Wie?"

Sy skud haar kop. "Ek weet nie." Sy vee oor haar krapperige oë.

Hy kyk simpatiek na haar. "Gaan slaap terwyl jy kans het, Cappie," sê hy vaderlik. "Daar's niks wat jy nou hier kan doen nie. Ek en Masuku en Mngomezulu het dit onder beheer."

"En as hulle terugkom?"

"As hulle wil terugkom, sal hulle terugkom of jy nou hier is of nie. Ons moet hierdie buitetonele klaarmaak en gou ook. Sodra die son opkom en die dagdiere begin loop, is hierdie scenes in hulle moer."

Aella maak haar mond oop.

Afrika sit sy hand op haar skouer. "Jy is eintlik nog nie

eens veronderstel om by die werk te wees nie, Cappie. Ons weet. Maar jy gaan fokkol beteken vir hierdie ondersoek as jy nie skerp is nie."

Naggeluide vul die stilte tussen kollegas. Uiteindelik gee Aella in. "Ek sien julle teen sonop."

"Ons sal hier wees." Afrika laat val sy stompie by sy voete, trap dit versigtig dood en gooi die dooie kurk terug in die pakkie. Aella draai woordeloos om en stap met moeite oor die sagte gras na haar bakkie. Sy sit haar hand op die deurhandvatsel. "Cedric," sê sy oor haar skouer.

"Wat?"

Sy draai om. "Swab die huis aan die binnekant ook. Dalk is ons gelukkig."

Hy waai haar weg. "Gaan slaap nou net."

Aella klim in die hoë voertuig en trek stadig weg. In die truspieëltjie sien sy hoe Afrika terugstap na Mngomezulu; 'n klein figuur in die groot verlatenheid wat hom omring. Sy druk haar wilde hare uit haar gesig en haar maag trek op 'n knop.

Hulle het hulp nodig.

Hierdie saak is te groot en hulle is te min.

Tien

Die donker afstand tussen die plaas en die dorp is een gedagte lank. Vir die soveelste keer sien Aella in haar gedagtes vir Heinrich Volker in die studeerkamer lê. Hoekom haat mense mekaar so?

Is die verwronge gedagte om mense wat jou niks aangedoen het nie aan te val en te vermoor 'n inherente drang om vergelding deur dié wat niks het nie teenoor dié wat steeds baie het? Is dit die opeising van bloedskuld vir die onregte van die verlede, of is die antwoord dalk, meer prosaïes, te vinde in die strategiese oorweging om weerstand te oorkom en getuies uit die weg te ruim? In hierdie land van nimmereindigende oorlog en bloed kan sy nie sê nie. Voor haar, genestel teen Opathe-heuwel, slaap die dorp onder die helder sterrehemel.

Dieselfde onheil wat die plase teister, loop ook hier in die nag.

Sy ry verby die motorhawe en die polisiestasie. Hoe gaan dit met Msimango? Hy is baie hard geslaan. Sy sien weer hoe S.P. van der Walt se plaasstewels die man se ribbes met mening tref. Van der Walt speel steeds rugby vir die dorpspan en hy kán skop. Dit is 'n wonderwerk dat Msimango se ribbes nie afgeskop is en dat hy nie ernstige inwendige beserings opgedoen het nie. Sy knip weer haar oë, want dit voel asof iemand sand in haar gesig gegooi het. Sy moet gaan slaap. Sy moet net. Laas nag het sy vir ure agter Roel se klavier gesit en die stilte wat hy agtergelaat het met klank probeer vul: eers Mozart, toe Beethoven en toe, met toenemende desperaatheid, uiteindelik Brahms. Vir die eerste keer vandat hy weg is, kon haar vingers op sy klavier se klawers geen konneksie met hom vind nie. Die sonsopkoms was soos gewoonlik helder. Die oggendstond met haar rosige wange, het Roel dit genoem.

"Jy's eintlik 'n digter," het sy hom geterg.

"Dis nie ek nie," het hy geantwoord. "Dis Homeros. Gaan lees die *Illias*."

Die sekuriteitslig skakel outomaties aan toe sy by die hek inry. Roel het op die lig aangedring toe hy destyds by haar ingetrek het.

"Dis vir jou eie beswil," het hy gesê. "Jy kom so baie keer ná donker eers van die werk af. Jy gaan nog bly wees."

Sy parkeer die bakkie voor die motorhuis, klim uit en stap met loodvoete na die agterdeur. Roel het altyd vir haar gewag, al kom sy hoe laat by die huis. Vannag brand die kombuislig nie, want daar is niemand om dit aan te skakel nie. Sal sy ooit daaraan gewoond raak? Sy laat rus haar hand onwillig op die deurhandvatsel. Al wat sy daarbinne gaan kry, is stilte. Uiteindelik laat gly sy die sleutel in die slot, druk die handvatsel af en stoot die deur oop. Die sekuriteitslig se helder strale spoel oor die vaal kombuisteëls en in die sitkamer hoor sy haar oupa Apostolos se erfstukhorlosie tik-tik-tik. Toe sy die deur met haar voet agter haar toestoot, glip die knip dawerend in die slot.

Sy beweeg soos 'n skim deur haar donker huis. In die sitkamer staan die kontoere van Roel se vleuelklavier afgeëts teen die bietjie lig wat van buite deur die gordyne val, met die strak lyne van haar regop klavier waarop die ronde kruik met Roel se as staan langsaan. Sy oorweeg dit om te gaan sit, om vir Henno en Heinrich Volker uit haar gestel te speel, maar besluit uiteindelik daarteen. Dis amper drieuur. Die bure het gisteroggend reeds 'n ontevrede teksboodskap op haar selfoon gelos.

Sy stap deur die donker gang na die spaarkamer waar sy slaap vandat Roel te siek geword het om 'n bed te deel. Sy haal haar selfoon uit haar sak en sit dit op die bedtafeltjie neer wat sy nog destyds by 'n pandjieswinkel gekoop het. Toe haal sy haar pistool uit die holster en lê dit sagkens langs haar kopkussing neer. Sy gaan sit swaar op die kant van die bed, skop haar skoene uit en voel met haar tong oor haar tande. Dit voel wollerig en vuil. Met 'n sug staan sy op en stap na die hoofslaapkamer met sy aangrensende badkamer. Roel se hospitaalbed staan soos 'n geraamte in die maanlig, van matras en kombers ontdaan. Sy moet dit seker terugvat na die hospies toe, dink sy in die verbystap.

Een of ander tyd.

Sy borsel haar tande. Die pepermenttandepasta brand haar neusholtes. Dit laat haar oë traan en sy vee haar gesig verwoed teen haar skouer af. Toe trek sy haar baadjie, bloes, bra en langbroek uit en laat val dit op die vloer, net daar. Geklee in slegs haar kleinbroekie stap sy terug na die spaarkamer en gly tussen die koel lakens in.

Sy sit weer regop en tas oor die bedtafeltjie na haar selfoon. Die instrument se gloeiende syfers wys vir haar dat dit kwart voor drie is. Met 'n sug stel sy die alarm vir halfses. Die son behoort dan behoorlik op te wees. Reeds kan sy, as sy mooi kyk, 'n pers skynsel in die ooste gewaar. Sy lê teen die kussings terug. Heinrich Volker se verbaasde gesig en Henno Volker in sy bloedkorona vul die donker holtes agter haar oë.

Slaap, beveel sy haarself. Jy moet slaap.

Sy dwing vader en seun na die klein kompartement in haar waar sy sulke herinneringe onder streng kwarantyn bewaar. Eers verseg Henno om in te gaan en Heinrich kyk ook beskuldigend na haar. Hoe kan sy slaap terwyl hulle moordenaars op vrye voet is?

Dis vir julle eie beswil, antwoord Aella sonder woorde. Ek moet slaap.

Henno Volker lig sy wenkbroue, maar sonder verdere teëstand of rebellie draai hulle om en stap woordeloos die kerker van herinnerings binne. Hulle maak self die deur agter hulle toe. Aella draai op haar sy. Msimango se woorde eggo in die leegte van die Volkers se afwesigheid.

Chonco van die hospitaal. Kan dit so eenvoudig wees? Is iemand bloot verlei deur die gerugte van vinnige rykdom? Sy draai terug op haar rug. Dit maak nie sin nie. Die aanval was 'n militêre operasie, nie 'n gewone rooftog nie. Sy staar na die plafon. Daar is baie dinge wat sy moet doen wanneer die son eers op is. Sy tel dit op haar vingers af. Sy sal moet teruggaan plaas toe, gaan uitvind wat van die Volkers se huiswerker geword het. Steek daar enige waarheid in Msimango se woorde oor dié vrou se aandeel aan die aanval? Daarby moet sy hom van voor af gaan ondervra, op die regte manier. Sy het agt en veertig uur. Eintlik moet sy dit heel eerste doen, dink Aella. Voordat hy besluit om vir 'n prokureur te vra.

"Slaap nou," sê sy hardop terwyl sy haar oë toemaak.

Haar liggaam ontspan teësinnig en sy sink diep in die matras weg totdat sy gewigloos in die limbus tussen wakker en slaap dryf. Sagte vingers streel oor haar voorkop en wange en die geur van Roel se naskeermiddel vul haar neus.

"Jy werk te hard," sê hy in die donker.

"Dink jy so?" antwoord sy.

"H'm-h'm."

"Dis goed vir my siel," sê sy ferm.

"Regtig?" Daar is 'n glimlag in sy stem. "Daar is ander dinge wat beter is vir jou siel."

Vir 'n oomblik wil sy stry, maar hy streel oor die fronsplooie tussen haar oë en die vore op haar voorkop en stem haar gedwee tot stilte. Buite roep 'n naguiltjie, en sy maat antwoord in die plataanboom oorkant die straat. 'n Hadida sit die oggendgesang se noot wanklankig in en die dag se eerste broodlorrie raas in die nou straat voor haar huis verby.

Sy steek haar hand uit om Roel teen haar te voel, maar hy verdwyn woordeloos in die stilte waar hy vandaan gekom het. Tog is sy marginaal tevrede, want dis hier waar hulle steeds ontmoet, in hierdie niemandsland tussen tydelike en ewige slaap. Sy sink dieper in die matras weg. Haar lyf voel terselfdertyd loodswaar en veerlig. 'n Vreedsame duisternis omvou haar en verdring die beelde van bloed en dood wat soos ongenooide gaste onder die oppervlak van haar bewussyn huiwer. Sy dryf weg in die salige nagswart leegte. Hier kan sy vir ewig dobber.

Klank is 'n warrelwind wat deur die vrede skeur. Aella maak haar oë onwillig oop. Die vertrek kom geleidelik in fokus toe haar selfoon ophou lui. Reeds is die spaarkamer geklee in 'n ligter skakering van skemer. Hoe lank het sy geslaap? Sy hark die instrument met haar vingers nader.

Dit is kwart oor vier.

Private number, sê haar selfoon se plat skerm. Sy frons. Wie is so onbedagsaam?

"Poephol," swets sy hardop. Mag hy brand in die hel. Sy lê terug, selfoon in die een hand en haar ander arm oor haar gesig. Sy het nog 'n bietjie meer as 'n uur voordat sy moet opstaan. Sy moet dit goed benut. Die selfoon lui weer.

Aella sit dadelik regop. "Wat soek jy?" antwoord sy kortaf. Sy druk die kussing agter haar rug in, gereed om enige telebemarker wat dié tyd van die oggend uit 'n oproepsentrum iewers in Indië skakel, 'n goeie skrobbering te gee.

"Heiden, O'Malley," sê Whistler aan die ander kant. "Kan jy nie jou fokken foon die eerste keer beantwoord nie?"

"Whistler?" Aella trek haar bene op sodat sy kruisbeen onder die laken sit. "Vir wat bel jy my dié tyd van die oggend? Is daar iets fout?" Sy hoor 'n stem in die agtergrond.

"Just you wait right there," sê Whistler. Hy praat met iemand anders by hom. "Vat daai ... take that fucking ... Ag fok, O'Malley. Wat is kluissleutels in Engels?"

"Safe keys," antwoord Aella.

"Dis hy," antwoord Whistler. Hy het sy gesig van die selfoon af weggedraai, want toe hy weer praat, is sy stem gedemp. "Take the fokken safe keys. There are guns in there." Hy kou sy Engels deur geklemde kake.

"Whistler?" vra Aella weer. "Wat gaan aan?"

"Chonco," antwoord hy. "Ek dink ek het die fokker gekry."

Die skemer wyk vinnig en vae oggendskadu's begin in die spaarkamer vorm aanneem.

Aella frons. "Wat bedoel jy?"

"Ek sal jou nou sê," antwoord Whistler. Hy praat terselfdertyd met die Fransman. "Not that one, the other one. Dis nie 'n junior kroek hierdie nie, tjomma."

"Pardon?"

"Liewe donder, hoekom kan Hoofkantoor nie vir my 'n fokken Fransman stuur wat Afrikaans kan praat nie?"

Aella antwoord nie, wag net dat Whistler klaar swets.

"Wat van Chonco?" vra sy toe stilte in die eter huiwer.

Whistler kug 'n slymerige oggendhoes. "Ek dink ek weet waar hy is. Ek het my connection by St. Thérése gebel."

Dit is Ceza-hospitaal se regte naam. St. Thérése roep beelde van beheerste Europese nonne op, in teenstelling met die woeste landskap waarin die hospitaal geleë is.

"Gelukkig het die donner nie geslaap nie. Vir 'n verandering."

Aella swaai haar bene uit die bed. Die oggendlug streel haar borste en haar tepels trek pynlik saam. Sy trek die laken tot onder haar ken. "En?"

"My connection ken vir Chonco. Hy weet waar hy bly ook. Hy het vir my beduie waar dit is. Ons kom jou nou oplaai."

Aella knip haar oë. "Ekskuus?"

"Ons kom jou ... don't touch that," sê hy waarskuwend vir die Fransman. "Daai is nie ... it's not for you."

"Waar is julle nou?" vra Aella.

"Hier in my kantoor," antwoord Whistler. "Die arme Fransman kan ook nie slaap nie. Hy sê sy gat is seerder as sy been want die verdomde Kubaan het 'n stomp naald gebruik toe hy hom gespuit het."

"Hoekom?" vra Aella.

Sy hoor die geluide van vuurwapens wat gespan word, die geluid van skuifstuk oor slot. Whistler trek sy asem diep in en slym roggel in sy borskas. Hy moet ook ophou rook.

"Hoe de moer moet ek weet?" antwoord hy uiteindelik. "Dalk het die etterkop 'n slegte dag gehad, of dalk hou hy net nie van Fransmanne nie. Jy weet hoe hulle is. Die Kubane, bedoel ek."

"Nie die dokter nie," val sy hom in die rede. "Jy. Hoekom doen jy so baie moeite vir my ondersoek?"

"Ek het hulle goed geken," antwoord Whistler ná 'n lang, diep stilte. "Vir Henno én vir Heinrich. Dis die minste wat ek kan doen. En jy het hulp nodig, O'Malley."

"En die Fransman?" vra sy.

"Hy gaan waar ek gaan. Raait?"

"Dalk moet ons versterkings aanvra," stel Aella voor terwyl sy stadig opstaan.

"Wie?" eggo Whistler haar opmerking van vroeër. "Wie in hierdie fokken distrik kan jy vertrou?"

Whistler is reg. Al wat sommige van hulle kollegas onderskei van die misdadigers wat hulle veronderstel is om aan te keer is die feit dat hulle kollegas uniforms dra en die misdadigers nie. As dit by die verkeerde ore uitkom dat Chonco gesoek word, is hy weg.

"Oukei," gee Aella bes. "Oukei. Maar die Fransman bly. Netnou kom hy iets oor en dan sit ons met 'n internasionale insident."

"Sy sê jy moet bly," sê Whistler vir die Fransman in sy geradbraakte Engels. "Netnou skiet hulle jou en dan is daar groot kak."

"Non."

Aella hoor weer hoe iemand 'n pistool span. 'n Kort onderonsie volg.

"Hy sê norrefok." Whistler snuif hard oor die foon.

"Sies, man."

Hy praat haar dood. "Die Fransman sê hy gaan saam."

Aella stap selfoon teen die oor na die badkamer toe. 'n Vinnige stort sal die spinnerakke uit haar gedagtes verdryf.

"Tien minute," sê Whistler. "Ons het die fokken surprise element." Toe druk hy die foon in haar oor dood.

Sy skakel die badkamerlig aan en sit die selfoon op die wasbak neer. Vir 'n vlugtige oomblik staar sy na haarself in die badkamerspieël. Die neonbuis teen die dak beklemtoon die skadu's tussen rib en rib. Die holtes tussen haar nek en sleutelbeen lyk asof dit uit vaal klei geboetseer is.

Ek word te maer, dink sy. Daar is skadu's onder haar donker oë en haar hare hang in swartrooi krulle oor haar skouers.

"My Griekse godin," sê Roel in haar gedagtes.

Een van die Erinyes, antwoord sy soos altyd. Sy is geen godin nie. Sy is 'n furie.

Sy knip haar oë en laat glip haar broekie oor haar heupe. Toe sy stort toe stap, vang sy uit die hoek van haar oog die weerkaatsing van haar maer, seningrige boude en haar borste wat aan 't wegkwyn is na niks. Dit was nog nooit groot nie, maar nou lyk dit bloot bisar. Dis miskien 'n goeie ding dat Roel nie meer hier is om dit te sien nie, dink sy terwyl sy die kraan oopdraai en die water oor haar kop en gesig laat spoel. Sy word vinnig oud vandat hy weg is.

'n Siel word nooit oud nie, sê Roel in haar hart.

Ja, Roel, dink sy terwyl die seep haar oë brand en sy haar gesig in die bruisende stroom druk om dit af te spoel. Dit is ook nie heeltemal waar nie.

Dis bloot die verpakking wat verweer, stry hy.

Water stroom oor haar gesig en haar lyf en plons in vet druppels voor haar voete. Sy kyk af na haar klein tepels, hol maag en knopknieë. As dit dan so is, vra sy woordeloos, hoekom voel my siel tien miljoen jaar oud?

Elf

'N ongeduldige getoet in Aella se oprit breek die skemerstilte in skerwe. Dagbreek se rosige wange is aan 't verbleek tot die helderte van die môreson en die eerste drawwers is reeds in die straat voor haar huis verby.

"My liewe hemel." Moet Whistler die hele buurt ontstig? Aella staan op, druk haar hand deur die kamervenster en waai. "Ek kom. Ek kom." Sy dink nie hy kan haar hoor nie, maar ten minste hou die geraas dadelik op.

Sy draai om, tel haar pistool op en druk dit in haar holster. Daar is vyftien patrone in die magasyn, altyd, en een in die loop. Dit is hoe sy geleer is. As daar geskiet moet word, moet jy nie sukkel nie.

Sy druk haar selfoon in haar baadjie se sak, stap deur die stil huis tot in die kombuis en sluit die agterdeur oop. Die oppervlaktes glim in die oggendlig en die borde, koppies en glase is netjies in die kas met sy glasdeur gestapel. Vandat Aella haar aptyt verloor het, het sy nog nie weer die kombuis gebruik nie. Kosmaak was in elk geval Roel se afdeling. Sy het een of twee keer vir haar eiers gebak ná sy dood, maar dit was sleg.

Baie sleg. Sy dink nie sy gaan ooit weer honger word nie.

Whistler toet weer. Sy sluit haastig die deur agter haar en aktiveer die alarm voordat sy te jammer raak vir haarself.

Aella byt op haar tande en stap so vinnig as wat sy kan

op die tuinpaadjie na sy bakkie. Deur die kajuitvenster kan sy sien hoe Whistler sywaarts leun en vir haar die voertuig se linkervoordeur van die binnekant af oopmaak.

"Moet jy so raas?" vra sy toe sy langs hom inklim.

Leblanc sit op die agterste sitplek met sy been lank voor hom uitgestrek. Die bloedvlekke op sy broekspyp het intussen droog en bruin geword. Ook Whistler het nog die vorige dag se klere aan.

"Moet jy so fokken lank vat?" antwoord Whistler.

Aella trek 'n gesig en draai na die Fransman. "Hoe voel jou been?" vra sy in Engels.

"Man," sê Whistler voordat hy kan antwoord. "Los die nicegeit vir later. Kyk waar sit die fokken son." Hy kyk fronsend na haar. "Waar's jou gun?"

Aella tik teen haar holster. "Hier. One up."

"Jy gaan jouself nog kas toe skiet."

Sy verwerdig haar nie om hom te antwoord nie. Sy weet goed dat sy haar vinger van die sneller moet afhou.

Whistler trek vinnig weg en die Fransman moet hom teen die bank stut om te keer dat hy omval.

"Merde," sê hy.

"Sorry." Whistler klink nie jammer nie. Hy bestuur behendig deur die stil strate waar die kleinburgery agter versperrings van palissades, doringdraad, baksteen en sement geleidelik begin gereedmaak vir die dag.

"Waarheen gaan ons?" vra Aella toe hulle by die vierrigtingstopstraat na die ingang van die township stilhou. Die eerste minibustaxi's is reeds op pad dorp toe.

"Bethel Mission."

Vae opwinding maak hom in haar tuis. Sy is 'n jagter op soek na haar prooi.

'n Rooi taxi gaan staan botstil in die middel van die kruising en Whistler moet hard rem om 'n ongeluk te vermy.

"Fok, fok, fok."

"Wat dink hy doen hy?" vra Leblanc.

"Laai passasiers op," antwoord Aella.

'n Vet vrou met 'n indrukwekkende haarstyl klim moeisaam by die oop deur in. Dit lyk asof sy en die bestuurder eers redekawel voordat daar 'n geldnoot oor die koppe van die ander passasiers oorhandig word.

"Hier?" vra die Fransman. "Dit is dan nie veilig nie." In die truspieëltjie sien Aella hoe hy beduie. "Sê nou iemand ry haar om? Daardie man moet aangeskryf word. En kyk daar. Die taxi val uitmekaar. Ek sal nie in so 'n ding ry nie."

Dit is so. Die taxi se bakwerk is vol roeskolle en die bande is glad. Van waar Aella sit, kan sy sien dat die uitlaatpyp met bloudraad aan die onderstel vasgemaak is. Die petroltenk se klap hang skeef. Wat is daar te sê? Hoe gaan die Fransman verstaan dat die vrou en die ander passasiers geen ander keuse het as om die rammelkastaxi tot in die dorp te neem nie? Daar is geen ander opsie nie.

Whistler druk die bakkie se toeter lank en aanhoudend. Die taxibestuurder lig sy middelvinger met mening en trek stadig weg. Whistler lig ook sy middelvinger voordat hy woordeloos oor die kruising skiet.

"Poephol."

"Hy sê waarskynlik dieselfde van jou," merk Aella op. Binne oomblikke lê die dorp en die township agter hulle.

"Loop skyt, O'Malley," sê Whistler terwyl hy 'n lang steenkoolvragmotor verbysteek. "My connection sê dat Chonco langs die kerk bly," voeg hy by.

"Praat Engels," antwoord Aella in Engels. "Dan hoef jy nie alles te herhaal nie."

"Merci," sê Leblanc.

"Donder." Whistler herhaal sy woorde versigtig in Engels.

"Dink jy hy gaan by die huis wees?"

"Hy weet nie wat ons weet nie. Waarheen anders sal hy gaan?"

"Dis waar."

Whistler draai van die grootpad af op die distriksgrondpad na die sendingstasie. Hulle ry by groot wildplase verby en 'n eensame kameelperd se lang nek steek bokant die kruin van 'n doringboom uit.

"C'est magnifique," sê Leblanc sag.

Aella staar blind by die venster uit. Sy het lankal opgehou om op te let na die skoonheid van hulle omgewing.

"Hoe laat is dit nou?" vra Whistler.

Sy kyk op haar horlosie. "Vyfuur."

"Wat van 'n lasbrief?" vra Leblanc. "Het ons nie 'n lasbrief nodig nie?"

"Die son is op," antwoord Whistler kortaf toe hy afdraai op die grondpad na die sendingstasie.

"Je ne comprends pas."

"Praat fokken Engels," mor Whistler.

Aella draai haar nek met moeite. "Ons het 'n lasbrief nodig as ons 'n plek ná donker wil gaan deursoek. Andersins gee die Strafproseswet ons toestemming om dit daarsonder te doen." Dis 'n tegniese onderskeiding, want eintlik hou die howe glad nie daarvan dat hulle enige deursoeking sonder 'n lasbrief doen nie.

"O." Leblanc frons. Dit lyk steeds nie of hy verstaan nie.

Hulle al drie wip toe die bakkie se voorwiel 'n klip tref.

"Die pad moet geskraap word." Whistler se hande is styf om die stuurwiel geklem. Sy kneukels slaan wit deur sy vel en dit lyk asof hy die rukkende stuurwiel met moeite beheer.

"Jy moet stadiger ry," sê die Fransman.

"Fokkof," antwoord Whistler.

Leblanc antwoord nie, maar in die truspieëltjie kan Aella sien hoe hy grimas terwyl hy van posisie verander.

"Is jou been baie seer?" vra sy toe hy sy sit gekry het.

"Dis nie so erg nie," antwoord die Fransman terwyl sy lang vingers liggies oor die pistool op sy skoot streel. Hy trek 'n gesig. "Mon derrière."

"Sorry?"

"My gat."

"O."

Whistler ry oor 'n klein hoogte en die volgende oomblik lê Bethel Mission uitgesprei voor hulle. Die informele nedersetting lê genestel rondom die wit Katolieke kerk wat baie jare gelede deur 'n Belgiese sendinggenootskap opgerig is. Die gebou lyk asof dit deur 'n djin met towerkuns van die Europese platteland ontvoer en in die stowwerige oopte van die Afrika-bos laat val is. Te oordeel na die hoeveelheid moorde, rooftogte en verkragtings wat Bethel Mission oplewer, is die kerk egter nie baie suksesvol in sy sendingtaak nie.

Whistler verminder spoed, want daar is baie bokke, beeste, hoenders en kinders in die stowwerige grondpad.

"Dit lyk my hulle doen dit hier ook," sê Leblanc.

"Doen wat?" vra Whistler. Hy rem skerp en swets sag toe 'n bruin koei voor hom inloop.

Aella kyk om.

"Hulle hou die mense arm," antwoord die Fransman sinies.

"Welkom in Afrika, my vriend." Whistler lag vreugdeloos toe hy die stuurwiel na regs trek om die dier mis te ry.

'n Kind lig sy hand en waai skaam na die groot wit voertuig. Dalk word daar tog 'n paar siele gered, dink Aella. Sy lig haar hand en laat sak dit weer. Laat die hoop nie beskaam nie.

"Jy weet waarheen jy gaan, nè?" vra sy vir Whistler.

"Langs die kerk, ek sê jou mos." Hy haal sy pistool in die ry uit sy holster en druk dit tussen sy dye in, loopkant na die stuurwiel toe, reg vir optel en skiet. "En Shisanyama Tuck Shop. Eintlik tussen die twee."

Whistler se beriggewersnetwerk is waarlik indrukwekkend. Hy het Aella al vele kere verbaas deur getuies en verdagtes op te spoor in areas waar adresse bloot vermeld word as Emgulubeni of Ophuzane; oneindige uitgestrekte stukke aarde met hierdie of daardie tradisionele leier se huis as die enigste bron van verwysing.

"Ons sal moet gou maak." Leblanc klink gespanne. "Voor ons die verrassingselement verloor."

Aella haal ook haar pistool uit sy holster en sit dit op haar skoot. Die gewig is gerusstellend. Sy volg die beweging van die Fransman se onrustige oë in die truspieëltjie. Hy is reg. Hulle ligte velle merk hulle as indringers in hierdie Katolieke enklave. Die riemtelegram loop waarskynlik reeds. Haar hand vind sy eie weg na die vuurwapen se veiligheidsknip, gereed om dit te laat sak en te skiet.

Whistler verminder spoed. 'n Groepie kinders speel met 'n afgeleefde motorband in die stowwerige straat voor hulle. Een van hulle rol dit voor hulle uit terwyl die ander in 'n bondeling van flappende kledingstukke volg; 'n lewensbruising in die goue oggendson. 'n Maer, bleek bees staan dromerig in die middel van die pad en toe Whistler toet, skuif die dier traag eenkant toe; 'n onwillige vergunning aan die abelungu op sy agterstoep.

"Weet jy hoe hy lyk?" vra Aella.

"Hy's moer vet." Whistler ry tot by 'n oopte aan die onderpunt van die stofpad.

'n Klein entjie weg staan die wit kerk en gloor in die môrelig.

"Ek sien nie 'n snoepwinkel nie," sê Aella.

Die area rondom die kerk is leeg en stil en die deure gesluit.

"Hou hulle nie nou die oggendmis nie?" vra Leblanc.

Aella haal haar skouers op. Hoe moet sy weet? Sy is nie 'n kerkganger nie en Roel was Protestants.

"Fokus," sê Whistler. Hy draai om en ry stadig verby die geslote gebou. "Daar."

Aella kyk op. Aan die agterkant van die kerk is 'n vierkantige huis en langs die huis 'n sinkgebou. Voor die sinkgebou is 'n handgeverfde naambord: *Shisanyama Tuck Shop*. Rooi verf loop streperig onder die letters. Van ver af lyk dit soos bloed. Die snoepwinkel en die aangrensende huis se deure en vensters is ook toe, want al speel daar reeds kinders in die straat, word die sendingstasie nog wakker.

Aella se vingers gly oor haar pistool se loop. 'n Vae onrus knaag aan haar binneste. Sy moes haar nie laat meesleur het nie. Whistler se impulsiewe optrede is van die soort wat mense geskiet kry.

"Hy sal nie by die huis wees nie," sê sy sag. "Sou jy wees?"

"My connection woon in die omgewing. Hy sê hy's hier." Whistler ry stadig verby die snoepwinkel tot by 'n rietbos aan die verste kant van die pad. Hy trek die bakkie agter die hoë riete in.

"As hy laas nag geroof het, is hy lankal weg."

"Kom." Whistler haal sy pistool se veiligheidsknip af en maak sy deur oop.

"Jong," sê Aella weer. "Ons vat 'n reusekans."

"Dis dalk die enigste een wat jy het." Whistler gly uit die bakkie. "Sies. My donder."

"Wat is dit?" vra Aella.

"Fokken modder en kak. Kyk waar julle trap."

Aella trek haar asem diep in. Sy maak haar deur oop en sien onmiddellik wat Whistler bedoel. Die rietbos, in rietbosse se aard, groei waar water is. Whistler het in 'n modderplas stilgehou. Sy sug en klim stadig uit. Haar voete sak tot by haar enkels in die modder weg.

"Heiden, Whistler."

Hy antwoord nie, maar skraap sy skoene vies aan 'n graspol skoon.

"Hoe wil jy dit doen?" vra Leblanc. Hy hou sy pistool hoog teen sy bors en naby sy lyf, soos iemand wat takties opgelei is.

"Die gewone manier, skat ek?" antwoord Whistler.

"Die gewone manier? Ek verstaan nie," frons Leblanc.

"Ons klop aan die deur en gaan in." Whistler tik met sy pistool se loop teen sy broekspyp.

"Jy's roekeloos." Leblanc klink soos iemand wat daaraan gewoond is om opdragte uit te deel.

Whistler takseer hom skewekop. "Wat stel jy voor, Fransman?"

"Daar is drie van ons."

"Jy kan skaars fokken loop." Whistler skop na die pol wat hy met sy moddervoete platgetrap het.

"Moenie oor my bekommerd wees nie," sê Leblanc. Hy beduie met sy kop na die sinkkrot wat die snoepwinkel huisves.

Die huis lyk soos 'n vierhoutjiedosie; vierkantig met twee vensters en 'n deur aan die voorkant en 'n enkele venster aan die agterkant. Die agterkante van die twee geboue is net-net sigbaar deur die takke van 'n granaatbos.

"Een van ons moet die agterkant van die huis dek, ingeval hy deur die venster wil klim," meen Leblanc.

"Hy's te vet," sê Whistler.

Leblanc ignoreer hom en span sy pistool. "Ek sal die agterkant dophou, want ek loop die moeilikste."

Aella knik. Die Fransman se plan maak sin.

Hy trek sy asem diep in. "Een van julle kan die deur dek terwyl die ander een gaan klop." Hy kyk om hom rond. "Werk julle altyd so sonder rugsteun?"

"Hierdie is nie Frankryk nie, Leblanc," antwoord Whistler. "Dis ons of fokkol."

"Wat ons ook al doen, sal ons gou moet doen," sê Leblanc. "Het iemand 'n beter idee?"

Aella kyk na Whistler en Whistler kyk na haar. Die Fransman laat sak sy pistool.

"Oukei," sê Whistler vir Aella. "Jy dek die deur. Ek sal gaan klop. Maar jy staan ver. Ek wil nie hê jy moet my per ongeluk in die gat skiet nie."

Aella knik. Sy trek haar pistool se haan terug.

"Onthou dat jy 'n fokken rondte in die loop het." Whistler se lippe is dun onder sy snor.

Sy ignoreer hom.

Leblanc loop stadig en gebukkend voor hulle uit oor die sanderige grond, sy pistool weer hoog teen sy bors. By die armoedige huisie neem hy rug teen die muur langs die agtervenster stelling in, sy pistool roerloos op die ruit gemik.

Whistler maak sy mond oop.

Aella skud haar kop en staan terug. Loop voor, gee sy swyend instruksie. Whistler se gesig word 'n stil, strak masker en hy glip met sy pistool in beide hande by haar verby. Hulle beweeg soos oggendskimme na die eenvoudige geboutjie. By die hoek van die huis gaan staan Whistler stil. Hy kyk oor sy skouer en lig sy wenkbroue.

Aella lig haar duim: Dis reg. Gaan.

Hy skuif om die hoek en Aella glip tot in die posisie waar hy pas was. Sy kyk hoe Whistler sy hand lig. Die volgende oomblik klop hy aan die deur, beskaafd, asof hy daar is as toevallige besoeker en nie as 'n polisieman wat op pad is om die huiseienaar te arresteer nie. 'n Stem klink uit die huis. Aella verstaan nie wat daar gesê word nie. Whistler antwoord in vlot Zoeloe. Sy beny hom dié vermoë. Weer sê die stem in die huis iets en weer antwoord Whistler. Aan die toonhoogte van sy stem klink dit asof hy iets vra.

"Suka," sê die stem in die huis.

Daardie woord ken Aella. Dit beteken voertsek. Sy lig haar pistool.

Die deur word van binne af oopgepluk en 'n ontsaglik vet man vul die opening. Sy blink, satynagtige hemp is oopgeknoop en die rolle om sy middellyf sidder en beef in die strale van die stygende son.

Voordat die man iets kan sê, druk Whistler sy pistool in sy gesig. Hy praat hard en vinnig in Zoeloe. Aella verstaan nie 'n woord wat hy sê nie.

"Sgoloza," sê die vet man. 'n Stortvloed Zoeloe stroom uit sy mond. Kort-kort noem hy Sgoloza se naam. Wat hy ook al sê, beïndruk nie vir Whistler nie, want hy gryp die man aan sy hemp. Aella tree vorentoe om te gaan help, maar 'n beweging uit die hoek van haar oog laat haar stadig omdraai.

'n Kaalvoet kind staan langs die snoepwinkel, grootoog, duim in die mond.

Sjoe, beduie Aella met haar hand. Sjoe. Gaan huis toe.

Die kind huiwer.

Sjoe, beduie sy weer.

Soos blits draai die kind om en verdwyn in die klein opening tussen die twee geboue.

Toe sy terugdraai, sien Aella hoe Whistler die vet man terug in sy huis stamp. Voordat sy iets kan sê, slaan hy 'n stel boeie met geoefende vaardigheid om die man se pofferige gewrigte.

"Dis ons man," sê Whistler oor sy skouer

Chonco stoei teen die boeie. "Wenzani?" vra hy hygend – wat maak jy? Sweet pêrel op sy neus en wange en loop in stroompies langs sy slape af.

"Hei, tjomma, hou vir jou in," sê Whistler. Hy druk sy pistool onder die man se drillende ken.

"Fuck you," snou die man deur stywe lippe. Hy rol sy oë na Aella. "This man ..."

"Sies," val Whistler hom in die rede. Hy draai na Aella. "Help 'n bietjie hier."

"Hierdie man is 'n krimineel," sê die vet man in Engels. Hy kyk na Whistler. "Jy ..."

Aella lig haar pistool. Dis nie die eerste keer dat hulle tydens 'n arrestasie as misdadigers uitgeskel word nie.

"Ek sou my bek hou as ek jy is. Enigiets wat jy sê, kan en sal teen jou gebruik word in 'n hof." Whistler herhaal dit in Zoeloe. Hy klink gemoedelik, maar Aella herken die kilte in sy stem. Dit is net daar as hy baie kwaad is. "Énigiets."

Die ligte stemme van kinders dartel deur die lug. Aella en Whistler kyk gelyktydig om. Die kind wat by die snoepwinkel gestaan het, het sy maatjies gaan haal. Oopmond en kwetterend soos vinke staar hulle na Chonco se huis.

"Hamba," sê Whistler hard vir hulle – gaan weg.

Die kinders bly stil en grootoog staan.

Hy draai na Aella. "Ek het hulp nodig, O'Malley."

Aella tree oor die drumpel terwyl sy haar pistool laat sak. Vir iemand wat 'n vaste werk het, is die binnekant van die huis verstommend spartaans. 'n Outydse staalledekant wat op bakstene staan, vul die grootste gedeelte van die vertrek.

Wit stopsel peul uit gate in die onopgemaakte matras. Hoe kry Chonco met sy vet lyf op hierdie ongemaklike stellasie geslaap? 'n Stoel en 'n tafeltjie waarop 'n geel plastiekskottel staan en 'n primusstofie is die enigste ander meublement. Klere hang aan 'n stuk draad wat van die een kant van die vertrek na die ander gespan is.

"Hoekom arresteer jy my?" vra Chonco in Engels terwyl hy steeds teen die boeie stoei. Wit spoeg kors om sy lippe en sy gesig blink van die sweet. Sy oë is wild. "Jy ..."

"Ek het jou gesê," antwoord Whistler terwyl hy die diklywige man na die deur stoot.

Aella sit haar hand onder die prisonier se arm. Saam stoei en stoot sy en Whistler vir Chonco by die oop deur uit.

"Jy word gearresteer vir die moord en die roof op Henno Volker en sy seun, in die lewe van die plaas Carlsbad."

"Ek weet nie waarvan julle praat nie." Chonco se ken en wange sidder en beef. Hy sê iets in Zoeloe en praat van Sgoloza, 'n paar keer.

Whistler skud sy kop. "Dit gaan nie werk nie," sê hy in Afrikaans. Hy du die worstelende man voor hom uit. "Jy het egter die reg om jou bek te hou. Indien jy enigiets verder sê, mag dit toegebliksem word sonder enige verdere kennisgewing. Jy kan dan in die hof gaan kak en kerm oor polisiebrutaliteit." Hy por vir Chonco aan met die loop van sy pistool. "Verstaan jy jou fokken regte?"

"Hou vir jou in," frons Aella.

By die snoepwinkel staan die groepie kinders hulle steeds en dophou. Hulle teenwoordigheid is onthutsend.

"Ons moet hierdie fokker by die bakkie kry." Whistler por vir Chonco langs sy huis verby. "Ons het hom," sê hy in die verbygaan vir Leblanc wat steeds sy pistool op die agtervenster gerig hou.

Die Fransman laat sak die vuurwapen.

Chonco draai om en maak sy mond oop asof hy iets wil sê.

"Sjarrap," sê Whistler. Hy stamp hom onsag voor hom uit. "Jy kan by die stasie verder praat." Hy kyk na Aella. "Gaan kyk wat jy in die huis kry," sê hy deur sy tande.

"Ons het nie 'n lasbrief nie," herinner sy hom.

"Ons het nie een nodig nie," antwoord hy. "Meneer Chonco het ons tog sy huis binnegenooi."

Tegnies is Whistler reg.
Tegnies.
Aella draai halfhartig om.
"Hamba," sê Whistler hard vir Chonco.
"Ngizo kubulala wena. Msunukanyoko ..." sis die vet man.
Chonco se lyf ruk toe Whistler hom met die plathand teen die agterkop klap. "Jy praat nie so met my nie, jou bliksem." Hy forseer hom meedoënloos nader aan die bakkie.
"Wat nou?" vra Leblanc.
Aella trek 'n gesig. "Hy't Whistler gevloek. Hy't gedreig om hom dood te maak en hy het iets leliks gesê oor sy ma se privaat dele. Ek dink so." Sy skud haar kop. "Ek gaan kyk of daar bewysstukke in die huis is."
"Sonder 'n lasbrief?"
Sy kyk hoe Whistler vir Chonco die bakkie in stoei. Die vet man verset hom hewig. "Dalk moet jy daar gaan help."
Leblanc knik. Hy hink na die bakkie toe. Aella draai om, na die groepie kinders wat steeds oopmond na haar staar. Sy skud haar kop. Kinders is nie veronderstel om te sien hoe iemand gearresteer word nie. Sy stap haastig terug na Chonco se huis. Hierdie kindertjies gaan aanstons hulle ouers roep, en dan is daar moeilikheid. 'n Skare vorm binne 'n oogwenk. Sy glimlag met stywe lippe vir hulle en 'n dogtertjie in geel pajamas giggel agter haar hand. Die kind draai eensklaps om en huppel ligvoets in die stofstraat af.

"Sjoe," sê sy toe sy by Chonco se huis se verweerde deur kom.

"Sjoe," koggel 'n seuntjie ondeund. Hy het geen klere aan nie. Dun, veelkleurige koorde is met groot sorg gebind om 'n magie wat boep staan van ondervoeding. Incweba, noem die Zoeloes die koorde. Sibisi het dit op 'n keer vir Aella vertel. Dit is veronderstel om bose geeste af te weer, ekstra versekering op hierdie Katolieke grondgebied indien al die sakramente, die doop en die nagmaal nie werk soos wat die wit priesters uit België sê dit veronderstel is om te werk nie. Leblanc is reg, dink sy. Die kerk het beslis nie daarin geslaag om die bose gees van armoede van Bethel Mission te verdryf nie.

Haar oë gly oor die karige meublement. Daar is niks wat haar aandag trek nie; niks wat aandui dat Chonco iets met die Volkers se koelbloedige teregstelling te make het nie. Iewers in die vertrek lui 'n selfoon. Sy frons. Die geluid kom van die bed af. Sy stap nader en lig die matras versigtig op. Op die staalraam lê 'n vibrerende, antieke Nokia. 'n Nommer flits op die skerm. Toe Aella haar hand uitsteek, hou die selfoon op lui. Buite kweel die kinders se hoë stemme soos voëlsang. Die huisie verdonker en toe Aella omdraai, staan die Fransman in die deur.

"Whistler het my gestuur. Daar is mense op pad."

Dít was vinnig.

"Het jy 'n sakdoek?" vra Aella.

Leblanc vroetel in sy sak en haal 'n verfrommelde papierservet uit. Hy vou dit versigtig oop. "Dis al wat ek het, maar dis skoon."

"Dankie." Sy vat die servet by hom en tel die selfoon versigtig op. "Hou vas," beveel sy.

Die Fransman hou die selfoon versigtig in die servet op sy plat hand terwyl Aella weer vlugtig deur die armoedige vertrek kyk. Sy sien niks anders van waarde nie. Sy vou die selfoon netjies in die servet toe en laat glip dit in haar baadjiesak.

Whistler se bakkie dreun hard voor die karige huisie. "Julle beter kom!" roep hy deur die oop venster. "Fokken nou!" Hy klap met sy plathand teen die bakkie se deur en kyk oor sy skouer. "Daar kom moeilikheid." Sy gesig is strak.

Agter hom sit Chonco. Hy kyk op en Aella kan sien dat sy neus bloei. 'n Ent agter hulle hoor sy harde, kwaai stemme.

"Kom," sê sy vir die Fransman. Hulle draai om en draf sonder verwyl na die bakkie toe.

Aella klim uitasem in die luierende voertuig. Toe Leblanc sy deur agter hom toeslaan, tref die eerste klip die bakwerk.

"Go, go, go," sê die Fransman.

"Suka," dreunsang diep stemme agter hulle. "Phansi, isi-Bhunu, phansi."

Aella kyk oor haar skouer. 'n Klein menigte het agter hulle saamgedrom en nuwe gesigte sluit aanhoudend by hulle aan. Sy sien assegaaie en 'n kalemma en hier en daar 'n skildvel. Hierdie mense sal beslis nie vir Chonco sonder teëstand laat gaan nie.

Whistler bestuur behendig oor die klipperige stofpad tussen die huise deur met die groep agterna.

"Jesus," sê Leblanc toe nog 'n klip die bakkie tref.

"Amper daar." Whistler slaan remme aan vir 'n koei en 'n kalf wat in die middel van die pad hulle lê gekry het.

Aella se hart klop in haar keel. Sy weet hoe lyk polisiemanne wat deur so 'n menigte beetgekry is. Baie jare gelede toe sy 'n nuwe speurder was, het hulle tydens 'n kursus die moord op twee polisierekrute as gevallestudie bestudeer. Die twee jongmans is deur net so 'n groep mense ontvoer en moes aan hulle tande uitgeken word, want die res van hulle lywe was verbrand.

Sy sluk droog.

"Ry net," sê Leblanc.

Sonder woorde pluk Whistler die stuurwiel na regs. Chonco bly met moeite regop.

"Ons is verby," sê Whistler stram. Hy gee vet.

Die gate in die pad gooi hulle ongemaklik in die bakkie se kajuit rond. Aella se ruggraat ratel onder haar dun vel. Sy gryp werktuiglik na die deurhandvatsel.

"Enculé," sê die Fransman deur sy tande. Dit klink of hy swets.

Whistler se kneukels slaan wit deur sy regterhand op die stuurwiel terwyl sy linkerhand die rathefboom behendig hanteer. Bloed glinster in die skaafmerke aan die kneukels van sy regterhand.

Chonco steun. "Jy't my fokken neus gebreek, Boer," sê hy in Engels. Sy oë vind Aella s'n in die truspieëltjie. "Hierdie man is 'n misdadiger. Ek gaan die kak uit julle dagvaar."

Aella antwoord nie. Sy het niks te sê vir 'n plaasmoordenaar nie.

"Hoor jy wat ek sê?" vra hy weer. "Julle is almal misdadigers."

"Jammer om van jou stront te hoor," sê Whistler toe hulle by die kruising met die grootpad kom.

Dié tyd van die oggend is die pad reeds vol steenkoolvragmotors en voertuie wat die tolpad na die see probeer misry.

Terwyl Whistler vir 'n opening in die besige verkeer wag, draai hy na Aella. "Het jy iets gekry?"

"Ry net," sê Aella. Sy trek haar asem diep in. Haar hart klop steeds te vinnig. "Kom ons ry net."

Whistler vroetel in sy hempsak en haal sy pakkie sigarette uit. Hy hou die pakkie na Aella. "Light vir my een." Hy skakel die flikkerlig aan en slaag uiteindelik daarin om by 'n opening tussen twee groot vragmotors in te glip. "Ek het dit nou fokken nodig."

Sy aarsel.

"En vir my," sê die Fransman.

"Toe nou," por Whistler.

Haar hande bewe toe sy 'n sigaret uit die pakkie skud en dit met moeite tussen haar lippe sit.

"Komaan, O'Malley," sê Whistler.

Sjarrap, Whistler, wil Aella antwoord, maar haar kakebeenspiere hou haar lippe hardnekkig opmekaar. Jy trek nie die rook in nie, maan sy haarself. Sy tel die blou sigaretaansteker van die konsole voor haar af op. Die vuursteen knars onder haar vingers en die vlammetjie dans uitnodigend op die aansteker se silwer rand.

"Vandag nog," sê Whistler.

Sonder 'n verdere woord steek sy die sigaret aan en trek die rook diep in. Dit is 'n seën wat haar siel deur haar longe voed. Dit is goed en dit is sleg.

Whistler hou sy linkerhand na Aella uit.

Die rook brand haar bors toe sy dit uitblaas en sy hou die sigaret hoesend na hom uit. Haar mond proe na gebrande gras en teer.

"Hier," sê sy hygend vir Leblanc. Sy gee die pakkie en die aansteker oor haar skouer vir hom aan.

"Is jy orraait?" vra Whistler.

Sy antwoord nie. Die sigaret bewe tussen sy dun lippe en hy skreef sy oë teen die rook en die oggendson.

Die prisonier haal swaar asem.

"Iemand moet vir hom 'n venster oopmaak," sê Aella toe sy haar asem terugkry. Die bakkie se agterdeure en vensters word elektronies gesluit om te verseker dat gevangenes nie iets onverantwoordeliks aanvang nie.

Whistler sê niks, maar 'n skielike skerp bries sê dat hy tog die elektriese venster ietwat laat sak het.

Aella se selfoon lui. Sy tas na die instrument in haar sak.

"Fok, jy't 'n vervelige luitoon," merk Whistler op.

Sy hou haar hand in die lug, die universele teken dat hy moet stilbly. Whistler trek 'n gesig.

"Waar's jy?" vra Cedric Afrika toe sy antwoord. Sigaret-

rook hang swaar in die bakkie se kajuit en Aella kug benoud.
"Het jy verslaap, Cappie?"

Aella maak haar venster heeltemal oop, want sy kry nie asem nie. Die wind waai haar hare in swart golwe om haar gesig. "Nee," hoes sy.

"Ry jy?" Afrika se stem verdwyn in 'n onsamehangende kubergeruis en klink weer helder in haar oor op toe hulle oor 'n ruie nek na 'n doringboombestrooide vallei begin daal.

"Ek is op pad dorp toe met 'n verdagte."

"Bliksem. Dit was vinnig."

Aella kan nie antwoord nie, want toe sy haar mond oopmaak, hoes sy weer.

"Is jy orraait, Cappie?"

"Ja," antwoord Aella uiteindelik. Haar oë traan.

"Ons is voorlopig klaar hier," sê Afrika. "Die manne is moeg. Ons vat die bewysstukke kantoor toe, en dan gaan ons ook so vir 'n uur of wat slaap. Ek sluit die huis en die hek en hou die sleutels by my. Daar's nog 'n paar opmetings wat ek later wil gaan doen."

Berge en bome en bosse glip by hulle verby.

"En wat as Irmela Volker iets in die huis nodig het?" vra Aella toe hulle by Odendaals se saaiplaas verbyry. Die groot mielielande links en regs van die pad sê vir haar dat hulle die bos vir eers agtergelaat het en dat die dorp net om die volgende draai lê.

"Sal jy na daardie huis toe wil teruggaan? Met al daardie bloed?"

Hoe kry 'n mens dit ooit weer skoon? Bloed loop en kruip en stol in die kleinste hoekies en krakies waar jy nooit daarvoor gaan soek nie. Oor baie jare van nou af gaan Henno en Heinrich se bloed onlosmaaklik deel word van die messelwerk van daardie opstal. Hulle gaan saam met baksteen en sement die storms van Afrika trotseer tot daar uiteindelik bloot die ruïne van die eens imposante gebou oorbly, want na daardie opstal gaan niemand ooit weer terugkeer nie.

"Nee," antwoord sy uiteindelik. "Ek dink nie so nie."

Die diep dreuning van Whistler se bakkie vul die stilte wat Afrika se vraag beantwoord. "Ons praat vanmiddag." Sy druk die selfoon dood.

"Wie was dit?" vra Whistler. Dit klink asof hy vrede gemaak het met die feit dat hy moet Engels praat so lank as wat die Fransman deel van die geselskap is.

"Cedric Afrika," antwoord Aella. "Hy't laat weet dat hulle voorlopig klaar is met die toneel."

Sy draai om en kyk deurdringend na Chonco.

"Wat soek jy, Boer?" spoeg hy. Sy oë is pofferig geswel en halfgestolde bloed kleef om sy neusgate vas.

Whistler het hom hard geslaan. Die man se geboeide hande lê weerloos op sy skoot en sweet rol oor sy drillende borste.

"Waar was jy gisteraand?" vra Aella toe hulle by die motorhawe by die ingang van die dorp verbyry.

"Ek praat nie met jou nie. Ek soek my prokureur." Hy draai sy gesig weg en kyk uitdrukkingloos na die voertuie in die straat. Die dorp is stadig besig om aan die gang te kom. "En ek wil 'n klag teen hom lê." Chonco beduie met sy groot kop na Whistler. Vurige Zoeloe rol oor sy lippe.

"Fokkof," sê Whistler.

"Wat sê hy?" vra Leblanc.

"Hy beskuldig my van allerhande dinge," antwoord Whistler toe hy voor die aanklagkantoor intrek. "Hy is vol kak." Hy skakel die groot voertuig af. "Kom ons gaan boek hom in."

Aella klim onelegant uit.

"Het jy hulp nodig?" vra Leblanc.

Aella kyk na die hoë heuwel waarteen die dorp lê. Daar is geen hulp nie. Sy skud haar kop. "Ek sal regkom."

Chonco weier om uit te klim. Hy sit waar hy sit. Sy gesig is op 'n verbete plooi getrek.

"My liewe, goeie donder," sê Whistler.

'n Klein groepie omstanders drom op die sypaadjie saam.

"Klim uit," beveel Whistler weer. Hy voeg iets in Zoeloe by.

Die omstanders op die sypaadjie kyk met argwaan na Chonco wat skielik hewig protesteer.

"Tsek," sê 'n ouvrou met 'n rooi kopdoek terwyl sy haar kop stadig skud. 'n Jongman met yl baardhaartjies op sy ken spoeg op die grond. Sonder 'n verdere woord draai die groepie hulle rûe op Chonco en stap stadig weg.

"Wat het jy vir hulle gesê?" vra Aella.

"Ek het gesê hy het 'n kind verkrag."

Chonco se gesig sidder en beef terwyl hy met moeite uit

die bakkie klim. Hy draai na Whistler. "Jy is die duiwel," sis hy. Hy bal sy geboeide vuiste. "Satan."

"Stap," sê Whistler. Hy beduie met sy kop na die aanklagkantoor se oop deur. "Daar gaat jy." Hy draai na Leblanc. "Groet jou groete, Fransman. Ons het werk om te doen."

Leblanc kyk na Aella. "Dit is 'n jammerte. Ek sou graag wou sien wat gebeur met hierdie saak." Hy bly vir 'n oomblik stil. "Niemand verdien dit om so vermoor te word nie." 'n Taxi ry in die straat verby. Leblanc se woorde verdwyn in die musiek wat by die oop vensters uitdoef. Hy lig sy hand. "Au revoir."

Whistler vroetel in sy broeksak en haal sy beursie uit. Hy haal 'n sleuteltjie uit die muntsak en hou dit na Aella uit. "Jy het dit nodig."

"Dankie," sê Aella.

"Moenie my boeie wegmoer nie, O'Malley. Ek sal dit weer by jou kom kry."

"Ek sal nie." Aella beduie vir Chonco. "Kom." Sy sit haar hand op sy arm en du hom na die aanklagkantoor. Sy armspiere is ferm onder sy warm vel. Hy bied geen teëstand nie. Whistler het die wind uit sy seile gehaal. By die aanklagkantoor se deur draai Aella om en lig haar hand om te groet, maar Whistler slaan die bakkie se deur toe en verdwyn in die verkeerstroom sonder om een keer om te kyk.

Twaalf

"Hoekom is ek hier?" vra Chonco hard in Engels toe sy hom die aanklagkantoor binnepor. "Dit is polisiebrutaliteit." 'n Spiertjie spring in sy wang. "Ek wil 'n klag lê."

Aella vee tam oor haar gesig. "Jy word gearresteer vir die moord op Heinrich en Henno Volker van die plaas Carlsbad. Watter deel daarvan verstaan jy nie?"

"Ek het jou gesê ek weet niks. Jy arresteer die verkeerde man." Hy raak versigtig met sy geboeide hande aan sy neus en 'n bloedstreep bly op sy donker vel agter. "Jy moet daardie wit man arresteer. Kyk hoe het hy my geslaan."

Aella sug. Niemand is ooit skuldig nie, al is hulle. "Ons sal sien." Sy beduie met haar kop. "Stap."

Stadig skuifelstap die kolos na die gloeiende houttoonbank voor hom. Die baie konstabels in die beknopte ruimte daaragter is 'n aanduiding dat daar 'n skofruiling aan die gang is.

"Ek is aangerand," sê Chonco toe hy by die toonbank kom.

Een van die konstabels kyk op van 'n register en weer af. Hy stel ooglopend nie belang in Chonco se bewering nie.

"Polisiebrutaliteit," sê hy weer, hierdie keer harder.

"Hulle gaan nie vir jou luister nie," sê Aella. Toe sy nog in die aanklagkantoor gewerk het, was daar ook nie 'n manier waarop sy op skofruiling sou aandag skenk aan 'n prisonier wat kla oor 'n aanranding nie. Dit sou beteken dat sy die gevangene moes dokter toe neem, papierwerk voltooi en 'n verklaring aflê voordat sy kon huis toe gaan om te gaan slaap. En die nuwe skof stel ook nie belang nie, want volgens hulle is dit die ou skof se werk.

"Waar's die VB?" vra Aella vir 'n konstabel wat met doelgerigte toewyding 'n stapel leë verklaringvorms aan mekaar vaskram.

Hy stoot die verweerde register woordeloos oor die toonbank na haar toe. Daar is geen verdere inskrywings gemaak sedert hare van vroeër nie.

"Wanneer laas is daar 'n selinspeksie gedoen?" vra sy terwyl sy Chonco se besonderhede inskryf. Daar moet elke uur inspeksie gedoen word. Tegnies neem die staat sy verantwoordelikhede ernstig op. Aella frons. Haar handskrif is nie gemaak vir staatsdiensregisters nie.

Die konstabel haal sy skouers op. "Angazi."

"Kom," sê Aella vir Chonco.

"Ek soek my lawyer," eis die vet man weer, dié keer in Afrikaans.

Aella antwoord nie, maar por hom aan na die lang gang wat na die selle lei. "Dit kan gereël word."

"Ek wil bel. Dit is my reg."

Aella beduie na die besige konstabels agter die toonbank. "Vra vir hulle." Sy vou haar arms. "Ek wag vir jou."

Chonco stap terug na die toonbank toe. Hy sê iets in Zoeloe. Uit sy handbewegings kan Aella aflei dat hy wil bel. Die konstabel stoot 'n ou kantoortelefoon oor die houtoppervlak met 'n beweging wat sê dat die toneel al 'n duisend keer tevore voor hom afgespeel het.

Chonco kyk met sy pofferige oë na Aella. Ek het jou mos gesê, sê sy selfvoldane uitdrukking terwyl sy vingers 'n nommer op die telefoon tokkel. Aella lig haar wenkbroue toe 'n frons oor sy gesig sak. Dis 'n interessante gesigsuitdrukking wat by sy kaalgeskeerde skedel begin en soos 'n gletser na sy ken toe kruip.

"Wat's fout?" vra sy.

Hy slaan die handstuk in sy wieg neer. "Die fokken foon werk nie."

"Ek kon jou dit gesê het. Kom."

Hy stulp sy lippe. "Wat van my regte?"

"Ek het gesê ek sal reël."

Hy talm. "Ek het niks gedoen nie. Whistler ..."

"Ons sal kyk waarheen die getuienis ons lei." Dis die beste wat Aella kan doen.

Saam stap hulle in die lang gang af tot by die oranje traliehekke, verby die sel waarin die eens slapende mans nou regop sit rondom 'n ketel vol tee. 'n Paar bruinbrode in plastiekomhulsels is hulle karige ontbyt. Hulle gaan nou-nou hof toe. Die meeste van hulle gaan waarskynlik vrygelaat word omdat hulle sosiale lasposte eerder as geharde misdadigers is.

Dit is hoe die stelsel werk.

Voor Msimango se sel gaan staan die vet man skielik. Die taxibestuurder lê steeds op die hoop matrasse op die vloer. Sy hande is voor sy bors gevou. Hy lyk soos 'n kerkerbeeld.

"Wat het hy gemaak?" vra Chonco vir Aella.

"Ken jy hom?" antwoord sy met 'n teenvraag.

Msimango kreun diep.

Chonco trek sy asem in asof hy iets wil sê, maar blaas dit in 'n suur stroom uit. "Ek wil my lawyer sien. Dis my reg."

"Move," sê Aella en probeer hom vorentoe stoot, na die leë sel waarin geestesongesteldes gewoonlik aangehou word. "Wie is Sgoloza?" vra sy onverwags.

Chonco staar met dooie oë na haar. "Fuck you, bitch," antwoord hy terwyl sy die seldeur oopstoot en hom na binne beduie. "Whistler ..."

"Dit gaan nie werk nie." Sy skud haar kop. "Move."

Vir 'n lang oomblik staar hulle mekaar in die oë. Sy wen die oomblik toe Chonco sy oë grondwaarts laat sak en hy die sel binneskuifel. Woordeloos hou hy sy hande voor hom uit en ewe woordeloos ontsluit sy die boeie om sy vlesige gewrigte. Sy skuif vinnig agteruit en slaan die seldeur agter haar toe voordat hy dit in sy kop kry om haar te oorweldig. Een van die aanklagkantoorpersoneel is veronderstel om haar te vergesel wanneer sy gevangenes by die selle gaan inboek, maar sy het baie jare gelede laas enige hulp van hulle ontvang.

"My prokureur," sê Chonco. "Ek gaan die kak uit julle dagvaar."

"Ek het gesê ek sal reël." Sy draai om, die boeie in haar hand steeds warm van die man se liggaamshitte. Sy hoor hom steun.

"Wat?" Sy draai terug. Hy het op sy boude teen die muur neergesak. Hy hou sy hande oor sy geswelde neus.

"Ek soek 'n dokter."

"'n Dokter? Ek sal hulle sê." Haar verantwoordelikheid ten opsigte van Chonco se gesondheid het opgehou toe sy die aantekening in die voorvalleboek gemaak het. Voor haar sien sy die Volkers se glasige oë. Die aanklagkantoor moet maar sorg dat hy 'n dokter te siene kry. Sy sal hulle herinner, dis al. Sy draai haar rug op haar prisonier en stap doelgerig weg. By Msimango se sel gaan staan sy stil.

"Hoe voel jy?" vra sy. Sy haak haar vingers deur die seldeur se tralies en takseer hom skewekop. "Jy hoort in die hospitaal."

Msimango antwoord nie, maar aan die beweging van sy vingers op die vilt kan Aella sien dat hy haar gehoor het.

"Suka, Boer," klink 'n stem op uit die sel waar die ander mans ontbyt eet. "Fokkof."

"Phansi," beaam nog 'n stem. "Phansi, nyoka."

Iemand lag hard en iets klingeling in die sel. Dit klink asof iemand met die ketel teen die vloer slaan. Die erdeketels waarmee personeel van die aanklagkantoor aanmaakkoeldrank en flou tee aan die prisoniers verskaf, is vol duike en die meeste se emalje het lankal afgesplinter.

Woordeloos draai sy om en stap die lang gang af.

Teef. Boer. Slang.

Dít is die deel van haar werk waarvan Roel die minste gehou het.

"Hoe kan jy dit verduur as mense jou sulke dinge noem?" het hy haar een aand gevra nadat hy haar die eerste keer na die aanklagkantoor vergesel het. Dié aand het hulle Mozart se "Sonate in D-majeur" vir twee klaviere gespeel, vir die vreugde om ná 'n moeilike dag haar vingers vlinderlig oor die klawers te voel dartel. Roel se hande was swaar, te swaar. Sy het opgehou speel toe haar pistool op haar regop klavier se deksel geratel het.

"Wat?" Vir 'n lang oomblik het sy nie geweet waarvan hy praat nie.

"Die goed wat hulle vir jou in die aanklagkantoor gesê het."

Sy het dit nie eens gehoor nie.

Hy het woordeloos teruggedraai na sy pragtige vleuelklavier wat haar sitkamer steeds byna heeltemal vol staan en sy kop geskud. "Kom ons begin van voor af." Sy stem was toonloos en sy spel vreugdeloos. Hulle het nooit weer daaroor gepraat nie.

Die oggend is in volle gang in die aanklagkantoor. 'n Tou mense staan stilswyend voor die deur. Hulle is almal pensioenarisse wat dokumentasie wil laat sertifiseer ten einde hulle karige inkomstetjie van die staat te gaan eis. Somtyds staan hulle die hele dag daar, want hulle behoeftes is sekondêr aan die aanklagkantoor se bedrywighede. 'n Konstabel drink 'n koppie tee terwyl hy 'n stempel op 'n aansoekvorm druk wat 'n bruin hand bewend oor die gekrapte houttoonbank stoot.

Aella se oë glip oor die toonbank. "Waar is die VB?" vra sy in Engels. Die voorvalleboek lê nie meer waar sy dit gelos het nie.

Niemand antwoord nie. Die konstabel met die stempel kyk nie op nie, en dit lyk asof niemand haar gehoor het nie.

Aella sit haar hande op haar heupe. "Daar is twee beseerde prisoniers daar agter," sê sy hard. Weer eens is daar geen reaksie van die aanklagkantoorpersoneel nie. Sy kon netsowel niks gesê het nie. Sy pers haar lippe opmekaar. Waar is die skofbevelvoerder? Sy stap by die aanklagkantoor uit. Voor haar in die straat is die oggendverkeer ook reeds aan die toeneem. Sy kyk op haar horlosie. Dit is kwart oor agt. Dit voel asof dae verloop het sedert sy die oproep gekry het om na Carlsbad te gaan.

Twee Volkers. Twee geslagte van een familie met een fel slag uitgewis.

Die helder sonlig brand haar oë en langs die vlagpaal voor die aanklagkantoor waar 'n motgevrete landsvlag wapper, staan sy stil. Sy vee oor haar gesig. Lank gelede op een van die baie kursusse waarop die staat haar gestuur het, was daar 'n kolonel wat vir hulle lesings oor geweldsmisdaad aangebied het; 'n siniese, slim man met 'n belangstelling in die geskiedenis.

"Manne en dame," het hy vir hulle gesê terwyl die lentewind die geur van petroldampe en jakarandabloeisels die lesinglokaal binnegewaai het. "Die Hollanders het dit heeltemal verkeerd gehad."

Aella skreef haar oë teen die lig. Sy kyk links en regs voordat sy die straat oorsteek na haar kantoor toe, maar staan vinnig terug toe 'n taxi onverwags uit sy parkeerplek voor die Chinees se afslagwinkel trek en haar rakelings misry.

"Die Hollanders moes verby die Kaap gehou en sommer reguit voortgefok het Australië toe." Die kolonel het diep geteug aan iets uit 'n koffiebeker. "Het julle geweet," het hy aan niemand in die besonder nie gevra, in die Sokratiese styl. "Het julle geweet dat die Romeine langer in Brittanje was as die wit man in Afrika?"

Op daardie stadium het Aella nie eens geweet dat die Romeine ooit in Brittanje was nie, maar sy het die kolonel se woord daarvoor aanvaar. Alles in ag genome was die man tog 'n offisier.

"Hier sit ons," het die kolonel gesê terwyl hy die beker hard op die lessenaar voor hom neergesit het. "Hier sit ons. Oor honderd jaar is ons 'n voetnoot in die geskiedenis, net soos die Gote. Ons is gefok."

Hoekom dink sy nou daaraan?

Sy stap sonder verdere voorval oor die straat. Haar oë voel grinterig van min slaap. Sy moet vir Chonco ondervra, en gou ook, en Msimango se verklaring moet formeel afgeneem word. Iemand moet kom help. Alleen gaan sy nie met die vet man oor die straat stap na haar kantoor toe nie. Dit is nie veilig nie. Daarby kan sy ook nie Zoeloe praat nie. Een van haar kollegas gaan moet tolk.

Die ystertrap wat na die speurtak lei, leun teen die institusionele groen muur van die Pakistani se stoffeerwinkel aan die regterkant. Dit is 'n sinlose trap; aan die buitekant van die gebou soos 'n nagedagte, asof iemand vergeet het om 'n trap by die oorspronklike beplanning van die gebou in te reken. Aella wonder vir die soveelste keer hoekom daar nie voorsiening gemaak is vir meer kantoorspasie en strenger dissipline toe die groot nuwe polisiestasie aan die oorkant van die straat gebou is nie.

Dit maak tog net sin dat die speurders onder dieselfde dak as hulle prisoniers verkeer, en dis veiliger ook. Voor die gebou verrys het, was die verskillende afdelings van die polisie in 'n verskeidenheid geboue in die dorp gehuisves: die vuurwapenafdeling in die ou Joodse gebou in die hoofstraat, die klerke langs die laerskool en die speurders in die woonstelblok langs die Pakistani se winkel. Die oorspronklike aanklagkantoor was 'n antieke geboutjie op die hoek van Kerkstraat. Daar is reikhalsend na die nuwe gebou uitgesien. Toe die speurders hulle oë uitvee, het elke klerklike en logistieke afdeling in die splinternuwe kantore ingetrek, met geen spasie vir die ondersoekers nie.

"Jammer," het die minister gesê toe die nuwe polisiestasie met groot fanfare geopen is. "Dit is hoe dit is." Daar het al twee keer verdagtes ontsnap wat van die selle na die speurderskantore geneem is vir ondervraging.

Dit is hoe dit is.

Halfpad boontoe moet sy gaan staan om haar asem in te trek. Whistler se sigaret knyp haar longe toe.

"Sien jy nou," hoor sy Roel se stem. "Rook maak 'n mens dood."

Sy dink aan Heinrich Volker op die mat in sy studeerkamer en aan Irmela se bewende hande. "H'm-h'm," antwoord sy hardop. Dalk moet sy weer begin rook. Sy trek 'n wrang gesig. Is dit noodwendig 'n slegte ding om beheer te neem oor jou heengaan? Aella trek weer haar asem diep in, vee haar hare uit haar gesig en voel hoe die knelling geleidelik verdwyn. So ja, dis beter. Sy klim stadig tot bo. Parade is seker al verby. Dis darem al ná agt. Danksy Whistler se tussentrede het sy dit misgeloop. Sy moet onthou om hom daarvoor te bedank. Die laaste ding waarvoor sy vanoggend kans sien, is om saam met haar kollegas in 'n ry te staan en deur te loop onder die skerp tong van 'n offisier wat 'n rang vul wat hy nie verdien nie.

"Môre," sê die sekretaresse Ronel met haar growwe stem toe Aella uiteindelik by die glasdeur instap. Sy staan langs haar lessenaar, ooglopend in die proses om haar handsak weg te sit.

Ronel, net soos Whistler, Sibisi en Aella, is 'n oorblyfsel uit die vorige bedeling. Haar bottelblonde hare val oor haar gesig en sy vee dit ongeduldig uit haar oë terwyl sy agter haar rekenaar inskuif en die skerm na haar toe draai. Haar lang naels tik-tik oor die toetsbord. Dit lyk asof sy van Aella vergeet het.

Aella kyk oor die verlate voorportaal na die geslote deure links en regs van die gang wat lei na die enkele badkamer wat deur al die lede van die speurtak gebruik word. Stemme klink hard uit die bevelvoerder se kantoor. Dit styg en daal, styg en daal, asof die sprekers in 'n argument verkeer. Sy probeer luister, maar kan nie uitmaak wat gesê word nie.

"Wat?" vra Ronel en sy kyk gesteurd op.

"Is hulle nog besig met parade?" vra Aella.

Die blonde vrou skud haar kop. "H'm-h'm." Iets op die skerm trek haar aandag en sy tuur skreefoog daarna. "Daar was nie parade vanoggend nie. Daar's iemand by Kolonel." Sy tuit haar mond. Haar knalrooi lipstiffie beklemtoon die klein vertikale plooitjies rondom haar lippe.

"Wie?" vra Aella. Dis vreemd. Hulle is veronderstel om elke oggend parade te hou.

Ronel haal haar skouers op. "Ek het nie 'n idee nie. Ek het self nou net hier aangekom." Sy sprei haar hande op haar rekenaartoetsbord oop.

Haar manikuur is indrukwekkend. Onwillekeurig druk Aella haar hande in haar sakke.

"Nice, hè?" spog die blonde vrou. "Ek kon 'n vroeë afspraak vir my naels by Gloria insqueeze. Kolonel het gebel en gesê dis oukei dat ek later inkom omdat daar nie parade gaan wees nie."

"Weet jy of Khumalo al ingekom het?" vra Aella uiteindelik. Hy moet kom help met Chonco.

"Hy's hier uit toe ek hier ingestap het," antwoord Ronel. "Jy't hom seker net misgeloop. Hy't iets gesê van 'n verklaring wat hy moet gaan afneem." Sy draai terug na haar rekenaarskerm. Sy het klaar gepraat.

"O." Aella vroetel met haar sleutels in haar sak. Sy sal haar kollega moet gaan bel. Die geluid van 'n toilet wat spoel, trek haar aandag. Toe sy opkyk, sien sy vir Leblanc uit die badkamer hink.

"Wie's jy?" vra Ronel fronsend.

Leblanc antwoord nie, maar stap stadig nader. Die bloedkolle op sy broekspyp lyk sinister in die helder ganglig. "Hallo, pappie," herhaal sy en tik met haar handpalm op haar lessenaar se gelamineerde oppervlak. "Is jy doof?"

"Hy praat nie Afrikaans nie, Ronel," sê Aella. "Hy's 'n Fransman wat saam met Whistler werk."

"Ernstig?" vra sy en sy fladder haar oë vir hom. Sy lig haar yl geplukte wenkbroue. "Hy's nogal dishy."

Aella staar woordeloos na Ronel.

"Sorry, Kaptein." Sy sprei haar lang naels op die toetsbord en begin ywerig tik.

Aella draai na Leblanc. "En nou?" vra sy. "Ek dag julle het werk om te doen."

"Whistler se baas wou hom sien," antwoord hy suf. Hy leun teen die gangmuur. "Hy't gebel net nadat ons jou afgelaai het." Hy knik in die rigting van die kolonel se kantoor. "Whistler is nog steeds daarbinne."

Aella sluit haar kantoordeur oop. "Kom sit hierbinne. Jy lyk pootuit."

"Merci."

Haar oë gly oor die beknopte vertrekkie. Die slot aan die sluitkas waarin sy haar dossiere bêre, lyk onaangeraak en haar lessenaarblad is so skoon soos sy dit gelos het. Sy stap na die venster toe en maak dit oop. Die oggendlug ruik na die Happy Apache se ontbytspyskaart. Sy beduie na die regop stoel langs die sluitkas. "Maak jou tuis."

Leblanc gaan sit versigtig. Sy blou oë lyk gepynig.

"Jy lyk nie goed nie," sê Aella.

"Dit sal beter word." Hy druk sy handpalm teen sy voorkop. "Ek is net moeg."

Aella sluit die sluitkas oop, haal Chonco se selfoon uit haar sak en sit dit in die laai agter die stapel dossiere waaraan sy nog moet aandag skenk. Sy sluit die kas weer toe, gaan sit agter haar lessenaar en trek die boonste laai oop. 'n Silwer vel met groen tablette in deurskynende stulpverpakking lê agter 'n versameling droë balpuntpenne, 'n paar los patrone vir haar 9 mm-pistool, 'n bondel rekkies en 'n pakkie skuifspelde. Sy haal Whistler se boeie uit haar sak en sit dit saam met die sleutel in die laai.

Leblanc lig sy wenkbroue. "Bêre jy bewysstukke in jou kantoor?"

"Selfone raak weg uit die bewysstukkluis in die aanklagkantoor." Aella haal die tablette uit die laai en gee dit vir die Fransman aan. "Hier," sê sy. "Kry vir jou."

Hy leun oor die klein spasie tussen die sluitkas en die lessenaar. "Wat is dit?"

"Pynpille." Sy drink dit al lankal, vir kopseer, vir lyfseer, vir sleg slaap en vir hartseer.

"Is dit veilig?"

"Jy kan dit vat of jy kan dit los," antwoord sy. "Dit werk vir my." Sy grawe in haar laai vir Khumalo se telefoonnommer. Sy het dit op 'n stukkie papier neergeskryf toe sy 'n nuwe selfoon gekry het en dit nog nooit op die nuwe instrument gestoor nie.

Leblanc trek 'n pynlike gesig. "Merci." Hy druk 'n tablet uit sy plastiekborrel in sy hand. "Hoeveel?"

"Twee. Of een. Nes jy wil. Soms maak twee my lomerig."

Leblanc se mondhoeke vertrek, maar die glimlag bereik nie sy oë nie. "Dis omdat jy so maer is."

"Moenie jy ook begin nie."

"Pardon." Die Fransman trek 'n verleë gesig. "Ek bedoel dit nie as 'n belediging nie. Jy lyk ... breekbaar." Hy druk nog 'n tablet in sy handpalm uit.

"Jy's voorwaarts, Fransman." Aella se stoel se hoë rugkant druk haar pistool teen haar rugwerwels vas. Sy knip die holster los en sit die vuurwapen op die lessenaar voor haar neer. Toe stoot sy haar vol waterkraffie met die omgekeerde glas oor die nek na Leblanc toe. "Ek weet nie hoe oud hierdie water is nie, maar dit lyk orraait." Lugborreltjies het reeds lankal op die bodem gevorm. Die skielike beweging laat dit na die oppervlak styg en laat die kraanwater na vonkelwater lyk.

"Merci." Hy stoot die res van die tablette oor die lessenaar na Aella terug en sy druk dit in haar baadjiesak.

Sy grawe in haar lessenaar se tweede laai, en toe in die derde. "Ag, dêmmit."

"Wat?"

Sy kyk op. Leblanc knyp 'n tablet tussen sy lippe vas terwyl hy water in die glas gooi en dit na sy lippe lig.

"Ek soek 'n telefoonnommer. Iemand moet my kom help om vir Chonco oor die straat te kry."

Hy sit die glas op die tafel neer en vee sy mondhoeke met sy vingers af. "Wie is veronderstel om saam met jou te werk?"

Aella trek 'n gesig terwyl sy die heel onderste laai ooptrek. Sy wens Leblanc wil stilbly. Dis moeilik om te sukkel en terselfdertyd 'n gesprek in Engels aan die gang te hou. Sy grawe deur die mengelwerk van gemors: oopgeskeurde koeverte, 'n vergete uitnodiging na 'n kollega se troue waarheen sy en Roel nooit gegaan het nie en 'n ekstra stel boeie wat sy hier bêre vir ingeval. Khumalo se nommer is nêrens te vinde nie.

"In Frankryk werk ons in spanne," onderbreek Leblanc haar soektog weer.

Sy stoot die laai toe terwyl sy stadig regop sit. "Ek werk alleen."

Leblanc grimas toe hy van posisie verander. Hy haal 'n pakkie sigarette uit sy bosak. "Mag ek?"

"Jy's welkom." Sy kyk weg toe hy die sigaret aansteek, die rook diep intrek en hoorbaar uitblaas.

Hoë hakke klap ongeduldig op die teëlvloer. Aella knip haar oë toe Ronel by haar oop kantoordeur inbars.

"Kaptein, jy weet mos Kolonel sê julle mag nie hierbinne rook nie."

Aella stoot haar stoel agteruit en staan op. "Ek soek Khumalo se telefoonnommer. Het jy dit miskien?" Sy stoot die blou plastieksnippermandjie langs haar lessenaar met haar voet na Leblanc. "Hier. Gebruik dit."

Die Fransman staar na die gloeiende kooltjie aan die punt en trek weer diep aan die sigaret. "Merci." Vir 'n oomblik beny Aella hom sy onvermoë om Ronel se kastigering te verstaan. Somtyds lyk dit asof sy vergeet dat sy geen rang dra nie.

Ronel se mond gaan oop en toe. Sy is 'n vrou wat gewoond is daaraan dat mans vir haar luister. Haar eggenoot is 'n vaal, stil mens, deur haar tot permanente stilswye oordonder. Party burgerlike vrouens wat vir die polisie werk, is ongenaakbaarder as 'n hardgebakte speurder en dominerender as 'n drilsersant. Aella kon nog nooit besluit of hulle so is en of hulle so word nie.

"Dit is dringend, Ronel."

Ronel skud haar witblonde hare oor haar skouers en ruim boesem en snuif afkeurend. "Ek sal gaan kyk." Haar hoë hakke klap in protes die gang af.

"Sy's baie kwaai," sê Leblanc.

"Sy's skynheilig," antwoord Aella. "Sy rook self. Sy's nuuskierig, as jy my vra."

'n Deurhandvatsel knars in die gang. Dit is die kolonel se kantoordeur. Aella herken die manier waarop die skarniere piep.

"Se moer, Kolonel. Dit is 'n pot stront hierdie." Whistler se stem weerklink hard deur die stil gebou.

Aella lig haar wenkbroue.

"Wat nou?" vra Leblanc.

"Kaptein ..." Kolonel Alexander se stem word oordonder deur Whistler s'n.

"Kolonel, jy maak 'n vreeslike groot fokken fout."

Aella sit regop.

"'n Moerse, fokken fout." Whistler praat in hoofletters.

Die volgende oomblik slaan die deur toe. Aggressiewe voetstappe beweeg na Aella se kantoor en die volgende oomblik verskyn Whistler se gesig in die deur.

"Wat nou?" vra sy in Engels vir Leblanc se onthalwe.

"Die fókker," antwoord Whistler in Afrikaans. Hy knip sy oë vinnig. 'n Spiertjie spring in sy wang. Hy is bleek en sy neusvleuels is wyd gesper. Hy skud sy kop en lig sy hand soos iemand wat 'n aanslag wil afweer. "Moenie vir my vra om nou Engels te praat nie. Ek is fokken die bliksem in. My Engels is op." Hy vryf sy vingers deur sy kortgeknipte hare. "Die fokker."

"Wat?" vra die Fransman.

Whistler kyk na Leblanc. Hy trek sy Engels met moeite bymekaar. "Ek is van die taakspan af." Hy snuif minagtend. "Die fokken kolonel is 'n doos; 'n fokken gekaapte lakei." Hy skud sy kop. "Hulle wil ons roteer, sê hy. Ek moet blykbaar teruggaan skofte toe of iets. Ek weet nie wat nie, want ek het my moer gestrip voordat hy vir my kon sê." Hy beduie na die sigaret wat tussen die Fransman se vingers smeul. "Gee vir my ook een. Die bliksem het gekry wat hy wou gehad het. Hy wou my lankal van die taakspan af hê." Hy staar met 'n donker uitdrukking voor hom uit.

Leblanc gee sy sigarette en 'n aansteker woordeloos vir Whistler aan. Dié steek 'n sigaret met bewende vingers aan en blaas die rook rukkerig uit.

"Ons roteer," sê hy terwyl die rook by sy neus en mond uitborrel. "Dis 'n fokken flou verskoning. Die etter is self betrokke, hy en sy pelle in Durban."

"Sjt," sê Aella.

Whistler ignoreer haar. "Het die fokken idioot enige idee hoe lank dit vat om berigggewers bymekaar te maak, om 'n netwerk te bou?" Hy skud sy kop. "Nee," antwoord hy sy eie vraag. "Nee. Die fokker weet nie want die fokker het dit nog nooit gedoen nie. Sy moer, man. Nou sal jy sien hoe vrek die renosters."

Dertien

'N ambulans se skel sirene verswelg Whistler se woorde.
"Wat gaan ons nou doen?" vra Leblanc toe dit weer stil is.

Whistler skud sy kop. "Moenie te veel vrae vra nie, Fransman. My moer is suur."

"Ek verstaan dit nie," sê Aella fronsend. "Julle het so goed gedoen. Hoekom wil hy nou aan die taakspan gaan karring?"

Whistler streel met bewende vingers oor sy snor. "Hy sê hy wil self die taakspan lei."

"Wat weet hy van gespesialiseerde ondersoeke af?"

"Fokken presies." Whistler trek 'n lang rooi kool aan die sigaret se punt. Hy haal die wit stafie uit sy mond en tuur vir 'n oomblik daarna. "Jissis, ek is so die bliksem in, ek vreet sommer hierdie sigaret op."

Leblanc vou sy arms en strek sy bene lank voor hom uit. "Is dit noodwendig 'n slegte ding? Die man is tog 'n kolonel. Hy weet seker wat hy doen?"

Whistler kyk na Aella en Aella kyk na hom.

Uiteindelik antwoord sy. "Jy verstaan nie." Sy kyk hoe Whistler 'n laaste teug aan die sigaret trek en die stompie by die venster uitgooi. "Hy is 'n sersant wat 'n kolonel geword het."

Leblanc kyk skepties na haar. "Jy maak seker 'n grap."

"Ek wens ons het," sê Whistler. "Ons hoor die fokker is pelle met die kommissaris. Hulle kom blykbaar al twee van Durban af, was saam op skool en alles."

Leblanc skuif weer in sy stoel. "Putain de merde." Aan die uitdrukking op sy gesig lyk dit nie asof die pynpille werk nie.

"Putain de merde?" vra Whistler. Sy voorkop vertrek in 'n frons. "Wat beteken dit?"

"Fucking shit." Die Fransman leun vorentoe om sy sigaret in die snippermandjie dood te druk.

"Putain de merde." Whistler rol die woorde soos lekkergoed waarvan hy die smaak beproef in sy kieste rond.

"Wat gaan julle nou maak?" vra Aella. Sy het werk om te doen.

Whistler skud sy kop. "Ek weet nie." Hy draai na Leblanc. "Jy moet miskien maar by die kolonel gaan aansluit. Dis mos hoekom jy hier is?"

"Miskien. Ek weet nie." Die Fransman staan styf-styf op. "Laat ek gaan hoor." Hy hink stadig uit Aella se kantoor.

Sy lig die groot kalender wat die Sanlam-verteenwoordiger aan die begin van die jaar vir haar gebring het. Wat het sy tog met Khumalo se selnommer gemaak?

"Waarna soek jy?" vra Whistler. Hy trommel met sy vingers op die lessenaarblad.

"Peacemaker Khumalo se nommer. Hy moet my kom help om vir Chonco oor die straat te kry. En hy moet kom tolk. Netnou besluit Chonco om net Zoeloe te praat en dan sit ek met my vinger in my oor."

"Ek kan jou ook help. Ek het nou fokkol om te doen en daardie poephol in die hoek kan nie besluit wat om met my te maak nie."

Aella kyk op. Whistler is steeds bleek. "Sal jy?"

Hy knik. "Let's go." Hy staan op, 'n vinnige, intense beweging.

"Wat van Leblanc?" Aella vryf haar oë. Dit voel asof sy aan vlugvoosheid ly.

"Sy besigheid is sy besigheid."

Sy stoot haar stoel terug. Sonder 'n woord stap hulle by die deur uit, in die gang af verby Ronel se lessenaar.

Ronel kyk op, haar gesig op 'n afkeurende plooi getrek. Sy haal 'n spuitkannetjie met lugverfrisser onder haar lessenaar uit en spuit dit in die lug bokant haar kop. "Die kantoor stink na rook."

"Bitch," sê Whistler sag.

Aella kan sien dat hy nog iets wil sê, maar sy trek hom aan die arm. Daar is nie tyd om te mors op kantoorpolitiek nie. "Kom."

'n Deur klap weer in die gang.

"Wag vir my," hoor Aella Leblanc se stem. "Wag." Sy draai om. Hy hink pynlik na hulle toe.

"Wat nou?" vra Whistler.

Die Fransman se bors beweeg vinnig op en af. "Julle was reg," sê hy. "Die man is 'n idioot." Aan sy saamgeperste lippe en die diep fronsplooi op sy neus is dit duidelik dat hy hom vererg het. Woordeloos stap hulle die oneweredige trappe af tot op die sypaadjie voor die Pakistani se winkel.

"Wat het gebeur?" vra Aella.

Leblanc skud sy kop.

"Dit lyk asof die fokker jou goed afgepis het," sê Whistler.

"Moet jy so vloek?" vra Aella fronsend.

"Ek fokken vloek nie."

Leblanc skud sy kop stadig. "Hoe kry julle gewerk in hierdie land?"

Daar is beweging voor die aanklagkantoor. Die ambulans het met sy neus op die sypaadjie stilgehou. 'n Seningrige ambulansman trek 'n trolliebed uit die agterkant van die voertuig en maak dit op die sypaadjie staan.

"Wat dink julle gaan daar aan?" vra sy.

Die mans ignoreer haar.

"Ons doen wat ons moet doen," sê Whistler.

Leblanc vryf deur sy blonde hare. "Hy't my ook laat gaan. Hy sê hy gaan hom nie van Europeërs laat voorskryf hoe om sy werk te doen nie."

Aella luister afgetrokke na wat Leblanc sê. Nog 'n paramedikus het hom intussen by die ambulansman aangesluit. Hulle het 'n vurige gesprek. Sy maak haar mond oop, maar Leblanc spring haar voor.

"Wat sê ek vir die mense wat my gestuur het?"

"Die waarheid," antwoord Whistler. "Net die fokken waarheid."

Aella draai om. Wat gaan aan in die aanklagkantoor? Sy gaan nie vir die mans wag nie. Hulle kan kom of hulle kan bly. Sy stap haastig oor die straat, verby die musiekwinkel en die goedkoop klerewinkel na die verkeerslig op die hoek voor die aanklagkantoor. Dit is rooi vir haar.

"Wag vir ons!" roep Whistler.

Die lugremme van 'n vragmotor wat hout na die hawe in Richardsbaai vervoer, doof sy woorde uit en dwing Aella tot stilstand. Asof hulle dit elke dag doen, sluit Whistler en Leblanc by haar aan: die Fransman aan haar linkerkant en Whistler aan haar regterkant. Toe die vragmotor wegtrek, stap hulle in gelid oor die straat.

Die ry pensioenarisse staan eenkant toe terwyl die maer ambulansman die trolliebed met mening by hulle verbystoot sonder om te kyk of hy 'n voet of 'n lyf gaan raakstamp. Aella, Whistler en Leblanc volg in sy vaarwater die aanklagkantoor binne.

"Waar?" vra die ambulansman kortaf.

Die konstabel agter die toonbank beduie met sy duim in die lang gang af na die selle. Sy adamsappel dobber onder sy dun keelvel en sy oë is groot en wit in sy gesig.

"Wat gaan aan?" vra Aella.

Fyn sweetdruppels pêrel op die man se bolip en sy voorkop. Sy gesig is asgrys.

"Konstabel?"

Die ambulansman verdwyn met sy trolliebed in die gang.

Die konstabel knipper sy oë. Hy maak sy mond oop, maar sy woorde struikel en hy vryf verslae oor sy kaalgeskeerde skedel. "Hawu," stotter hy.

"Kom," sê Whistler. Hy stap haastig agter die ambulansman aan.

Aella en Leblanc volg so vinnig as wat hulle kan. Driftige stemme eggo uit die selle deur die hol gang toe hulle verbystap. Woorde kets soos opslagkoeëls teen die grys mure vas.

"Suka," sê iemand.

Voertsek.

"Fokkof, inkomo kahagu."

Inkomo kahagu. Stywenek. Dis die naam vir onbeskeie wit mense. Iemand slaan met 'n blikbeker teen 'n sel se traliehek. Die geluid weerklink oorverdowend deur die hol struktuur. Whistler antwoord met mening in Zoeloe en iewers in die sel bars iemand uit van die lag; 'n melodieuse klank wat klink asof dit diep uit sy maker se borskas kom.

"Really?" Die ambulansman se hoë stem klink ongelowig deur die lang gang.

Die trolliebed staan voor Msimango se sel. Aella druk by Whistler verby.

"For Pete's sake," sê die ambulansman.

Aella haas haar verby Msimango. Sy merk in die verbygaan dat hy steeds op die hoop matrasse lê. Sy borskas beweeg stadig op en af. Sy ignoreer hom, want Chonco se seldeur staan wyd oop.

"This is beyond my fucking pay grade." Die maer ambulansman storm driftig uit die oop sel. Sy sangerige aksent spreek van sy Asiatiese herkoms, van die breë lint van die Ganges, van gestreepte tiers en verlate tempels. "How am I supposed to move that mountain?" Sonder 'n verdere woord skarrel hy die gang af. Hy protesteer so ver hy gaan.

'n Beklemming knel Aella se bors. Sy stap stadig nader aan die sel.

"Wag," sê Whistler.

Sy beduie hom met haar hand weg. Die helder oggendson val deur die sel se tralievenster en verf beloftes van vryheid op die gangvloer. Toe sy by die seldeur kom, lyk dit vir haar asof Chonco bid. Hy staan op sy knieë met sy rug na die deur toe. Die son baai sy kaal, vet bolyf in lig en sy kop is hoopvol na bo gerig. Toe Aella weer kyk, is dit egter duidelik dat die man op sy hurke gaan sit en agteroor geleun het. 'n Dun koord verbind hom aan sy nek met die tralievenster van die benoude vertrek. Die reuk van liggaamsuitskeidings wat die sel deurtrek, sê dat Chonco se siel die ondermaanse reeds verlaat het.

"Liewe donder," sê Whistler.

"Merde." Leblanc se stem klink grof.

Aella stap die stinkende sel stadig binne. Nee. Henno en Heinrich Volker se lewelose liggame dring haar gedagtes binne. Néé. Sy druk die ontluikende emosie met geweld eenkant toe. Uiteindelik steek sy haar hand uit, raak die koord liggies aan. Chonco se korpulente kadawer kyk met 'n sardoniese uitdrukking na haar. Die man het nie 'n maklike dood gesterf nie. Sy swaar lyf het gesmag na lewegewende suurstof en het daarom gestoei. Sy gewig het hom egter aan sy doodskabel geanker en dit diep in sy keel laat sny. Bloedsmeersels op die donker vel is die stille getuie van die geveg van die lewe met die dood.

"Shit," sê Aella uiteindelik. "Shit, shit, shit."

"Hy't sy hemp gebruik," sê Leblanc.

Haar oë volg die kabel na die tralievenster. Repe blink materiaal is aan mekaar vasgeknoop. Sintetiese materiaal is baie sterk. Sekere soorte word sterker hoe meer gewig dit dra.

"Hoe de moer het hy dit reggekry?" vra Whistler. "Hy was nie eens behoorlik 'n uur hier nie."

"Ek het nie die vaagste benul nie," antwoord Aella. Sy wil haar duimnael byt, maar daar is niks om aan te knaag nie.

Vir 'n lang oomblik staan hulle die lyk en bekyk.

"Dis nou vir jou 'n fokkop," sê Whistler in Afrikaans.

Aella draai met 'n sug om. Daar lê baie papierwerk voor. Dit gaan haar van nog waardevolle ure beroof waarin die Volkers se moordenaars 'n verdere voorsprong verkry. Ás sy hulle gaan opspoor. Haar enigste skakel met die ontwykende Sgoloza hang aan sy hemp in die sel agter haar.

"Ek sal jou help," sê Whistler.

"Waarmee?" Aella vryf oor haar gesig en strengel haar vingers agter haar nek inmekaar. "Dis 'n gemors."

"Met hierdie saak," antwoord hy. "Tot aan die einde. Die fok weet, ek het niks anders om te doen nie."

"Pardon?" vra Leblanc.

Hulle kyk om.

"Sorry," sê Aella.

"Sy sê sy't nie sulke kak nodig nie," antwoord Whistler in Engels. Hy staar na Chonco se kadawer asof hy dit na die lewe toe wil terugstaar.

"Iemand moes tog iets gehoor het?" vra die Fransman. Hy wys na Chonco. "As 'n mens só gaan, gaan jy nie stil nie."

Aella draai terug en takseer die groot kadawer stilweg. "Die mure is dik," antwoord sy. "Daarby gee die mense in elk geval nie om nie."

Whistler laat rol sy bolip tussen sy tande; 'n aanwensel wat sy snor animeer. "Dis fokkol," sê hy uiteindelik. "Hoe laat is dit nou?"

Aella kyk op haar horlosie. "Kwart oor nege." Haar selfoon lui. Mozart se elegante musiek eggo tussen die vaal mure van

Chonco se laaste lewensplek; uit plek en buitenstyds, heeltemal in die verkeerde dimensie. "Dêmmit." Sy haal die instrument uit haar sak. Sy herken nie die nommer op die skerm nie. Sonder om te antwoord druk sy foon dood.

"Wie is dit?" vra Whistler.

Sy haal haar skouers op en sit die selfoon terug in haar sak. "Ek sal terugbel."

Hy skop-skop na die muur. Hoewel dit nuut is, het die prisoniers reeds allerhande dinge daarteen geskryf. Name, vloekwoorde en onsedelike sketse staan in blaak reliëf teen die grys wand gekrabbel. "Wie't hom ontdek?" vra hy.

"Ek het geen idee nie."

Die maer ambulansman druk sy kop by die seldeur in. "I need some help."

"Loop haal een van jou kollegas," antwoord Whistler kortaf. Hy draai sy rug op die seldeur en kyk na Aella. "Ek het 'n voorstel."

Die ambulansman knipper sy oë en verdwyn met haastige voetstappe die gang af.

"Wat?" Aella voel lus om Chonco se vet lyf te skop.

"Ons praat nou met die taxibestuurder. Nou dadelik. Hy's al leidraad wat ons het."

"Ons?"

"Ek het dan gesê ek sal jou help. Daar's nie 'n manier wat ek fokken skofte gaan werk nie. Ek dink nie ek het eens meer 'n uniform in my kas nie."

Aella luister na die stemme in die aangrensende selle. Hulle klink onrustig. 'n Diep stem sit onverwags 'n noot in en nog stemme sluit by hom aan.

Whistler praat harder. Dit is moeilik om hom bo die Afrika-treurlied te hoor.

"Hulle het tog geweet," merk Aella op.

"As ons klaar is met hom," sê Whistler asof Aella niks gesê het nie, "dan kom sort ons Chonco se papierwerk uit. Laat hulle die lyk net eers wegvat en klaarkry, dan mors ons nie tyd nie. Ons moet wikkel voordat iemand vir die kolonel sê van hierdie situasie. Jy weet hoe hy is."

Aella knik stadig. Whistler is reg. Hy druk sy duime deur sy gordellusse en wieg vorentoe en agtertoe. Whistler kon nog nooit stilstaan nie.

"Kaptein O'Malley," sê Leblanc.

Aella kyk vraend na Leblanc wat met gevoude arms ook stil na Chonco staan en staar.

"Kan ek by julle aansluit? Vir die volgende paar dae, bedoel ek."

Aella frons. Sy maak haar mond oop om iets te sê, maar Whistler spring haar voor.

"Gaan hou vakansie, man. Jy het tyd en jou mense weet nie dat jy van die taakspan af is nie. Dit is nie jou probleem nie."

Voetstappe in die gang sê vir Aella dat die ambulansman hulp gaan haal het.

Leblanc trek sy asem diep in. "Ek het in my lewe al baie moorde ondersoek. Terrorisme. Bendemoorde." Sy blou oë is troebel in sy soel gesig. "Nog nooit so iets nie." Hy skud sy kop. "Dis soos oorlog. Besef julle dit dan nie?"

Die dreunende Afrika-stemme verdiep. 'n Tenoorstem sweef in nootvaste solo deur die tralies en die gang van die selblok.

Aella staar na die bloed en kwyl op Chonco se ken. "Sê nou iemand skiet jou?"

"Dit is suiwer my verantwoordelikheid."

'n Donker bas anker die solo in sy vlug.

Leblanc kyk haar stil aan. "Dis jou ondersoek, Kaptein."

Uiteindelik knik sy. Sy het die hulp nodig, die Vader hoor vir haar.

Die voetstappe in die gang kom nader.

"Laat ons beweeg," sê Aella. Sy stap haastig by die verstikkende sel uit, in die ambulansman, sy kollega en 'n aanklagkantoorkonstabel vas.

Hulle salueer nie, maar skarrel kop onderstebo agter die ambulansman aan.

"Ek gaan die sleutel haal," sê Whistler. "Wag hier." Sonder 'n verdere woord stap hy in die gang af en verdwyn om die hoek na die aanklagkantoor.

Die stemme hou meteens op sing.

Aella gaan staan voor die taxibestuurder se sel. "Jy moet opstaan." Die ambulansman se skril instruksies verdring haar woorde.

Msimango tel sy kop swaar op.

"Jy kán beweeg," sê sy hard. "Staan op."

'n Dowwe plofgeluid sê vir haar dat Chonco se swaar lyf van die tralies bevry is.

Die taximan stoot hom met sy arms regop. "Wat gaan aan?" vra hy. Sy stem is skor, asof sy keel seer is. Hy lyk beter vanoggend, alhoewel sy ooglede steeds dik geswel is.

"Chonco het homself gehang. Jy moes dit tog gehoor het." Die waarheid is brutaal.

"God." Hy sak weer op die matrasse terug.

Aella kyk om toe die trolliebed se wiele op die gangvloer ratel. Sy kyk in Leblanc se borskas vas. Hy staan agter haar, 'n stil, waaksame teenwoordigheid. Sy kan hom ruik. Hy ruik na bos en houtrook. Sy draai terug. Msimango sit met sy hande oor sy kop.

"Hier's die sleutel." Whistler se stem klink hard in die hol gang. Hy stap met doelgerigte tred die gang af. "Julle sal my nie glo nie."

"Wat?" vra Leblanc. Hy tree terug en vat sy houtgeur saam met hom.

"Daar is niemand in die aanklagkantoor nie. Niemand nie. Nie eens die donderse skofbevelvoerder nie. En die sleutel lê daar oop en bloot." Die seldeur knars toe Whistler dit oopsluit.

"Woza," sê hy vir Msimango.

"Wag nou." Aella stap ook die sel binne, met Leblanc op haar hakke. "Staan op," sê sy uiteindelik.

Msimango staan moeisaam op, sy arm beskermend om sy ribbes gevou. Sy skouers bewe in die harde lig.

"Wat ... wat ..."

Whistler maak sy mond oop, maar Aella skud haar kop. Hierdie ondersoek is hare, nie syne nie. "Ek het gesê ek sal vir die hof sê dat jy ons gehelp het."

Msimango se wangspiere bult onder sy donker vel en sweetdruppels vorm soos wasem op sy bolip. Hy antwoord nie.

"Ons moet gesels," sê Aella.

"Julle gaan my skiet." Msimango skud sy kop.

Nou wat nou? Dit is presies waarvoor Aella bang was. 'n Nag in die selle het 'n manier om los tonge teen verhemeltes vas te sement.

Whistler praat hard en vinnig met hom in Zoeloe.

"Wat sê hy?" vra Leblanc.

"Ek wens ek het geweet." Whistler sê weer iets.

Msimango staan stadig op.

Whistler draai na Aella. "Waar's my boeie?" vra hy.

Sy skud haar kop. "Dis nie nodig nie. Kyk hoe lyk hy."

"Dis prosedure," herinner hy haar.

"Hy gaan nie weghardloop nie, Whistler. Regtig. Hy kan nie." Sy tree nader en sit haar hand onder Msimango se arm. "Kom ons loop."

Met skuifelende treë stap die prisonier na die bedrieglike vryheid van die oop seldeur.

"Wat het jy vir hom gesê?" vra Leblanc.

"Ek het hom genooi vir koekies en tee," antwoord Whistler. Hy sit sy hand op Msimango se skouer.

Sonder 'n woord en sonder dat hulle dit so afgespreek het, omsluit die drie speurders die taxibestuurder en stuur hom met hulle teenwoordigheid die lang gang af na die aanklagkantoor. Agter haar kan Aella steeds hoor hoe die ambulansmanne en die aanklagkantoorkonstabels met Chonco se lyf stoei. Stadig, voetjie vir voetjie, skuifelstap Msimango tussen hulle deur die verlate aanklagkantoor na die sypaadjie. Vir die soveelste keer verwens Aella vir S.P. van der Walt en sy heethoofdige optrede.

Koelkoppe is nodig om warm emosie te troef. Sy wonder wanneer sal die mense dit begin besef.

Veertien

Die besige laatoggendverkeer is 'n aanduiding dat dit nie so sleg gaan met die dorp se ekonomie as wat oor die algemeen geglo word nie. Boere ry met hulle groot viertrekvoertuie en strak gesigte in die straat voor Aella verby. Teen hierdie tyd weet die hele distrik dat Henno en Heinrich Volker vermoor is. Die bostelegraaf is legendaries effektief. Raserige minibustaxi's volgelaai met baie passasiers ry in die teenoorgestelde rigting na die taxiterminus.

"Stap," sê Aella vir Msimango. Sy du hom met haar hand op sy skouer oor die straat terwyl sy onrustig om haar rondkyk. Hulle stap te stadig. Reeds ontlok hulle broeiende kyke en onderlangse opmerkings van voetgangers op die sypaadjie.

"Die mense is nie gelukkig nie," sê Whistler. Ook sy donker oë is waaksaam.

"Wat's fout?" vra Leblanc.

Aella haal haar skouers op. "Die mense is nie gelukkig nie," herhaal sy. Sy beduie na haar prisonier. "Die drie van ons en hy. Ou wonde."

"O."

Sonder 'n verdere woord stap hulle oor die straat. Toe hulle by die trappe langs die Pakistani se winkel kom, gaan staan Msimango.

"Wat nou?" vra Aella.

Hy hyg na asem.

"Sy asem is op," sê Whistler onnodig. Hy sit sy hande op sy heupe en kyk op na die steil trap. "Hoe de hel gaan ons hom bo kry?" vra hy.

Vir 'n oomblik staan Aella en luister na die man se snakke. Dit is hoe Heinrich Volker se laaste asemteue moes geklink het, dink sy onverwags. Smagtend na lewe. Dalk moet hulle vir Msimango tog terugneem hospitaal toe. Sy proe 'n bitter smaak in haar mond. Toe dit klink of die tussenposes tussen die skraal man se asemteue verlangsaam, stuur sy hom na die trappe en sit sy hand op die staalreling. "Klim."

Hy sit sy voet versigtig op die onderste trap. Hy klem die trapreling vas, maar beweeg nie.

"Klim," herhaal Whistler.

Een trap, en nog een. Voetjie vir voetjie, soos 'n trapsuutjies bestyg Msimango die staaltrappe. Sy skouers is hol. Sy hemp fladder om sy benerige lyf en sy seilskoene lyk te groot vir sy voete.

Aella volg reg agter hom.

"Hou hom vas," sê Whistler vir haar. "Netnou spring hy."

Regtig? Msimango kan skaars loop. Aella twyfel of daar genoeg krag in sy mishandelde lyf is om hom oor die reling te hys. Hy kan in elk geval niks sien nie. Desnieteenstaande sit sy haar hand op die taxibestuurder se broeksband. Daar is baie spasie tussen die gordel en Msimango se dun lyf. Whistler is reg. Prisoniers het al voorheen hier afgespring in 'n desperate poging tot vryheid. Alhoewel dit nie baie hoog is tot in die parkeerarea nie, is dit steeds hoog genoeg om 'n been of 'n nek te breek. Hierdie getuie is kosbaar. Ná Chonco se onbedagsame optrede is hierdie bietjie mens die enigste leidraad wat hulle het.

Ronel kyk gesteurd op toe hulle die kantoor binnestap.

"Wat nou?" vra sy. Haar kakebene beweeg rusteloos. Sy haal 'n stuk kougom met haar lang naels uit haar mond en laat val dit in die snippermandjie langs haar. "En wie't hierdie arme man so gedonder? Whistler, is dit jy?"

Hy ignoreer haar.

Sy stoot 'n stukkie pienk papier oor haar lessenaar na Aella. "Kolonel het gesê jy moet hom bel. Hy sê dis dringend." Sy frons afkeurend. "Hy't jou in die hande probeer kry net voor hy gery het, maar jy antwoord nie jou foon nie. Hier is sy nuwe selnommer."

"Waar is hy?" vra Aella. Hy was 'n uur gelede nog in sy kantoor.

"Uit."

Aella tel die notatjie op en druk dit in haar sak sonder om daarna te kyk. Woordeloos stoot sy die taxibestuurder voor haar uit na haar kantoor toe. Die tingerige man se skouers bewe onder haar vingers.

Met haar kantoordeur oop stoot sy hom die klein vertrekkie binne. "Sit." Sy druk hom in die ongemaklike bruin stoel langs die liasseerkabinet neer. Daar is geen ander plek vir hom om te sit nie.

Whistler gaan staan met sy rug teen die muur, arms gevou. Toe Leblanc die deur agter hom toetrek, is die kantoortjie oorvol.

Aella gaan sit stadig op haar stoel, haal haar selfoon uit haar sak, aktiveer die stemopnemer en sit dit voor haar neer. Dit is die beste stuk toerusting wat sy het. As sy vir die Suid-Afrikaanse Polisiebestuur moet wag om haar van 'n ondervragingsfasiliteit te voorsien gaan sy baie lank wag. Hulle kantoor moes agt jaar wag vir eenrigtingglas vir die vertrek waarin uitkenningsparades gehou word. Voordat die vertrek met die hulp van nog buitelandse skenkers voltooi is, was slagoffers en getuies van moord, roof en verkragting verplig om hulle aanvallers in die oë te kyk en op die skouer te tik ten einde die polisiefotograaf die geleentheid te gee om die uitkenning vir die ewigheid op film vas te lê. Sy vroetel in die lessenaar se laai vir P21's wat sy in die hof vasgelê het. Dié notablokke is skaars, want die Staatsdrukker druk dit nie so gereeld as wat hy moet nie. Ronel bestel dit ook nie so gereeld as wat sy moet nie.

"Koekies en tee?" vra sy vir Whistler in Afrikaans.

"Koekies en tee," antwoord hy.

Msimango kug pynlik.

"Amanzi. Ngicele amanzi" – water, asseblief.

Aella spoel die glas wat Leblanc gebruik het uit en gooi die water in die potplant in haar vensterbank. Toe gooi sy die laaste bietjie water uit die kraffie in die glas en druk dit in Msimango se hand.

"Ngiyabonga." Msimango lig die glas met bewende hande

en drink diep en lank. Hy sluk hoorbaar terwyl hy die glas vasklem en sy kneukels wit op sy donker vel deurslaan.

Whistler se valkoë deurpriem die prisonier.

Msimango laat sak die glas en kreun diep. Hy hou sy hande oor sy midderif en sy gesig vertrek van pyn.

"Sit regop," sê Whistler in Afrikaans. Hy leun oor die prisonier.

Aella leun terug. Koekies en tee. Dit is 'n eindelose dans. Leblanc staan regop. Sy oë is onrustig op Whistler en die prisonier gerig.

Wat dink die Fransman? Hoe moet dit vir hom lyk, hy met sy Europese fyngevoeligheid? Dink hy dat sy en Whistler apartheidskinders is en Msimango ook gaan aanrand? Haar mondhoek trek skeef. Leblanc het self gesê hy het nog nooit gesien hoe lyk dit wanneer 'n plaasboer en sy familie aangeval en met wortel en tak uit die Afrika-grond geskeur word nie. Sy lig haar hare uit haar nek en drapeer dit oor haar skouer. 'n Plaasaanval verander 'n ondersoeker se persepsies vir ewig.

"Wat is jou naam?" vra Whistler hard. Hy toring oor die taxibestuurder uit. Toe Msimango nie antwoord nie, herhaal hy die vraag in Engels en Zoeloe.

"Msimango," antwoord die skraal man ná 'n kort stilte. Sy gesig is grys van pyn. Hy draai sy kop blind in die rigting van Whistler se stem. "Thokozani Benedict Msimango," fluister hy. Hy krimp weg in die klein spasie tussen die sluitkas en Whistler se lyf asof hy in die muur wil verdwyn.

"Thokozani Msimango." Whistler kou aan sy bosserige snor. Hy slaan onverwags met sy plathand teen die staalkabinet bokant die man se kop dat ook Aella ruk van skrik. "Wáár is jou ID-boek, Thokozani Msimango?"

Die skerp reuk van urine vul die klein kantoor.

"Ag nee, kots," sê Whistler in Afrikaans. "Nou het hy hom nog natgepis ook."

Aella staan op. "Staan eenkant toe," beduie sy.

Whistler gehoorsaam sonder teenstand. Hy skuif agter haar lessenaar in asof dit so hoort, asof dit nog altyd sy plek was.

"Moet hierdie onderhoud nie opgeneem word nie?" vra Leblanc onderlangs.

Aella beduie na haar selfoon op die lessenaar.

Hulle doen wat hulle kan, waarmee hulle kan.

Leblanc lyk steeds gekwel.

Sy gaan staan voor Msimango se patetiese figuur. Hy lyk nie soos 'n moordenaar nie. Baie min misdadigers lyk soos misdadigers. Sy trek haar asem diep in. Dit is alles deel van die kosmiese grap. Moordenaars lyk pateties en slagoffers dra swaar aan die las van die sondes van die vaders. Sy haal die waterglas uit die skraal man se hand.

"Nog water?" vra sy in Engels, vir die Fransman se onthalwe.

Msimango skud sy kop.

Sy sit die glas op die tafel neer en betrag die taximan skewekop. Hy vou sy arms om sy lyf en wieg stadig vorentoe en agtertoe. "Onthou jy dat ek gisteraand jou regte vir jou verduidelik het?"

Msimango antwoord nie.

"Onthou jy?" vra sy weer.

Msimango sluk hoorbaar en maak 'n klein beweging met sy kop. "Yebo." Die woord is skaars hoorbaar.

"Toe wou jy praat." Sy leun met haar heup teen die lessenaar en trek haar selfoon nader. Dit neem steeds op.

Msimango skud sy kop. "Ek het niks om te sê nie." Sy gesig is vertrek van pyn. Die spiere in sy kakebene, wange en mond lyk of dit 'n geveg met mekaar voer. Dit skep 'n onrustige prentjie.

Aella staar na die miserabele mens, na die nat kol op sy broek. Vir 'n oomblik voel sy vir hom jammer, maar onthou dan die AK47 en die stringe ammunisie in die taxi waarmee hy die moordenaars na Carlsbad toe aangery het en die toegevoude Okapi in sy sak.

"Niks," herhaal hy hortend. "Ek sê niks. Ek soek 'n dokter."

"Fok hierdie liefde," sê Whistler. Hy staan op. Harde Zoeloe borrel oor sy lippe en die taxibestuurder verbleek merkbaar. Hy krimp nog verder terug in sy stoel. Sy liggaam ruk soos hy bewe. Whistler druk by Aella verby en buk voor die verskrikte man. "Gaan haal vir my 'n strykyster." Die Engelse woorde val gutturaal en kras uit sy mond.

'n Aar fladder in Msimango se nek en in die diep stilte wat op Whistler se opdrag volg, verbeel Aella haar dat sy die man se hart in sy borskas kan hoor hamer. Whistler herhaal die woorde in Zoeloe. Vet druppels rol van Msimango se voorkop en nek af en maak donker kolle op sy hempskraag.

"Daar is een in die teekamer, dink ek," sê Whistler. Hy beduie met sy kop na Leblanc. "En vat hom saam." Sy mondhoek vertrek onder sy ruie snor. "Maak gou. Ons het nie baie tyd nie. Netnou is die kolonel terug. Ons wil nie hê hy moet hierdie fokker hoor skree nie."

Msimango se skouers ruk soos hy bewe.

Aella knik stadig. "Kom," sê sy vir die Fransman. "Kom ons gaan haal 'n strykyster."

"Gaan jy dit toelaat?" vra Leblanc. Hy sit sy hande op sy heupe.

Whistler draai om. Sy donker oë is onleesbaar. "Jý't gevra om hier te wees, Fransman."

Woordeloos verlaat Aella en Leblanc haar beknopte kantoor. Toe sy die deur agter haar toetrek, kan sy Whistler se sibilante deur sy tande hoor sis in 'n stroom van ononderbroke Zoeloe.

"'n Strykyster?" vra Leblanc.

Die gebou is steeds verlate. Slegs die geklik van Ronel se lang naels op haar toetsbord is hoorbaar, en ook net wanneer daar nie 'n voertuig in die straat verbydreun nie. Aella sit haar vinger op haar lippe. Sy beduie vir Leblanc om weg te stap, na die punt van die gang by die badkamer.

"Mense is bang vir 'n strykyster," antwoord sy toe hulle buite hoorafstand van haar kantoor is. "Hulle weet wat 'n strykyster kan doen."

Leblanc ril. "Gaan Whistler hom martel? Met 'n strykyster?"

Aella knip haar oë.

"Ek kan nie daaraan deel hê nie." Hy frons diep.

Niemand het jou genooi nie, wil Aella sê, maar sy swyg.

Die Fransman staan swaar op sy gesonde been terwyl hy met sy arm teen die vuil gangmuur leun. Net soos die res van die gebou, het dit jare laas 'n verfkwas of enige ander poging tot onderhoud gesien.

Uiteindelik gee Aella bes. "Waar dink jy gaan ek 'n strykyster in hierdie kantoor kry, Leblanc? Daar word nie gestryk hier nie."

"Nou wat dan?"

"Koekies en tee."

Vir 'n lang oomblik staan hulle in stilte. Selfs met die pyntrek om sy mond, is Leblanc 'n aantreklike man met sy soel vel en helder oë. Aella spits haar ore vir verdagte geluide uit haar kantoor. Whistler moenie droogmaak nie. Msimango is hulle enigste getuie. Hy moet soos goud opgepas word. Hierdie saak gaan in die hof eindig. Dinge moet reg gedoen word.

"Is daar iets fout?" fluister die Fransman.

Aella frons. "Hoekom?"

"Jy staar na my."

Sy knip haar oë. Hittige bloeisels rank tentakels uit haar borskas oor haar nek na haar wange. Sy kan dit voel. "Jammer." Sy stoot haar hare uit haar gesig en leun met haar rug teen die muur. Leblanc volg haar voorbeeld.

"Ek het bandammunisie in die man se taxi gekry," sê Aella toe die verleë stilte dreig om haar te oorweldig. "En outomatiese vuurwapens."

"Mon Dieu." Leblanc laat sak sy beseerde been en trap daarop asof hy dit wil toets.

'n Roomysklokkie lui iewers op die sypaadjie.

Hy buk af en voel-voel aan sy beseerde kuit. "Putain de merde."

"Seer?"

"Nogal." Hy kom weer stadig regop.

"Jy moet gaan sit." Aella beduie na haar kantoor. "Ek dink ons kan maar weer teruggaan. Whistler het waarskynlik nou reeds die vrese van die liewe Vader by hom ingedril."

"Good cop, bad cop?"

"Koekies en tee."

"Ek was bekommerd," sê Leblanc.

"Doen julle dit nie in Frankryk nie?"

"Nie met strykysters nie."

Stadig stap hulle terug na Aella se kantoor. Steeds hoor sy net Whistler se sissende stem.

"Is jy reg?" vra sy toe hulle by die deur kom.

Die Fransman knik. "Is jy?"

Sonder 'n verdere woord druk Aella die handvatsel hard af.

Msimango snak hoorbaar na sy asem. Die ammoniak van vars urine hang swaar in die lug.

"Ag, fok," sê Whistler. Hy staan met sy hande op sy heupe. "Waar kry hy al die pis vandaan? Hier doen hy dit al weer."

"Ek het 'n strykyster gekry," sê Aella.

Msimango se kop draai blind tussen haar en Whistler se stemme. "Ek sal praat. Ek sal praat." Sy skouers en sy hele lyf ruk.

Aella beduie vir Leblanc om die deur agter hom toe te maak. Sy leun met haar heup teen die muur. "Praat. Ek wag."

Die luitoon van Aella se selfoon dans deur die strak vertrek en onderbreek die momentum van die ondervraging.

"Shit," sê sy hardop.

Msimango trek sy asem diep in. Sy hemp se dun vuilwit materiaal tril oor sy maer borskas. Aella buig oor die lessenaar. Dieselfde onbekende nommer van vroeër wys op die instrument se plat gesig. Wie is so knaend?

"Antwoord," sê Whistler.

Aella tel die foon op en druk dit teen haar oor. "O'Malley."

"Alexander hier." Dit klink of die kolonel bestuur.

"Wat is dit?" Aella kyk stip na Msimango. Hy bewe onophoudelik. Whistler leun teen die muur. Sy duime is deur sy denimbroek se gordellusse gehaak. Hy lyk ontspanne, maar Aella weet van beter. Whistler is 'n opgewende veer.

"Ek is op pad Durban toe oor die Volker-saak." Hy toet vir iets in die pad. "Sorry. Die kommissaris het 'n perskonferensie belê want daar is blykbaar familie in Duitsland wat reeds begin kak maak het. Die moorde is die hele internet vol. Ons kan nie die bal drop op dié een nie." Hy toet weer. "Fok tog. Die pad is vol donderse beeste."

Aella maak haar oë toe. Waar was jy gisteraand toe ek jou nodig gehad het? En 'n perskonferensie? Regtig?

"Ek het met Singh by die hospitaal gereël dat sy die post mortems vandag doen sodat die liggame begrawe kan word. Die familie dring daarop aan. Dis gereël vir halftwee. Sy kry jou by die lykshuis."

"Maar ..." sê Aella. Sy moet teruggaan plaas toe om die huiswerker te gaan ondervra.

"Geen 'maars' nie, Kaptein. Sorg dat jy halftwee by die hospitaal is." Sonder 'n verdere woord beëindig hy die oproep.

Aella staar woordeloos na die selfoon se donker gesig en trek haar asem diep in. Die lykskouings gaan haar die res van die dag besig hou. Wanneer verwag kolonel Alexander moet sy die Volker-moordenaars vang? Sy knip haar oë. "Verskoon my." Sonder om op 'n antwoord te wag stap sy uit die kantoor en maak die deur agter haar toe.

"Wat nou?" vra Ronel toe Aella by haar verbystap. Sy vyl haar lang naels met 'n sagte pers naelvyl.

"Niks." Aella maak die glasdeur oop en gaan staan op die boonste trap. Sy laat gly haar vingers oor haar kontaklys tot sy by Cedric Afrika se naam kom. "Komaan," sê sag. Die foon lui en lui tot 'n stem vir haar sê dat die persoon wat sy soek, nie tans beskikbaar is nie. Sy bel weer. Ná die derde lui antwoord Afrika. Hy klink moeg.

"Waar's jy?" vra sy sonder om te groet.

"By die kantoor. Ek's besig met die gunne en die doppies. Ek vat dit nou-nou Amanzimtoti toe." Die polisie se ballistiekeenheid in Natal is daar gesetel. "Ek het 'n connection wat dit vir ons deur IBIS kan sit, vandag nog. Hulle waarborg my, agt en veertig uur op die meeste. Ek's vanaand weer terug."

Dit moet tog iets kan regkry, dink sy. Die polisie se geïntegreerde ballistiese identifikasiestelsel is 'n gerekenariseerde stelsel waarmee herwonne vuurwapens, doppies en koeëlpunte met misdrywe regoor die land verbind kan word. "Ek het 'n fotograaf nodig."

"'n Fotograaf?"

"Alexander het die lykskouings vir halftwee gereël sonder om eers met my te praat. Waar's Masuku of Mngomezulu?" Sy trommel met haar vingers op die trapreling terwyl sy kyk hoe die mense op die sypaadjie voor die musiekwinkel verbystap.

"Hulle het gaan slaap. Ek stuur hulle vanaand Pretoria toe met die touch samples. Wanneer die lab môreoggend oopmaak, moet hulle daar wees." Pretoria is drie keer so ver van Opathe af as wat Amanzimtoti is.

Aella druk haar hand deur haar hare. "Dêmmit."

"Vra vir Geoffrey." Die lykshuisassistent.

"Hierdie saak gaan Hoërhof toe, Cedric," sê Aella uiteindelik. "Ons kan nie kortpaaie vat nie."

"Ons vat nie short cuts nie. Vat sy verklaring. As die staatsadvokate jou shit gee, sal ék 'n verklaring maak om te sê dat drie van ons agt mense se werk moet doen."

Afrika is reg.

"Oukei, dan." Aella sug. "Ry mooi. Ons praat môre."

"Cheerio."

Sy druk die selfoon dood en trek die glasdeur oop. Ronel vyl steeds haar naels. Sonder 'n woord stap sy by haar verby tot by haar kantoordeur. Dit is baie stil. Toe sy die deur oopmaak, sit Msimango soos wat sy hom gelos het. Whistler staan by die venster en rook terwyl Leblanc hom op die stoel agter haar lessenaar tuisgemaak het.

Sy stoot die deur agter haar toe. Whistler draai om. Hy beduie na Msimango.

"Hy is met stomheid geslaan." Hy skiet die sigaret by die venster uit. "Net toe jy besluit het om ons te verlaat."

"Ek het 'n fotograaf gaan reël," antwoord Aella. "Vir die lykskouings. Dis vanmiddag." Sy takseer die taxibestuurder skewekop terwyl sy haar selfoon se stemopnemer heraktiveer. Sy raak aan Msimango se skouer.

Hy draai sy blinde gesig na haar.

"Jy't dan gesê jy gaan praat."

Hy klem sy hande in sy skoot saam; 'n bolling van vuiste wat uiteindelik plathand op sy been ontspan. Hy knik, 'n klein, kortaf beweginkie.

"Wil jy hê ek moet vir die hof sê jy het gehelp of nie?" vra Aella.

Sy mond beweeg, maar hy maak geen geluid nie. Oplaas kyk hy op. "Promise?"

"Promise," antwoord sy.

Msimango vroetel onrustig met sy vingers op sy skoot. "Oukei," sê hy stadig. "Oukei." Hy lig sy hande. Sy gesig vertrek en hy laat sak sy hande weer tot op sy skoot. "Dis soos ek gisteraand gesê het."

Whistler leun terug teen die muur.

"Dit was Sgoloza se idee," sê Msimango. "Hy't vir Chonco gesê en Chonco het vir my gesê."

"Chonco is dood," herinner Whistler hom. Hy verwissel van voet. "Hoe weet ons jy praat die waarheid?"

"En wie is die mense wat jy aangery het na die plaas

toe?" vra Aella terwyl sy op die hoek van die lessenaar gaan sit.

Msimango sluk. Sy adamsappel dobber op en af in sy keel en die dik aar neffens sy kuiltjie klop met 'n dringende slag.

"Begin by die begin," sê Leblanc onverwags. Msimango se geswelde gesig soek deur die vertrek. "As jy wil hê die hof moet jou help."

"Wie ... wie's jy?" vra die taxibestuurder.

Leblanc leun terug teen die muur. "Majoor Christophe Leblanc. Interpol. Ek is hier as waarnemer. Sien my as 'n vriend."

Whistler frons. Aella knip haar oë.

Msimango trek sy asem diep in. "Chonco het vir my gesê ek moet mense na die plaas toe vat om die geld te gaan haal." Die woorde is braaksel van die gif wat die Volkers se dood veroorsaak het. Hy snuif en vee sy gesig aan sy mou af. "Ek het gevra hoe moet ons dit doen. Ek is bang vir die Boere. Hulle skiet mense." Hy vee weer sy gesig af. "Ek wil nie geskiet word nie."

Aella maak haar oë toe. Niemand wil doodgaan nie. Die Volkers ook nie. Sy maak haar oë oop toe sy vir Msimango op die bruin stoel hoor rondskuif. Die urine brand hom seker.

"Toe sê Chonco dat ek nie bekommerd hoef te wees nie. Sgoloza gaan vir hulle gewere gee. Ek moes net die taxi bestuur en vir hulle wag."

"En toe?" vra Aella.

"Toe bring Chonco vir my die mense by die taxi's, saam met die gewere. Ons moes wag vir donkermaan."

"Wie was hierdie mense?" vra Aella.

"King James Masondo en twee ander wat ek nie geken het nie."

"Ekskuus?" vra Aella.

"King James Masondo," sê Msimango.

"Watse naam is dit?" vra sy vir Whistler in Afrikaans.

"Dit klink vir my soos 'n nom de guerre," antwoord hy fronsend.

Dis moontlik. Daar is gerugte van oudsoldate uit Mosambiek en Suid-Afrika wat hulle dienste vir sulke dade aan die hoogste bieër bied.

Sy draai terug na Msimango. "Waar was Chonco?"

Hy maak sy keel skoon. "Hy't nie saamgegaan nie, want hy moes werk."

Dit is absurd. Dodelik absurd.

Aella se selfoon lui weer. Dit is Afrika. Sy druk die oproep dood. Afrika moet eers wag.

Sy draai terug na die taxibestuurder. "Wat van Sgoloza?" vra sy einde ten laaste.

Hy skud sy kop. "Hy was nie daar nie." Msimango praat in 'n toonlose opbondeling van woorde, asof die wag voor sy mond hom ontval het. "Chonco het gesê Sgoloza het gesê daar is baie geld op daardie plaas. Sy girlfriend werk daar en sy het gesê. Baie geld. Ons moet dit gaan haal want dit is ons geld. Hy het my tien duisend belowe."

Geld en grond. Jy het dit en ek soek dit.

Msimango vra iets in Zoeloe.

"Nee, liewe donder," antwoord Whistler in Afrikaans. "Jy stink na pis. Sit stil, dan is dit darem onder beheer." Hy draai na Aella. "Hy't gevra of hy kan opstaan."

"Wat gebeur toe?" vra Aella in Engels. Sy frommel haar neus. Whistler is reg. "Nadat Chonco vir jou die mense en die vuurwapens gebring het?"

"Toe ry ons eers na KwaShikila toe."

"Hoekom?" Aella frons. KwaShikila en die plaas Carlsbad lê in teenoorgestelde rigtings.

Msimango vou sy arms om sy lyf. "Daar is 'n sangoma daar. King James het gaan moetie kry, vir as die Boere skiet. Die moetie maak dat die Boere hulle nie kan sien nie."

"Jesus Christ," sê Leblanc.

Aella lig haar hand om hom stil te maak. Hy lyk verbyster.

"Ons was net ná sononder op die plaas. Chonco het gesê dat hulle moet pasop vir die olifante, maar King James het gesê hy bang nie olifante nie, want in Mosambiek loop hulle in die nag by hulle verby." Sweet pêrel op Msimango se bolip en sy haarlyn wat met die kunstige krulle en skeerwerk van een van die Nigeriese sypaadjiehaarkappers versier is. "En toe stop ek binne-in die plaas, by die hek, want hulle sou loop tot by die huis."

"Hoe't hulle geweet waarheen om te gaan?" vra Aella.

Hy haal sy skouers op, maar laat sak dit weer met 'n pyntrek op sy gesig. "Chonco het vir hulle 'n kaart gegee. Hy't gesê Sgoloza het dit vir hom gegee."

"My fok," sê Whistler.

Msimango se lippe bewe maar hy sê niks.

"En toe?" vra Aella. In haar gedagtes sien sy Carlsbad se wit hek in die skemer en hoor sy die sang van die laaste voëls op pad na hulle neste. Sy ruik die soetdoringbloeisels en voel die warm aandbries oor haar vel. Vrede. Dis wat Carlsbad vir haar was.

"Toe wag ek." In die diep stilte wat volg, is die Volkers vermoor, 'n streep getrek, die einde. Daar is geen manlike Volker op Carlsbad oor nie.

Dit sidder in die beknopte kantoor.

Msimango sit kop omlaag in die stinkende bruin stoel.

Ek sal die stoel moet uitgooi, dink Aella. Dit sal nooit weer skoon kom nie. Haar oë gly oor die verkrimpte figuur van die taxibestuurder. Steeds lyk hy nie soos 'n misdadiger nie.

"Die vuurwapens wat ons in die taxi gekry het?" vra sy uiteindelik.

"Dit was te veel om te dra," antwoord hy. "King James het gesê hulle moet vat waarmee hulle kan hardloop. Hulle moes die gewere weer vir Sgoloza teruggee. King James het voor geloop," voeg hy ongevraagd by.

"Ken jy hom?" vra Whistler.

Msimango skud sy kop. "Dit was my eerste keer om hom te sien." In die helder kantoorlig lê die tradisionele snymerke in sy gesig soos treinspore oor die brug van sy neus en sy voorkop en verdwyn in die pofferige swelsel van sy oogkasse.

Whistler vee met sy hand oor die agterkant van sy nek. "Sal jy hom herken as jy hom weer sien?"

Msimango knik. "Hy't Rasta-hare."

Dit help nie veel nie.

Msimango trek sy asem diep in. "Jy gaan vir die hof sê ek het gehelp?" vra hy weer. "Ek het nie daardie mense geskiet nie."

Jy het geweet, wil Aella sê. Jy het gewéét. Jy is net so skuldig. Uiteindelik knik sy. "Ek sal vir die hof sê." Sy kyk op haar horlosie. Dit is amper elfuur. "Waar kry ons hulle?"

Msimango skud sy kop. "Ek dink een van hulle werk by die taxi's. Van King James weet ek nie. Hy loop in die nag."

"Lieg jy vir my?" vra Aella. Sy leun nader aan Msimango.

"Ngiyafunga ngikhuluma iqiniso." Groot druppels sweet rol langs Msimango se slape en teen sy wange af.

"Hy sweer hy praat die waarheid, O'Malley," tolk Whistler.

Dit beteken ook nie veel nie.

Aella staan terug. Die reuk van urine, vrees en afgryse maak haar naar. Kwyl dam in haar kieste en sy kry dit nie weggesluk nie. Sy druk by Whistler verby en pluk die kantoordeur oop. Met haar hand voor haar mond probeer sy die bitterheid wat uit haar maag opstoot, binnehou. Sy haal die badkamer net betyds. Walging vir die onbevange verdorwenheid van die Volkers se moordenaars ruk uit haar lyf tot daar bloot galblertse op die wit porseleinbak agterbly.

Toe daar niks meer is om uit te braak nie, gaan sit sy uitasem op haar hurke met haar arms op die bak gestut. Sy kyk verbete na die skilferende muur agter die toilet en haal diep asem tot sy haar maag onder beheer het.

"Ek het mos vir jou gesê jy's nog nie reg vir werk nie," sê Whistler agter haar.

Aella maak haar oë toe. Sy het nie nou 'n gehoor nodig nie. Sy maak haar oë oop en staan stadig op. Toe spoel sy die toilet en stap kop onderstebo na die gekraakte wasbak teen die muur. Louwarm water stort oor haar hande en gewrigte toe sy die kraan oopdraai. Sy spoel haar mond uit en kyk in die vliegbevlekte spieël. Dooie oë kyk terug na haar. Haar krulle hang ontembaar om haar bleek gesig. Sy lyk soos 'n vampier.

"Ek is oukei," mompel sy toe sy by hom verbyskuif.

"Wag," sê hy. Hy sit sy hand op haar arm.

Aella verstyf. "Wat?" Haar stem is skor van braak.

"Is jy seker?"

Sy knik.

Whistler laat sak sy hand. "As jy so sê." Hy glimlag skeef. "Jy's tough, O'Malley."

Sonder 'n verdere woord stap Aella by hom verby. Hy volg haar stilswyend. Toe sy by haar kantoordeur instap, lyk Msimango selfs kleiner as toe sy hom die eerste keer gesien het. Dit is asof die ondervraging hom minder gemaak het.

Dit gebeur.

Leblanc staar ingedagte by die venster uit.

"Ons moet hom terugvat," sê Aella.

Whistler sê iets oor haar skouer in Zoeloe. Msimango skud sy kop en frons.

"Haibo." Spoegdruppels val op die vloer voor sy voete. "Aikhona. Lutho."

"Wat is dit?" vra Aella.

"Ek het hom gevra wat hy weet van die stringe ammunisie af," antwoord Whistler terwyl hy hom orent stoot. "Met wie wou hulle oorlog maak? Hy sê hy weet niks."

"Staan op," beveel Aella. Daar is niks om hom verder te vra nie. Sy sit haar hand onder Msimango se arm om hom te help. Toe hy opstaan, laat die ammoniakreuk haar oë traan.

"Wanneer gaan ek hof toe?" Sy stem raak weg in sy bors.

Whistler staan tru toe Aella hom in die gang inpor.

"Môreoggend." Daar is verklarings wat opgestel moet word en 'n dossier wat geopen moet word.

"Ek soek borg."

"Sjarrap," antwoord Whistler.

Msimango buig vooroor. "Umhlungu kakhulu," kreun hy skor.

"Wat sê hy?" vra Aella.

"Hy sê dis baie seer."

Die taxibestuurder kom moeisaam regop. Aella wil vir hom jammer voel, maar voor haar sien sy Irmela Volker se bleek gesig.

Die weduwee Volker.

Gistermiddag nog was sy Heinrich se vrou, Henno se skoondogter. Toe was sy iemand. Vandag is sy die weduwee Volker. Msimango kyk blind om hom rond. Hy lyk so weerloos soos 'n duifkuiken en sy lyf is tingerig soos 'n rietstingel. Aella trek haar asem diep in. Sy durf nie jammer voel vir iemand wat sy naaste soos slagskape vir tien duisend silwerlinge verkoop het nie.

"Die aanklagkantoor kan jou terugvat dokter toe," antwoord sy uiteindelik en draai haar rug op hom.

Vyftien

Die aanklagkantoor is besig. Mense staar toe Msimango gebukkend en met sy arms om sy ribbes gevou deur Aella die gebou binnegestuur word. Agter haar hoor sy vir Whistler en Leblanc sag met mekaar praat. Sy kan nie hoor wat hulle sê nie.

"En dié man?"

Sy kyk op. Jan Buthelezi, die dagskof se bevelvoerder, staan met sy hande op sy heupe. Hy knip sy oë uilagtig agter sy dikraambril en sy maag spoel oor sy uniformbroek se gordel. Waar was hy vanoggend?

Aella knip haar oë. "Staan eenkant toe, Adjudant. Ek het werk om te doen." Sy neem vir Msimango aan sy arm.

Buthelezi knip sy oë. "Wie't vir hom so gebliksem?" vra hy in oorgeronde Afrikaans. Hy snuif diep. "Julle whiteys het geen respek nie."

"Fokkof," sê Whistler hard.

"Prove me wrong." Buthelezi haal 'n vuurhoutjie uit sy hempsak. Hy krap tydsaam in sy tande. "Eers hang een van julle prisoniers homself op en nou bring julle 'n man hier aan wat julle stukkend geslaan het."

"Ons het nie aan hom geslaan nie, Buthelezi," sê Aella styf. "Staan eenkant toe, asseblief." Sy's niks aan Buthelezi verskuldig nie. Hy saai onmin sover hy kan.

"Raait," sê hy.

Aella voel 'n rebellie in haar opstu, 'n ou woede geanker in haar weersin in ongeregtigheid en die spreek van valse getuienis. Sy trek haar asem diep in en staar na die besige werkspasie agter Buthelezi se rug. Sy volg die krapmerk teen die kant met haar oë, skat die lengte daarvan totdat die woede oorwin is. Sy gaan nie reageer op Buthelezi se poging om haar by 'n polemiek te betrek nie.

"Gaan kak," sê Whistler. Hy stoot die taxibestuurder verby Buthelezi en beduie vir Leblanc en Aella om hom te volg.

Buthelezi skuif weer voor haar in. "Wie gaan die ICD 1 voltooi?" Die vorm oor sterftes van prisoniers in aanhouding wat na die polisie se Onafhanklike Klagtedirektoraat verwys moet word vir hulle kennisname en moontlike ondersoek.

Aella kyk na Buthelezi se drillende buik. Dit is enorm. "Jy," antwoord sy uiteindelik. "Jy's skofbevelvoerder."

"Dis jou prisonier."

Vir 'n lang oomblik staar hulle mekaar woordeloos aan. Onuitgesproke dinge hang soos oop wonde in die lug, dinge van lank gelede en gevegte wat lank nog nie verby is nie.

"Gaan lees die VB, Adjudant," sê Aella uiteindelik. Sy lig haar wenkbroue. "Verskoon my." Sonder 'n verdere woord glip sy by hom verby en tel die groot selsleutel van die toonbank af op. Toe stap sy vinnig na Whistler, Leblanc en Msimango toe wat vir haar in die gangdeur wag.

"Ek gaan daardie etter nog bliksem," sê Whistler hard.

"Bly net stil," antwoord Aella. "Hy verstaan wat jy sê."

"Sy moer."

"Sjarrap."

Leblanc hou hulle met sy koel blou oë dop.

"Dis niks," sê Whistler in Engels vir hom terwyl hy vir Msimango voor hom uitstoot na sy sel toe.

"Fokken Boer," klink 'n stem uit die mansel op.

'n Spier spring in Whistler se wang, maar hy bly stil.

Msimango leun uitgeput teen die seltralies.

Aella por hom met haar hand. "Gaan in."

"Ngicele udokotela." Hy stoot hom moeisaam regop.

"Jy was al by die dokter," sê Aella. Hoe meer sy dink aan die bloedige toneel op die Volker-plaas, hoe makliker is dit om nie vir Msimango jammer te voel nie.

"Please."

"Vra die aanklagkantoorpersoneel."

Sonder 'n woord stoot Whistler hom die sel binne en druk hom op die matras plat. "Sit hier." Hy stap uit die sel en hou sy hand na Aella uit. "Sleutel."

Aella gee vir hom die selsleutel aan.

Sonder omhaal trek hy die swaar selhek agter hom toe en sluit dit. Msimango se skouers hang. Hy staar met sy geswelde gesig verslaan en verslae voor hom uit. Daar is geen borg vir hom vandag nie.

Nooit nie, dink Aella. As ek hierdie sleutel self moet weggooi, dan doen ek dit. Jy is in die tronk waar moordenaars hoort.

Die taximan lê met 'n pynlike steun op die stapel viltmatte terug. Hy bewe steeds.

Hy kry seker koud, dink Aella, want sy broek is nat. Die gladde sementvloere, hoë plafonne en klein venstertjies van die selblok is nie goeie geleiers van hitte nie. Sy draai om. Agter haar hoor sy hoe die twee mans haar stilweg volg. Sy stap tot by Chonco se oop seldeur. Die enigste tekens dat hy ooit hier was, is die dun reep materiaal wat steeds van die tralievenster af grond toe hang, en 'n donker kol op die grys sement. Die vloer moet nog gewas word. Die punt van die materiaal is vertoiing, asof iemand dit met 'n stomp skêr van Chonco se nek afgesny het. Die materiaal blink sinister in die sel se helder lig.

Lafaard, dink sy wrewelrig. Sy pers haar lippe opmekaar. Ek hoop jy brand in die hel.

"Wie gaan die ICD 1 voltooi?" vra Jan Buthelezi weer toe hulle die aanklagkantoor binnestap. Hy trommel op die toonbank se gladde houtoppervlak.

"Waar is die fokken ding tog?" vra Whistler voordat Aella kan antwoord.

Buthelezi buk en haal 'n bruin koevert onder die toonbank uit. Dit is volgestop met blanko vorms. Hy haal 'n paar kopieë uit en skiet dit oor die gladde toonbankoppervlak na Whistler. Van die vorms val op die grond voor Aella se voete.

"Sorry." Hy draai weg toe die radio in die radiokamer agter hom kraak.

"Fok." Whistler en Aella buk gelyktydig om die vorms op die vloer op te tel. Hy vloek sag. "Ek gaan hom nog moer, ek sweer."

Aella antwoord nie. Wat is daar te sê? Buthelezi dra swaar aan ou griewe uit 'n vorige bedeling waarvoor sy en Whistler nimmereindigend boete doen.

"Wat is sy probleem?" vra Leblanc fronsend.

"Ou dinge." Aella se tong is stram van die aanhoudende Engelspratery. Hoe kan sy vir hom verduidelik dat die afgelope drie honderd jaar se geskiedenis maar net 'n kabbeling in die tyd se getyestroom was en dat sy, net soos hy, beskou word as 'n indringer op 'n vreemde bodem wat nooit vergewe sal word vir die sondes van die vaders nie?

"Kom ons loop," sê Whistler. Hy rol die vorms in 'n stywe tuit terwyl hy met sy donker oë na Buthelezi se breë rug staar.

Die man praat hard in Zoeloe oor die radio terwyl die konstabels onrustig met pen en papier vroetel. Die oggend se gebeure het hulle ooglopend ontstem. Daarby lyk dit asof ook hulle onder Buthelezi se skerp tong deurgeloop het.

"Gaan ons terug na die toneel toe?" vra Leblanc toe hulle op die sypaadjie kom. Sy kleur lyk beter in die sonlig. Hy is minder bleek.

Aella kyk op haar horlosie. Dit is net ná twaalf. "Ons moet uitvind wat van die Volkers se huiswerker geword het." Sy sug. "Die post mortems is geskeduleer vir halftwee. Dis te min tyd om uit te ry plaas toe. Ons gaan skaars daar wees voor ons weer moet terugdraai."

"Ek is moer honger." Whistler se neusvleuels is steeds wyd gesper. Sy snor bewe en sy kakebeenspiere bult onder sy bruingebrande vel.

Aella knip haar oë. "Jy kan nie ernstig wees nie. Ek het in elk geval nie kontant by my nie."

'n Fietsryer skiet roekeloos oor die straat. Haar woorde verdrink in die diep lugtoeter van die groot vragmotor wat hom rakelings misry.

"Ek het." Whistler draai na Leblanc. "Fransman, wanneer laas het ons geëet?"

Leblanc frons. "Gistermiddag, dink ek."

"Dis lank gelede. Ons moet ons tenks gaan volmaak." Hy stap met lang treë voor hulle uit.

Ek sal nooit weer kan eet nie, dink Aella. Hoe durf ek?

"Kom," sê Leblanc. "Hy's reg."

"Komaan," sê Whistler oor sy skouer. "Julle is twee stadige bliksems." Hy klim agter die stuurwiel in en trek die deur hard toe.

"Hy's baie kwaad," merk Leblanc op.

"Dit gebeur." Aella maak die bakkie se passasiersdeur oop. "Dit gebeur." Hoe kan sy dit vir Leblanc verduidelik? Daar is baie hoeke wat gevyl moet word voordat mense soos Jan Buthelezi en Whistler mekaar gaan vind. Sy sukkel self om dit te verstaan. Sy klim stil langs Whistler in en Leblanc agter haar. Whistler se emosie tril deur die voertuig se kajuit soos 'n stywe snaar wat te hard getrek is.

"Waarheen?" vra Whistler. Hy trek sy asem diep in.

Hulle keuse is beperk. In Opathe is daar slegs twee restaurante. Een verkoop slegte spek en eiers en teen die Happy Apache is daar 'n verbruikersboikot om 'n politieke rede. Whistler wag nie vir 'n antwoord nie, maar ry in die lang straat af na die Happy Apache toe. Daar is geen voertuie in die parkeerarea nie. Whistler trek onder 'n witstinkhout in. Die boom gooi 'n skraal skaduwee oor die brandende teer. Hy skakel die bakkie af.

"Kom julle of bly julle?" Hy wag nie vir 'n antwoord nie, klim net uit, slaan die deur agter hom toe en stap met 'n stywe rug die restaurant binne.

Aella klim stadig uit en wag vir Leblanc. Sy gesig vertrek momenteel toe hy op sy seer been trap.

"Is jy oukei?" vra sy.

"Ek dink so." Hy trap weer versigtig op die been. "Dis 'n verdomde ding, so 'n slagyster."

Inderdaad. Hy kan gelukkig wees dat die slagyster nie sy been gebreek het nie.

"Sal jy vir ons na die bakkie kyk?" vra Aella vir Gertjie Retief.

Die ouman sit op die rand van 'n ronde sementasblik op die sypaadjie. Voorheen het hy vir die Spoorweë gewerk, was hy die man wat die treine se groot wiele met 'n hamertjie geslaan het om dit vir verborge gebreke te toets. Deesdae pas hy karre op om sy karige pensioentjie aan te vul. Aella gee nie om om hom vir die geringe takie te betaal nie. Van hoeveel nut Gertjie kan wees indien iemand sou besluit om die bakkie te steel is 'n ope vraag, want hy staar bysiende na Aella en skreef sy vaal ogies om haar beter te sien.

"Uh-huh." Gertjie is 'n man van min woorde.

Slegs twee van die baie tafels is beset toe Aella by die deur instap. By die tafel langs die kasregister sit 'n vrou met blonde haarverlengings en gesels met 'n man wie se vel donkerpers gloei soos 'n eiervrug se skil, iemand van ver noord van Opathe. Miskien kom hy van die Kongo af, of Nigerië. By 'n ander tafel aan die sonkant van die groot restaurant sit 'n ma, 'n pa en 'n seuntjie. Kelners staan verveeld by die ingang rond. Daar is baie meer kelners as kliënte. Die verbruikersaksie eis sy tol.

Whistler sit in die rokersafdeling. Deur die groot glasvensters wat die rokers afsonder van die res van die gaste, sien Aella hoe hy diep aan sy sigaret trek. Die rooi kool gloei boosaardig. Hy praat oor sy selfoon en 'n frons kerf kepe oor die smal brug van sy neus. Hy sit sy selfoon onsag op die tafel voor hom neer toe sy en Leblanc in die bank oorkant hom inskuif. Agter sy kop skep taferele van dansende Indiane en cowboys wat op bont perde ry 'n illusie van Amerikaanse voorspoed.

"Wat is dit?" vra Aella.

Whistler haal 'n pakkie sigarette uit sy bosak. Hy skud 'n sigaret uit die harde kartonomhulsel en hou die pakkie na Leblanc uit.

"Merci."

Whistler stoot sy aansteker oor die tafel na die Fransman wat sy sigaret met 'n geoefende hand aansteek.

"Soek jy ook een?" vra hy vir Aella vir die soveelste keer.

Sy skud haar kop.

"Pissie."

Sy haal haar skouers op. Sy gaan nie toegee nie. Vyf maande is vyf maande. Sy haal haar selfoon uit haar handsak.

"Die fokken kolonel," sê Whistler. Sy mondhoek trek na sy ken toe asof die woord sleg proe.

"Was dit hy?" vra Aella.

Whistler knik met saamgeperste lippe.

"Wat wil hy nou hê?" Sy maak haar selfoon se kontaklys oop op soek na Irmela Volker se nommer. Sy moet met haar praat oor die huiswerker. Daar gaan nie later vandag geleentheid wees om dit te doen nie, danksy kolonel Alexander se tussentrede.

"Hy soek my beriggewerslêers." Whistler druk sy smeulende stompie met mening in die asbakkie langs hom dood. "Dit het my meer as 'n jaar gevat om die mense te kry om my te vertrou. Wat de hel hy dink hy daaruit gaan wys raak, weet ek not te donder nie, want hulle name verskyn in elk geval nie daarin nie." Hy skud sy kop en snork minagtend. "Die fokker weet duidelik nie wat hy doen nie."

"Dink jy nie jy moet oor sy kop gaan en vir Provinsie laat weet wat aangaan nie?" stel Aella voor.

"Dis hulle wat hom in die eerste plek aangestel het, O'Malley," herinner Whistler haar. "Hy en die kommissaris is gatgabbas, onthou."

Aella druk die foon teen haar oor toe haar oproep deurgaan. Dit lui en lui tot 'n blikstem vir haar sê dat die persoon met wie sy wil kontak maak nie beskikbaar is nie. Sy druk die foon dood en sit dit voor haar op die tafel neer. Sy kan verstaan hoekom Irmela Volker nie haar foon beantwoord nie. Toe Roel dood is, het sy dit ook nie gedoen nie. Hoe kon sy? Haar woorde was heeltemal weg. Dalk kry sy dit nooit weer heeltemal terug nie.

"Wie probeer jy in die hande kry?" vra Whistler.

"Vir Irmela Volker," antwoord Aella. "Ek het gehoop sy is al in 'n toestand om met my te praat. Ons moet die huiswerker opspoor, en gou ook. Snaaks," voeg sy by, "ek het nog nooit iemand in die huis sien werk nie." Sy vee moeg oor haar gesig. Die Volkers se huiswerker moet 'n nuwe aanstelling wees. Of miskien het sy en Roel net nie iemand gesien nie omdat hulle altyd op Sondae daar gaan rondry het. Baie plaaswerkers werk nie op Sondae nie.

"Hel, maar ek is lus vir 'n bier," sê Whistler in Afrikaans.

"Une biére?" herhaal Leblanc.

Whistler knik.

Die Fransman vryf oor sy neusbrug. "Ek ook."

"Julle is aan diens," herinner Aella hulle. Sy kyk op toe die kelner drie spyskaarte op die tafel voor hulle neersit. "Dankie." Haar vingers gly oor die rooi gebosseleerde kunsleeromslag en sy maak dit oop. Die spyskaartkeuse is voorspelbaar.

Voorgeregte.

Slaaie.

Hamburgers.

Steak en schnitzels.

Haar oë gly oor die foto's van die geregte wat op glanspapier pryk. Uiteindelik besluit sy op 'n geroosterde toebroodjie en 'n glas dieetkoeldrank.

"Is dit al?" vra Whistler. "Jy moet meer eet, O'Malley. Jy's te maer. Vel en bene. Steak vir my," sê hy vir die kelner. "Rare met chips. En 'n Castle."

"En vir my," sê die Fransman. Die kelner draai stil om en verdwyn agter die swaaideure na die kombuis.

"Die post mortems," sê Aella.

"Wat daarvan?" vra Whistler.

"Julle kan nie daar opdaag met drankasems nie."

"Wie dink jy gaan enigiets ruik?" vra Whistler. "Dis nie asof dooie mense ruik na daisies nie."

Aella antwoord nie. Dis die minste wat sy vir Henno en Heinrich Volker kan doen; 'n klein teken van respek vir Irmela. Vir 'n lang oomblik is die tafel stil. Die lykskouings is 'n berg wat die middagure vul en wat Aella moet oor of sy wil of nie, want sy is uitverkies om die moordenaars te vang.

"Dis 'n fokkop," sê Whistler. Hy skud nog 'n sigaret uit die pakkie voor hom.

Aella knik.

Dit is.

Sestien

Iewers in die blou lug dreun 'n vliegtuig. Dis die geluid van vryheid. Vryheid van misdaad.

Vryheid van moord.

Die Volkers moes lankal teruggegaan het Duitsland toe. Trouens, dit sou vir die hele familie beter gewees het as die eerste Volker nooit in hierdie land voet aan wal gesit het nie.

"Watse getuienis het jy?" vra Leblanc vir Aella. Sy oë is koel op haar terwyl die rook van sy sigaret voor sy gesig verbyspiraal.

"Nie veel nie." Die inligting wat sy het, maak geen sin nie. "Behalwe wat Msimango gesê het en die vuurwapens wat ons teruggekry het."

"Die name wat hy genoem het," sê die Fransman. "King James en die ander." Sy tong raak verstrengel in Sgoloza se naam. "Waar sou 'n mens begin soek na hulle?"

"By die taxiterminus." Aan die onderkant van Retiefstraat. Dit is 'n besige plek, 'n ontoeganklike kosmos van ongereguleerde ekonomiese stuwing. "Maar nie nou nie." Hulle moet vroegoggend gaan wanneer die dag nog nie behoorlik begin het nie. Soos water verdamp die mense in die hitte van die son na welke wettige of onwettige aktiwiteit hulle daar of elders by betrokke is. Die taxiterminus is 'n poort, 'n deurgang. Wetsgehoorsame en ongehoorsame burgers, onwettige immigrante, dwelmsmokkelaars, handelaars, hoopvolles en wanhopiges word daar bymekaargemaak en na hulle onderskeie lotsbestemmings uitgekeer. Die stryd om oorlewing is 'n siniese gelykmaker.

"Wie de hel is Sgoloza?" vra Whistler. Terwyl hy praat, borrel rook by sy mond en neusgate uit. "En wat vir 'n fokken naam is dit?"

"Wat bedoel jy?" vra Aella. Die sigaretrook brand haar oë.

"Dit beteken 'hardegat'." Whistler druk sy sigaret dood. "Wie se naam is 'hardegat'?"

"Wat beteken 'hardegat'?" vra Leblanc.

"Buitengewoon hardkoppig," antwoord Aella. Sy sit terug toe die kelner hulle drankbestelling voor hulle neersit. "Al wat ek weet," sê sy toe hy in die paadjie tussen die banke verdwyn met die belofte dat hulle kos op pad is, "is dat Sgoloza onder die indruk verkeer het dat daar 'n spul geld op daardie plaas is."

"Msimango sê so," knik Leblanc.

"Dit beteken fokkol," sê Whistler. Hy tel die bruin bierbottel op en tiep dit in die lang glas wat die kelner voor hom neergesit het, sit die leë bottel voor hom neer. "Hy is stukkend geslaan en pisbang." Hy vat 'n diep teug uit die glas. Sy adamsappel wip op en af.

Aella skeur die wit papieromhulsel van haar strooitjie af en druk die dun buisie in die donker, suikervrye kolamengsel. Sy suig versigtig daaraan. Die nasmaak van aspartaam lê bitter op haar agtertong toe sy klaar gesluk het, en sy moet weer sluk om dit weg te kry. "Die vrou wat in die huis werk, het die inligting vir Sgoloza gegee. Sy sal weet wie hy is."

"As sy die inligting gegee het, is sy lankal weg," sê Whistler. "Dan weet sy mos sy's skuldig."

"Dalk. Dalk nie. Dalk het sy die inligting per ongeluk gegee," spekuleer Aella.

"Sy gaan tog die afleiding maak as sy nie kan gaan werk nie omdat haar werkgewers vermoor is," antwoord Whistler.

Hy is reg.

"Ons moet haar dringend in die hande kry," sê Leblanc.

"Irmela Volker beantwoord nie haar foon nie. Ek het nou net weer probeer bel." Aella staar fronsend na die glas voor haar. "En kolonel Alexander het die res van die dag vir ons volgeboek." Sy skud haar kop. "Ek weet nie hoe ons dit gaan doen nie. Die dag is nie lank genoeg nie."

"Oukei," sê Whistler. Hy leun terug in die sitplek terwyl hy die bierglas in sy ander hand vashou. "Harde getuienis. Wat het jy?" Onder die tafel tik sy voete onrustig teenmekaar.

Aella stoot haar halfgedrinkte glas vorentoe. Die koeldrank is sleg. "Daar is die vuurwapens en die ammunisie wat ek in die taxi gekry het, en die selfoon in Chonco se huis. Afrika gaan die vuurwapens deur IBIS sit."

Whistler skud sy kop. "Wat's die kans?" Hy vat 'n sluk van sy bier en sit dit op die tafel voor hom neer, draai die glas om en om tussen sy vingers. "Daardie fokken stelsel het nog nooit behoorlik gewerk nie. Jy weet dit, ek weet dit en Cedric Afrika weet dit."

"Cedric Afrika het 'n konneksie."

"Vir wat dit mag werd wees."

Wat kan sy sê? Whistler is grootliks reg.

Sy trek haar asem in en streel oor die koel koeldrankglas se gekondenseerde buitekant. "Ek het ook vir Afrika gesê hy moet die magasyne en die rondtes in die vuurwapens dep vir touch DNA. Iemand moes tog die rondtes in die magasyne gesit het."

"DNA vat maande." Whistler tel die bierbottel van die tafel af op en tuur met een oog binnekant toe. Hy sit die bottel weer voor hom neer. "En die databasis is 'n gemors." Hy trek repe van die bottel se etiket af en laat die papierfrummels voor hom op die tafel val.

"Dit pla my steeds dat Chonco nie gevlug het nie," sê Leblanc. Die naam klink elegant uit sy mond, nie soos die naam van 'n moordenaar en rower nie. "Ék sou gevlug het." Hy frons. "Tog kry ons hom in sy huis en hy's so mak soos 'n lammetjie."

"Jy't gehoor wat sê Msimango," antwoord Aella. "Chonco wou vir hom 'n alibi skep deur te gaan werk. Hy't net nie geweet dat Msimango gevang sou word en sou praat nie."

Die kelner sit haar toebroodjie en 'n mes en vurk in 'n servet toegerol voor Aella neer.

"Dankie." Sy rol die mes en vurk oop, sit die servet langs haar bord neer en kyk na Leblanc. "Dis seker hoekom hy hom opgehang het," antwoord sy terwyl sy die toebroodjie betrag.

Die ham, kaas en gesmelte botter ruik warm en organies. Sy sluk hard en trek haar koeldrank nader, vat nog 'n sluk van die bittersoet brousel. Dis beter. "Hy't nie verwag om Msimango daar te sien nie, en Msimango kon hom nie sien nie."

"Miskien." Leblanc knip sy oë toe 'n groot stuk vleis op 'n sissende gietysterbord voor hom neergesit word. "Mon Dieu. Dit is 'n halwe bees."

"Dit is ons spesialiteit," antwoord die kelner. Hy sit 'n ewe groot bord kos voor Whistler neer. Whistler sê niks nie, tel net sy mes en vurk op. Hy begin dadelik eet, dringend, asof die noodsaak om te eet 'n oorlewingstaak is wat hy so doeltreffend as moontlik moet afhandel.

Leblanc rol die papierservet wat om die mes en vurk gevou is noukeurig af, vou dit oop en stryk dit plat op sy skoot. "Bon appétit."

Aella knik. Sy kyk hoe die Fransman 'n stukkie van die vleis met klein, presiese bewegings afsny, in sy mond sit en stadig kou.

"Eet," sê Whistler al kouende vir haar.

Sy breek 'n stukkie van die toebroodjie se kors af en sit dit in haar mond. Die kos is dik in haar keel. Sy kan dit nie afsluk nie.

"Dit verklaar steeds nie wie Sgoloza is nie," beduie Whistler met sy mes en vurk.

Aella kyk op haar horlosie. "Dis amper eenuur. Ons moet gou maak." Sy sny haar toebroodjie versigtig in stukkies wat sy hierdie kant toe en daardie kant toe op haar bord stoot.

"Jy moet eet," sê Whistler weer. Hy beduie met sy benerige vinger na haar bord. "Jy gaan siek word, O'Malley."

Aella druk haar vurk deur een van die stukkies brood, ham en kaas en bring dit stadig na haar mond toe. Sy maak haar oë toe toe sy die ham ruik. Oor minder as 'n halfuur moet sy twee lykskouings bywoon. Sy maak weer haar oë oop en sit die stukkie brood terug in haar bord. "Ek sal later."

"Wat word nou van Chonco?" vra Leblanc terwyl hy die papierservet soos duur linne teen sy lippe druk.

"Die Onafhanklike Polisieondersoekdirektoraat neem oor." Aella sit haar mes en vurk langs mekaar in haar bord neer en beduie vir die kelner dat hy dit kan wegneem. Miskien is sy eendag weer honger.

"Boeuf et carottes." Leblanc vou die servet noukeurig in die helfte en weer in die helfte.

"Wat?"

"Beesvleis-en-wortel-bredie." Hy stoot sy bord voor hom uit en leun vorentoe op sy elmboë terwyl sy lang vingers met die servet vroetel. "Dis wat ons die mense noem wat sulke sake ondersoek. Hulle is oorhoops begaan oor die regte van arme, misverstane, gemartelde misdadigers." Sy mond vertrek asof hy iets bitters proe. "En fok die slagoffers."

Aella knik. Dit is die waarheid. Behalwe as katalisator tot 'n ondersoek, is slagoffers van min belang. Selfs in die howe word hulle name vir die laaste keer gehoor wanneer die aanklaer die klagstaat in die rekord lees. Sy sien vir Irmela Volker in haar huis, die betreders met hulle vuurwapens wat hulle dreigend op die boervrou rig terwyl die reuk van haar dooie man se bloed met die geur van die aandete op die tafel meng. Die eetkamerlig skyn helder soos die son en vir 'n oomblik verblind die lig Aella se binneoog.

Harde musiek speel onverwags deur luidsprekers wat strategies agter plastiekpotplante teen die muur versteek is. 'n Lang ry kelners sliert in die nou gangetjie tussen die nagemaakte beesvelbanke deur na die tafel waar die ma, pa en kind sit. Die voorste kelner dra 'n roomys met 'n sprankelster daarin. Toe hulle die tafel bereik, begin die kelners afgemete hande klap. Aella kan hulle duidelik deur die glasafskorting van die rokersafdeling hoor. Die seuntjie se stralende glimlag sê dat hy die verjaardagman is. Vir 'n vlietende moment verdiep sy haar in die prentjie, 'n klein vreugde in 'n andersins droewe dag.

Die Fransman druk sy servet onder die vurk se hef in. Ook hy lyk diep ingedagte.

"Wat krap jou gat, O'Malley?" vra Whistler. Daar is deernis in sy krasheid.

Aella knip haar oë. "Iets wat Irmela Volker gesê het."

"Wat?" Whistler lig sy wenkbroue.

Aella kyk hoe die kelners klaar sing en uiteindelik terugdrentel na die voorkant van die restaurant. Die kind eet sy roomys met onskuldige genot. Sigrid Volker met haar bleek gesig en groot oë dring haar op die voorgrond van haar gedagtes, maar Aella dwing haar streng terug na die newelwêreld. Sy kan nie, sy mág nie nou toegee aan die versoeking om oor die verlies van haar onskuld te treur nie. Sy trek haar asem diep in tot die huilkol in haar hart verskrompel en uiteindelik verdwyn.

"Sy't gesê hulle was in die huis," antwoord sy. Haar pistool druk teen haar heupbeen. Sy verskuif die ongemaklike holster. Dit bied die minste mate van verligting. Die pistool is te groot en sy is te maer.

"Ons weet dit," sê Whistler. "Wat's jou punt?"

"Hoekom het hulle haar nie verkrag nie? Hulle het haar ten volle onder hulle beheer gehad. Dis tog wat die meeste van die tyd gebeur. Meer nog," voeg sy by. Die musiek is steeds hard. "Hoekom het hulle haar laat lewe?" Sy raak bewus van 'n teenwoordigheid agter haar linkerskouer en kyk om na die kelner wat afwagtend vorentoe leun. Whistler beduie dat hy die rekening moet bring.

"Dink daaraan," sê Aella. "Dink julle nie dis vreemd nie?"

Leblanc knik 'n paar keer. "Ek het al gelees oor hierdie aanvalle. Die vrouens ..." Hy huiwer. "Die vrouens kry swaar. Verkragting is 'n magtige wapen." Met sy vingers maak hy 'n toring onder sy ken. "Ek bedoel, hoe stuur 'n mens die mees fundamentele boodskap aan 'n vyand wat jy haat?"

Iemand draai die harde musiek af.

"Hoe?" vra Aella.

"Jy spyker sy vrou." Die woorde klink luid in die skielike stilte.

Dis waar.

"Die Spartane het dit gedoen met die Grieke, die Romeine met die Kelte, die Engelse met ons Franse en ons met hulle. Dit is hoe dit werk, nog altyd. In die natuur ook."

Vir 'n oomblik klink die Fransman soos Roel.

Die kelner sit die rekening op die tafel voor hulle neer.

"Ek sal dit kry," sê Leblanc. Hy haal 'n kredietkaart uit sy sak.

Aella maak haar oë toe en druk haar duim en voorvinger in die klein holtes weerskante van haar neusbrug waar 'n skeelhoofpyn ritmies begin klop.

"Merci," sê Leblanc.

Sy luister hoe die kredietkaartmasjien sy strokie uitspoeg. Toe sy haar oë oopmaak, kyk albei mans vraend na haar.

"Is jy seker jy's orraait?" vra Whistler oplaas. "Met al dié?" Hy beduie met sy vingers. "Met Roel en alles ..." Die sin hang onvoltooid in die lug.

Aella kyk om haar rond, na die alledaagsheid van die restaurant met sy Amerikaans geïnspireerde binneruimte en die vreugdevolle viering van 'n seuntjie se verjaardag. Dit is 'n alternatiewe werklikheid waarvan sy oor die jare heen 'n toeskouer geword het. Die landskap van die werklikheid wat sy soos 'n pelgrim deurkruis, is belyn deur bloed en vrees. Die menslike drang om God en sy naaste te haat is die suurstof wat die landskapsbewoners voed. Roel was 'n droom, haar sielsaanraking met 'n veraf dimensie waarvan sy, Whistler en Leblanc verlangende waarnemers geword het. Hulle daaglikse omgang met boosheid het van hulle uitgeworpenes gemaak.

Sy moet orraait wees.

Daar is geen ander keuse nie.

Sy kyk op haar horlosie. "Dis tyd." Sonder 'n verdere woord staan sy op en stap stadig na die rokersafdeling se glasdeur. Sy hou nie van lykskouings nie. Sy het nog nooit. Agter haar hoor sy Whistler sy asem intrek asof hy iets wil sê, maar uiteindelik volg die twee mans ewe woordeloos.

Die son skyn helder toe hulle buite kom.

"Sal jy my by die huis gaan aflaai?" vra Aella vir Whistler. "Ek wil my bakkie gaan haal."

"Is daar tyd?" Hy sluit die voertuig oop en staan met sy hand op die deur.

"Nie baie nie."

"As ons klaar is," besluit hy. "Die fok weet, ek moet gaan Vicks koop, want ek kan die reuk van 'n mens se binnekant nie gedoog nie."

Dit pla Aella lankal nie meer nie.

Hulle klim in: Aella links voor, Leblanc steunend agter haar en Whistler agter die stuur. Die laerskool het reeds uitgekom en die straat is vol kinders in hulle netjiese vlootblou uniforms.

"Hulle maak my senuweeagtig." Leblanc draai sy venster af en vir 'n oomblik kan Aella niks sien nie omdat haar hare in haar gesig waai.

"Vir my ook." Whistler trommel met sy vingers op die

stuurwiel terwyl hy wag om by die geswolle verkeerstroom aan te sluit.

Aella wens hy wil ophou. Hy maak haar nou senuagtig.

"Die bliksempies kyk nie waar hulle loop nie. Ek's bang ek ry een van hulle dood."

Dan word hulle deel van my wêreld, dink Aella. Die gedagte is te morbied vir woorde. Sy kyk deur die venster na die ander kant van die pad, probeer haar geestelik voorberei vir die lykskouings. Sy sal nooit daaraan gewoond raak nie – nooit nie. Die hoofpyn agter haar neusbrug intensiveer tot verblindende wit.

"Soek julle iets?" vra Whistler toe hy stilhou voor die groot supermark aan die voet van die opdraande wat na die hospitaal lei.

"Water," antwoord Aella. Sy knip haar oë. "Ek sal met jou regmaak."

"Jy lyk maar bleek," sê Whistler.

"Ek's oukei," antwoord sy.

Hy kyk skewekop na haar. "Raait," sê hy uiteindelik.

Sy voetstappe weerklink op die sement voor die winkel en binne oomblikke kan sy dit glad nie meer hoor nie. Iewers in die straat blaf 'n hond en in die verte dreun 'n grassnyer. Sy trek haar asem diep in en lig haar swaar hare van haar skouers af. Dit help nie.

"Gebeur dit gereeld?" vra Leblanc langs haar oor. Sy het nie eens agtergekom dat hy vorentoe leun nie. Sy warm asem roer in die fyn haartjies langs haar slape.

"Gebeur wat?" Vir 'n oomblik weet Aella nie waarvan hy praat nie.

"Mense wat op die plase vermoor word?"

Hoe gereeld is gereeld? Elke dag? Een keer per week? Een keer elke ses maande? Beelde van bloed en verskrikking rol deur die bleek pynleegte agter haar oë. Een vir een sien sy hulle, al die dooie boere op hulle plase deur die jare heen.

"Ja. Dit gebeur gereeld." Daar lê 'n wêreld van ontsetting in haar stomp repliek, 'n wêreld wat die Fransman tog nooit sal verstaan nie.

'n Wit minibustaxi trek langs hulle in. Kwaitomusiek dans deur 'n oop venster. Die pyn tussen haar oë klop ritmies saam met die musiek. Klein kindertjies in swart-en-wit Pep Storesskooluniforms sit ingeryg op die voertuig se banke. Hulle sing uit volle bors saam. Dit lyk asof hulle op pad is huis toe. Die taxibestuurder draai in sy sitplek om en praat hard met hulle voordat hy uitklim en winkel toe stap. *Sizabantu Taxi Organisation*, lees Aella die swart plastiekletters wat op die deur geplak is. 'n Glimlaggende haasbekgesiggie by die venster naaste aan haar waai skaam met 'n skraal bruin handjie. Toe Aella teruggroet, sit die kind haar hand voor haar mond en draai na 'n maatjie langs haar. Hulle giggel soos net meisiekinders kan.

Aella glimlag skeef. Dit is iets wat sy lanklaas gedoen het. Die uitdrukking voel vreemd op haar gesig, soos 'n ander vrou se lipstiffie.

"Hier's jou water," sê Whistler. Hy gee dit deur die oop bestuurdersvenster vir haar aan. "Sparkling is al wat koud was." Hy maak die deur oop en skuif agter die stuurwiel in.

"Dankie." Sy druk die koue bottel teen haar voorkop waar die pyn meedoënloos klop. Dit voel marginaal beter.

"Jong, is jy seker jy's oukei?" Whistler se hand huiwer op die sleutel. "Ek sal jou by die huis gaan aflaai."

Aella skud haar kop. "Dis nie nodig nie." Sy vroetel in haar baadjiesak vir die velletjie groen tablette, druk twee daarvan uit die borrelverpakking in haar handpalm uit. Haar kop is seer genoeg vir twee.

Whistler betrag haar met sy donker oë. "Drink jy nog steeds Stopayne?" vra hy in Afrikaans. "Dis sterk goed daardie." Hy skakel die bakkie aan. "Ek dag jy's lankal daarvan af." Whistler weet meer van haar as wat hy moet.

"Dit werk. Los my uit." Sy sluk die tablette weg met 'n diep teug van haar vonkelwater. Die koue borrels brand haar keel.

"Jong," sê Whistler. Hy skud sy kop, sit die bakkie in rat en draai na Leblanc. "Is jy reg?"

Aella vind die Fransman se oë in die truspieëltjie. Hy haal sy skouers stilswyend op. Sy weet hoe hy voel. 'n Mens is nooit reg om te sien hoe 'n ander mens oopgesny, opgesny, geweeg en laat staan word nie. Die makabere vandalisme van 'n lyf om wetenskaps ontwil is 'n prosaïese proses. 'n Eens lewende mens met sy drange, begeertes en wense word 'n kadawer waarvan die liggaamskomponente tot organiese funksies verminder en bestudeer word. 'n Mensehart in 'n silwerkleurige skaal sê van die liefde niks en die vaalgrys kronkels van 'n brein op 'n marmerblad is ontdaan van herinneringe en prestasie.

'n Kadawer is identiteitsloos, weerloos en behalwe vir forensiese doeleindes, nutteloos.

Aella trek haar asem diep in. "Kom ons ry."

Sewentien

Aan weerskante van die treinbrug oor die spoor wat na die see lei, staan flentergeboutjies van sink en seil teen die steiltes gerangskik. Party daarvan staan gevaarlik naby aan die ysterstawe en lyk te yl om die rammeling van treinwiele oor staal te deurstaan. Die geboutjies moes lankal verwyder gewees het, maar tussen een verkiesing en die volgende vergeet die regering van die mense in die lang, leë vlakte van onvervulde beloftes.

Die treinbrug is 'n gevaarlike plek.

Vrouens loop nie alleen daar nie.

Hulle ry in stilte oor die brug, elkeen in sy gedagtes versonke. Die pad verbreed tot 'n dubbelbaan aan beide kante. 'n Laning palmbome op die middelmannetjie skei die bane tot waar die straat doodloop teen 'n imposante huis in die Tudor-styl. Dit is 'n eksklusiewe buurt dié. Die huise is groot en die erwe is boomryk. Hoë mure met lemmetjiesdraad boop en sekuriteitsmaatskappye se veelkleurige logo's skep die indruk van 'n buurt onder beleg.

"Hierdie plek herinner my aan Caracas," sê Leblanc.

"Wat bedoel jy?" Whistler skakel die bakkie se flikkerlig aan.

'n Vae, warm gevoel sprei deur Aella se lyf. Die pyn tussen haar oë gee skiet. Die groen pille doen hulle werk. Whistler draai regs in die kronkelstraat wat na die hospitaal en die tronk lei. Die twee geboue is langs mekaar geleë. Hy swaai uit vir 'n slaggat, want die straat voor die hospitaal word nie in stand gehou nie. Munisipale dienste word swakker hoe verder 'n mens van die groot huise af is.

"Eilande van rykdom in 'n see van armoede."

"Jy moet by my fokken huis kom kyk." Whistler lig sy hand vir die sekuriteitswag in die waghuisie voor die hospitaal. "Kom, kom," sê hy deur die venster. "Ons is haastig." Die man stap vinnig na die swaar valboom voor hulle en lig dit met moeite op. "Dis 'n eiland van armoede binne-in 'n see van armoede."

Die sekuriteitswag salueer Whistler.

"Ja, toe," sê Whistler, maar salueer tog terug.

Die man glimlag breed en beduie dat hulle maar kan ry.

'n Oomblik van menslikheid in 'n see van onmenslikheid, dink Aella. Die groen pille maak haar filosofies.

Hulle ry verby die verwaarloosde noodingang waar 'n ry ambulanse langs mekaar geparkeer staan, verby die wassery en kombuise; die deel van die hospitaal waar mense wat nie aan 'n mediese fonds behoort nie soos sardientjies in 'n lang saal gepak lê tot by die lykshuis op die rand van die perseel.

"Is julle reg?" vra Whistler weer toe hy langs 'n groot skopbak parkeer en die bakkie se handrem optrek. Die reuk van ontbindende afval hang soos 'n wolk in die lug. "Liewe bliksem."

Aella maak haar deur oop. "Kom." Sy klim uit en stap kop onderstebo na die lykshuis. Daar is 'n vibrasie in haar sak, toe die luitoon van haar selfoon.

"Ai, tog." Sy haal die instrument uit haar sak.

"Wie is dit, O'Malley?" vra Whistler agter haar.

Sy haal haar skouers op. "Dis 'n privaat nommer."

"Los dit." Whistler beduie na die lykshuis. "Kom ons kry net eers dié spulletjie agter die blad. As dit dringend is, sal hulle weer bel."

Aella knik. Sy vertrou in elk geval nie mense wat van verskuilde nommers af bel nie. Sy druk die selfoon sonder omhaal dood. Gruisklippies knars onder haar skoene en yskoue lug spoel saam met harde musiek oor haar gesig en wange toe sy die lykshuis se dubbeldeure oopmaak.

"Fokkit," sê Whistler. "Dis 'n kattegejammer."

Dis Mozart se *Requiem*, wil sy sê, maar hy sal nie weet

waarvan sy praat nie. Die fyn haartjies op haar arms staan regop. Sy het vergeet hoe koud dit hier is. Sy ril onwillekeurig toe sy opkyk. Voor haar staan drie breë vlekvryestaaltrollies netjies in 'n ry op 'n sementvloer gerangskik, as tydelike rusplek 'n siniese toegif aan die ewige slaap. Die trollies is grusaam, doelgemaak vir 'n grusame taak. Die blaaie loop gepunt na onder, met 'n dreineringsgat aan die voetenent om maklik van liggaamsvloeistowwe ontslae te raak. 'n Harde rubberstut aan die koppenent dien as kussing vir mense wat lank nie meer oor gemak besorg is nie.

"Requiem aeternam dona eis, Domine," sweef die koorsang deur die kilte en oor die drie lakenbedekte liggame wat op die lykskouingstafels lê. Gee aan hulle ewige rus, Here. Aella se lippe vorm die woorde onwillekeurig. Die lykshuis het verstommend goeie akoestiek. Lank terug het sy hierdie lied in 'n koor gesing. Sy het die woorde nooit vergeet nie.

Die volume word onverwags sagter gedraai.

"Goeiemiddag, Kaptein," groet 'n stem in Engels. "Ek het vir jou gewag."

Aella kyk op.

Dokter Shana Singh staan by die groot venster aan die sonkant van die koue vertrek met haar hand op 'n klein, ouderwetse CD-speler. Sy het 'n groen oorjurk aan. Sy knik vir Whistler en Leblanc. "Menere." Die dokter skud haar kop agtertoe, maak haar lang blinkswart hare bymekaar en vang dit met 'n knip op haar kroontjie vas. Sy draai na Aella. "Ken jy die woorde?"

Aella knik.

"Dis fokken morbied," sê Whistler.

"Ek vra om verskoning," sê die dokter met haar sagte stem. "Die musiek help my konsentreer. Dis nie vir almal nie, ek weet." Sy draai na 'n kartonhouer op die toonbank agter haar en haal 'n paar rubberhandskoene uit wat sy versigtig oor haar skraal hande trek. "Ek het gewag tot julle kom voordat ek die oorledenes se klere verwyder." Sy beduie na twee van die lakengeklede figure wat links en regs van mekaar op die staaltafels lê en skud haar kop. "Vader en seun, hoor ek. Wat 'n tragedie."

"En die ander een?" vra Whistler. Hy beduie na die derde figuur wat aansienlik groter is as die eerste twee.

"'n Selfmoord in die polisieselle. Hulle het hom nounou net hier aangebring. Geoffrey moet nog sy papierwerk doen."

"Bliksem."

Aella maak haar oë toe. Die hemelse klanke van die "Kyrie" vul die onoorbrugbare leemte tussen die lewendes en die dooies.

Liewe hemel.

"Mon Dieu," fluister Leblanc. "Dit is bisar."

"Wat's fout?" vra die dokter fronsend.

Whistler beduie na Chonco se lyk. "Daardie fokker is die moordenaar."

Dokter Singh knip haar oë. "Jy lieg vir my."

Aella skud haar kop. "Dis die waarheid." Sy ril weer. Sy moes haar baadjie gebring het.

Vir 'n oomblik staar die dokter stom na Chonco se kadawer. Toe draai sy na die lykshuisassistent wat aan die ander kant van die vertrek blink instrumente op 'n staalskinkbord pak. Sy beduie na Chonco se liggaam.

"Vat hom weg, Geoffrey."

Die jongman knik. Sonder 'n woord stap hy nader, laat sak die rem van die trollie waarop Chonco lê en stoot dit steunend oor die sement na 'n wit deur aan die verste kant van die vertrek. Die deur verberg 'n groot koelkamer, weet Aella.

"Sal ons begin?" vra die dokter saaklik toe Geoffrey weer by hulle aansluit. "Geoffrey het reeds dié twee se dokumentasie voltooi. Jy moet dit net beëdig." Sy verwys na die beëdigde verklarings wat die geneesheer en die lykshuispersoneel vir hofdoeleindes moet maak ten aansien van die vervoer, berging en identifikasie van die oorledenes.

Aella knik. "Dankie." Sy staan skoorvoetend nader.

"Wie gaan foto's neem?" vra dokter Singh.

"Geoffrey," antwoord Aella, "as hy nie omgee nie. Die PKRS is nie beskikbaar nie."

Die dokter frons. "Julle gaan nie weer my assistent vir dae in die hof hou nie."

"Daar is niemand anders nie."

"Dis oukei," sê Geoffrey in sy diep stem. "Die kamera se battery is gelaai." Hy wys na 'n klein digitale kamera wat op 'n rak langs 'n deursigtige houer lê. Die kamera is by die hospitaal vergeet deur 'n vorige superintendent, het hy eendag vir Aella vertel. Dié man se verlies is hulle wins.

"Kom," sê dokter Singh.

Geoffrey sit die instrumente neer en tel die kamera op. "Sien," sê hy vir Aella terwyl hy na die groen batteryliggie wys. "Die battery is vol."

Sy antwoord nie, want haar kakebene klem opmekaar. Daar is niks te sê nie.

Die dokter stap na die naaste stil figuur. Vir 'n oomblik staar sy na die lakengeklede liggaam en maak haar oë kortstondig toe. Dit lyk asof sy bid.

Bid werk nie, wil Aella sê. Die Volkers het getrou elke Sondag in die Lutherse Kerk aanbid en kyk waar lê hulle nou.

"'n Tragedie," sê sy weer voordat sy die laken stadig optrek. Die bedompige reuk van afgekoelde bloed blom in die koue lykshuis.

Onwillekeurig staan Aella tru.

Whistler trek 'n gesig en haal die botteltjie Vicks uit sy bosak. "Ek kan hierdie reuk nie vat nie." Hy draai die donkerblou prop met haastige bewegings af en druk 'n smeersel van die salf onder sy neus.

Aella kyk weg, want dit lyk of hy sy neus geblaas en nie behoorlik afgevee het nie.

"Wil jy hê, O'Malley?" Hy druk die houertjie onder haar neus.

Mentol en bloekomolie vermeng met die bloedreuk. Dit is bloot 'n vervangende stank. Sy skud haar kop.

Leblanc wil ook nie van die salf hê nie.

Whistler druk die houertjie terug in sy bosak. "Moenie sê ek het nie aangebied nie."

Dokter Singh trek die laken heeltemal af en gee dit vir Geoffrey aan. Hy neem dit sonder 'n woord en sit dit op die rak agter hom neer.

"Dis die pa," sê Aella sag.

"Het jy hulle geken?" vra die dokter.

Aella knik en stap nader. Sy kyk na Henno Volker met koue oë asof sy die mens wat eens in daardie vel gebly het, vir die eerste keer sien. Dit is die enigste manier, dié kliniese betragting. Die patriarg se gesig is grysblou in die wit lig. Sy oë is oop en sy groot boerehande lê weerloos langs sy koue lyf. Die hande is vol letsels, hier 'n brandmerk en daar 'n krap; werkershande met gebreekte naels. Die tweekleurige kakiehemp met die koöperasielogo op die linkersak is bloeddeurdrenk. Aan die manier waarop dit aan die dooie lyf kleef, is dit duidelik dat die bloed nog nie heeltemal droog geword het nie.

"Ek sien geen ooglopende skeure of gate in die klere nie," sê dokter Singh sag.

Geoffrey skuif tot teenaan die voetenent van die lykskouingstafel. Hy neem die een foto na die ander.

"Wat het met hom gebeur?"

"Daar is op 'n afstand na hom geskiet," antwoord Aella. Haar ooglid fladder lastig en sy vee die irritasie met haar handpalm weg. "Op sy plaas."

"Hy het baie gebloei," sê die dokter. Sy draai na die lang toonbank agter haar en tel 'n groot skêr op. "Ek kan egter nie sien waar dit vandaan kom nie."

"Ek het eenkeer 'n saak ondersoek," sê Leblanc.

Aella kyk om.

Die Fransman haak sy duime in sy broeksband. Hy leun swaar op sy gesonde been. "In die Dordogne. Die mense jag bosvarke daar."

"Jy's nie plaaslik nie?" sê-vra dokter Singh terwyl sy Henno se hemp versigtig oopsny.

Die boer se nek en gesig is bruingebrand, maar onder sy hemp is die bloedbesmeerde vel sag en bleek. Pienk skuim lê in 'n blerts oor sy borskas. Aella sien steeds geen wond nie.

Die dokter kyk na Geoffrey. "Kry solank die bewysstuksakke reg."

Geoffrey sit die kamera agter hom neer en draai na 'n houtkas langs die wasbak. Hy haal 'n stapeltjie bruinpapiersakke uit en sit dit agter die dokter neer.

"Dankie."

Aella se oë gly oor die boer se stil liggaam. Henno Volker was 'n groot man. Die dood het hom kleiner gemaak.

Die dokter sny versigtig om die mousgate. "Wat het gebeur?" vra sy vir Leblanc.

"Ons kon ook nie sien hoe die man dood is nie. In Dordogne, soos ek sê." Hy leun by Aella verby en beduie met sy vinger na Henno se borskas. "Sy regterlong was middeldeur geskiet en daar was 'n reusagtige uitgangswond op sy regterblad, maar ons kon geen ingangswond kry nie."

"Hierdie man het ook 'n longbesering." Die dokter wys na die skuimsmeersel wat in die boer se grys borshare koek.

Die Fransman se gesig vertrek toe hy van posisie verskuif. "Die dokter het die traktus met 'n staalpen gevolg. Die ingangswond was onder sy linkerarm."

"Wat bedoel jy?" vra Whistler.

"Die man se okselhare was so dig dat mens dit nie kon sien nie."

Aella leun met haar kneukels op die lykskouingstafel. Is dit wat met jou gebeur het, Henno? Sy skud haar kop. Dood is dood. Dit moes glad nie gebeur het nie.

"Ek sal dit in gedagte hou." Dokter Singh lig Henno se arm versigtig op om die hemp onder sy skouer uit te trek. "Ons is reeds verby rigor," sê sy.

Aella se vingers klem om die tafel se koue rand. Henno se liggaam is reeds besig om te ontbind. Die natuur mors nie tyd nie. Stof is jy. Dis wat die dominee gesê het die dag met Roel se roudiens. Tot stof sal jy terugkeer. As die jong leraar meer geweet het van wat die proses behels, sou hy dalk minder te sê gehad het oor genade. Dieselfde honger, inwendige flora wat in die lewe Henno Volker se kos in sy ingewande verteer het, vreet hóm in die dood van binne op. Sy kyk na die dooie boer se hol wange met die grys baardstoppels. Hoe kon Henno gisteroggend weet dat dit die laaste keer was dat hy ooit in die spieël sou kyk?

Sy staar na die eens forse lyf. Vir wat?

Vir wat?

Die son val deur die groot venster op die boer se liggaam en vir 'n oomblik is hy in helder lig gebaai.

"Lux aeterna luceate eis, Domine," sweef die stemme oor sy lyf. Laat ewige lig oor hulle skyn. "Requiem aeternum dona eis." Gun hulle die ewige rus.

Sy wens sy kon dit glo.

"Hoe de fok het jou ou dit reggekry?" vra Whistler. Die laaste note van die *Requiem* word verswelg deur sy geswets. Aella kyk op.

Die skielike stilte laat die vertrek leeg klink.

"Hy was 'n jagter," antwoord Leblanc. 'n Spiertjie spring

weer langs sy mond. "Hy het uit die skouer aangelê toe 'n dwaalskoot hom onder die arm tref."

Die Fransman het vir seker nie gedink hy gaan lykskouings bywoon toe die Europese Unie hom gestuur het om te kyk wat van hulle renostergeld word nie.

"Wragtig," sê Whistler.

Leblanc knik.

"Wie was die skuldige?" vra dokter Singh terwyl sy die hemp stadig onder Henno se lewelose liggaam uittrek en sonder 'n woord in die bruinpapiersak sit wat Geoffrey na haar uithou. "Sy hempsak is leeg," merk sy op.

"Sy broer. Hy't gedink hy skiet na 'n bok en toe skiet hy sy broer. Agterna was hy lank in 'n gestig."

Verdriet kan mense na waansin dryf. In die eerste, droewige dae ná Roel se dood het Aella se gees ook op vreemde plekke geswerf. As dit nie vir Whistler was wat kort-kort ongenooid by haar huis ingeval en haar na die skietbaan gedwing het nie, het dit dalk ook met haar gebeur. Irmela Volker het nie die luukse om in 'n gestig te beland nie, dink Aella. Sy het 'n kind om na om te sien.

Dokter Singh voel deur Henno se broeksakke. "Hier's 'n mes."

Aella hou haar hand uit. "Laat ek sien."

Die dokter laat val 'n knipmes in Aella se uitgestrekte hand. Haar vingers sluit vanself om die hef. Sy maak haar oë toe. Die peperduur mes is spesiaal gemaak vir selfverdediging. Henno het alles gedoen om hom en sy gesin te beveilig, selfs die selfverdedigingskursus deurloop wat 'n paar afgetrede soldate soos rondreisende troebadoers aan die boere bied.

Dit was nie genoeg nie.

"En 'n beursie." Dokter Singh hou 'n verweerde bruin notebeurs na Aella uit.

Sy vat dit woordeloos by haar; maak dit oop. 'n Paar tweehonderdrandnote lê gesigkant na voor, netjies gepak in Henno Volker se beursie. Dit is die somtotaal van die rykdom wat hy aan sy lyf gedra het.

"Ek sal toesien dat Irmela dit kry," sê Aella stadig.

Die dokter knik terwyl sy Henno se broek met vinnige hale van sy lyf afsny.

"Is die mes en die beursie nie bewysstukke nie?" vra Leblanc.

"Hoe het dit bygedra tot meneer Volker se dood?" vra Aella stil. Die sinloosheid en wreedheid van die aanval en die boere se hulpeloosheid in die aangesig van soveel gekonsentreerde haat dreig om haar van haar woorde te ontneem.

"Hierdie mes sal net gesteel word in die aanklagkantoor," voeg Whistler by. "Om van die kontant in die beursie nie eens te praat nie."

Leblanc antwoord nie.

"Daar's geen beserings aan sy onderlyf nie," sê die dokter klinies. Ook Henno se broek en sokkies word vir Geoffrey aangegee wat dit in afsonderlike bruinpapiersakke plaas. Toe die dokter die boer se onderbroek saaklik en woordeloos afsny, daal daar 'n stilte op die ysige vertrek neer. Om so ontbloot voor vreemdelinge te lê is die uiteindelike, uiterste vernedering. Die rowers het die boer van alle waardigheid en privaatheid ontneem.

Aella knip haar oë vinnig, want dit brand. Hier lê Henno Volker, die keiser van Carlsbad, dink sy terwyl sy onopsigtelik probeer snuif en haar neus met die rugkant van haar hand afvee. Henno Volker was 'n groot boer, 'n gewilde man wat hard gewerk en hard gespeel het. Hy het 'n seun verwek om die Volkers steeds dieper in hierdie verdomde kontinent te anker, soos sy pa voor hom wat hy geëer het en dié se pa voor hóm wat hý geëer het.

Hier lê Henno Volker nou, kaal, stil en dood.

Sy kyk op.

En daar anderkant hom lê die toekoms waarin hy soveel belê het ewe stil en ewe dood.

"Wie doen dit aan ander mense?" vra dokter Singh. 'n Spiertjie spring langs haar mond. Haar gesig is strak en haar donker oë smeul.

"Enigiemand wat iets begeer wat iemand anders het," antwoord Whistler stadig. "Gierigheid is 'n vieslike ding."

Whistler is reg.

Die dokter staan regop en druk met haar hande op haar lae rug. "Die ander een," sê sy vir Geoffrey en beduie met haar kop na die radio. Hy knik en druk die klein kamera in sy sak. Hy stap woordeloos na die CD-speler, haal die Requiem-

CD uit die plat laai wat geluidloos uit die toestel skuif en vervang dit met 'n ander een uit 'n houer op die vensterbank.

Vir 'n oomblik is daar stilte.

"Sit dit harder," sê dokter Singh met stywe lippe.

Helder klank styg uit die radio se luidsprekers, deur die sonstrale wat oor Henno Volker se koue lyf skyn en vul die droewige ruimte. Viool en altviool, dwarsfluit en hobo treur wonderskoon in die taal van die son en maan, sterre en planete; die taal van die lewendes en die dooies.

"O Lamm Gottes, unschuldig," sing 'n koor die eerste woorde van Bach se *Mattheuspassie*. Henno Volker met sy eksakte, Duitse siel sou die sublieme presisie waardeer het.

Aella knip weer haar oë en byt haar bolip tussen haar tande vas. Haar ken bewe, want die musiek maak haar bewoë.

"Jy het goeie smaak," sê sy uiteindelik vir die dokter.

"Ek is Katoliek."

"O."

Dokter Singh buk en haal 'n vaal handdoek uit 'n lae kas langs die lykskouingstafel. Sy draai terug na Henno Volker se nakende liggaam en drapeer dit versigtig oor sy onderlyf.

"Ek is jammer," sê sy sag.

"Hierdie musiek gaan my bos maak," sê Whistler in Aella se oor.

Sy ignoreer hom.

"Erbarm dich unser, o Jesu," sing die koor – ontferm U oor ons, o, Jesus.

"Fokken mal." Sy lippe raak aan haar oor en sy warm asem ruik na bier.

Aella staan eenkant toe en draai om toe die dokter met sagte voetval oor die sementvloer na die ander tafel toe stap. Sy maak haar oë toe terwyl die groen laken wat Heinrich Volker se siel se aardse woning bedek eerbiedig verwyder word. Haar gedagtes volg die musiek se suiwer klanke, die heilige stemme wat sing oor bloed en wonde, die kruisiging van die Lam.

Toe sy haar oë oopmaak, kyk sy in Heinrich Volker se misvormde gesig vas.

"'n Enorme tragedie." Die dokter maak haar oë vir 'n oomblik toe. "Wat word van hierdie land?"

Aella antwoord nie. Whistler is ook stil. Wie weet wat word van hierdie land?

Soveel dooies.

Soveel haat.

Daar is nie woorde nie.

Sy versit effens. "Kom ons gaan aan."

Dokter Singh laat gly haar hande oor Heinrich se torso. Ook sy hemp is bloeddeurdrenk. Daar is twee koeëlgate in die borsgedeelte. As Aella nie geweet het waarvoor om te kyk nie, sou sy dit nie gesien het nie. Ingangswonde is bedrieglik klein.

"Daar en daar," sê die dokter en beduie met haar vinger. "Sy hempsak is ook leeg." Sy sny die dooie man se hemp versigtig oop, trek dit onder sy lyf uit en gee dit vir Geoffrey aan wat dit byna eerbiedig opvou en in 'n bruinpapiersak sit. "Kyk daar." Sy wys met haar handskoengeklede voorvinger na 'n ingangswond bokant elkeen van Heinrich se pektorale spiere. "Hierdie mense het bedoel om hom dood te skiet."

"Hy's hard gebliksem," sê Whistler. "Kyk hoe blou is sy oë geslaan."

Aella trek haar asem in. Sy sien Heinrich Volker se roerlose liggaam op die grond in sy studeerkamer en die gesiglose aanvaller wat 'n geweer teen sy kop druk en die wilsbesluit neem om 'n sterwende man te vermoor.

"Was mein Gott will, das g'sheh allzeit," weerklink Bach se koraal – wat my God wil, dit geskied altyd.

Sy pers haar lippe opmekaar. Het sy maar oor Whistler se vermoë beskik om glad en skaamteloos te vloek, het dit dalk die duister in haar binneste besweer. Heinrich se gesig is nie blou geslaan nie. Die uitsetting van weefsel wanneer warm metaal 'n traktus daardeur boor en akute skade aan die bloedvate veroorsaak, laat 'n gekneusde stuwing rondom die oë en mond. 'n Koeël deur die kop lyk baie soos 'n groot drag slae. Aella het dit al voorheen gesien.

"Hy's geskiet," sê sy uiteindelik.

"Wat?"

"Irmela het gisteraand vir my gesê hy het nog gelewe toe sy hom die huis ingesleep het. Hy is in die kop geskiet terwyl hy nog gelewe het."

Stilte.

Aella kan haar hart voel klop.

"Ek sien geen ingangswond nie," sê Whistler stadig. "Ook nie 'n uitgangswond nie."

Aella kyk vir dokter Singh. "Jy sal die skedel moet oopmaak."

"My liewe fok," sê Whistler. "Fók."

"Merde." Leblanc is bleek.

Dokter Singh knip haar oë.

"Dit is 'n fokken teregstelling." Whistler se woorde ontplof soos kartetse.

Aella vee haar handpalms aan haar broekspype af en sluk swaar. Die groen pille maak haar mond droog. Dit is presies wat dit is: 'n teregstelling van iemand wie se lewe sy waarde verloor het die oomblik toe politici begin sê het dat hy 'n gronddief en 'n kolonialis is. Wat al die ander dooies in haar verlede se lewe so goedkoop gemaak het, weet Aella nie, maar hier is die antwoord voor die hand liggend.

"Erbarm dich unser," sing 'n naamlose sopraan.

Agtien

Die Bach-koraal vul elke hoek van die lykshuis, van die voordeur tot in die koelkamer waar Chonco lê en wag. Aella kyk op toe Whistler sy selfoon teen sy oor vasdruk. Sy het dit nie eens gehoor lui nie. Hy stap al pratende die lykshuis uit.

"Hy klink soos 'n Zoeloe," merk Leblanc op.

Aella knik.

Dokter Singh leun vorentoe en staar aandagtig na Heinrich Volker se kop. "Vreemd," sê sy. Sy byt haar bolip tussen klein, wit tande vas.

"Hulle het militêre aanvalsgewere gebruik," sê Aella.

"NAVO-rondtes?" vra Leblanc.

"Ons het 7.62 mm-doppe opgetel. Dit kan AK47's wees, of R5's," antwoord Aella. "Daar's baie in omloop."

"Dis omdat julle naby Mosambiek is. En julle grensbeheer is swak." Leblanc stut sy hande op die lykskouingstafel. Sy vingers is lank en skraal en die naels is skoon en kortgeknip. "Daar's 'n teorie wat onder my kollegas die rondte doen."

Aella kyk woordeloos hoe dokter Singh Heinrich Volker se broeksgordel stadig losmaak. Die leerband is handgemaak en duur. Bloed het donker groewe in die ligte leer gekleur. *Bobaasjagter 2016* is in die lengte daarop gebosseleer. Die gordel was 'n trofee vir goeie skietwerk. Heinrich Volker was 'n baie goeie skut. Om 'n menselewe te neem verskil egter hemelsbreed van bokjag, of dit in selfverdediging of in koelen bloede is. Daarby is geen jagter of soldaat bestand teen 'n verrassingsaanval nie.

"Wat is die teorie?" vra die dokter. Sy gee die gordel vir Geoffrey aan.

"Ek sal dit vat," sê Aella en steek haar hand uit. "Vir Irmela."

"Die leer is nat." Geoffrey sit die gordel versigtig op die toonbank neer. "Ek sal dit vir jou in 'n sak sit."

Leblanc staan regop en stoot sy seer been lank voor hom uit. "Hulle glo dat daar 'n verband is tussen die ou smokkelroetes waarmee daar destyds tydens apartheid vuurwapens en mense die land binnegesmokkel is en die huidige vlaag renosterstropery. Volgens onbevestigde inligting is baie van dieselfde spelers steeds betrokke. Hulle gebruik die ou smokkelroetes om vuurwapens die land binne te smokkel en renosterhoring uit te smokkel."

Stilweg sny die dokter Heinrich se klere van sy lyf af tot hy ook uiteindelik kaal in die ysige lig lê. Die middagson val verlore deur die stowwerige venster met sy uitsig op die omheining van die tronk se perseel. Aan die hoek waarteen die lig val, is dit duidelik dat die aarde ongemerk op sy as gedraai het en hierdie dag in sy pylvak na die nag is.

"Ons het dit ook gehoor," sê Whistler van die deur af. Sy kakebeenspiere bult onder sy ongeskeerde wange. "Dis rumours wat maar net nie wil gaan lê nie."

Leblanc kyk om. "Slegte nuus?" vra hy.

"'n Informant." Whistler kyk na Aella en beduie met sy kop na buite. "Ek moet met jou praat."

Wat wil hy hê?

Dokter Singh knip haar oë stadig. "Ek gaan die pa nou oopmaak."

"Ons is nou terug."

Die dokter knik en draai na Geoffrey. "Skalpel."

Aella ril. Sonder 'n woord stap sy uit die lykshuis met Whistler kort op haar hakke. "Wat is dit?" vra sy toe hulle buite kom.

Hy leun met sy heup teen sy bakkie se deur, vroetel in sy sak en haal sy sigarette uit. "Ek moet gou ry. 'n Informant wil my sien." Hy steek 'n sigaret aan en trek die rook diep in, blaas dit stadig uit.

"Nou?" vra Aella. Die rook ruik nostalgies, soos herinneringe van vroliker tye in sepia.

"Nou." Hy tik die aswurm met sy voorvinger van sy sigaret af en dit val op die grond voor sy voete. "In die township, oor die renostersaak. Die Vader weet, ek sukkel al fokken lank genoeg om behoorlike inligting te kry."

'n Hadida vlieg oor hulle koppe verby. "Haaa," sê hy hard. Die berg gooi lang skadu's oor die parkeerterrein.

"Jy's nie meer lid van die taakspan nie," herinner Aella hom.

"Wat moet ek maak?" vra Whistler. "Hy gaan nie met iemand anders praat nie."

"Vat die Fransman saam," stel Aella voor. "Dan het jy ten minste iemand wat jou bewerings kan staaf."

Whistler skud sy kop. "Hy's ook van die taakspan af. Ek wil nie my informant afskrik nie. Hy ken Leblanc nie. Hierdie ouens skiet vinnig. Netnou gebeur daar iets en dan sit ons met 'n fokken internasionale insident. Jy weet hoe informante is."

Aella weet. Polisieinformante is senuweeagtige wesens. Hulle loop op 'n garedraad in die newelagtige niemandsland tussen reg en verkeerd en verdwyn maklik as hulle dink dat hulle nie hulle hanteerders kan vertrou nie. Eweneens is 'n informant wat dink dat hy in 'n hoek vasgekeer is gevaarlik. Meer as een polisieman is al deur sy eie beriggewer om die lewe gebring.

"Ek sal julle weer kom oplaai," sê Whistler.

Vir 'n oomblik staar hulle stilswyend na mekaar.

"Jy beter," sê Aella uiteindelik.

Whistler raak sag aan haar wang. 'n Klein trekkie speel om sy mondhoeke. Sy roofvoëloë versag en vir 'n oomblik lyk hy nie so formidabel nie. "Ek sal jou nie los nie, O'Malley. Jy kan my vertrou." Hy haal sy bakkiesleutels uit sy sak. Die voertuig se kopligte gaan aan en af toe hy die deur oopsluit. "Ek sal nie lank wees nie." Hy skiet sy stompie op die grond. Rook krul in 'n klein spiraal hemelwaarts en verdwyn uiteindelik heeltemal. "As julle klaar is voordat ek terug is, bel my net."

Aella knik. Sonder 'n verdere woord klim hy in die bakkie, skakel dit aan en trek vinnig weg. Binne oomblikke verdwyn hy agter die wassery se hoë muur. Sy draai om en loop vinnig op die uitgetrapte paadjie terug na die lykshuis. Die vertrek is stil toe sy instap.

In 'n volmaakte wêreld het dokter Singh reeds die twee lyke oopgesny, die borsbene met die groot snoeiskêr oopgebreek, die koeëlpunte wat in Henno en Heinrich Volker se lywe vasgeslaan het mooi netjies op wit gaas gerangskik en die lyke met groen lakens bedek sodat Aella nie nodig het om die gruwelike proses te aanskou nie. In haar wêreld is begeerte en hoop egter ydele drome in 'n werklikheid wat in elk geval maak wat hy wil. Dis net in haar verbeelding dat dinge gebeur soos wat sy wil hê dit moet, want toe Aella die lykshuis binnestap, staan dokter Singh langs Henno Volker se liggaam en wag.

"Kom help hier, Geoffrey," beduie die dokter. Sy lig Henno Volker se linkerarm op en hou dit regop in die lug. "Hou vas."

Geoffrey druk sy kamera in sy sak en vou sy vingers sagkens om die boer se fris voorarm.

"Dis swaar," sê hy.

"Dis 'n man wat hard gewerk het," antwoord die dokter. Sy buk oor die dooie boer.

"Waar's Whistler heen?" vra Leblanc toe Aella langs hom by die tafel gaan staan. "Is alles reg?"

"Hy't 'n informant gaan sien."

"Jy was toe reg," onderbreek die dokter hulle gesprek. Sy staan regop en kyk na die Fransman. "Net soos jou jagter." Sy sprei die grys hare onder Henno se linkeroksel met haar rubbergeklede vingers oop. "Kyk hier."

Aella kyk ook. Die klein ingangswond is so gering, niksbeduidend.

"Skalpel."

Geoffrey het intussen die skinkbord met sy aaklige instrumente aan Henno Volker se koppenent neergesit. Hy tel 'n skalpel op en gee dit vir die dokter aan. Lig flits op die lem.

"Dankie." Dokter Singh beduie met haar kop na die CD-speler. "Ek kan dit nie in stilte doen nie, Geoffrey. Jy weet dit mos." Sy staan terug, skalpel in die lug. Sy wag.

Weer ruil die lykshuisassistent die kompakte skywe om.

"O Fortuna" – o, die noodlot, sing 'n onbekende koor.

"Dankie," sê die dokter. "Wat sal ek sonder jou doen?"

Geoffrey glimlag skeef en haal weer die kamera uit sy sak.

Die musiek pols en styg tot 'n dawerende crescendo toe die dokter buk om 'n snit te maak wat strek van Henno Volker se sleutelbene tot by sy pubis.

Aella draai om en kyk deur die venster na die berg. Dit is die heel ergste belediging. Om van binne en buite voor vreemdelinge ontbloot te word is om twee keer vermoor te word. Sy kyk op. 'n Valk sirkel om en om in die diepblou lug en verdwyn uiteindelik uit haar gesigsveld. 'n Kraakgeluid skeur deur die kortstondige stilte tussen een beweging van die musiek en die volgende en 'n bedompige reuk sê vir haar dat die dokter deur Henno se mesenterium gesny het.

Aella draai om.

Geoffrey maak die snoeiskêr wat gebruik is om Henno Volker se borsbeen mee oop te sny op die wasbak langs die muur staan. Hy trek 'n knyperbord nader. Henno se ingewande glinster nat onder die oorhoofse lig en donker bloed vul sy borsholte.

Die ritme van die musiek verlangsaam en die koorsang spoel weemoedig saam met die stowwerige strale van die laatmiddagson oor Henno en Heinrich Volker.

"Weet jy wat sing hulle?" vra dokter Singh. Sy hou haar hand na Geoffrey uit. "Maatbeker."

Die assistent tel 'n groot vlekvryestaalmaatbeker van die toonbank af op en druk dit stilswyend in haar hand, asook 'n lepel met 'n lang handvatsel.

"Ek treur oor die wonde van die noodlot met trane in my oë. Carl Orff."

"Hoe weet jy dit?" vra Leblanc.

Aella kyk hoe die dokter groot lepels van Henno Volker se bloed uit sy borskas skep en in die maatbeker gooi.

"Ek wou musiek gaan studeer," antwoord sy uiteindelik.

"Nege honderd en vyftig milliliter."

Geoffrey maak 'n aantekening op sy knyperbord.

"Maar jy het nie," sê die Fransman.

"Daar was nie geld nie."

Die dokter wys met haar handskoengeklede hand na die bloederige rooi massa, al wat oor is van die patriarg se hart. "Die oorsaak van dood is voor die hand liggend."

"Sien jy 'n koeëlpunt?" vra Leblanc. Hy leun nader.

"Daar sal nie een wees nie." Aella het dit ook al voorheen

gesien. "Dis 'n R4 wat só maak. Cedric Afrika het 5.56 mm-doppe ook opgetel." Sy sluk aan die wurgende gevoel in haar keel. "Kyk hier." Van naderby gesien, is die skade aan Henno Volker se hart selfs afgrysliker. Stukkies metaal skyn onder die lig bokant Aella se kop. "Die rondtes word gemaak van lood met 'n koperomhulsel. Wanneer dit afgevuur word, word die koeëlpunt so warm dat die lood aan die binnekant begin smelt. Die koper gee mee wanneer dit die teiken tref en die warm lood het dieselfde effek as skrapnel."

"Die man se hart lyk asof dit ontplof het."

Aella kyk weg. Afrika het Henno Volker se hart letterlik gebreek.

"Hy's onmiddellik dood," sê die dokter. "Dit is 'n troos."

Dood is dood, dink Aella weer. Daar is geen troos aan nie.

"As daar geen koeëlpunt is nie, sal julle nie 'n vuurwapen met hierdie moord kan verbind nie," sê Leblanc stadig.

"Daar's die doppe," antwoord Aella.

"Mits julle die vuurwapens kan terugkry."

Sy antwoord nie.

"Hierdie koeël het 'n pad van verwoesting gesaai," sê die dokter. "Dis onder die linkerarm in, maar dis ook deur die long voordat dit die hart getref het." Sy skud haar kop. "Hierdie man het nie 'n kans gehad nie."

Niemand het 'n kans teen gesiglose aanvallers wat met outomatiese vuurwapens bewapen is om jou in die nag op jou plaas te gaan doodskiet nie, dink Aella. Niemand nie.

"Dis 'n vloekskoot," meen Leblanc. "Outomatiese vuurwapens is nie baie akkuraat nie."

Aella kyk deur die venster. Vir wat? skree sy stom. Vir wat? Sy moet 'n paar keer diep asemhaal. Die dokter kyk vraend na haar en weer af na die dooie man onder haar hande.

"Hierdie soort skade is terminaal en onomkeerbaar," sê dokter Singh. Sy beduie na Geoffrey. "Skryf, Geoffrey. Die oorsaak van dood is 'n skietwond in die hart met gepaardgaande pneumohemotoraks." Sy kyk op. "Skalpel en foto." Geoffrey sit sy knyperbord neer en gee vir haar 'n nuwe skalpel aan. Toe neem hy 'n foto van die oopgesnyde borsbeen en Henno se stukkende hart.

Daar is iets obseens aan.

"Ek gaan nou die hart en longe verwyder vir ontleding,"

sê dokter Singh sag. Die skalpel flits in die helder lig en Aella draai weg. Sy wil nie sien hoe die dokter Henno Volker se hart en longe uit sy borskas verwyder nie. Sy gaan staan by die venster met haar hande agter haar rug.

"Dit raak nie beter nie," sê Leblanc langs haar.

Aella skud haar kop. Dit raak nie beter nie.

"Esta interius ira vehementi," sing die koor. Die musiek is hard en aggressief. 'n Bitter woede brand in my, beteken dit. 'n Bitter haat jeens die mense wat ander weens gierigheid afmaai, brand ook in haar. Agter haar hoor sy die nat suiggeluide van 'n liggaam wat sy geheime onwillig opgee.

"Dankie, Geoffrey. Ek gaan hom nou toemaak," sê dokter Singh 'n bietjie harder.

"Die skrapnel?" vra Aella toe sy omdraai. Leblanc draai ook om.

"Ek het alles wat ek kon sien uit die traktus verwyder," antwoord die dokter. "Die res sit in die hart vas."

"Dankie." Aella kyk stil toe hoe sy die lang snit oor Henno Volker se buik met groot oorhandsteke toewerk. Estetika is nie belangrik waar die boer hom nou bevind of waarheen hy op pad is nie.

"Net die hart en longe?" vra Leblanc. 'n Frons keep tussen sy lekkergoedblou oë en vir 'n vlietende moment lyk hy net so formidabel soos Whistler.

"Hoekom?" vra Aella. Die res van Henno Volker se organe makeer niks. Dit hoef nie ontleed te word nie.

"Dis tog prosedure," antwoord die Fransman. "Die patoloog..."

"Die naaste patoloog is in Durban," sê Aella voordat hy kan klaar praat. "En daar is net een. Hoe lank dink jy gaan ons wag?"

Leblanc se frons verdiep asof hy nie verstaan wat sy vir hom sê nie.

Welkom in Afrika. Sy swyg, want dit is beter so.

"Gee my tien minute," sê die dokter. Sy draai na Geoffrey. "Kry solank die Stryker reg vir daardie een." Sy beduie na Heinrich wat geduldig na die plafon staar terwyl sy die vel oor Henno se linkerbors sekuur met die swart draad bymekaartrek.

"Ek gaan buite wag," sê Aella. Die Stryker-saag is 'n instrument met 'n ossillerende lem wat gebruik word om gips van 'n gebreekte arm af te sny sonder om die sagte vel daaronder te beseer. Dit word ook gebruik om 'n skedelbeen oop te sny. Dokter Singh gaan Heinrich se kopvel versigtig om die haarlyn lossny en sy gesig soos 'n gebruikte rubbermasker na vore vou om sy skedelbeen te ontbloot. Daarna gaan sy die skedeldop met noukeurige bewegings lossaag.

Dit is meer as wat Aella kan verduur. "Roep my wanneer jy klaar is."

"Ek maak so." Die dokter kyk nie op nie.

Sonder 'n verdere woord stap sy na buite. Die laatmiddaghitte streel haar vel liefderik ná die ysige koue van die lykshuis. Toe sy opkyk, sien sy Whistler met sy rug teen sy bakkie se deur staan.

"Jy's vinnig terug," sê Aella met 'n frons.

"Die fokker het kak gepraat," antwoord Whistler. "Hy was gesuip. Hy't eintlik net geld gesoek om nog te drink." Hy lig sy arm en beduie vir haar. "Kom staan hier neffens my, O'Malley. Jy's blou van die koue." Aella skuif onder Whistler se blad in. Sy harde lyf is bekend, vertroostend. Hy druk sy neus in haar hare. "Fokkit, meisie, jy sal jou klere moet verbrand. Jy ruik na dood."

'n Mens se neus vergeet die reuk nooit nie, dink Aella. Nooit ooit nie, selfs al verbrand jy jou klere.

"Waar's die Fransman?"

Aella kyk na die lykshuisdeur. "Hy's daar binne." Dis 'n verligting om Afrikaans te praat. "Hulle gaan nou Heinrich Volker se skedel oopmaak." Sy skud haar kop. "Ek kan nie kyk nie."

"Shit."

Ver weg hoor sy die geluid van treine wat op die stasie rangeer.

"Wat dink jy van die saak?" vra Whistler.

Aella skud haar kop. "Niks wil bymekaarkom nie."

"Dit ís fokken weird." Whistler haal sy sigarette uit sy hempsak, druk een tussen sy dun lippe in en steek dit aan. "Hoekom op Gods aarde sal enigiemand 'n plaaswerf só aanval? Wat is daarin vir hulle?" Hy beduie met die brandende sigaret. "Nie die geld nie. Vergeet die geld. 'n Mens vat nie masjiengewere en bandammunisie saam om geld op 'n plaas te gaan roof nie. 'n Gun, enige gun is goed genoeg." Hy skud sy kop. "Dit maak nie fokken sin nie."

Die trein fluit en Aella kan die rikketik van die wiele op die spore op pad na Richardsbaai duidelik in die middagstilte hoor. Soldate gaan oorlog toe met aanvalsgewere en stringe patrone.

Is dit wat dit is?

Oorlog?

Sy kyk na Whistler en hy kyk na haar.

"Daar gaan nog baie kak in die see loop voordat hierdie saak opgelos is, O'Malley." Whistler skiet sy sigaretstompie op die grond voor sy voete neer en trap dit met sy stapstewel dood. "Baie. Die boere is soos paddavisse in 'n modderplas. Hulle plas is besig om op te droog. Hulle weet dit nog net nie."

Negentien

Die lykshuis se deur gaan met 'n slag oop. Leblanc vryf oor sy arms toe hy uitstap.

Vir 'n rukkie staan hy stil en kantel sy gesig na die bietjie son wat nog nie agter die berg verdwyn het nie. Hy stoot sy been voor hom uit en kyk na Whistler. "Jy's terug," sê hy uiteindelik.

Aella skuif onder Whistler se arm uit en gaan leun met haar heup teen die bakkie se deur.

Whistler vryf oor sy snor. "My informant was gesuip."

"Kan gebeur." Die Fransman vryf weer oor sy arms. "Dis baie koud daarbinne." Hy kyk na Aella. "Die dokter sê jy moet kom. Sy's reg vir jou."

"Kom jy saam?" vra Aella vir Whistler. Sy het 'n behoefte aan sy teenwoordigheid.

Hy skud sy kop. "Ek het 'n paar oproepe om te maak. Ek wag vir julle hier by die bakkie. Die fokken kolonel. Met al sy stront is my hele netwerk in sy moer." Hy skop die bakkie se agterwiel venynig.

Aella kyk op haar horlosie. Dis amper halfvyf. "Nou ja, toe."

"Dit word laat," sê Leblanc. Hy draai om en stap terug na die neerdrukkende dodehuis.

Aella volg hom woordeloos. Sy staal haar vir die nypende vertrek. Bokant haar kop vlieg 'n swerm duiwe, deur 'n duiweboer vrygelaat vir 'n namiddagvlug. Hulle vlieg doelgerig van die berg se kant af, verstandeloos, gedryf deur instink en kondisionering. 'n Skielike fladdering, onverwags soos 'n bliksemstraal in die agtermiddaglug trek haar aandag.

Die valk het nie op hom laat wag nie.

Fyn vere dartel grondwaarts. Die duiwe fladder vir 'n oomblik verward, maar vind weer hulle formasie en vlieg uiteindelik voort asof een van hulle nie sekondes tevore deur 'n meedoënlose plunderaar uit hulle midde gepluk is nie.

"Hel," sê Whistler agter haar. "Het jy dit gesien?"

Aella antwoord nie. Dit was so vinnig soos 'n oog wat knip. Haar treë verlangsaam toe sy die doodsvertrek betree.

Dokter Singh staan stil vir haar en wag.

"Is jy reg?" vra sy sag.

Aella knik, maar dis nie die waarheid nie. Sy sluk swaar. Die dokter het Heinrich oopgemaak. Die dooie man se skedeldak lê in stukke in 'n blink skotteltjie. Sy gesigvel is versigtig teruggevou soos wat tegniek en prosedure vereis. Sonder die ondersteuning van wangbeen en kaak lyk die eens geanimeerde gesig soos 'n weggooiding. 'n Intense woede borrel in Aella op, warm soos lawa. Dit dreig om sin en rede te verswelg.

"Kaptein?" vra dokter Singh.

Sy trek haar asem diep in en knip haar oë. Woede is 'n luukse wat haar nêrens gaan bring nie. Dit gaan haar nie help om die Volkers se moordenaars te vang nie.

"Ek's orraait." Die spiere in haar wange en skouers protesteer, want hulle weet sy lieg.

"Goed." Die dokter beduie met 'n staalpen in haar hand na Heinrich se ontblote brein wat grysvaal onder die neonlig glinster. "Ek het die ingangswond gekry."

Aella frons. "Waar?"

"Binne-in die oor." Sy beduie met die pen na Heinrich se linkeroor.

"Merde de putain." Leblanc leun oor Aella om beter te sien.

"Hierdie man was op die grond toe hy in die oor geskiet is."

Dit strook met wat Irmela gesê het.

Dokter Singh beduie na die dooie man se oopgesnyde borskas. "Hy't 'n longskoot weg, nes sy pa. Twee, om die waarheid te sê. Beide beserings is vernietigend. Hy sou nie staande kon bly nie. Daarby het sy linkerlong platgeval. Die regterlong het stadig vol bloed geword."

"Hy't verdrink," sê Leblanc.

Die dokter knik met stywe lippe. "So iets."

Aella kyk na die vaal muur agter die dokter se kop. Die verskrikking verg afstand. Sy trek weer haar asem diep in en vir 'n vlietende moment voel dit of sy in gramskap verdrink. Sy klem haar kake opmekaar. Stadig neem die kwaad af tot dit 'n pruttelende ongemak is.

"Hy sou uiteindelik aan sy wonde beswyk het," sê die dokter stram. "Toe hy in die kop geskiet is, het hy egter beslis nog geleef."

"Koeëlpunt?" vra Aella.

"Ek sal die brein moet verwyder om beter te sien." Die koorsang in die agtergrond speel in kontrapunt met die dokter se kliniese liriek.

Aella beduie met haar hand. "Sê my wanneer jy klaar is." Sy draai om en gaan staan weer by die venster. Agter haar hoor sy hoe die dokter se eksotiese stem vir Geoffrey instruksies gee.

"Gee jy om?" vra Leblanc. Hy kom staan langs Aella en leun met sy elmboë op die vensterbank.

Sy skud haar kop.

Die Fransman trek sy asem in asof hy iets wil sê, maar blaas dit weer uit.

Voor hulle vlieg die swerm duiwe terug in die berg se rigting. Weet hulle ooit dat een van hulle nie meer daar is nie? Nat vleis klap op metaal en Aella ril. Is dit hoe die mense geword het? Soos 'n swerm duiwe of 'n trop springbokke op die savanne wat onrustig snuif as hulle gevaar op die wind ruik, kortstondig uitmekaarspat wanneer een uit die trop geplunder word, om maar uiteindelik hulle neuse in die soet gras te laat sak en voort te wei tot die volgende keer.

"Ek het nie besef dit is só nie," sê Leblanc.

Aella kyk op. Bly stil, Fransman, wil sy sê. Ek het nie genoeg woorde om met jou te deel nie. Sy swyg.

"Ek bedoel ..." Leblanc sukkel om die regte woord te vind. "Ek het al baie moordsake ondersoek in my lewe. Baie." Die Fransman byt sy lip vas. Dit is asof wat hy wil sê, vir hom moeilik is. "Jy weet hoe dit is. Mense skep hulle eie risiko's."

Die duiwe verdwyn in die berg se skadu.

"Nagklubs," sê Leblanc. "Dwelms."

Daar is nie nagklubs in Opathe nie. Ook nie dwelms nie. Die mense is te arm om dit te kan bekostig. Aella druk haar duim in haar mond en proe die bitter nasmaak van tabak agter in haar keel.

"Maar só?" Hy skud sy kop. "Hierdie mense het gesit en eet, in hulle huis. My brein weet nie hoe om dit te verwerk nie."

Aella staar stil na die spel van lig en skadu buite die lykshuis se stowwerige venster. Myne ook nie, dink sy.

"Mon Dieu."

Aella kyk na Leblanc se gesig met sy blas vel en sy blou oë. Die oë en die vel vorm 'n vreemde geheel. "Wat beteken dit?" vra sy.

"Wat?"

"Mon Dieu."

Die Fransman frons. "My God. Dit beteken 'my God'."

"Swets jy of bid jy?"

Leblanc se frons verdiep. "Ek weet nie." 'n Wrang glimlag trek aan sy mondhoeke. "Ek het lank gelede gebid, dink ek. Toe ek 'n kind was. Tot 'n verskeidenheid gode."

"Wat bedoel jy?"

"Allah en die liewe Here. My ma was van Marokko en my pa van Avignon." Hy haal sy skouers op. "Dit het nie gewerk nie. Nie een luister na my nie."

Aella knik stadig. "Na my ook nie."

Die son glip uiteindelik heeltemal agter die berg weg en hul die parkeerarea in ligpers skadu.

Whistler sit agter op sy bakkie se klap met sy selfoon teen sy oor. Sy sigaretkooltjie gloei rooi in die skemerdonker. Aella vryf met haar tong oor haar tande. Haar mond proe vuil en warm.

"Kaptein."

Aella draai om. Die dokter staan met 'n lang pinset in die lug. 'n Klein item glinster in die instrument se kake.

"Ek het iets."

Uiteindelik.

Dokter Singh laat val die metaalvoorwerpie in 'n niervormige bakkie.

"Quod per sortem, sternit fortem, mecum omnes plangite" – die noodlot verslaan 'n sterk man, almal ween saam met my.

Die laaste note van *Carmina Burana* sterf weg in afwagtende stilte.

Dokter Singh gee die bakkie vir Aella aan. 'n Klein metaalkoeëlpunt lê in 'n mengsel van breinweefselreste en bloederige water. Dit is ietwat verwronge; duidelik nie soos toe dit uit die fabriek gekom het nie, maar grootliks ongeskonde. Net die skerp punt van die missiel is ietwat afgeplat soos die sagte breinweefsel en dun beentjies van Heinrich se oorkanaal die geringste weerstand teen die indringing gebied het.

"7.62 mm," sê Leblanc.

Aella takseer die koeëlpunt skewekop. "Dink jy so?"

Die Fransman wys met sy vinger na die metaalmissiel wat bedrieglik onskuldig in die staalbakkie lê. "Dis groter as 'n .22 en kleiner as 'n 9 mm."

"Daar is nie 'n uitgangswond nie," sê Aella. "Dis vreemd."

Dokter Singh draai na die stukke been wat al is wat van Heinrich Volker se skedeldak oorgebly het. "Die hidrostatiese skok het sy skedel verbrysel."

"Die rondte kon verkeerd gelaai gewees het," voeg Leblanc by. "Dis moeilik om te sê."

Dood bly dood, ongeag die wetenskap van die doodsmeganisme.

"Het jy iets om dit in te sit?" vra die dokter.

Aella knip haar oë. Daar is veronderstel om allerhande forensiese bewysstukinsamelingstelle by die lykshuis te wees, maar net soos Opathe se hospitaal 'n gebrek aan basiese medikasie het, word hier ook nie behoorlik voorsiening gemaak daarvoor nie.

"Ek het nie gedink nie," antwoord sy verleë. Gewoonlik dra sy 'n paar plastieksakkies saam met haar vir sulke gebeurtenisse. Alles is deurmekaar vandat Roel weg is.

"Ek het iets," sê Leblanc. Hy vroetel met sy lang vingers in sy hempsak en haal 'n bruin notebeurs uit. Hy haal 'n deursigtige banksakkie tussen 'n paar pienk vyftigrandnote uit en gee dit vir Aella aan.

"Dankie." Aella stryk die sakkie tussen haar vingers glad. *Bureau de Change*, staan daar in rooi letters op die plastiek. Sy trek die sakkie se seël oop en hou dit na die dokter uit.

Dié laat glip die koeëlpunt versigtig in die banksakkie.

"Het iemand 'n pen?" vra Aella.

Leblanc haal 'n balpuntpen uit sy hemp se bosak en gee dit woordeloos vir haar aan. Goeie speurders oor die wêreld heen is eintlik bleeksiele.

Aella druk die seël sorgvuldig toe en skryf die datum en tyd op die sakkie. "Neem 'n foto," sê sy vir Geoffrey. "Vir die hof."

Die lykshuisassistent neem stilswyend 'n foto van die banksakkie in haar hand, en toe nog een.

"Ek's klaar," sê hy.

Aella druk die banksakkie in haar sak. Sy draai na die dokter. "Wat van die longskote?"

"Deur en deur," antwoord sy. "Ons gaan geen punte hier kry nie."

Die koeëlpunte is beslis binne-in die pokmerke in die muur of dis dié wat sy in die houtkosyn van Carlsbad se voordeur sien glim het. Cedric Afrika het dit reeds verwyder. Sy moet nog teruggaan plaas toe. Een kyk na haar horlosie sê vir haar dat dit nie vanaand sal gebeur nie. Dit is al ná sewe. Môreoggend moet sy Msimango hof toe vat. Nog verlore tyd. Die moordenaars kan teen hierdie tyd landuit wees.

Aella kyk na Heinrich se ontblote liggaam in die koue lig. "In 'n neutedop?" vra sy stadig.

Die musiek is dood. Die stilte in die lykshuis is oorverdowend.

Die dokter swyg momenteel, asof sy haar gedagtes tot orde moet roep. "Die pa se dood is voor die hand liggend," antwoord sy uiteindelik. "Dit was 'n hartskoot."

Aella onthou die valk en die fyn grys vere wat tydsaam aarde toe spiraal. "Die seun?" vra sy toe die laaste veer die grond raak.

Dokter Singh draai na die silwer bak waarin Heinrich Volker se brein in die neonlig glinster. "Al sy wonde was dodelik. Selfs al het iemand hom nie in die kop geskiet nie, sou hy weens die longbeserings nie oorleef het nie."

Vir 'n lang oomblik staar Aella en die dokter stil na mekaar.

Uiteindelik trek dokter Singh haar asem rukkerig in. "Daar is te veel haat."

Buite verdiep die skemer tot donker. Dakplate kraak ná die intense hitte van die dag. Donker oë vind donker oë: suster tot suster, kryger tot kryger. Daar is nie woorde nie.

"Wanneer kan ek die SAP 376'e verwag?" verbreek Aella uiteindelik die stilte.

"Môreoggend vroeg op die laatste." Die dokter druk haar hande teenmekaar. "Ek gaan dit vanaand opstel wanneer ons hier klaar is. Ek verstaan dat dit dringend is."

"Ek sal iemand stuur," sê Aella. Wie, weet sy nie. Sy sal seker uiteindelik self die dokumentasie kom haal. "En ek vat die klere." Sy skuif haar pistoolholster weg van haar heupbeen waarteen die kolf pynlik skuur en sy strek om die drukking te verlig.

Die dokter draai na haar assistent. "Geoffrey?"

Die lykshuisassistent draai na die toonbank en tel die bruinpapiersakke op. "Ek het dit duidelik gemerk."

Aella vat die sakke by hom aan. *Skoene, kouse, Henno Volker*, staan daar in swart merkpen in Engels op die een. *Hemp, Heinrich Volker*. 'n Bloedstreep sit aan die buitekant van die sak.

"Moet ek jou help?" vra Leblanc. Sonder om te wag vir 'n antwoord, neem hy een van die sakke by Geoffrey.

"Dankie." Aella se oë gly oor die onherbergsame vertrek. Skadu's vul die verste hoeke. Onsigbare oë kyk vir haar terug. Sy byt op haar tande. "Dan groet ek eers." Sy knik in die koelkamer se rigting. "Laat my weet wanneer jy klaar is met daardie een."

Dokter Singh lig haar wenkbroue. "Dis mos OPOD se babatjie." Sy het al voorheen selfmoord in die selle hanteer.

"Ek weet." OPOD kan doen met Chonco wat hulle wil. Sy gee nie om nie. Die resultaat van sy handewerk lê daar oopgevlek onder neonlig op koue staal. "Ek het 'n duplikaat van sy 376 nodig vir my dossier, as bewys dat een van my verdagtes homself ingedoen het. Die hof is pynlik daaroor."

Die dokter knik. "Dan groet ons eers."

"Bonsoir," sê Leblanc.

Geoffrey lig sy hand.

Sonder 'n verdere woord stap Aella na buite. Die sakke met Henno en Heinrich Volker se bebloede klere is 'n onmeetbare gewig in haar en Leblanc se hande. Agter haar hoor sy hom haar stilweg volg. Sy is dankbaar vir die Fransman se teenwoordigheid. Dit is grillerig by die lykshuis ná sononder.

Die parkeerarea is in duister gehul. Die groot spreiligte wat in 'n ander bedeling opgerig is om lig rondom die lykshuis te verskaf het baie jare gelede laas gewerk. Die plataanbome langs die tronk roer in die aandbries wat ruik na jasmyn. Sinistere skadu's speel voor Aella se voete. Voor haar sien sy Whistler se sigaretkooltjie in die donker kajuit gloei.

Hy gaan hom nog doodrook.

"Wag," hoor Aella Geoffrey se stem agter haar.

Sy en Leblanc draai gelyktydig om. Die lykshuisassistent se lang lyf manifesteer spookagtig in die donker.

"Julle het iets vergeet." Hy hou nog 'n sak na Aella uit.

"Wat?" vra sy fronsend.

"Die gordel."

Bobaasjagter 2016.

Hy gee die sak met groot respek vir Aella aan. "Dis baie nat," sê hy. "Ek het die ergste bloed probeer uitspoel." Voordat sy hom kan bedank, draai hy om en stryk deur die donker aan, terug na die lykshuis.

"Alle mense is nie etters nie," sê Aella sag. Vir 'n oomblik val daar lig oor die teer toe Geoffrey die lykshuisdeur oopmaak en toe is dit weer donker.

"Ekskuus?" vra Leblanc.

"Dis niks." Wat is 'n etter in Engels? Sy stap na die bakkie toe en maak die passasiersdeur oop. Dik bollings rook peul by die kajuit uit.

"Heiden," sê Aella.

"Wat het jy daar?" vra Whistler. Hy laat sak die bakkie se vensters.

Dit help, maar 'n asreuk hang steeds swaar in die lug. "Klere."

Leblanc maak ook sy deur oop. "Dis nog nat."

Whistler beduie met sy kop na die agterkant van die bakkie. "Sit dit agterop. Dalk help dit om dit winddroog te maak. Die goed vrot as dit nie behoorlik geberg word nie."

Aella draai om. Whistler is reg.

"Gee vir my," sê Leblanc. Hy sit die drie sakke versigtig agter die kajuit op die bak.

Whistler skakel die bakkie aan terwyl Aella haar moeisaam tot in die kajuit ophys. Haar lyf dra swaar aan die dag se gebeure. Sy hoor hoe die Fransman sy sit kry en die deur langs hom toemaak. Ook hy sug diep.

"Julle klink sat," sê Whistler. Hy bestuur versigtig verby die wassery en die kombuis. Skadu's flits voor hulle verby en oë gloei langs 'n skopbak. Ná donker kom die straatkatte uit, want die hospitaalperseel is hulle s'n vir die nag.

Aella antwoord nie. Whistler het dit goed opgesom.

Die sekuriteitswag lig sy hand toe hulle deur die sperboom ry en Whistler salueer weer terug. Wit tande glinster in die nag. Toe Whistler oor die treinbrug ry, kan Aella die kookvuurtjies sien waarmee die treinspoorbewoners hulle karige aandetes gaarmaak. Soms brand die skuilings af, maar môre verrys daar nuwes uit die as van die oues. Die treinspoorbewoners se oorlewingsvermoë is veerkragtig.

By die vierrigtingstop voor die hardewarewinkel hou hulle stil. 'n Nagloper met al sy eiendom in 'n gesteelde supermarktrollie kom van die teenoorgestelde kant af aangestap. Hy loop in die middel van die straat. Sy vertoiingde klere fladder in die aandwind. Toe Whistler die kruising binnegaan, moet hy uitswaai om hom mis te ry.

"Arme bliksem," sê Whistler.

"Dit is verskriklik." Leblanc verander van posisie. Sy knie druk kortstondig in Aella se rug.

"Wat?" vra Whistler. Hy draai regs in die lang straat wat voor die dokter se spreekkamer verby loop.

"Hierdie plek."

Versigtig, Fransman, dink Aella. Hierdie plek is my plek.

"Die rykdom en die armoede," sê hy. "Dit is soos daardie driedimensionele prentjies wat 'n mens sien wanneer dit nie duidelik is of jy drie of vier pilare sien nie, of 'n ry skepe wat uiteindelik in seevoëls verander."

Dis 'n spieël binne 'n spieël, dink Aella. Sy laat haar ruit sak. Tien duisend refleksies van jouself tot in die oneindigheid, met al die drifte en hartstog en verlange wat van beeld tot beeld verskillend en tog onveranderd bly. Die wind waai haar hare in 'n krans om haar gesig en vir 'n oomblik koester sy die sensasie. Lukraak toebedeelde genade is die enigste rede waarom sy nie langs die treinspoor bly nie.

Die Fransman sal dit nooit verstaan nie.

Twintig

Die wind slaag nie daarin om Henno en Heinrich Volker se doodsreuk uit Aella se klere en hare te waai nie.

"Vat my huis toe," sê sy toe hulle by die Happy Apache verbyry.

"Dis nog vroeg," antwoord Whistler. "Ek's lus vir 'n dop." Hy skakel die bakkie se flikkerlig aan om by die restaurant se parkeerarea in te trek.

"Ek wil gaan stort."

Blitse speel luiweg op die donker horison. Dit gaan weer nie reën vanaand nie. Dit gaan net raas.

"Ek ruik jou nie."

"Jy lieg," sê Aella. "Jy't nou-nou gesê ek moet my klere verbrand. Ék ruik my."

Whistler skakel die flikkerlig af en ry by die restaurant verby. Die plek is steeds nie besig nie en kelners draal voor die oop deur rond.

"Julle kan terugkom wanneer julle my afgelaai het," sê sy. "Daar is in elk geval nie veel meer wat julle vanaand kan doen nie."

"En jy?" vra Leblanc agter haar. "Wat gaan jy nou doen, halfagt in die aand?"

Aella draai om, maar 'n skielike, skerp pyn in haar nek en rug dwing haar om terug te draai. "Ek gaan eers stort." Sy vryf oor 'n dik skouerspier wat pynlik saambondel. Stadig gee die knoop skiet. "En wanneer ek klaar is, gaan ek terug kantoor toe om die dossier op te skryf. Ek moet vir Msimango môreoggend hof toe vat. Draai links hier," sê sy vir Whistler by die ouetehuis met die tandarts se groot erf aan die oorkant. Dis 'n kortpad na haar huis. Die woonbuurt is stil en donker. Die flou skynsels van die straatligte verdwyn in die hoë kruine van die jakarandas wat die strate soos 'n tonnel omsluit.

"Jy kan altyd by ons aansluit wanneer jy klaar gewerk het," sê Whistler toe hy by Aella se huis stilhou.

Aella skud haar kop. "Ek gaan laat nog besig wees."

"Suit yourself. Ék gaan nou 'n dop drink." Whistler kyk oor sy skouer na Leblanc. "Jy ook, Fransman, want jy het nie ander vervoer nie. Tensy jy hier wil bly en wil help met die docket."

"Non," antwoord Leblanc beslis. "My been is seer. Ek het iets vir die pyn nodig."

Aella sit haar hand op die deurknip. "Dankie. Vir alles."

Whistler trommel op die stuurwiel. "Ons sien jou môreoggend by die hof. Bel as jy ons nodig kry."

Sy knik, maak die deur oop en klim versigtig uit die bakkie tot op die kort gras van die sypaadjie. Die temamusiek van 'n bekende seepopera luier deur die lug. Vir die oumense in haar straat is dit die hoogtepunt van hulle dag.

"Toe, Fransman," sê Whistler hard. "Ek sal die eerste rondte koop, maar daarna drink ons op Interpol."

"Baai," sê Aella.

"Maak toe die deur," sê Whistler.

"Au revoir."

Aella maak die deur agter haar toe en stap stadig na die tuinhekkie toe. Whistler maak 'n U-draai op die grasperk van die Jehova-getuies oorkant die straat se huis. Hy toet twee keer in die verbygaan. Aella lig haar hand en kyk hoe die rooi agterligte in die donker straat verdwyn.

Sy loop stram na haar agterdeur toe. Dit was 'n lang dag. Toe sy by die motorhuis kom, gaan die sekuriteitslig outomaties aan. 'n Skaduwee glip voor haar verby.

"Hallo, kat," sê sy vir die bure se gemmerkat wat teen haar kuite skuur. "Jy sal my laat val."

Die kat miaau sag.

"Is jy honger?" Aella voel met dom vingers in haar sak vir

die huissleutel. Toe Roel by haar kom bly het, het hy die kat met fyn stukkies haring wat hy by die Spar gekoop het, bederf.

"Jy gaan 'n laspos van hom maak," het Aella gewaarsku.

"Ons verstaan mekaar," het hy gesê.

Selfs toe Roel nie meer kon loop nie, het die kat elke aand dieselfde tyd kom besoek aflê, asof hy 'n wedersydse verpligting tot sorg gekoester het. Die kat het op Roel se bors gaan lê en hom met sagte kattebewegings masseer terwyl hulle diep in mekaar se oë staar. Of dit vir Roel se liggaam goed was, weet sy nie, maar die kat was goed vir sy siel. Daarom het Aella nog nooit opgehou om vir hom kos te gee nie.

Sy druk die wit knoppie op die alarm se afstandbeheerder terwyl sy die branderigheid in haar oë met mening wegvee. Die hoë piepgeluid sê vir haar dat die stelsel gedeaktiveer is. Haar hand huiwer op die sleutel in die agterdeur. Sal sy ooit gewoond raak daaraan om by 'n huis te kom waar Roel nie is nie?

Die kat miaau weer.

"Oukei," sê sy. "Orraait."

Sy draai die sleutel en druk die handvatsel af. Die kat skiet by haar voete verby die donker kombuis binne.

"Jy's 'n opportunis." Aella se vinger soek oor die gladde muurteëls na die ligskakelaar. Wit neon oorspoel die kombuis en sy stoot die kombuisdeur agter haar toe.

"Sluit," hoor sy Roel se stem.

Sy draai die sleutel in die slot, vroetel in haar baadjiesak en sit die oorblywende groen pille en haar sleutels langs die ketel neer. Vir 'n oomblik staar sy na die tablette. Sal sy een drink? Alhoewel haar kop nie meer seer is nie, is haar hart seer genoeg om die salige verligting van die groen tablette te regverdig.

Die kat sit op die kombuiskas en staar na haar met sy groot, wilde oë.

"Nee," sê Aella sag, maar verbete. Sy moet nog teruggaan kantoor toe, en daarvoor moet sy helder kan dink. Sy stap na die kas toe en haal 'n blikkie katkos tussen die ander blikkies op die rak uit. Daar is meer katkos as menskos in die kas. Sy draai na die laai met sy baie eksotiese kombuisapparaatjies.

Daar is allerhande voorwerpe in wat sy nooit weer gaan gebruik nie, wat sy nie eens weet hoe om te gebruik nie. Roel was die een wat gehou het van mooi kosmaak. Sy grawe tussen spiraalskillers en appelsnyers tot sy 'n ouderwetse blikoopmaker kry. Dit lyk uit sy plek tussen al die moderne kosmaakimplemente.

Die kat spring van die kas af en gaan sit op die stoof.

"Jy kan bly wees ek maak nie kos nie," sê Aella terwyl sy die katkos oopsny. "Jou stert sou gebrand het." Die reuk van verwerkte vis herroep skimme van die oopgesnyde liggame van Henno en Heinrich Volker op Shana Singh se lykskouingstafels.

"Liewe Vader." Sy trek haar asem diep in.

Die geel kat hou haar roerloos dop.

Sy snuif en haal 'n piering uit die kas. Toe krap sy die klein blikkie se hele inhoud met 'n vurk daarin uit en skuif dit in die dier se rigting. "Kry vir jou."

Die kat spring grasieus oor die gaping tussen die stoof en die werksoppervlak en stap tydsaam na die piering, asof hy Aella 'n guns doen. Hy knip sy groot oë stadig vir haar en laat sak uiteindelik sy neus in die stinkende visbry.

"Dis 'n plesier," sê Aella.

Die kat ignoreer haar.

Sy draai om na die donker gang toe. Die getik van haar erfstukhorlosie speel in kontrapunt met die stilte. Deur die sitkamerdeur sien sy die kontoere van die twee klaviere. Sy stap die vertrek met lang treë binne terwyl sy al die ligte aanskakel. Miskien sal lig die koue duisternis in haar binneste beswer, want die stilte is onuitstaanbaar.

Sy gaan sit agter Roel se blinkswart vleuelklavier en lig die deksel op. Haar vingers gly oor die klawers. Sonder dat sy daaroor dink, skeur die harde openingsakkoorde van 'n Rachmaninoff-prelude deur die stil vertrek. Haar liggaam skenk geboorte aan haar uitvoering. Die akkoorde is groot en pynlik om te speel en haar lyf is te klein vir die musiek. Sy speel die lydensgesigte van Henno en Heinrich Volker uit haar kop na die obskure kosmos waarheen klank gaan om te sterf. Toe sy klaar is, tap die sweet haar af.

Sy vee 'n lastige krul van haar voorkop af. Die lykshuisreuk kleef taai aan haar vel.

"Sies."

Sy staan op, stap na die televisie in die hoek en skakel dit met 'n veglustige beweging aan. Rachmaninoff druis steeds deur haar are.

Dit is nuustyd.

"Misdaadstatistieksyfers wat hierdie week beskikbaar gemaak is, dui daarop dat gewapende huisrooftogte met sestien persent toegeneem het in vergelyking met dieselfde tyd verlede jaar," sê 'n aantreklike nuusleser met 'n ingewikkelde haarstyl. "Gedurende dieselfde tydperk het plaasaanvalle met twee en twintig persent en plaasmoorde met sewe en twintig persent gestyg. Volgens die amptelike opposisie dui hierdie statistiek daarop dat die polisie die stryd teen misdaad verloor." Die nuusleser draai haar gesig na 'n ander kamera en dit voel vir Aella of die vrou haar in die oë kyk. "'n Woordvoerder van die opposisie, meneer Ignus Marais, sê dat Suid-Afrikaners lankal nie meer veilig voel in hulle huise nie en dat die polisie se onvermoë om hierdie misdade hok te slaan, direk aan die regerende party se beleid van kaderontplooiing toegeskryf kan word."

Die beeld van 'n ernstige man met 'n selfbewuste uitdrukking op sy bebaarde gesig vul die skerm. 'n Sonbril rus op sy voorkop en hy lyk jonk en vooruitstrewend. Die onderskrif sê dat hy die opposisie se skaduminister van wet en orde is.

Aella knip haar oë en trek haar baadjie uit. Die man se stem is baie hoog vir iemand wat so 'n gewigtige posisie beklee.

"Te veel mense is aangestel in range waarvoor hulle algeheel onbevoeg is," sê die politikus belangrik.

Aella knik. Dis waar.

Sy draai na die drankkabinet langs die televisie.

"Daarby vier korrupsie in die polisie hoogty." Die jongman is driftig.

Aella trek 'n gesig en maak die drankkabinet oop. Whisky gloei amber in die sitkamer se sagte lig. Die drankkabinet is onaangeraak vandat Roel weg is. Sy haal die bottel uit, draai die prop af en gooi een sopie in 'n glas wat sy uit die rak langs die kabinet haal. Toe stap sy terug kombuis toe. Die onderhoudvoerder vra 'n vraag wat sy nie kan hoor nie, maar die politikus se stem volg haar in die gang af.

"Die Demokratiese Alliansie tesame met die EFF en partye soos die Vryheidsfront Plus gaan hierdie week 'n hofaansoek loods om die nuwe president te verplig om die nasionale kommissaris te vervang met 'n bevoegde persoon ten einde 'n kultuur van aanspreeklikheid in die polisie te vestig. Ons is van mening dat dit reeds sal help om die organisatoriese struktuur van die diens te herstel." In die harwar van die afgelope twee dae het dit haar heeltemal ontgaan dat daar 'n nuwe president ingesweer is nadat die oue bedank het.

Aella lig haar wenkbroue en maak die vrieskas se deur oop. Sterkte, dink sy. Sy hoop dat die nuwe staatshoof minder korrup is as die oue. Politici is vervangbare entiteite. Sy trek die vrieslaai uit. Daar is nog ys, maar net-net. Sy haal die amper leë ysbakkie uit en tiep die laaste drie ysblokkies in haar glas. Die kat sit langs die piering op die kas en lek sy pote af.

"Wat kyk jy?" vra sy.

Hy ignoreer haar en spring moeiteloos grond toe. Toe stap hy doelgerig na Aella toe en skuur met sy gemmerkop teen haar bene. Sy buk en streel oor die dier se sagte rug. Dit is goed dat die kat vanaand hier is. Sy staan stadig regop.

"Ons hoop dat die hof in ons guns sal beslis," klink die politikus se stem in die sitkamer. "Ons argumente is stewig en ons het die volste vertroue in die onafhanklikheid van die regbank."

Ja, nè? dink Aella. Sy bring die glas na haar lippe toe en trek die skoon geur van die whisky diep in. Sy teug versigtig daaraan. Die alkohol brand 'n spoor na haar maag toe en sy maak haar oë toe. Vir 'n oomblik staan sy bloot so. Daar is niks meer en niks minder as dít nie: die smaak van soet whisky op haar tong en die warm lyf van die kat wat teen haar bene skuur. Die Volkers wil-wil haar gedagtegang beset, maar sy dwing hulle meedoënloos die wit stilte binne tot daar uiteindelik net 'n bleek leegte agter haar oë is. Sy voel haar asemteue: in en uit, in en uit. Haar hart klop sy eie bevange ritme in haar borskas. Uiteindelik maak sy haar oë oop.

"Nou ja, toe," sê sy vir die kat.

Sy draai om en stap glas in die hand die donker gang af. So ver as wat sy gaan, skakel sy die res van die huis se ligte aan. Die kat stap swygsaam saam, stert in die lug. Die spaarkamer se bed is nog so onopgemaak soos sy dit gelos het vanoggend toe Whistler gebel het. Roel sou 'n mondvol te sê gehad het daaroor. Sy verbeel haar sy kan sy stem hoor.

Dalk is hy nog hier rond. Wie weet?

Sy skakel die hoofslaapkamer se lig aan en staar vir 'n oomblik na die hospitaalbed wat die ruim spasie oordonder. Die Boeddhiste glo dat 'n siel vir twee en veertig dae op die aarde bly nadat die liggaam reeds dood is. Dit het sy iewers gelees in daardie eerste leë dae. Hulle glo, het sy gelees, dat mense met hulle dooies moet praat, want iewers op die astrale vlak hoor die onsterflike geeste die verlange en stuur hulle hul vertroostende vibrasies om die treurende agterblywendes tot steun te wees.

Dis nonsens. Sy verlang. Dis al.

Aella sit haar glas op die bedkassie neer en knip haar pistool se holster los. Sy sit dit langs die glas neer, draai na die venster en trek die sagte blou gordyne ferm toe. Toe vat sy nog 'n sluk van die whisky voordat sy haar bloes oor haar kop trek. Die kledingstuk ruik rens. Sy gooi dit in 'n slordige bondel op die grond. In die daglig en wanneer sy wakker is, het sy nog nooit vibrasies uit die geesteswêreld gevoel nie. Dalk is haar ingesteldheid verkeerd.

Haar oog vang haar refleksie in die spieël. Haar gesig is bleek en daar is groewe langs haar mond. Haar hare hang in wilde krulle om haar hol wange en daar is skaduwees in haar oë wat nooit weer gaan verdwyn nie.

"Herre, Roel," sê sy hardop. "Ek het lelik geword vandat jy weg is."

Sy voel geen ondersteuning komende van die ander kant van die kloof tussen lewe en dood nie, geen kommentaar tot die teendeel of die bevestiging van haar waarneming nie. Dit versterk haar vermoede: Die Boeddhiste praat stront. Sy skop haar skoene uit. Dit val met 'n bevredigende plof in die hoek van die vertrek. Toe sy die dun gordel om haar middellyf losmaak, glip haar langbroek sonder weerstand oor haar benerige heupe. Dit is nie eens nodig om die broeksknoop los te maak nie. Haar liggaamsbene staan skerp afgeëts onder die kamerlig en sy verbeel haar dat sy die lyne en kontoere van haar skedel onder haar vel kan sien.

Dit is asof die jare se omgang met die dooies al die lewe

uit haar lyf gesuig het, soos 'n spinnekop met sy prooi maak. 'n Dop is al wat oor is.

Die kat spring op die spieëlkas se stoeltjie en staar deurdringend na haar.

"Wat?" vra Aella. Sy draai om want sy kan haarself nie langer in die oë staar nie.

Die kat kwispel sy stert.

"Oukei," sê Aella. "Oukei." Die kat se argelose beskouing van haar naakte lyf maak haar verleë. Sy stap met haar kaal voete na die badkamer, klim in die stort en draai die warm kraan oop. Hoe warmer, hoe beter. Daar is geen ander manier om die doodstank van haar vel af te kry nie. Sy steek haar hand na die seepbakkie met sy antiseptiese seep uit, maar laat sak dit weer. Die seep ruik soos hospitaal. Sy klim weer uit die stort sonder om die kraan toe te draai en gee twee tree oor die badkamerteëls na die kassie waar Roel sy spesiale seep gebêre het. Stoom damp teen die badkamerspieël en haar beeld verdof in sagte fokus.

Ek lyk beter in 'n toegewasemde spieël, dink sy wrang terwyl sy die kassie oopmaak. Vyf koekies seep staan in 'n netjiese stapeltjie op die rak. Sy neem die boonste koekie, skeur die omhulsel af en asem die geur diep in. Lekkerruikseep was belangrik vir Roel, en goeie wyn en duur sigare. Hy was 'n sinlike man, so anders as die mans waarmee sy haar altyd omring het.

"Hy's 'n closet moffie," het Whistler altyd gespot. "Hy kyk nie rugby nie, speel klavier en ruik soos 'n fairy. Jy moet jou kop laat lees, O'Malley. Jy date 'n Europese pisgat."

Tog het die twee goed oor die weg gekom, al het Roel nie daarvan gehou dat Whistler met 'n pistool op die heup by hulle kom kuier nie en al het Whistler klassieke musiek verafsku. Die dag toe Roel dood is, was Whistler die eerste mens wat Aella laat weet het. Hy het by haar gesit totdat die begrafnisondernemer Roel se koue liggaam kom haal het, en toe het hy nog gebly.

Sy draai om en klim terug in die stort met die seep in haar hand. Die stortwater is kokend warm.

"Vader tog."

Sy klim weer uit, draai versigtig die koue kraan ook oop. Toe die stoom verdwyn het, klim sy terug. Deur die nag het hulle gesit en vir Roel onthou. Whistler het vir haar whisky gegee en hulle het gelag en sy het gehuil en dit het gehelp. Hoekom dink sy nou daaraan? Sy draai haar gesig boontoe, maak haar oë toe en laat die warm water oor haar kop en borste spoel. Vir 'n paar sekondes is sy 'n dopeling onder die helende stroom. Sy hoef nie te dink nie, hoef niks te beplan nie. Die strale wat oor haar spuit, maak haar rein. Sy draai om en die warm water streel haar rug en bene.

Haar selfoon se luitoon onderbreek die kortstondige vrede.

Aella staan regop. 'n Waterdruppel spat in haar oog. Voordat sy kan uitklim, hou die foon op lui. Sy ontspan en laat die water spoel en spoel. Uiteindelik druk sy die seep onder die stomende bruising. Die skoon geur van sandelhout vul die storthokkie. Momenteel adem sy dit bloot in. As sy haar oë toemaak en hard konsentreer, onthou sy steeds Roel se talentvolle vingers op haar lyf, sy skraal liggaam en hare in perfekte harmonie.

Só kan sy vir ewig bly staan.

Een en twintig

Toe die water uit die stortkop lou oor haar spoel en haar tepels punte trek onder die koel druppels, druk Aella vir oulaas die seep teen haar gesig. Sy trek die geur tot diep in haar wese in en sit dit uiteindelik eerbiedig in die seepbakkie neer.

Haar selfoon lui vir 'n tweede keer.

"Liewe heiden."

Sy draai die krane toe en klim uit die stort. Die handdoek wat sy van die reling aftrek, is so groot dat sy dit twee keer om haar kan draai. Toe stap sy kaalvoet terug kamer toe en tel haar selfoon van die bedkassie af op.

Private number, sê die instrument se oproepregister.

"Verdommenis."

Sy sit die selfoon weer langs haar pistool neer en draai na die groot dubbelklerekas teen die muur. In die dae wat Roel alleen in hierdie ellendige vertrek gebly het, het sy nooit eens daaraan gedink om haar klere en skoene na die spaarkamer te verskuif nie. Sy het hom mos nie verlaat nie.

Die dood het hom bloot kom vat.

Sy trek haar asem diep in en maak die kasdeure oop. Roel se hemde en broeke hang aan die een kant en haar rokke, bloese en broekpakke aan die ander kant. Sy skoene is in netjiese pare op die kasvloer gerangskik, terwyl hare die hele huis vol lê.

Lank staar sy stil na sy klere. Roel het gehou van mooi

aantrek. Sy kan hom in iedereen van hierdie uitrustings onthou.

Sy moet van die goed ontslae raak.

Sy kan nie.

Aella laat val die handdoek op die grond en draai na die laaikas teen die muur. Haar onderklerelaai trek stram oop. Sy moet onthou om vir Whistler te vra om haar te help om dit reg te maak. Hy is goed met sy hande.

Die selfoon lui vir 'n derde keer.

"Ai tog." Sy haas haar na die bedkassie toe. Sy vertrou nie mense wat haar van privaat nommers af skakel nie.

"O'Malley." Die aandbries streel hoendervleis oor haar vel en sy vryf onwillekeurig oor haar arms.

Stilte. Niemand antwoord nie. In die agtergrond hoor sy musiek.

"Wie de hel is dit?" vra sy bars. Die hoendervleis versprei van haar arms na haar borskas. Onsigbare vingers pluk aan die fyn haartjies agter haar nek. Die musiek word skielik sagter gedraai.

"Ekskuus tog, Kaptein," klink 'n stem deur die eter. "Dis ek, dominee Haufmann."

"Is daar iets fout?" vra Aella kortaf. Sy tel die handdoek op en hou dit voor haar kaal borste. So ongeklee kan sy tog nie met 'n predikant praat nie. "Het daar iets gebeur?"

Weer is daar 'n geluidlose afstand tussen haar en die leraar.

"Daar het, Kaptein," antwoord die dominee uiteindelik. "Ek soek jou al van vanmiddag af."

"Ek het gesien iemand het my van 'n verskuilde nommer af gebel," antwoord Aella. "Ek het die Volkers se post mortems bygewoon."

"Dis my foon," antwoord die dominee apologeties. "Dis nuut. Almal kla oor die private number. Ek sal nog die verstellings regkry."

"Wat gaan aan, Dominee?" vra Aella terwyl sy die handdoek tot onder haar ken trek.

"S.P. van der Walt is gearresteer. Hy sit in die polisieselle. Hy't gevra dat ek jou moet bel."

"Hoekom?" antwoord Aella.

"Hoekom is hy gearresteer?" vra die leraar. "Poging tot

moord, verstaan ek. Dis in elk geval wat die polisieman gesê het wat hom toegesluit het." Hy is 'n oomblik stil. "Adjudant Sibisi, dink ek. Ek het hulle by die aanklagkantoor ontmoet nadat S.P. my van die plaas af gebel en gesê het van die arrestasie. Hy het gesê dat jy kan reël dat hy borg betaal."

"Dis nie my saak nie, Dominee." Aella druk op 'n waterdruppel wat dreig om voor haar voete op die mat te val.

"Jy ondersoek tog die Volker-saak, nie waar nie? S.P. het vir my gesê dat hy gehelp het om 'n verdagte te arresteer," volhard die leraar.

Aella trek haar asem in, maar hy spring haar voor.

"Kaptein O'Malley, hy's een van ons kerk se mense. Ons kan nie toelaat dat hy heelnag in die selle sit nie. Hulle sal vir hom vermoor daarbinne."

"Het hy 'n prokureur?" vra sy. Sy sien in haar geestesoog hoe S.P. van der Walt vir Msimango ongenaakbaar in die ribbes skop. Sy is self 'n getuie in die saak teen die boer.

"H'm-h'm."

"Sê vir hom hy moet een kry. Wat sê die ondersoekbeampte oor borg?" vra sy ná 'n kort stilte.

"Hy sê dat die aanklaer môre daaroor moet besluit."

Aella frons. "Wat wil jy dan hê moet ek doen?"

"Kan jy nie iets reël nie? Miskien kan jy die aanklaer bel."

Aella maak haar oë toe. "Dit is nie my saak nie, Dominee," antwoord sy weer eens. "Ek kán niks reël nie."

Dominee Haufmann sug diep. "Die boere gaan nie gelukkig wees nie. Hulle sê dat die polisie nie omgee of hulle vermoor word of nie en hulle word gearresteer wanneer hulle hulself probeer beskerm. Hulle voel vervolg. Op die oomblik maak hulle beurte om in die aanklagkantoor te sit om seker te maak dat daar niks met S.P. in die selle gebeur nie. Hulle is woedend."

Wat moet sy sê? Die boere is altyd moerig, en met rede. Dit maak egter nie S.P. se eiegeregtige optrede reg nie.

"Kry vir hom 'n prokureur, Dominee," sê sy weer. "Dis die beste raad wat ek jou kan gee."

"Ek dra jou aanbeveling oor, Kaptein," sê die leraar ná 'n stilte. "Hulle gaan nie gelukkig wees nie."

"Ek kan daar niks aan doen nie," antwoord Aella. "Nou moet jy my verskoon. Ek het werk om te doen." Sonder om op sy antwoord te wag druk Aella die selfoon dood en sit dit weer langs haar pistool neer. Sy laat val die handdoek op die grond. Wat wil die boere hê moet sy doen? S.P. van der Walt het vir Msimango voor haar oë aangerand. Indien die rolle omgekeer was en Msimango vir Van der Walt aangerand het, sou hulle steeds wou hê dat sy vir hom borg reël? Sy twyfel. Sy stap terug na haar onderklerelaai, haal 'n kleinbroekie van die stapeltjie af wat sy self daar gepak het en trek dit oor haar heupe.

Haar selfoon lui weer.

"Dêmmit." Aella draai fronsend na die bedkassie toe.

Private number, flits dit nogmaals op die skerm. Wat de hel wil die dominee nog hê? Daar is niks wat sy vir S.P. van der Walt kan doen nie. Verstaan hy dit nie? Sy tel die selfoon op, vee ergerlik met haar duim oor die skerm en druk dit teen haar oor.

"Wat is dit, Dominee?" vra sy kortaf.

Iemand haal diep asem aan die ander kant.

"Hallo," sê Aella. "Is dit jy, Dominee?"

"Khumbula indlela eya Opathe, isifebe." Die stem is verwronge, soos iemand wat in 'n blik praat.

Aella frons. Sy verstaan nie wat hy sê nie. Isifebe ken sy egter wel. "Jy het die verkeerde nommer, Meneer," antwoord sy styf in Engels.

"Onthou die pad na Opathe," herhaal die onbekende man ook in Engels.

"Wie praat?" vra Aella. Sy sluk droog. 'n Wit geruis in haar ore is die enigste antwoord. Die inbeller het die oproep beëindig. Onthou die pad na Opathe. Haar hart klop vinnig in haar bors. Alhoewel dit al tydens vorige ondersoeke met haar gebeur het, bly dit geen grap om met die dood gedreig te word nie.

Sy ril.

Stadig stap sy na haar klerekas toe. Ingedagte trek sy 'n denimbroek aan, en 'n eenvoudige wit T-hemp. Sy druk haar voete in 'n paar blou visplakkies en slaag met moeite daarin om haar hare in 'n poniestert op haar kop vas te maak.

Sy draai na die bedkassie toe, tel haar pistool op en laat gly die magasyn in haar hand uit. Vir 'n oomblik staan sy bewegingloos. Toe tel sy haar sleutels op en loop na die pistoolkluis wat in haar klerekas agter haar werksklere versteek is. Vuurwapens in die huis was die enigste bron van onmin wat daar ooit tussen haar en Roel was. Sy skuif die klere met moeite eenkant toe in die oorvol kas, sluit die kluis se deur oop en haal 'n pakkie patrone uit; patrone met hol punte wat sy bêre vir noodgevalle. Sy gaan sit op haar grimeerstoel en druk die soliede patrone wat die staat aan haar verskaf het een vir een uit die gladde magasyn.

Daar is vyftien.

Sy vervang elkeen met 'n holpuntpatroon; dodeliker as hulle soliede boeties, gemaak om soveel as moontlik skade aan die sagte vleis van 'n menselyf aan te rig. En onwettig vir wetstoepassers. 'n Spiertjie spring in haar wang. Die staat gaan beslis nie aan haar 'n lyfwag verskaf nie. Sy is self haar lyfwag. Die soliede patrone sit sy netjies terug in die patroonkassie waaruit sy die holpunte geneem het en staan stram op. Toe druk sy die pistool in sy holster agter haar rug in haar denimbroek se band, gaan bêre die patrone in die kluis, sluit dit en stoot die kasdeur toe.

Sy moet vir Whistler laat weet.

Aella skakel sy nommer uit haar kop, maar dit lui en lui tot 'n stem sê dat sy 'n boodskap ná die biep moet los. Sy druk die foon dood toe sy uit die kamer stap. Sy praat nie met 'n antwoordmasjien nie. Whistler en Leblanc is seker aan 't kuier. Interpol het mos baie geld.

By die deur draai sy om.

Die vertrek lyk koud en leeg, soos dié van iemand wat op die punt staan om te verhuis. Sy skakel die lig af, en toe lyk dit beter.

Twee en twintig

Die kat staan met sy stert in die lug vir haar by die kombuisdeur en wag.

"Gaan huis toe, kat," sê Aella. "Ek moet gaan werk."

Vir 'n oomblik oorweeg sy dit om eerder by die huis te bly. Dit is domastrant om die veiligheid van hierdie vier mure te verlaat wanneer iemand haar pas met die dood gedreig het. Sy voel na haar pistool in sy holster en knip haar oë. Die vuurwapen lê knus teen haar lyf. Dit is gerusstellend. Sy knaag aan haar onderlip en trek haar asem in. Sy het nie 'n keuse nie. Sy moet kantoor toe gaan. Die Volker-dossier moet vanaand nog opgeskryf word. Môreoggend agtuur moet dit by die aanklaer wees sodat Msimango se borgaansoek teëgestaan kan word.

Die taxibestuurder mag nie borg kry nie. Hy is al skakel wat sy het in die moordenaarsketting. Soos dinge staan, gaan dit 'n opdraande stryd wees om die aanklaer daarvan te oortuig. Die man vertrou haar nie, en sy nie vir hom nie.

"Dêmmit, S.P."

Die boer se hardhandige optrede maak dit moeilik. Die aanklaer het reeds 'n benepe persepsie van haar en haar kollegas se gewaande menseregteskendings wat sy gesonde verstand ver verbysteek. Aella en haar kollegas soek steeds na moordenaars, verkragters en rowers wat op vrye voet is omdat hy hom nie aan hulle aanbevelings gesteur het nie en

nie borg geopponeer het toe hy moes nie. Van die ernstig
ste misdadigers gaan nooit weer gevind word nie; vir altyd
sal geregtigheid nie geskied nie omdat dit maklik is om oor
die grens na Swaziland en Mosambiek te stap en te verdwyn.
Een kyk na Msimango se stukkende lyf gaan genoeg wees
om die aanklaer daarvan te oortuig dat die taxibestuurder
vrygelaat moet word.

Msimango mág nie vrygelaat word nie. Sy is dit aan die
Volkers verskuldig.

Die kat antwoord nie, skuur net sy wollyf teen haar bene.
Die pels is sag teen haar kaal voete en vir 'n oomblik laat sy
haar die dier se koestering welgeval. Dit is lekker om nog 'n
asem in die huis te hê. Uiteindelik stoot sy die kat sagkens uit
die pad.

"Toe, jong. Ek het nie heelaand tyd nie."

Voordat sy die agterdeur oopmaak, skakel sy die kom-
buislig af. Sy gaan nie dieselfde fout maak as Heinrich Volker
nie. Die sekuriteitslig gaan aan toe die kat na die buurhuis
terugdraf asof hy verstaan dat hy nou klaar gekuier het.

"Shit."

Sy draai terug na die donker kombuis. Die distribusiebord
is teen die muur agter die mikrogolfoond. Die lig van die tele-
visie flikker in die gang voor die kombuisdeur en sy voel-voel
oor die skakelaars tot sy die een aan die regterkant afdruk.
Die agterplaas is in duisternis gehul. Dit is goed so.

Sy het geen begeerte om 'n verligte teiken in die nag te
wees nie.

Vir 'n oomblik staan sy stil terwyl haar oë gewoond raak
aan die donker. Stadig kom dinge in duistere fokus, neem
meublement en buitegeboue hulle vorms aan. Sy navigeer
haar roete sonder voorval na die agterdeur en trek dit agter
haar toe.

Die aand is warm. Soel lug roer oor haar gesig en kaal
arms toe sy die deur sluit. Sy haal haar pistool uit haar broek
se band. Haar oë gly oor haar donker agterplaas, maar geen
vreemde vorms verskyn uit die duister nie. Met haar rug teen
die muur en pistool teen die bors stap sy stadig na waar haar
bakkie staan. Haar ore is gespits.

Voetjie vir voetjie beweeg sy na die groot wit voertuig toe.

Die bakkie se ligte gaan aan en af toe sy dit met die af-

...der in haar hand oopsluit. Sy ys. As sy daardie ...deur oopmaak, gaan die dakliggie aanskakel. Sy ...eiken wees soos dié waarmee Whistler haar laat ...et op die skietbaan. Aella staan doodstil teen haar ...e muur. Wat nou? Sy knip haar oë en takseer al die ...er kolle op haar werf waar iemand moontlik kan skuil, ... die bottelborsel langs die motorhuis en die groot stre- ...ziabos by die oprit. Die een muur van die motorhuis is in duister gehul, maar helder straatligte verlig die hele voortuin. Niemand sal daar kan wegkruip nie.

Die warm woede wat sy met soveel moeite probeer temper, gloei in haar wange en onder haar ken. Die oproep is nie bloot 'n dreigement nie. Dit is ook 'n belediging. Dink die gesiglose lafaard wat haar uitskel vir 'n teef dat een oproep haar van stryk gaan bring? Aella haal drie keer stadig asem: in deur haar neus en uit by haar mond. Sy span haar pistool en in die duister is die onmiskenbare glyklank van sluitstuk oor slot oorverdowend.

Takties. Sy moet takties dink. Kop laag, sê Whistler altyd. "Eerder 'n running target as 'n sitting duck."

Aella takseer die afstand tussen haar en die bakkie. As sy vinnig van die muur na die bakkie beweeg en gebruik maak van die skadukolle wat daar is, behoort sy dit veilig te haal. Sonder om verder daaroor te dink stap sy geboë en pistool teen die bors na die groot voertuig toe.

Haar ore is gespits, maar al wat sy hoor, is die bloed wat deur haar are ruis. Verbeel sy haar of voel sy tog 'n ongemaklike prikkeling tussen haar blaaie? Haar boudspiere trek pynlik saam en dit voel of die donker vol oë is wat sy nie kan sien nie. Uiteindelik sit sy haar hand op die bakkie se deurknip.

Op die telling van drie, sê sy sag.

Een.

'n Takkie kraak en Aella tuur skerp in die donker in. 'n Beweging vang haar oog. Sy draai haar lyf en rig haar vuurwapen met beide hande soos wat sy geleer is. Sy verstyf haar greep om die pistoolkolf en skreef haar oë teen die donker, maar sien niks.

"Wie's daar?" vra sy hard.

Haar hart hou momenteel op klop toe die geel kat hom tussen haar enkels tuismaak.

Hy miaau vraend. Sy stoot die dier met haar voet weg.

Twee. Haar vingers sluit om die handvatsel en sy voel die slot oopglip.

Drie.

Aella pluk die deur oop. Helder lig verblind haar. Kop laag, herinner sy haarself. Kop laag. Op haar maag seil sy die bakkie binne, steek haar arm uit en voel-voel na die liggie se skakelaar. Uiteindelik is ook die binnekant van die bakkie in duister gehul.

Sy skuif vinnig agter die stuurwiel in. "Boggerof, kat," sê sy sag vir die kat wat dreig om saam met haar in die voertuig te spring. Sy maak die deur toe, sluit dit, druk die sleutel in die aansitter en draai dit. Die groot voertuig dreun gerusstellend onder haar. Sy druk die bakkie in rat en ry versigtig agteruit. Haar oë glip oor haar voortuin en die bure se tuine langsaan.

Steeds sien sy geen beweging nie.

Sonder om die bakkie se ligte aan te skakel ry sy uit die donker oprit die straat binne. Daar is geen mens in sig nie, niemand wat haar wil vermoor nie en ook nie iemand wat haar wil red nie. Eers toe sy by die verkeerslig by die vulstasie oorkant die gastehuis kom, skakel sy die kopligte aan. Sy voel verleë.

Haar dramatiese vertrek van die huis af is dalk ietwat oordrewe.

Sy ry besadig na haar kantoor toe. Terselfdertyd hou sy haar truspieëltjie dop vir iemand agter haar en vir 'n aanvaller op die sypaadjies. Sy sien egter niemand. Dié tyd van die aand is die dorp selfs stiller. Daar is nie eens 'n hond op straat nie. Die mense het in hulle huise teruggetrek. Sy ry verby die hoërskool se groot swembad. In die verlede het die hoërskool swemgalas hier gehou, met die vrolike atmosfeer van 'n kleindorpse kermis. As sy hard konsentreer, kan sy haar die geur van gebraaide wors en houtvure in die aandlug verbeel. Dit is soos 'n eggo van 'n eggo. Die hoërskool hou nie meer galas nie.

Sy ry verby die braairestaurant. Whistler se bakkie staan reg voor die deur. Hoeveel bier het hy en Leblanc al gedrink? Is dit hoekom hy nie sy foon beantwoord nie? Aella snuif. Hulle moenie daar vashaak nie. As hulle haar môreoggend by die hof wil help, moet hulle skerp wees. Sy wil nie sukkel nie.

By die verkeerslig langs die restaurant se parkeerarea draai sy regs en ry die vyftig meter tot voor die Pakistani se winkel in eerste rat. Daar is baie parkeerspasie. Sy trek reg voor die winkel in. Haar oë gly oor die sypaadjies aan beide kante van die pad. Ligplasse plons uit die winkels se toonvensters op gebarste sement in teenstelling met die straatligte wat nie een werk nie.

Twee groot plaasbakkies oorkant die aanklagkantoor sê vir haar dat die dominee die waarheid gepraat het. Die boere pas Van der Walt op. Hulle kan bly wees dat Jan Buthelezi dagskof werk. Hy sou hulle vir seker uit die aanklagkantoor gejaag het. Sy kyk om haar rond, maar ook die sypaadjies is verlate. Iemand sal haar darem seker nie binne sig van die grootste aanklagkantoor in hulle deel van die provinsie uithaal nie, dink sy toe sy die bakkie se deur agter haar sluit.

Sy stap om die voertuig se neus, trek haar asem diep in en bestyg die staaltrappe. Dis grillerig so in die donker. Sy stap vinnig teen die trappe uit. Toe sy bo kom, klop haar hart wild en haar asem jaag asof sy lank en ver gehardloop het. Sy sluit die glasdeur met bewende vingers oop en klap dit met 'n slag toe.

Die lang gang voor haar is helder verlig; só gelos deur Ronel vir die speurder aan diens se onthalwe toe sy vanmiddag gesluit het. Haar kantoor en die portaal is in skadu gehul. Aella kan net-net die ry rubberspeelgoed sien wat Ronel met wondergom bo-op haar rekenaarskerm staangemaak het.

"Wie's daar?"

Aella kyk op. Kolonel Alexander staan in sy kantoordeur en tuur die gang af. Sy lang lyf is gemaklik teen die kosyn aangeleun. Sy verstyf. As sy nie geweet het dat hy so 'n onbevoegde onderkruiper is nie, sou hy vir haar 'n aantreklike man kon wees.

"Dis jy," sê hy.

Aella strek onwillig. Die man verdien nie haar respek nie, want hy is nie 'n regte kolonel nie.

"Naand, Kolonel," antwoord sy koel. Hy is 'n powere plaasvervanger vir kolonel Smit, sy voorganger.

"Ek het jou gebel," sê die offisier.

"Wanneer?" vra Aella.

"Vroeër vanaand." Sy groen oë gly van haar gesig na haar borste en weer terug.

"Ek was tot laat by die lykskouings."

Stilte.

"OPOD het gebel." Hy kom nader. "Hulle soek 'n verklaring van jou oor daardie man wat hom in die selle gehang het. Die gemeenskap is baie ongelukkig. Hulle sê die polisie het hom vermoor."

Nuus versprei vinnig, dink Aella. Chonco is vanoggend gearresteer en vanmiddag weet die gemeenskap reeds dat hy dood is. As sy maar naastenby so vinnig soos die polisie se Onafhanklike Polisieondersoekdirektoraat kon werk, was die Volkers se moordenaars reeds lankal agter tralies.

"Wat gaan aan met jou ondersoek? Die pers wil weet. Hulle bel my aanmekaar."

Dit klink asof Alexander verkoue het, want sy neus is toe en sy stem is skor. Hy vou sy arms en leun met sy skouer teen die gangmuur. Die manier waarop hy na haar kyk, maak haar ongemaklik.

As jy beter met jou ondersoekbeamptes kommunikeer, sal jy weet, dink Aella.

"Ek het 'n verdagte," antwoord sy uiteindelik.

Die kolonel lig sy wenkbroue. "Jy moes my dadelik laat weet het."

Ek het, maar jy was besig met ander dinge. Aella sukkel om haar gesig uitdrukkingloos te hou.

"Dit is môre sy eerste verskyning." Sy haal haar kantoorsleutel uit haar sak. "Verskoon my." Hy staan in haar pad. Sy moet by hom verbyskuur om by haar kantoor uit te kom. "Kan jy asseblief eenkant toe staan?" vra sy weer. Sy kyk met dooie oë na hom. Haar afkeer van die man is ingewandsdiep.

Hy staan stadig regop. Sy oë is gesluier, maar dit voel vir Aella asof hy deur haar klere kyk. Vir 'n oomblik takseer hulle mekaar sonder woorde.

Toe, daag Aella hom met haar oë. Probeer dit.

"Ek gaan jou nie langer uit die werk hou nie." Hy kyk eerste weg terwyl hy oordadig hoes. "Ek dink ek kry griep. Dit voel of 'n trein my getrap het."

Voëlgriep of varkgriep? Aella sê dit nie. Sy sê ook nie vir

hom van die dreigoproep wat sy ontvang het nie. Sy vertrou hom nie.

"Sterkte. Somergriep is die ergste." Sy draai na haar kantoor toe en steek die sleutel in die sleutelgat.

"Aella."

Sy laat sak haar hand en draai om.

"Ja, Kolonel?" Sy beklemtoon sy rang, want sy het hom nog nooit toestemming gegee om haar op haar naam te noem nie.

"Ek weet jy en kaptein Whistler is vriende."

Aella knip haar oë. Haar vriende het niks met die man uit te waai nie. "Dit is so, Kolonel."

Stilte.

"Wat weet jy van sy ondersoeke af?" Alexander verskuif sy gewig van die een voet na die ander.

"Hoekom?" Noudat hy vir Whistler van die taakspan af het, weet hy seker nie wat om verder te doen nie. Sy dink aan Whistler se woorde oor Alexander se beweerde betrokkenheid by renosterstropery. Dit is wat gebeur as 'n mens nie jou rang op meriete verdien het nie. Dan is jy skelm en hopeloos. Sy draai haar rug op hom.

"Ek was net nuuskierig," antwoord hy agter haar. "Hy moet sy dossiere aan my oorhandig."

Aella knik. Sy draai die sleutel in die sleutelgat, stoot haar kantoordeur oop, skakel die lig aan en sluit die deur agter haar. Toe staan sy bloot en luister. Sy blaas haar asem uit toe sy die glasdeur hoor klap. 'n Spookagtige stilte daal oor die gebou. Aella hoor 'n motorenjin dreun. Sy het nie die kolonel se sportnutsvoertuig gesien toe sy voor die Pakistani se winkel ingetrek het nie. Soms parkeer hy onder die sinkafdakke langs die tuisnywerheid aan die oorkant van die pad. Rang het sy voordele en kolonel Alexander gebruik dit almal.

Sy sluit die grys staalkabinet oop met die klein sleuteltjie aan die bos waaraan haar kantoorsleutels ook vas is. Dit is 'n bos wat enige sipier haar sou beny. Sy haal 'n skoon bruin dossieromslag uit die boonste laai en vou die plat vel karton mooi netjies in drie op die ingekeepte voulyne, vryf dit tussen duim en voorvinger plat en vou dit weer oop. Moet sy nie by voorbaat 'n ringlêer gebruik nie? Die karton lyk vir haar te skraal vir die omvang van die ellende wat dit nog moet omvou.

Sy gaan sit agter haar lessenaar en frommel haar neus. Haar kantoor ruik steeds na urine. Die reuk versterk hoe langer sy sit. Sy staan weer op, sluit haar kantoordeur oop, tel die bruin stoel langs die staalkabinet op en sit dit in die gang neer.

Dis beter.

Hierdie keer los Aella haar kantoordeur oop. Sy gaan sit weer, haal 'n swart viltpen uit haar laai en staar vlugtig na die dossieromslag se voorblad. Die spasie vir die dossiernommer laat sy oop. Dit sal sy môreoggend by die aanklagkantoor kry. Vir 'n oomblik kyk sy stil na die ruimte wat gelaat word vir die naam van die klaer. Wie sal dit wees?

Henno Volker?

Heinrich?

Sy skud haar kop.

Hulle staan aan die ander kant van kla, doodgeskiet, opgesny en toegewerk.

Irmela Volker? Haar kind? Elke enkele mens wat rondgedonder word deur 'n ellendige stelsel waar roofsugtige boosaards onskuldiges soos rotte vertrap? Sonder om verder te dink skryf sy in groot, duidelike swart letters: *Die staat*. In nog groter letters skryf sy in die groot blok in die middel van die bladsy waar die aard van die misdaad gestipuleer moet word net een, strak woord: *Moord*.

Instrument gebruik ter pleging van die misdaad? vra die stomme omslag hoflik.

Sy oorweeg dit om "haat", "afguns" en "opstokery" op die stippellyne te skryf, maar vul uiteindelik bloot *vuurwapen* in op die spasie wat daarvoor bestem is. Dit is 'n prosaïese woord. Dit sê niks van die stameling van outomatiese vuurwapens en die dubbelknalle van pistoolskote nie. Dit vertel nie van die angs en vrees wat geweervuur in die nag saai nie, en dit maak geen melding van die onverteerbare leed wat dit in sy vaarwater los nie.

Papier is geduldig. Sy kon netsowel daar geskryf het "pen", "hamer", "stoflap". Dit is immers bloot 'n woord.

Aella sit haar pen neer en vee tam oor haar oë.

Sy trek 'n laai aan haar linkerkant oop en haal 'n rol ligblou kleeflint en 'n skêr uit. Versigtig vou sy die omslag weer oop, plak die kleeflint al met die kante langs vas en stryk dit met haar vingers plat. Sy het 'n broertjie dood aan 'n slordige dossier. Daar is nog baie inligting wat in hierdie een geliasseer moet word en dit moet lank netjies bly. Sy vou weer die dossieromslag toe.

Lank staar sy na die leë dossier. 'n Vragmotor dreun in die straat verby en die voertuig se diep gerammel laat die ou gebou se ruite in die rame vibreer. Sy haal 'n paar los verklaringvorms uit 'n ander laai, stapel dit in 'n netjiese hopie opmekaar en haal 'n pen uit die blikkie op haar lessenaar. Uiteindelik kan sy begin werk.

Waar om te begin? Dis die vraag. Sy is nie 'n skrywer nie.

Sy tel haar pen op en trek 'n leë verklaringvorm nader. *Ek is 'n volwasse vrou in diens van die Suid-Afrikaanse Polisie met PERSAL-nommer 1463301-6*, begin sy uiteindelik. *Ek verklaar onder eed soos volg.* Sy sien weer die pad na Carlsbad wat sy gisteraand inderhaas met haar bakkie gery het. Die grondpad strek verlate in die donker voor haar uit.

Op 14 Februarie 2018 is ek uitgeroep na 'n skietvoorval op die plaas Carlsbad. Sy sit die pen neer. Haar vaal woorde dreig om die Volkers 'n onreg aan te doen. Sy rol die pen tussen haar vingerpunte en tel dit weer op, trek 'n netjiese lyn deur haar woorde. *Die voorval is aan my gerapporteer as 'n plaasaanval*, skryf sy langsaan.

Dis beter.

Toe ek daar arriveer, tref ek mevrou Irmela Volker en haar dogter aan. Sy het my meegedeel dat ... Aella sien die gedekte tafel voor haar met die pampoen en die boontjies, die hoender wat in sy eie sous staan en stol. Sy vryf oor haar oë. Irmela het vir haar gesê dat haar man dood in die studeerkamer lê. Hoe verwoord 'n mens dit?

Stadig, stap vir stap skryf sy die gebeure van gisteraand neer, die skerpskuttersneste langs die heining, die arrestasie van Msimango. Sy skryf oor die man se beserings en dat sy hom dokter toe moes neem. Sonder te veel detail beskryf sy Chonco se selfmoord, Msimango se ondervraging. Sy noem die twee nadoodse ondersoeke en die gevolgtrekkings. Toe sy uiteindelik klaar is, beslaan haar verklaring vier bladsye in haar pynlik klein handskrif. Môre kan Whistler dit net beëdig voordat hulle hof toe gaan.

Sy staar deur haar oop deur na die vuil wit gangmuur. Vir

die soveelste keer wonder sy: Hoeveel kan een mens 'n ander haat?

Die meeste van die moordsake wat sy al in haar lewe ondersoek het, het amper toevallig gebeur. 'n Groep drinkebroers vererg hulle vir mekaar. Iemand haal 'n mes uit en iemand gaan dood. 'n Man kom by die huis en vind sy vrou in die bed saam met 'n ander man. In 'n vlaag van woede skiet hy al twee dood. Twee jong seuns stry oor 'n sokkerbal. Een tel 'n klip op, gooi sy vriend teen die kop en hý gaan dood. Dit is die algemene aard van moord. Selde, baie selde is daar enige beplanning, behalwe wanneer dit 'n plaasaanval of 'n huurmoord is.

Aella kou ingedagte aan haar pen. Sy kan nie sin maak uit wat hier gebeur het nie. Sy trek sirkels en vierkante op 'n leë verklaringvorm. As roof van die Volker-huis die motief was, hoekom so 'n oorweldigende magsvertoon? En die stringe ammunisie in die taxi? Sy staar na die bladsy voor haar en byt haar bolip tussen haar tande vas. Irmela en Sigrid is gelukkig. As die rowers al daardie patrone uitgeskiet het, was hulle waarskynlik ook dood. En hoekom is Heinrich tereggestel terwyl hy tog ooglopend sterwend was?

Dit maak nie sin nie.

Sy haal haar selfoon uit haar handsak en roep Irmela Volker se nommer uit die instrument se geheuebank op. Sy staal haar vir die oproep, maar sy moet met haar praat. Met haar duim druk sy die groen telefoonikoontjie en luister hoe die foon lui en lui. Dalk antwoord Irmela nou. Sy hoop so, want dit is belangrik.

"Gerdt Gevers," antwoord 'n man uiteindelik bruusk.

"Gerdt. Dis ek, Aella O'Malley."

"Het julle die fokkers gevang?" In die agtergrond hoor sy haastige voetstappe en metaal wat op metaal kletter.

Sy skud haar kop. "Nee, maar ons werk hard daaraan. Kan ek met Irmela praat?"

"Nein." Die antwoord is kragtig.

"Ekskuus?"

"Jy kan nie met haar praat nie." Gerdt Gevers se Duitse aksent slaan swaar deur die Afrikaans. Iemand anders sê iets vir hom; 'n simpatieke stem. "Danke," antwoord hy.

"Dis belangrik." Aella kan verstaan dat Gerdt sy dogter wil beskerm.

"Sy kan nie praat nie." Sy asem sidder. "Ons is in die hospitaal. Sy gaan nou in die teater in."

Aella knip haar oë. "Wat het gebeur?"

"Dit was die skok." Dit klink of die groot Duitser sy neus snuit. "Entschuldigung." Vir 'n lang oomblik is daar stilte.

"Gerdt?" vra Aella.

"Sy was swanger," antwoord hy uiteindelik. "Sy het begin bloei. My vrou het haar gekry in die badkamer. Die baba ..." Hy trek sy asem hortend in. "Die baba is nie meer nie."

"O, Gerdt," sê Aella verslae.

"Die fokkers ..."

"Gerdt," val sy hom in die rede want sy moet omdat dit dringend is.

"Was ist's?"

"Waar bly die vrou wat vir Irmela in die huis gewerk het?"

Dit klink of die Duitser uit die hospitaal gestap het, want die stemme en kletterende metaal verdwyn in die agtergrond.

"Welche Frau?"

"Die een wat in die huis gewerk het," sê Aella weer. "Ek het inligting wat haar impliseer."

"Nein." Gerdt glo haar nie.

"Regtig. Ek is jammer," voeg sy by. Plaaswerkers en hulle vrouens is vir baie van die boere soos familie. 'n Mens verraai tog nie familie nie.

"Jy verstaan nie," sê die Duitser. "Ek weet nie van wie jy praat nie. Daar het geen vrou in die huis gewerk nie, behalwe Irmela. Nie op een van die plase in die omgewing werk daar meer iemand in die huis nie. Dit is nie veilig nie."

Aella stoot haar stoel agteruit. "Ek verstaan nie."

"Ons het dit by die veiligheidskomitee besluit."

"Julle vrouens?" Aella verstaan steeds nie. Sy was nie eens bewus daarvan nie.

"Dit was hulle voorstel."

Stilte.

"Gerdt," sê Aella uiteindelik. "Iemand het vir my informant vertel dat daar 'n helse spul geld in Heinrich se huis was. Weet jy iets daarvan?" Sy luister na die Duitser se swaar asemhaling en sien sy groot lyf voor haar. Gerdt Gevers is 'n berkeboom wat in die verkeerde bos geplant is.

"Daar is geen kontant nie," antwoord hy stadig. "Wie

praat sulke scheisse? Lankal nie meer nie. Ons het dit saam besluit, al ons boere. As daar nie geld is nie, is daar niks om te vat nie." 'n Stem klink weer in die agtergrond. "Hulle roep my," sê die Duitser. "Ek moet gaan." Dit klink asof hy haastig stap.

"Ons praat weer," sê Aella. "Sterkte." Sy weet nie of die boer haar gehoor het nie, want stilte dawer deur die eter. Sy leun met haar elmboë op die lessenaarblad terwyl sy peinsend na die verklaring voor haar staar. Dit maak nie sin nie.

Niks maak sin nie.

Uiteindelik sit sy terug, tel die verklaring op en pons twee gate daardeur. Dis wat sy het, vir nou. Sy druk gesplete dokumentpenne daardeur en liasseer dit netjies op die A-afdeling van die dossier. Aella kyk op haar horlosie. Dis amper halftien. Sy vou die dossier netjies toe, die C-afdeling oor die B-afdeling en al twee bo-oor haar verklaring wat soos 'n weeskind op die A-afdeling lê. Momenteel staar sy bloot stil na die bruin omslag: die somtotaal van die administrasie van die afmaaiing van die Volkers van Carlsbad. Sy vee moeg oor haar oë. Haar kop voel te vol, want geeneen van die brokstukke van hierdie verwronge legkaart pas inmekaar nie.

Uiteindelik staan sy stadig op. Haar bene is stram en onbuigsaam, asof dit deur die dag gefossileer het tot die oerharde substansie van klip. Sy stap om haar lessenaar, tel die dossier op en sit dit in die boonste laai van die grys liasseerkabinet. Toe druk sy 'n doelgemaakte staalstaaf deur die gleuwe aan die bo- en onderkante van die kabinet en druk 'n dik hangslot deur die openinge wat daarvoor gemaak is. Die sluitstelsel is ongesofistikeerd, maar effektief.

Sy moet gaan slaap. Dalk, iewers in die newelwêreld waar wakker en slaap en lewe en dood vlugtig met ligte vingers aan mekaar raak, gaan waarheid en leuen ook uit hierdie deurmekaarspul van feit, opinie en spekulasie manifesteer.

Sy tel haar motorsleutels van die lessenaar af op en druk dit in haar sak. Met haar hand op die deurhandvatsel kyk sy vir oulaas terug in die vertrekkie en sluit dit ook uiteindelik agter haar. Roel het altyd gesê sy is soos 'n man wat kruisbande en 'n gordel dra, 'n tragiese pessimis. Sy moet meer geloof hê in die mensdom. Roel se kinderlike vertroue was suiwer en eg.

Aella weet egter van beter. Dossiere het geldwaarde en polisiemanne is arm. Sy lei nie haar kollegas in die versoeking nie. Hoe het dit só geword? wonder sy toe sy deur Ronel se donker kantoor na die glasdeur stap.

Of was dit nog altyd só?

Wie weet?

Drie en twintig

Die aandlug is soet in haar gesig toe sy die glasdeur agter haar sluit. Die geur van jasmyn hang soos 'n eggo van die son in die louwarm lugstrome wat die laataand deurkruis. Bedags ruik 'n mens dit glad nie, want die delikate aroma word verdring deur petrol- en dieseldampe en die dringende voortstuwing van te veel sake en te min tyd. Aella staar oor die slordige binneplein en oor die plat dakke van die geboue daarnaas. In die donker sien 'n mens nie die vol skopbakke en die papiere in die afvoerslote nie. Die ligte van die township skitter in die verte en feestelike musiek klink op uit Mlaba se taverne om die hoek agter die moskee. Die nag bedek dinge. Die donker sak soos 'n seil oor alles wat lelik en sleg is en maak dit kortstondig onsigbaar.

Iewers in die duisternis ritsel iets. Aella verstyf. Sy laat sak haar hand agter haar rug en laat rus haar vingers op haar pistoolkolf. Die metaal is warm van haar lyf. Sy laat glip haar oë oor die donker binneplein, van die een kant na die ander, tot by die buitelyne van die Pakistani se stukkende motor, maar sien niks.

Sy spits haar ore. Iets beweeg weer. Hierdie keer klink dit baie nader aan haar. Onthou die pad na Opathe, smeul die woorde in haar gedagtes. Dalk moes sy tog maar by die huis gebly het. Sy laat gly haar pistool uit sy holster en span dit stadig. Onthou die pad na Opathe. Sy hou die wapen met al twee hande teen haar bors soos wat sy geleer is en maak haar lyf klein teen die muur. Haar mond is droog. Die ritseling klink of dit langs haar is en sy kyk skerp die duisternis binne.

'n Katlyf glip soos 'n droombeeld deur die klein ligkol wat deur die Pakistani se winkelvenster op die sypaadjie val.

"Bliksem," sug sy.

Sy laat sak haar vuurwapen en leun swaar teen die muur. Vir 'n oomblik kan sy nie beweeg nie. Haar arms en bene is lam van skrik. Die pad na Opathe, inderdaad. Die lewe verdryf die lamheid langsaam.

"Blerrie kat."

'n Knal uit die donker kets splinters teen haar gesig vas. Die pyn is skerp en akuut. Iets pluk aan haar skouer.

Iemand skiet op jou, sê haar brein. Sy huiwer vir 'n oomblik. Haar liggaam glo nie wat haar kop reeds weet nie. Nog 'n skoot klink uit die agterkant van die slordige binneplein. Kop laag en beweeg.

Beweeg, O'Malley!

Aella sak op haar hurke en gly so vinnig as wat sy kan met die laaste paar trappe na benede. Nog 'n skoot tref die muur bokant haar kop. Baksteen en sement spat teen haar gesig en in haar oë. Haar hart bons in haar bors.

Sy glip in die skadu's van die stegie langs die Pakistani se winkel en bevind haar met haar rug teen 'n groot, regopstaande asblik. 'n Brandpyn skiet deur haar regterbisep. Sy kyk af, maar trek verder in die donker terug toe sy voetstappe op die binneplein se gruis hoor knars. So ver as wat sy kan, skuif sy tussen die asblik en die muur in, word een met die nag soos 'n straatkat. Sy maak haar silhoeët so klein as wat sy kan. Selfs in die donker vanuit die lig is dit moontlik om skadu teen skadu te onderskei.

Sy sak op haar hurke tot sy uiteindelik plat op die grond sit. Haar mond is droog en haar maag draai. Sy voel naar. 'n Blik kletter iewers op die sypaadjie en Aella hou haar asem op. Stadig neem sy dooierus oor haar knie, haar pistool se loop op die sypaadjie gerig.

'n Figuur verskyn in die stegie se opening; donker afgeëts teen die donkerder straat agter hom. Hy tel sy arm op en Aella weet hy gaan skiet. Vuurwarm woede vlam uit die pruttelende reserwe in haar bors.

Ek gaan verdomp nie eerste dood nie.

Die vlietende gedagte is 'n belofte.

Sy trek eerste haar pistool se sneller, en nog 'n keer. Die vuurwapen se mondingsflitse is vlamme in die donker en die knalle oorverdowend in die smal stegie.

Was dit raak?

Eers sit sy doodstil. Aella kan niks sien nie en sy kan niks hoor nie. Die reuk van buskruit hang swaar rondom haar. Waar is haar aanvaller? Sy staan stadig op, versigtig om aan die skadukant van die steeg te bly. Vir 'n oomblik leun sy lomp teen die muur, want dit voel of sy wil omval. Sy luister, maar kan steeds niks hoor nie.

Voetjie vir voetjie beweeg sy vorentoe. Haar pistool is 'n onmoontlike gewig. Met haar oë gerig op die smal opening na die sypaadjie baan sy versigtig haar weg tussen papiere, gemors en leë blikke deur na die lig toe. Geleidelik onderskei sy geluide: die veraf rangering van treine by die stasie, 'n motor wat toet. Glas knars onder haar skoene en sy vries.

Daar is geen beweging van die sypaadjie af nie.

Waar is die skieter?

Aella luister en luister, maar al wat sy hoor, is die onrustige klop van haar hart. Sy knip haar oë.

Dalk is die man dood.

Dalk staan hy vir haar en wag aan die buitekant van die stegie.

Sy trek haar asem diep in.

Voetstappe klap op die sypaadjie.

Sy krimp terug teen die muur en die donker steeg vou sy vuil arms beskermend om haar. Sy lig haar pistool, maar laat sak dit dadelik weer.

"O'Malley!" roep Whistler. "Aella O'Malley? Waar de fok is jy?"

Aella hoor nog 'n stem en nog voetstappe.

"Ek sien iemand hardloop," sê Whistler. "Dáár, Van Rensburg. O'Malley!"

"Waar?" vra 'n bulderende stem in Afrikaans.

"Daar na die taverne se kant toe, agter die moskee. Hardloop. Help him, people!"

"Yes, Captain. Come, Constable." Die stemme en donderende voetslae verdwyn straataf.

Stadig stap sy na die stegie se opening toe, soos 'n mot na kerslig.

Hier is ek, wil sy sê, maar haar mond is te droog.

"Hier staan haar bakkie," hoor sy weer vir Whistler in Engels sê, "maar haar kantoor is donker. Waar de hel is sy?"

"Kyk jy hierdie kant," antwoord Leblanc. Hy klink uitasem. "Ek sal daar agter gaan kyk."

"Het jy 'n flits?" vra Whistler. "Dis fokken donker daar."

Aella strompel uit die stegie. Sy is opeens baie moeg.

"Hier is ek," sê sy in die ligkring van die Pakistani se winkelvenster. Whistler en Leblanc staan met hulle rûe na haar gekeer.

Hulle hoor haar nie.

"Hier is ek," sê sy weer. Haar pistool glip uit haar vingers en kletter op die sypaadjie se sement.

Die twee mans draai gelyktydig om, vuurwapens in die hand.

"Hier's ek," fluister Aella. Haar lyf voel opeens te swaar vir haar bene en sy gaan sit moeisaam op die Pakistani se trap.

"Fokkit." Whistler laat sak sy pistool en stap met lang treë na haar toe.

"Merde." Die Fransman stap ook nader, maar hou sy oë op die donker straat en sy pistool voor sy bors, gereed om te vuur.

"Jou gesig is vol bloed, O'Malley," sê Whistler. "Wys vir my waar jy seergekry het."

"Die skieter ..." sê Aella met 'n dik, swaar tong.

"Ek het iemand sien hardloop," antwoord hy. "Die aanklagkantoor se lede en Gerrit van Rensburg jaag hom." Hy buk en lig haar ken, draai haar gesig na die lig. "Jissis, O'Malley. Ons moet vir jou by die hospitaal kry." Sy donker oë is intens en besorg. "En kyk hoe lyk jou arm."

Aella kyk af. Haar regterarm glinster rooi in die winkelvenster se lig. Bloed drup van haar vingerpunte af in morsige spatsels op die winkeltrap.

Leblanc druk sy pistool in sy broeksband en leun oor haar. "Dis deur en deur." Hy wys met sy vinger na iets wat Aella nie kan sien nie. Die sypaadjie voor haar voete krimp tot 'n speldepunt voor haar oë en dit voel of sy in 'n lang tonnel afgly.

"Sy gaan flou word, Fransman."

Iemand klap haar teen haar wang.

"Bly by ons, O'Malley," sê Whistler met 'n skor stem in Afrikaans. "As jy gaan uitpass, los ek vir jou net hier."

Die speldepunt verwyd en stadig kom die sypaadjie terug in fokus.

"Waar is jou bakkie se sleutels?"

Aella wil opstaan, maar die aarde se swaartekrag is te sterk. Dit anker haar met onsigbare bande aan die trap vas.

"O'Malley, fokus," sê Whistler. "Waar is jou sleutels?"

"In my sak," fluister sy. Die donker tonnel roep verleidelik. Dit is so maklik om net daarin weg te glip. Sy maak haar oë toe.

"Ek het haar," sê Leblanc. Ferm arms om haar skouers keer dat Aella van die trap afval. Die Fransman ruik na knoffel en bier.

"Help haar regop," beveel Whistler.

"Jy gaan nie doodgaan nie," sê Leblanc. Hy lig haar stadig regop. "Nie só nie."

"Het dit." Aella voel hoe Whistler die sleutelring uit haar denimbroek se sak trek.

"Ons kon niks kry nie, Oom," hoor sy 'n harde stem van die trap se kant af.

Aella maak haar oë oop. Gerrit van Rensburg en twee uniformkonstabels staan op die sypaadjie. Hulle het hard en vinnig gehardloop.

"Hy moes iewers gaan lê het," sê die jong boer. "By die moskee of die taxi rank. Dis te donker om te sien."

"Dankie," antwoord Whistler. Hy frons. "Wat maak jy in elk geval hier, Van Rensburg?"

Gerrit van Rensburg vee deur sy blonde borselkop en die fyn baard op sy ken bewe toe hy praat. "Ek was in die aanklagkantoor, Oom. Ek en Jan Pieterse is hier vir S.P. van der Walt."

"Hoekom?"

"Hy's toegesluit, Oom," antwoord die jongman. "Hulle sê hy wou daardie een wat hulle gevang het vir die Volkermoord vermoor. Nou wil hulle nie vir hom bail gee nie. Ons sit maar daar om seker te maak niks gebeur met hom nie. Oom weet mos hoe dit is."

"Hulle moes hom 'n fokken medalje gegee het," antwoord Whistler. Hy draai na Leblanc. "Help my, Fransman." Hy gee die sleutel vir hom aan. "Sluit solank oop."

"Stadig," maan die Fransman. Hy skuif eenkant toe en Whistler laat glip sy arm om Aella se skouers. "Sy't baie bloed verloor."

"Is die tannie orraait?" vra Van Rensburg.

"Lyk sy vir jou orraait?" vra Whistler terwyl hy vir Aella steunend optel.

"Nee, Oom."

"Los my, Whistler," protesteer sy.

"Sjarrap, O'Malley." Hy draai na die bakkie toe, maar draai weer terug. Die beweging maak Aella duiselig. "Goeie werk, menere."

"Dankie, Oom."

Die twee konstabels strek met hulle hande langs hulle sye soos wat hulle in die polisiekollege geleer is 'n konstabel in die teenwoordigheid van offisiere maak. Sonder 'n verdere woord draai hulle om en draf in gelid terug na die aanklagkantoor op die hoek.

Gerrit van Rensburg stap vinnig agter hulle aan. By die robot draai hy terug. "Good luck, Tannie."

Aella probeer haar arm lig, maar dit is te seer. Sy byt op haar tande terwyl Whistler versigtig met haar na die bakkie toe stap. Leblanc het reeds die agterdeur oopgemaak. Met groot sorg sit Whistler haar op die lang bank neer.

"Waar's my pistool?" fluister sy.

"Ek het hom," antwoord Leblanc. Sonder 'n woord sit die Fransman die pistool op haar skoot neer. Toe klim hy links voor in en Whistler agter die stuurwiel.

Hulle trek vinnig weg.

Aella se ooglede is swaar. Net 'n minuut, dink sy. Net een minuut. Ek is so moeg. Sy vou haar vingers om haar pistool.

"Moenie slaap nie," sê Leblanc. Hy leun oor die sitplek.

Sy maak haar oë oop. Dit is moeilik. Ek is wakker, wil sy sê, maar haar tong plak aan haar verhemelte vas. 'n Skietpyn deur die dik spiere van haar boarm laat haar snak na haar asem.

"Moet ook nie doodgaan nie," sê Whistler. Hy ry te vinnig.

"Bestuur ordentlik," sê Aella deur geklemde kake. As hierdie bakkie iets oorkom, kry sy nie weer een by die staat nie. Die staat se geld is op.

Whistler antwoord nie.

By die hospitaal se hek druk hy die toeter lank en hard. Die sekuriteitswag moet skarrel om die valboom te lig voordat hy dit met die bakkie se neus afry. Die bakkie se bande skuur op die gruis toe Whistler voor ongevalle se ingang stilhou.

"Kom," sê hy onnodig.

Leblanc klim uit en maak die deur aan Aella se linkerkant oop. Sy sukkel regop en struikel toe sy haar pistool met haar gesonde hand in die holster druk.

"Stadig." Die Fransman steek sy hand uit, maar Whistler spring hom voor.

Sonder 'n woord tel hy haar uit die hoë voertuig. Sy lê soos 'n bruid in sy arms.

"Sit my neer," sê sy. Haar stem klink vir haar broser as gewoonlik.

"Sjarrap, O'Malley," sê Whistler weer. Hy stap met lang treë na die ongevalleafdeling se dubbeldeure.

Die lykshuis se ligte brand nog. Wag Henno en Heinrich Volker vir die lykbesorger om hulle te kom haal, of het dit reeds gebeur? Aella maak haar oë toe. Sy wil nie daaraan dink nie.

Vier en twintig

Die glasdeur piep toe Whistler dit met sy voet oopstoot. "Fok," sê hy. "Ek hoop hier's 'n dokter aan diens."

Soos gisteraand, is die wagkamer leeg. 'n Enkele verpleegsuster sit agter die toonbank. Sy eet iets.

"Sit my neer," sê Aella weer.

Whistler ignoreer haar en stap met haar in sy arms na die toonbank toe.

Die suster kyk nie op toe Whistler met haar praat nie.

"Ons soek 'n dokter," sê hy.

Met haar een hand stoot sy woordeloos 'n vorm op 'n knyperbord oor die toonbank terwyl sy die vetterigheid van haar ander hand se vingers afsuig. "Voltooi dié," beveel sy in Engels. Sy smak haar lippe.

"Die dame is geskiet, Suster," sê Leblanc. "Sy het dringend 'n dokter nodig."

"Voltooi die vorm."

Whistler se kakebeenspiere bult onder die perkamentagtige vel van sy hol wange toe die verpleegster opstaan en die muwwe ontvangsvertrek verlaat. 'n Paar oomblikke later hoor Aella water spoel en voetstappe verdwyn in die gebou.

"My donder."

"Sit my neer," sê Aella weer.

Oplaas gehoorsaam Whistler. Hy sit haar versigtig op haar

voete neer, maar hou sy arm om haar skouer asof hy bang is dat sy gaan omval.

"Ek gaan jou vol bloed maak."

"Dis orraait," antwoord hy.

Aella se oë gly oor die wagkamer. Hoeveel keer het sy al dogtertjies wat verkrag is in hierdie einste ongevalleafdeling gesien? Soms sit hulle vir ure daar, in die hiërargie van mediese triage die minste onder die lydendes.

'n Skouerwond is 'n geringe besering. Sy kan wag.

"Daar's 'n lys telefoonnommers teen die muur," sê Leblanc.

Die aarde kantel en Aella gryp met haar gesonde hand na die toonbank.

"Gaan sit jy," beveel Whistler. "Ek gaan bel."

Aella wil teëstribbel, maar Leblanc du haar ferm na die lelike stoele in die middel van die vertrek.

"Sit." Die Fransman druk haar sagkens in een van die regop stoele neer.

"Naand," sê Whistler hard in Engels. "Dokter Okoru?"

Dokter Okoru is die Nigeriese hoof van die hospitaal. Hy is een van 'n rits buitelanders wat die pos die afgelope paar jaar beklee het. Sy maak haar oë toe. Die gebeure in die stegie speel soos 'n film agter haar ooglede af. Sy voel die splinters teen haar gesig en sy hoor die skote uit die onversorgde binneplaas.

Sy ril.

Sy wás amper dood. Roel sou die hel in gewees het.

"Moenie slaap nie, chérie," sê Leblanc.

Aella maak haar oë moeisaam oop.

Die Fransman kyk besorg na haar. "Jy't baie bloed verloor."

"Waar is Okoru?" vra Whistler ergerlik in Engels terwyl hy op die toonbank se gladde oppervlak trommel. Die persoon aan die ander kant moes iets gesê het wat hom nie aanstaan nie, want hy druk die instrument met 'n aggressiewe gebaar dood. "Fok."

"Waar is die dokter?" vra Leblanc.

"Ek het met sy vrou gepraat," antwoord Whistler. Hy vee oor sy snor. "Okoru is nie die dokter op roep nie en sy weier dat ek met hom praat."

"Wat de hel is fout met hierdie land van julle?" vra Leblanc.

"Ek fokken weet nie, Fransman." Whistler se snor tril op sy bolip. "Ek fokken weet nie."

"Bel die Kubaan," stel Leblanc voor.

"Daardie fokker sal vir O'Malley hier los om dood te gaan," antwoord Whistler. "Jy weet nie hoe hulle is nie."

"Maar hy is tog 'n dokter."

"Dokter se gat. Daardie lot is almal 'n fokken spul kwaksalwers."

Aella wil sê dat hulle haar huis toe moet vat. Sy sal van die groen pille drink en gaan slaap. Haar woorde verdwyn in die kloof tussen die pyn in haar skouer en die mans se geredekawel. Sy vee tam oor haar gesig en staar na die donker parkeerterrein.

Iemand loer by die ongevalleafdeling se glasdeur in. Dit is dokter Singh. Sy het haar handsak oor haar skouer, haar motorsleutels en 'n bruin koevert in haar hand. Haar donker oë kyk in Aella s'n. Sy moes die bloed op Aella se klere gesien het, want sy stoot die deur haastig oop.

"Kaptein?" Sy frons en lig Aella se gesig met sagte vingers. "Wat de hel?"

"Geskiet." Aella se tong struikel oor die woord.

"Waar?" Die dokter se stem is saaklik.

Aella beduie met haar kop na haar arm. "Hier."

"Is dit al?"

Is dit nie genoeg nie?

"Wie's op roep?" vra die dokter.

"Ons weet nie," antwoord Whistler. "Die suster het gesê ons moet 'n vorm voltooi en toe verdwyn sy."

Dokter Singh skud haar kop. Sy sit haar handsak en die bruin koevert op die toonbank neer en beduie na die ondersoekkamertjie aan die agterkant van die ontvangsvertrek. "Oukei. Dit maak nie saak nie. Ek sal gou kyk."

Aella staan stadig op. Whistler en Leblanc staan ook nader.

"Wag hier, menere," beveel die dokter. "Daar's nie genoeg plek vir vier van ons in daardie besemkas nie. Ek sal julle roep as dit nodig is." Sy draai na die toonbank en gee die knyperbord vir Whistler aan. "Voltooi solank die papierwerk."

Hy frons, maar trek die knyperbord nader. Leblanc gaan sit op een van die groen stoele. Hy haal 'n sigaretaansteker uit sy sak. Sy vingers speel rusteloos met die vlam; eers aan, dan af. Aan. Af.

Dokter Singh beduie na die ondersoekkamer. "Kom."

Aella volg haar soos 'n ou vrou die vertrekkie binne.

"Sit." Die dokter wys na 'n ou ondersoekbed in die middel van die vertrek.

Grys verf skilfer van die pote af en wit pluis peul uit skeure in die vinielbekleedsel. 'n Houttrappie geprakseer uit palethout is as toegif vir kort mense soos Aella langs die hoë bed geplaas.

Sy bestyg die bed met moeite. Die pistool in haar broeksband maak dit moeilik om gemaklik te sit. Sy haal dit uit die holster en sit dit op die matras langs haar neer.

"Ek sal jou hemp moet stukkend sny." Die vuurwapen pla die dokter ooglopend nie.

Aella haal haar skouers op. Die beweging is pynlik. Sy kyk woordeloos hoe dokter Singh haar T-hemp se mou versigtig met 'n skêrtjie oopsny.

"Jy's baie gelukkig." Die dokter raak versigtig aan die dik spier in Aella se boarm.

"Wat bedoel jy?"

"Kyk hier."

Aella kyk af. Bloed glinster op haar vel.

"Dit was 'n skrams skoot."

Aella frons. Die dokter beduie na die diep wond wat in haar arm inkeep.

'n Skrams skoot?

"Pynlik is dit gewis, maar lewensbedreigend beslis nie." Die dokter kyk skewekop na haar. "As die skoot hoër of skuinser was, kon dit baie anders gewees het."

Dis waar.

'n Skouer lyk maar net so prosaïes. Onder al die lae spier en vel is daar 'n ingewikkelde netwerk are, soos 'n groot padnetwerk. 'n Skouerwond kan baie maklik dodelik wees.

Aella lek haar droë lippe nat. Die vel voel skurf onder haar tong.

"As die koeël been getref het, was jou arm af. Ek gaan steke insit en dan moet jy maar 'n paar pynpille sluk en in die bed gaan klim."

Aella knik.

Dokter Singh draai weg en vroetel op 'n telefoontafeltjie in die hoek. Toe sy terugdraai, het sy 'n depper in haar hand.

"Jammer," sê sy met 'n skewe trek om haar mond. "Hulle het al weer nie handskoene bestel nie, maar ek het my hande en die depper met alkohol ontsmet."

"Dis oukei."

Onder Okoru se leiding het die hospitaal 'n reputasie vir wanadministrasie ontwikkel.

Aella trek haar asem skerp in toe die dokter met die depper aan die oop wond raak.

"Jammer," sê dokter Singh. "Jammer, jammer, jammer."

"Ek's klaar met jou 376'e," sê die dokter toe sy wegdraai. "Jy kan dit sommer saamvat wanneer jy huis toe gaan." Toe sy terugdraai, is daar 'n spuitnaald in haar hand. "Jy kan jou gelukkig ag. Daar is darem nog plaaslike verdowing in hierdie kas."

Aella kyk weg.

Sy wil dit nie sien nie. Sy kan nie kyk hoe haar vel toegewerk word nie.

Sy klem haar vingers om die ondersoektafel se rand. 'n Skielike, skerp pyn sê vir haar dat die dokter haar klaar doodgespuit het.

Sy voel hoe die vel op haar boarm trek en ontspan, trek en ontspan. Dit is aardig.

"Waar was jy toe jy geskiet is?" vra die dokter sag.

"By die werk," antwoord Aella styf.

"Regtig?"

"Buite die kantoor, op die sypaadjie." Sy ruik die rommel in die stegie en sy voel die glasstukke onder haar voete knars.

"'n Mens is ook deesdae nêrens meer veilig nie," sê die dokter.

Aella hoor papier skeur en voel hoe die dokter 'n taai pleister op haar arm plak.

"Vier steke," antwoord dokter Singh haar onuitgesproke vraag.

"Dankie."

Die dokter kom staan voor haar en kyk intens na haar gesig. Sy draai Aella se kop met behendige vingers hierdie kant toe en daardie kant toe. Haar vingers is sag op haar gesig. "Hier moet ons net mooi skoonmaak. Het jy geval?"

Aella voel die skerp splinters teen haar wang. Dit kon 'n koeël gewees het. Sy skud haar kop, want sy sukkel om te praat. Die dokter moes die vraag retories bedoel het, want sy wag nie vir 'n antwoord nie.

"Eers die menere Volker en nou jy." Sy skud haar kop. "Wie haat mense so?"

Steeds kan Aella haar nie antwoord nie. Die alkoholdepper brand 'n spoor oor haar wang en ken. Sy trek haar asem skerp in.

"Sorry, sorry." Dokter Singh gooi die gebruikte depper in 'n geel asblik in die hoek waarop *Danger: Medical Waste* in groot rooi letters geskryf staan. Sy staan terug en vou haar arms. "Ek's klaar."

Aella staan stadig op.

"Is jy orraait?" vra die dokter. "Jy is wasbleek."

Aella knik, maar sy lieg want sy moet aan die bed se rand vashou om te keer dat sy omval. Sy is duiselig van 'n warreling kleure en reuke wat in dolle optog deur haar gedagtes dwarrel. Sy trek haar asem diep in en maak haar oë toe. Geleidelik bedaar die chaos in haar kop.

"Gaan huis toe en gaan klim in die bed," beveel dokter Singh. "Nou dadelik."

Ek moet werk, lê die woorde op haar tong.

Die dokter is 'n gedagteleser. "Die kombinasie van adrenalien en bloedverlies gaan jou laat slaap soos 'n babatjie. Jy gaan nutteloos wees vir die res van die aand. Dalk nog môre ook."

Dit mag nie gebeur nie.

Whistler en Leblanc se diep stemme syfer deur die goedkoop houtdeur en vul die vertrekkie met hulle teenwoordigheid. Sy gaan nooit die einde daarvan hoor as iemand anders haar ondersoek moet oorneem omdat sy 'n oppervlakkige skietwond in die boarm opgedoen het nie. Sy stoot haar moeisaam regop en tel haar pistool van die bed af op. Daar is 'n spieël agter die deur. Sy stap stadig nader. Die gesig wat na haar terugkyk, is dié van 'n vreemdeling met wilde hare en hol wange.

"Ek lyk verskriklik," sê sy sag.

Diep skraapmerke lê oor haar ken en wang en dit glinster natrooi in die helder lig. Haar hemp is smerig en droë bloed lê in donker strepe oor haar voorarm en handrug. Daar is 'n stofstreep oor haar wang en haar pistool hang stil en dodelik in haar hand.

Dokter Singh kyk oor haar skouer; 'n netjiese, stil figuur.

"H'm," sê sy uiteindelik. "Het jy pynpille by die huis?" Sy beduie na die kaal rakke in die klein vertrekkie. "Hier is ongelukkig niks meer nie."

"Dis oukei," antwoord Aella. "Dis orraait." Sy druk haar pistool lomp terug in die holster en maak die deur met haar gesonde hand oop.

Whistler en Leblanc sit op twee van die lelike stoele. Die verpleegster is steeds weg.

Whistler kyk op. "Is jy orraait?"

"Dit was 'n skrams skoot." Aella voel verleë, asof die wond se nietigheid haar van 'n omvangryker lotsbestemming ontneem het.

"Vat haar huis toe, Kaptein," beveel dokter Singh. "Sy het 'n reusetrauma beleef." Sy tel die koevert op en gee dit vir Aella aan. "Hier's jou lykskouingsverslae."

"Dankie," antwoord Aella tam.

"Gee dit vir my," sê Leblanc. Hy vat die koevert by die dokter.

"Wat van O'Malley se papierwerk?" vra Whistler. Hy staan op. "Ek het hier geskryf so goed as wat ek kan." Hy hou die knyperbord na die dokter uit. "Jy is 'n lopende lyk, O'Malley." Hy knaag aan sy snor. "Jy het longemfiseem, ses verskillende soorte kanker en 'n kak houding." Hy tree vorentoe en sit sy hand onder haar arm.

Aella maak haar oë toe.

"Tot siens, menere," sê die dokter weer. "Ek sal kyk wat ek met admin kan uitrig."

"Dankie." Aella se tong voel steeds of dit aan haar tande plak, maar die ergste bewerigheid is verby.

Dokter Singh knik formeel. "Sterkte."

"Kom, O'Malley," sê Whistler.

Aella stap stadig deur toe. Haar arm hang soos 'n aambeeld langs haar lyf, 'n loodsware, dooie gewig.

Toe sy buite kom, kyk sy op. 'n Uil swiep uit een van die groot plataanbome langs die lykshuis voor hulle verby. In die geel gloed van die enkele lig voor ongevalle lyk die uil soos 'n dier uit 'n mite; 'n grypvoël vir die een of ander roofsugtige god. Hy verdwyn op fluisterende vlerke in die donker, toe is hy weg asof hy nooit daar was nie.

"Jy moet gaan slaap, O'Malley," sê Whistler agter haar.

Aella is te moeg om te stry. Willoos laat sy haar na haar bakkie begelei en ewe willoos laat sy hom toe om haar in die groot voertuig te help. Toe hy die deur agter haar toemaak, laat sak sy haar kop teen die kopstut en maak haar oë toe. Haar bene word al hoe swaarder, en haar arms, en die bloed vloei stadiger in haar are. Haar liggaam sink in 'n bodemlose diepte soos 'n ruimteman wat van sy moederskip losgemaak word en die ewige duisternis inglip. Die mans se stemme styg en daal.

Sy hoor hulle, maar hulle is ver en onbelangrik.

Vyf en twintig

"Wakey-wakey, O'Malley." Whistler se stem versteur die vrede.

Aella ruk wakker. Hulle staan in die oprit voor haar motorhuis. Die werf is donker, soos sy dit gelos het.

"Waar's jou huis se sleutels?"

"Jy het dit," antwoord sy stadig.

"Aan hierdie bos?" Whistler skakel die dakliggie aan.

Sy knik. "Skakel die alarm af."

Whistler druk die wit knoppie en sy luister tot sy 'n dubbele piepgeluid hoor wat beteken dat die alarm gedeaktiveer is.

"Jy gaan die bakkie se aansitter ophel. Jy kan nie so baie sleutels daaraan hang nie." Whistler praat terwyl hy sy deur oopmaak.

Nie nou nie, dink Aella. Jy kan my môre aanpraat.

Die Fransman maak die deur langs haar oop. "Sal jy regkom?"

Aella antwoord nie, skuif net op haar boude na die oop deur toe. Sy laat sak haar voet op die oprit en slaag daarin om sonder voorval uit te klim. Deure klap agter haar terwyl sy moeisaam na die agterdeur stap.

"Dis so donker soos die hekke van die hel," sê Whistler.

"Donkerder," antwoord Leblanc.

"Hoe weet jy?" vra Whistler.

"Want ek was al daar."

"Jy's gesuip, Fransman."

Sleutels ratel agter Aella.

"Daar's 'n nagklub in Parys," antwoord Leblanc. "Sy naam is die Hekke van die Hel. Dis pikdonker binne. Selfs die mure is swart geverf."

Aella wens hulle wil ophou praat.

"Watter sleutel sluit die deur oop?" vra Whistler. "Ek kan niks sien nie."

"Gee vir my." Aella neem die bos by Whistler en sluit die agterdeur oop. In die donker stap sy na die muurskakelaar en skakel die kombuislig aan. Sy draai na Whistler en Leblanc wat die deurkosyn vol staan.

"Ek gaan slaap." Sy moet aan die muur vashou om nie om te val nie.

Die mans kyk fronsend na haar.

"Sluit die deur wanneer julle ry en gooi die sleutel deur die kombuisvenster. Ek ... ek móét gaan slaap. Julle kan my môre kom oplaai." Sy draai om. Die donker gang lok haar verleidelik na haar bed toe.

"Wag, O'Malley," sê Whistler.

"Wat is dit?" Haar tong struikel, want haar Engels is ook nou op.

Whistler gee 'n lang tree tot langs die kombuistafel. "Daarbuite is iemand wat jou moer toe wil skiet. Jy's nie veilig alleen in hierdie huis nie."

Leblanc trek die agterdeur agter hom toe en sluit dit. "Hy's reg. Ons het gepraat. Ons bly vanaand hier."

"Hy het gebel," sê sy stadig.

"Wie?" Die twee mans praat tegelyk.

Aella leun swaar teen die kosyn. "Die skieter. Vanaand." Sy vee oor haar oë. "Vroeër vanaand. Ek was in die stort."

"En jy sê niks?" Whistler praat sag maar duidelik. Hy is baie kwaad.

"Jy het nie jou foon geantwoord nie."

"My moer, O'Malley. Het jy 'n doodswens?" Whistler druk sy vingers deur sy grysgepeperde hare. "Kyk hoe lyk jy alreeds." Sy donker oë deurpriem haar. "Was dit van 'n landlyn of 'n selfoon af? Het jy 'n nommer?"

Aella skud haar kop. "Die nommer was verbloem."

"Bliksem, fok en donder," vloek Whistler vlot in Afrikaans.
"Ek ..."

"Ek wil niks verder hoor nie. Ek en die Fransman gaan nêrens heen nie."

'n Vragmotor dreun in die straat verby, waarskynlik een van dié wat onwettig deur die dorp ry om steenkool by die groot myne aan die oostekant van die dorp te gaan haal. Die kombuis is boordensvol gevul met die twee mans se teenwoordigheid.

"Wat van jou bakkie?" vra Aella uiteindelik. Haar arm brand en trek. Dokter Singh se verdowing het uitgewerk.

"Hy sal orraait wees. Daar's 'n wag by die Happy Apache. Ons kan dit môreoggend gaan kry. Tot ons uitvind wie hierdie skieter is, los ons jou nie alleen nie," antwoord Whistler.

"Ek kan na myself kyk," sê Aella stomp. "En ek het nie vir julle slaapplek nie."

"Dis oukei." Leblanc haal sy beursie en sy selfoon uit sy sak uit en sit dit op die kombuistafel neer. Die gebaar is huislik. "Ons kan op die bank slaap."

"Ons gaan in elk geval in paaiemente slaap," voeg Whistler by. "Vir ingeval. En hou op om so verdomp hardegat te wees. Iemand wil jou dood hê." Hy draai na die kas en haal 'n waterglas uit. "Waar's jou pynpille?" Sonder 'n woord druk hy die glas onder die kraan en maak dit vol water.

Sy draai na die ketel, tel die foelievelletjie met die groen tablette op en druk met dom vingers twee tablette uit die plastiekborrels, toe nog een. Whistler gee die water vir haar aan.

"Drie?" vra hy met opgetrekte wenkbroue.

"Dis baie seer," mompel Aella. Die pille smaak droog en bitter en sy sluk dit met moeite af. Sy sit die glas op die tafel neer en vee haar mond met die agterkant van haar hand af. Sy draai om. "Ek gaan vir julle komberse haal."

"Daar's 'n uitvoubed in die sitkamer," hoor sy Whistler se stem toe sy in die gang afstap na die hoofslaapkamer om beddegoed uit die geelhoutkis langs die venster te haal.

Dis te veel, Roel, sê sy sag. Te veel. Sy staar vir 'n oomblik woordeloos voor haar uit.

Te veel pyn.

Te veel doodslag.

Te veel dood.

Met 'n sug haal sy twee bokhaarkomberse en twee kussings uit die kis en druk dit teen haar gesig. Al is dit somer, kan dit koel raak in die nag. Die beddegoed ruik na kamfer, soos Roel daarvan gehou het. Toe draai sy na haar laaikas en haal ook 'n ouderwetse, lang wit nagrok uit wat haar van haar nek tot by haar enkels bedek. Sy sug. Dit voel vreemd om ander mans in haar huis te laat slaap.

Musiek klink uit die sitkamer, jazzakkoorde op Roel se klavier. Sy verstyf. Dis Róél se klavier. Niemand speel daarop behalwe sy nie. Sy draai om, stap haastig uit die kamer en skakel die lig af. Los uit, wil sy sê toe sy in die sitkamer kom. Leblanc se vingers gly oor die vleuelklavier se klawers in ingewikkelde akkoorde en chromatiese progressies. Hy is 'n uitstekende pianis. Toe hy haar sien, hou hy op speel. "Dis 'n goeie klavier," sê hy terwyl hy opstaan.

"Jy moet haar hoor speel," sê Whistler. "Sy's fokken goed." Die drankkabinet staan oop. Hy sit op die bank, whisky in die hand. "Of hoe sê ek, O'Malley? Haar kêrel was net so goed. Hy't les gegee." Hy lig die glas na sy gesig toe sy die beddegoed langs hom neersit.

"Ek sal jou graag wil hoor speel." Leblanc leun teen die muur.

"Nie vanaand nie," antwoord Aella. Sy draai om. "Lekker slaap." Sonder 'n verdere woord stap sy kamer toe en maak die deur agter haar toe. Sy stap in die donker na die onopgemaakte bed en skakel die bedliggie aan terwyl sy haar T-hemp met moeite oor haar kop trek. Die kledingstuk gly van haar skouers af en val met 'n sagte ruising voor haar voete. Sy haal haar pistool in sy holster agter haar rug uit en sit dit op die bedkassie neer terwyl sy haar skoene uitskop en haar denimbroek oor haar heupe stoot.

Sy trek die nagrok oor haar kop en lê teen die kussing terug. Die fris aandlug streel hoendervleisrimpelings oor haar skouers en arms. Sy trek die deken tot onder haar ken. Vir 'n lang oomblik kan sy bloot na die donker plafon lê en staar. Sy voel die groen pille se verligting met elke hartslag deur haar are pomp en geleidelik ontspan sy, verminder die pyn en die dag se gruwels. Soos 'n dief in die nag sluip wakker by die kamer uit en donker die vertrek binne. Haar ooglede sluit swaar opmekaar en dit is goed so. Haar asemhaling verlangsaam.

Iewers in die nag kom Whistler na haar toe.

"Skuif op, O'Malley," sê hy met sy rasperstem.

Sy is dadelik wakker. Hy gly langs haar onder die deken in.

Sy warm liggaam is naak. Aella wil teëstribbel, want sy voel steeds die nagalms van Roel se teenwoordigheid in haar bed en die leë woesteny van haar hart. Whistler trek haar teen sy seningrige lyf aan. Hy streel met growwe hande oor haar gesig, haar nek en onder haar nagrok oor haar borste, volg dit op met die warm streling van lippe en tong. Hy ruik na tabak en whisky, vreemd en terselfdertyd pynlik bekend.

Aella gee haar aan sy sensuele vertroosting oor. Woordeloos ontvang sy hom in haar liggaam, koester hy dit met syne soos lank gelede tot sy uiteindelik ontplof in rou, aardse genot. Toe Whistler uitasem langs haar lê, kan sy voel hoe hy bewe.

"Jy was amper dood, O'Malley," sê hy sag.

Die bottelborsel in die tuin gooi skadu's teen die spaarkamer se pienk gordyn en Aella volg die rustelose beweging met haar oë.

"Hoor jy wat ek sê?"

Sy knik.

"Ek gaan met Alexander praat."

Sy draai op haar sy en kyk skerp na hom. "Alexander? Hoekom?"

Ver, na die township se kant toe, loei 'n ambulans.

Hy lê terug met sy hande agter sy kop. "Hierdie saak is te gevaarlik. Hulle gaan vir jou uithaal. Laat iemand anders dit ondersoek."

Aella sit regop. Sy trek die deken tot onder haar ken. "Jy krap waar dit nie jeuk nie, Whistler."

Whistler volg die benerige kontoere van haar ribbes met sy wysvinger. Hy streel oor haar sleutelbeen en sit uiteindelik sy hand op haar bors. Sy stoot dit weg.

"Kyk hoe lyk jy, O'Malley. Net vel en been. Jy het nie eens meer tieties nie. Jy's nog nie reg om te werk nie, veral nie aan só 'n saak nie."

"As ..."

'n Uil roep iewers in die nag en val haar in die rede.

"As wát?" vra Whistler. Hy probeer haar teen hom aantrek, maar sy sit onverbiddelik regop.

Sy antwoord nie.

"Jy moet slaap," sê Whistler.

Aella trek haar asem diep in. "As jy met Alexander praat, kan jy in jou peetjie vlieg."

Whistler sit regop en druk 'n kussing agter sy rug in. "Ek dink net aan jou, O'Malley. Iemand moet na jou omsien, want jy doen dit verdomp nie self nie."

"Jy praat nie met Alexander nie."

Whistler swaai sy voete uit die bed. "Suit yourself." Hy buk en kom weer regop. Sy rankerige liggaam is teen die gordyn geëts. Hy trek sy hemp oor sy kop.

Aella lê terug.

"Slaap, O'Malley," sê Whistler. "Die Vader weet, jy het dit nodig." Hy staan op en trek sy broek oor sy heupe. Sonder 'n verdere woord loop hy geluidloos op sy kaal voete na die deur. Hy draai om. Ongesegde woorde sweef soos ou spinnerakke in die lug.

"Whistler," fluister Aella. Sy wil sê dat sy jammer is.

"Slaap," herhaal hy sag deur sy snor. Hy maak die deur oop en maak dit stilweg agter hom toe.

Vir 'n lang ruk lê sy met droë oë na die plafon en staar. Sy ís jammer: jammer oor Roel, jammer oor die Volkers, jammer vir Msimango en die treurige toestand van die wêreld. Sy maak haar oë toe, maar dit help haar nie om minder jammer te voel nie, ook nie vir Whistler nie en veral nie vir haarself nie. Die onrustige nagwind laat krap die bottelborsel se takke teen die kamervenster, en die beweging van blaar en bries en die veraf rangering van treine word haar nagmusiek; 'n duister elegie.

Ses en twintig

"Opstaantyd, Sleeping Beauty." Whistler se stem klink hard in die oggendstilte.

Aella stoei haar ooglede van mekaar af. Dit is moeilik.

"Laat haar slaap," hoor sy Leblanc se stem. "Sy't rus nodig. Jy's reg. Sy lyk nie gesond nie."

Uiteindelik is haar oë oop. Sy moet dit skreef teen die helder lig wat deur die pienk gordyne spoel. Whistler staan met sy hande in sy sye in die kamerdeur. Sy hare is nat, asof hy pas uit die stort geklim het. Leblanc staan skuins agter hom.

Aella knip haar oë en merk met verligting dat die deken haar behoorlik bedek. Sy maak haar mond oop om te praat, maar die woorde steek in haar keel vas. Dis die groen pille se skuld. Uiteindelik slaag sy daarin om haar keel skoon te maak.

"Hoe laat is dit?" fluister sy.

Whistler kyk op sy horlosie. "Halfses."

Die Fransman verdwyn woordeloos in die gang. Aella hoor hom werskaf in die kombuis. Whistler leun met sy skouer teen die kosyn en betrag haar skewekop.

"Hoe voel jy?" vra hy. Hy knaag aan sy snor. "Jy lyk maar oes."

"Orraait," antwoord sy stadig. Sy kyk vir hom en hy vir haar. Dinge wat gesê moet word, word deur hulle stilte tot ewige swye gesmoor.

Whistler kyk eerste weg. "Moenie stront praat nie. Ek weet mos." Hy beduie na 'n gladde letsel so groot soos 'n vyftigsentstuk op sy benerige arm. In '87 is hy in Atteridgeville geskiet. Die slag het sy arm gebreek.

Aella ruik koffie en Whistler stoot hom weg van die kosyn toe Leblanc met 'n stomende beker die vertrek binnestap. Sy bloos. Om in haar nagrok deur 'n vreemde man in die bed van koffie bedien te word is nie 'n gewoonte nie. Sy trek die deken hoër teen haar ken.

"Hier." Leblanc sit die beker op haar bedkassie neer. "Met melk en suiker. Ek het nie geweet hoe drink jy jou koffie nie." Hy bly staan. "Hoe voel jy?"

"Styf," erken Aella. "En seer. Julle moet uitgaan. Ek wil opstaan."

"Ek het gedink," sê Leblanc. Hy verskuif sy gewig sodat hy met sy rug teen die hangkas se donker deur leun.

"Wat?" vra Whistler.

Die Fransman kyk met sy koel blou oë na Aella. "Ons moet kyk wie jou gebel het."

"Dit gaan te lank vat om 'n 205 te trek op O'Malley se rekening."

Die lasbrief wat hulle toegang gee tot Aella se selfoondata moet deur 'n senior aanklaer aangevra en deur 'n landdros onderteken word voordat die selfoonmaatskappye die data beskikbaar sal stel.

"En selfs al gee sy toestemming dat ons die lasbrief kan omseil, gaan dit nie vandag gebeur nie. Die fokken selfoonmaatskappye werk op hulle eie tyd. Daarby was dit 'n privaat nommer."

'n Selfoon lui iewers in die huis.

"Dis myne," sê Whistler. Hy draai om en stap met haastige treë die gang af.

"Mag ek 'n voorstel maak?" vra Leblanc. Hy verskuif van voet en trek sy hand deur sy blonde hare.

"Wat?" vra Aella. Sy wens hy wil loop en die deur agter hom toetrek.

"Ek het 'n konneksie."

Aella kyk hom woordeloos aan.

"Ek weet ek is nie 'n amptelike ondersoekbeampte nie," sê hy voordat sy hom in die rede kan val. "Maar 'n mens leer mos maar mense ken." Polisiewerk oor die wêreld heen maak staat op konneksies en inligting, wettig en onwettig. "Hy het toegang tot die selfoonmaatskappye se databasisse. Met jou toestemming kan hy vir jou die inligting vinnig in die hande kry."

"Dis onwettig," sê Aella stadig.

"Ek weet." Leblanc kyk roerloos na haar.

"Werk jy vir hulle?"

"Moenie vra nie."

Whistler is in die sitkamer. Hy praat Zoeloe.

"Dit was 'n privaat nommer," herhaal Aella stadig.

"Dit maak nie saak nie."

Sy trek die deken nog stywer teen haar aan. Sy moet gaan stort. Sy ruik na bloed en hospitaal en Whistler se aardse muskus.

"Hoe lank gaan dit vat?" vra sy uiteindelik.

"Vandag nog." Die Fransman kyk aandagtig na haar. "Hy kan ook die foon wat jou gebel het in reële tyd soek."

"Regtig?"

Só 'n soektog kan 'n selfoon geografies binne 'n meter of twee van sy fisiese posisie op enige gegewe tyd plaas. Amptelike toestemming vir só 'n soektog moet egter deur 'n regter van die Hoërhof verleen word en is bykans onmoontlik om te verkry.

Die Fransman knik, buk en tel haar bebloede hemp van die grond op. Hy sit dit langs haar op die bed neer. "Ek dink dis belangrik dat jy weet."

"Doen dit," gee sy bes. "Maar hou dit maar eers stil vir Whistler. Ek wil nie hê hy moet in 'n moeilike posisie geplaas word as hy later in die hof moet getuig nie." Sy beduie na die deur. "Gaan nou. Ek moet gaan stort."

"Ek verstaan." Sy oë gly oor haar deurmekaar hare en haar skouers wat bokant die deken uitsteek, oor die kontoere van haar lyf onder die dun materiaal. Hy lig sy wenkbroue. Woordeloos trek hy die deur agter hom toe.

Aella sit regop en trek die kussing onder haar kop uit. Sy gooi dit hard na die deur. Dit val in 'n vormlose bondel op die grond.

Daar is te veel mans in haar huis.

Aella staan traag op. Sy kyk om haar rond, na haar bebloede T-hemp op die bed en haar vuil denimbroek wat op die grond lê.

"Fokkit." Sy praat al net so lelik soos Whistler.

Sy maak die deur oop nadat sy die kussing met haar voet uit die pad gestoot het. In die sitkamer kan sy Whistler en Leblanc se gedempte stemme hoor. Waaroor praat hulle? Toe sy by die hoofslaapkamer instap, stoot sy die deur agter haar toe, staan vir 'n oomblik stil en haal bloot asem.

Die bleek geraamte van Roel se staalbed is 'n woordelose aantyging. Fyn stoffeëtjies dans in die helder oggendlig wat deur die ligte gordyne stroom. Deur die venster kan sy 'n suikerbekkie in die aalwyn langs die ruit sien fladder. Die voëltjie is vroeg reeds bedrywig. Die Jehova-getuie oorkant die straat se voordeur gaan oop en Aella kyk hoe die man, geklee in 'n hemp en das, buk om die koerant in die voortuin op te tel.

Sy wonder hoe gaan dit met Irmela. Op 'n meer gepaste tyd sal sy weer skakel. Ná die borgaansoek moet sy in elk geval teruggaan plaas toe. Sy moet vir Shana Singh bel en hoor wanneer die Volkers beskikbaar gestel gaan word vir die begrafnis sodat sy ten minste vir die vrou kan sê dat sy reëlings kan tref om haar man en sy pa te begrawe.

Sy laat val die laken van haar lyf af en stap grootoog na die badkamerspieël toe.

"Liewe Vader." Die woorde ontglip haar werktuiglik.

Vir die eerste keer kan sy mooi sien waar die onbekende aanvaller se koeël haar getref het. Dokter Singh se pleister teen die dik spier van haar boarm is 'n aanduiding dat sy deksels gelukkig is. Die spier rondom die pleister is persblou gekneus, asof iemand haar ook hard geslaan het. As sy net anders gestaan of nie vinnig genoeg beweeg het nie, het sy en Roel en die Volkers in dieselfde koor gesing.

Sy steek haar hand na haar tandeborsel toe uit, hoor die knal en voel die skerp splinters teen haar gesig. Sy leun nader aan die spieël. Die diep skraapmerk onder haar ken en langs haar neus oor haar wang dra helder vog. Dit gaan 'n letsel laat.

Sy frons en druk haar hare met al twee hande uit haar gesig.

Haar oë is groot, hol en troebel. Die hoekige kontoere van haar wangbene lyk of dit deur haar dun vel wil druk en die plooie langs haar breë mond en tussen haar oë is diep en vir ewig. Sy frons, maak haar oë toe en leun swaar met haar kneukels op die wasbak. Stadig, raam vir raam, speel sy die gebeure van die vorige aand terug.

Sy het by die trappe afgestap toe sy die eerste skoot gehoor het. Dit onthou sy duidelik.

Sy maak haar oë oop. En sy het flitse in die donker gesien. Dit het uit die onversorgde binneplein van die ou gebou gekom, uit die gedeelte waar die Pakistani sy stukkende Toyota Corolla parkeer het. Die Corolla staan en roes in die agterste hoek van die binnehof onder 'n staalafdak. Aella draai weer haar skouer na die spieël toe. Toe sy die eerste skote hoor, het sy haar lyf klein gemaak. Of dit instink of kondisionering was, weet sy nie. Sy vryf oor die dik wit pleister. Die steke is 'n harde riffie. Sy gaan sit swaar op die bad se rand. Hoe het die skieter geweet sy gaan by haar kantoor wees? Het hy haar dopgehou? En hoekom op Gods aarde het hy haar geskiet?

Iemand hamer hard aan die hoofslaapkamer se deur. "O'Malley, is jy orraait?" Dis Whistler.

Aella knip haar oë. Hou die aanvaller haar steeds dop? Is hy iewers in die buurt, naby haar huis? Wag hy op 'n tweede kans?

"O'Malley. Aella. Ek kom in."

"Ek's orraait," antwoord sy uiteindelik.

"Jy moet praat," sê Whistler hard in Afrikaans in die gang. "Netnou glip en val jy of iets."

"Ek is nou daar." Aella frons. Sy sien die donker sypaadjie en onthou hoe sy die stinkende stegie langs die Pakistani se winkel binnegeglip het. Die sluipskutter was binne sigafstand van die aanklagkantoor. Selfs dit het hom nie gepla nie.

Waarheen het hy verdwyn?

Daar moet koeëldoppies by die Corolla wees. Sy moet vir Afrika sê. Dit maak nie saak wat Whistler daarvan dink nie, maar Afrika moet die doppies bymekaarmaak, dep vir DNS en deur IBIS sit. Die stelsel werk soms. Daarvan kan sy self getuig.

Sy draai om, weg van die spieël. Dit is beter dat sy nie te veel van haarself sien nie. Haar verfomfaaide beeld is neerdrukkend. Sy draai die stortkrane oop, klim in en lig haar gesig na die strale, haar lyf versigtig geposisioneer om haar seer arm uit die water te hou. Dit is 'n lafenis. Sy tel Roel se lekkerruikseep van die seepbakkie af op en smeer haar lyf dik van die skuim. Minute lank staan sy net so, laat sy die water van haar gesonde skouer en flank en dy afspoel. Sy kyk hoe die skuim verby haar knopperige voete in die drein krul en draai om uiteindelik te verdwyn.

Hou die skietery verband met die moorde op die Volkers? Dit moet wees, want niemand het haar gedreig en op haar geskiet voordat sy die moorde begin ondersoek het nie. Sy leun met haar hand teen die kraan terwyl sy die tromslag van die tonnel deur haar skouerspier probeer ignoreer.

Sy moet op die plaas uitkom, vandag nog. En sy moet met Irmela praat.

Iets.

Daar het iets op daardie plaas gebeur in die dae voordat Henno en sy seun vermoor is. Feite en beelde val oormekaar in haar gedagtes, die een na die ander.

Henno en Heinrich Volker se stil, starende lyke.

Irmela se bleek gesig.

Chonco wat soos 'n brulpadda met sy uitpeuloë aan die sydraad van die seltralies afhang. Msimango, die taxibestuurder wat so geredelik praat. Die beelde draai en draai sonder ophou in sinlose wanorde deur haar kop.

Met 'n sug draai sy die kraan toe en tree versigtig uit tot op die matjie. Sy trek 'n handdoek van die reling af, droog haar vel met ywerige hale af en draai die klam materiaal om haar borste.

In die kamer trek sy vinnig aan: onderklere, langbroek, bloes en dienlike plathakskoene. Sy gaan sit voor die spieël. 'n Bietjie maskara en 'n smeersel lipglans is die somtotaal van haar grimeerpoging. Sy staar na haar haredos. Daar is niks wat sy daaraan kan doen nie. Die stort het dit ontembaar gemaak. Met 'n sug druk sy haar hande deur haar krulle, probeer sy tevergeefs orde uit die chaos skep. Die beweging stuur skietpyne deur haar arm.

"Dêmmit."

Sy stoot uiteindelik die spieëltafel se stoeltjie agteruit, staan op en draai haar rug op haar ydelheid. Daar is belangriker dinge om oor ontsteld te raak.

Sewe en twintig

Toe sy by die kombuis instap, staan Whistler met sy rug teen die wasbak en Leblanc arms gevou langs die tafel. Die atmosfeer is dik.

"Wat nou?" vra sy.

Whistler beduie met sy kop na Leblanc. "Ek het gesê dit is nou tyd dat hy moet teruggaan Pretoria toe." Hy vee oor sy snor en haak sy duime deur sy denimbroek se gordellusse. "Dit is nie meer speletjies nie. Iemand het reeds probeer om jou dood te skiet. Netnou gebeur dit met hom en dan sit ons met jare se kak. Of hy skiet iemand. Dan sit ons met nog meer moeilikheid."

Die Fransman skud sy kop. "Nee."

Aella knip haar oë.

'n Motor toet buite en die helder stemme van kinders klink vrolik in die straat op. Dit is tyd om skool toe te gaan. Aella kyk op haar horlosie. Dis kwart oor sewe.

"Ek het nog 'n week," sê Leblanc. "Voordat hulle sal begin wonder waar ek is. Ek gaan nêrens heen nie. My kanse om geskiet te word is net so groot soos julle s'n. Minder, om die waarheid te sê." Hy wys na Aella. "Jy is die primêre teiken. 'n Ekstra paar oë en ore kan nuttig wees. Daarby is ek goed opgelei. Julle hoef nie oor my bekommerd te wees nie."

"Jy's 'n krok," sê Whistler hardnekkig. Hy beduie na die Fransman se been. "Jy kan nie eens behoorlik hardloop nie."

"Aella is ook 'n krok," antwoord Leblanc.

"O'Malley se arm is seer, nie haar been nie." Whistler kruis ook sy arms.

"En jy is te oud om vinnig te hardloop."

"Jou moer," antwoord Whistler.

"Ek bly."

Die motor toet weer en iemand roep ongeduldig dat die kinders hulle moet haas.

Aella kyk op haar horlosie. "Is julle klaar?" Sonder om vir 'n antwoord te wag stap sy terug na die deurmekaar spaarkamer. Sy tel haar pistool op en laat glip dit in die holster agter haar rug in haar broeksband. Vir 'n oomblik staan sy na die wanordelike vertrek en staar. Toe draai sy om.

"Ons moet ry," sê sy toe sy terugkom in die kombuis. "Ek moet die dossier by die hof kry teen kwart oor agt op die laatste. As Msimango borg kry, is my saak in sy hel in."

"Ek bly," sê Leblanc.

Aella trek 'n gesig. "Jy bly."

"Het jy nie brood in hierdie huis nie?" vra Whistler. "Ek vrek van die honger."

Aella frons. "Kyk in die blik."

"Ek het. Jou brood is groen."

"Jammer."

"Kom ons ry," sê die Fransman. "Ons kan iets langs die pad kry."

Sy beduie die twee mans uit die kombuis na buite, sluit die deur agter haar en aktiveer die alarm. Dis 'n lieflike dag. Fyn wit vlieswolkies dryf soos skaapwol deur die lug. Sy kyk op. Iewers hoog in die lug het 'n vliegtuig verbygetrek op pad na Australië of Nieu-Seeland. Wit slierte is al wat daarvan oorgebly het.

"Kom jy?" vra Whistler weer ongeduldig. "Ek dag jy sê jy's haastig."

Aella lig haar arm. Die wond trek en beur ongemaklik teen die steke wat dit bymekaar moet hou. Sy gee die bakkiesleutels vir Whistler wat dit woordeloos by haar neem.

"Kom jy reg?" vra Leblanc toe Aella die passasiersdeur oopmaak.

Sy knik, gryp die handvatsel aan die binnekant van die deur met haar gesonde hand vas en hys haar na binne. Leblanc klim moeisaam agter haar in.

"Kom jý reg?" vra Aella.

"Oui." Hy steun hard. "Hier," sê hy. Hy gee die bruin koevert oor die sitplek se leuning vir haar aan. "Ek het dit in die bakkie vergeet gisteraand." Dit is die Volkers se lykskouingsverslae.

"Dankie." Sy maak die koevert oop en laat gly die netjies getikte verslae in haar hand uit. Sy sluk hard, want kleurdrukstukke van die foto's wat Geoffrey geneem het, val saam met die verslae uit. Vir 'n oomblik staar sy in Henno Volker se dooie oë en druk die dokumentasie vinnig terug in die koevert.

"Waarheen vir brekfis?" vra Whistler. Hy druk die sleutel in die aansitter en skakel die bakkie aan.

"Gaan laai my by die kantoor af," antwoord Aella styf. Sy sluk. "Ek het nie tyd om te mors nie." Sy staar afgetrokke deur die venster. Dié tyd van die oggend is die verkeer so druk as wat dit kan wees. Almal is op pad skool of werk toe. Sy dink aan haar verklaring. Is daar genoeg om vir Msimango binne te hou of ten minste vir sewe dae uitstel te vra soos wat die wet voorskryf?

In die ou dae was dit makliker om die aanklaers van die meriete van 'n saak te oortuig. Deesdae? Sy weet darem nie. Sekere van hulle is meer besorg oor sosiale geregtigheid as oor geregtigheid in die algemeen. Dit is 'n fyn dans. Aan die een kant is daar die geregverdigde verontwaardiging van die verontregtes van die verlede. Hulle huldig die onuitgesproke mening dat Aella en haar kinders en haar kindskinders en almal wat soos sy lyk vir ewig en altyd die straf moet dra vir die onregte van die verlede. Aan die ander kant is daar die dwingende behoefte om billike regspleging deur die ewe veronregte slagoffers van die allerverskriklikste geweld.

Dit word nie makliker nie. Dalk moet sy vir die aanklaer die lykskouingsfoto's wys, dat hy self kan sien waaraan Msimango aandadig is.

'n Ouman op 'n trapfiets ry by die groen verkeerslig voor hulle in. Hy het 'n sonbril op sy beplooide gesig en 'n groot grashoed op sy kop. Die lang lugdraad met die veer aan die punt wat aan die trapfiets se drarak vasgedraai is, dobber in die lug bokant 'n Gautengse nommerplaat. Iets beweeg in 'n kartondoos binne-in die mandjierak onder die handvatsels. Dit lyk soos hoenders.

Whistler rem hard. "My fok."

"Jy moet kyk waar jy ry," sê Aella.

"Hy moet kyk waar hý ry," antwoord Whistler.

Die ouman het hulle beslis nie gesien nie.

Die lig slaan rooi.

'n Vaalblou bakkie trek langs hulle in. Die voertuig kom ooglopend uit een van die meer afgeleë dele van die platteland. Dit word deur spoeg en genade aanmekaargehou en die maer bok wat op die bak vasgemaak is, blêr weemoedig in die oggendson. 'n Ewe maer man in 'n blou oorpak sit agter die stuurwiel langs 'n vet vrou met 'n bont kopdoek. Aella lig haar hand en die vrou se breë glimlag antwoord haar groet.

"Afrika," sê Leblanc peinsend. "Die mense lewe na aan die aarde." Daar is verlange in sy stem, 'n behoefte aan 'n eenvoudige manier van doen.

Aella het dié versugting al voorheen by buitelanders gehoor. Maar wat weet hulle?

Sy kyk stilswyend by die venster uit, want Leblanc sal nooit verstaan nie. Die maer bok en sy maer eienaar en dié se vet vrou kom van 'n plek af waar die tyd stilstaan, 'n plek sonder lopende water en elektrisiteit, 'n plek waar kinders aan cholera doodgaan en vir moetie vermoor word. Gerugte op die wind bepaal die gang van lewenstye op verafgeleë werwe waar hekse en towenaars die nag bewandel. Die mense se ellendes is groot en hulle vreugdes min.

Afrika is nie vir sissies nie.

Haar lippe vorm die woorde geluidloos en haar asem damp teen die ruit. Sy leun vorentoe toe haar selfoon in haar sak lui.

"Trek daar in," beduie sy vir Whistler terwyl sy die instrument met 'n gesukkel met haar linkerhand uit haar sak vis. Daar is net een parkeerplek oop voor die Pakistani se winkel. Dit is agter 'n afgeleefde Stallion met 'n kraak in sy voorruit. Sy druk die foon teen haar oor.

"Yes, Cappie," sê Cedric Afrika sonder om te groet. "Ek is terug."

Whistler trek die bakkie met sy neus halfpad op die sypaadjie. Die parkeerplek agter die Stallion is te klein vir die groot Hilux. Voetgangers spoel soos rivierwater om die voertuig en gee hulle vuil kyke.

"Yes?" sê Aella.

"My connection by ballisties het laat weet hulle gaan vanmiddag vir ons laat weet of daar 'n hit op IBIS is."

Sy knip haar oë. "Dis vinnig."

"Dit kan gedoen word. Dag ek laat weet jou net, vir future reference. Die DNA gaan langer vat. Ses weke, het Mngomezulu laat weet. Ek wil net vir jou sê ek het liberties gevat met 'n nuwe tegniek. Om die waarheid te sê, die tegniek is nog so nuut, daar is net drie stasies in die land wat dit gebruik: Empangeni, een iewers in Gauteng en een in Kaapstad. Gelukkig het ek 'n connection in Empangeni wat my kon help."

"Wat bedoel jy?" vra Aella stadig. "Ek hoop nie jy't my bewysstukke opgefoeter nie."

"H'm-h'm, Cappie." Afrika haal swaar asem. "Dis 'n vingerafdruktegniek waarmee 'n mens ou latents van metaal af kry, soos gunne en doppies. Regtige, regtige ou latents."

"Soos Super Glue?" As gevolg van olie op die metaal is dit bykans onmoontlik om bruikbare vingerafdrukke van vuurwapens af te lig. Dis egter die enigste tegniek waarmee Aella vertroud is vir die lig van latente vingerafdrukke op metaal. Nieporeuse voorwerpe soos vuurwapens word saam met cyanoacrylaat in 'n dampkas gesit wat geleidelik verwarm word. Die dampe van die gom kleef aan die vingerafdrukke op die metaal. Die tegniek vernietig egter enige DNS wat daar kan wees. "Ek verstaan nie."

Afrika maak sy keel skoon. "Nee. Dis 'n lig-en-poeier-tegniek wat deur Scotland Yard ontwikkel is. Hulle lig latents daarmee van konvekse en konkawe oppervlaktes af. Dis amazing en doen niks aan DNA nie. Serra, noem hulle dit."

"Ek het nog nooit daarvan gehoor nie." Aella draai na Whistler. "Het jy al van 'n tegniek met die naam van Serra gehoor?"

Hy skud sy kop.

"Ek het bietjie rondgespeel met die gunne en die doppies," gaan Afrika voort, "want ek het só gedink ..."

"Wat soek Afrika?" vra Whistler fronsend.

Aella lig haar hand. "Praat, Cedric."

"Iemand moes daardie gunne hanteer het toe dit gelaai is, al was dit lank terug. Dit beteken dat daar latents op die magasyne, die trigger guards en die onderkante van die lope moet wees. Ek het 'n hele paar mooies van die magasyne af gelig en gefotografeer, op die doppies ook. Ek het die spulletjie reeds deur AFIS gesit. Hulle behoort my ook teen vanmiddag te laat weet of dit in die stelsel is." Daardie geoutomatiseerde vingerafdrukidentifikasiestelsel waarmee verdagtes binne ure, in pleks van weke soos in die verlede, geïdentifiseer kan word. "Ek bel jou sodra ek weet."

"Dankie," antwoord Aella.

"Nie te danke." Afrika beëindig die oproep.

"Wat sê hy?" vra Whistler.

Aella lig haar wenkbroue. "Ons sal al vandag weet of ons 'n IBIS-uitslag het."

Whistler is reeds halflyf uit die bakkie. "Met alle respek, O'Malley," sê hy. "Afrika droom drome en sien gesigte. Jy ook. Die fokken stelsel werk nie. Jy weet dit, ek weet dit, hy weet dit. Sê my eerlik: Het jy al ooit 'n IBIS-uitslag gehad wat jy in 'n hof kon gebruik? Regtig? En Serra? Wat de hel is Serra?"

"'n Nuwe tegniek om vingerafdrukke van vuurwapens en doppies af te lig, sê Cedric Afrika."

"Jy weet so goed soos ek dat daar nie bruikbare afdrukke van doppies af gelig kan word nie. Vir wat mors jy so tyd?"

Aella haal haar skouers op. Tegnies is Whistler seker reg. Sy maak haar deur oop en stamp amper 'n vet vrou in 'n blou Duitse sisrok van die sypaadjie af.

"Haibo," sê die vrou verontwaardig.

"Ngiyaxolisa," antwoord Aella. Haar vingers vroetel verleë met die koevert se flap. "Sorry."

Die vrou klik haar tong en vaar neus in die lug soos 'n groot skip by hulle verby. Haar omvangryke borste ploeg soos 'n vlesige kiel deur die voetgangers wat van die teenoorgestelde kant af kom.

"Jy moet kyk waar jy loop, O'Malley," sê Whistler.

Hulle wag vir die Fransman om ook sy deur agter hom toe te maak. Toe hy uiteindelik op die sypaadjie voor die Pakistani se winkel staan, sluit Whistler die bakkie met die afstandbeheerder en gooi die sleutels oor die dak na Aella.

"Vang," sê hy.

Dit val voor haar voete op die grond.

"Regtig, Whistler?" vra Leblanc.

Hy en Aella buk gelyktydig om die sleutels op te tel. Sy vingers vou eerste daarom en hy gee dit woordeloos vir haar aan. Vir 'n vlietende moment sit hulle net so op hulle hurke op die sypaadjie, Aella en die Fransman. Sy oë is vlamblou in die helder oggendlig.

"Dankie," sê sy stadig.

"Shit, O'Malley." Whistler stap met lang treë om die bakkie se neus. "Sorry, man. Ek het nie gedink nie."

Aella staan op en druk die sleutels in haar baadjiesak. Dit voel of sy gaan omval. Sy steek haar hand uit om haar teen die bakkie se deur te stut.

"Fokkit, O'Malley. Jy ís nie reg nie."

Aella beduie vir Whistler weg. Dit bring hom nie van stryk nie.

"Kyk hoe lyk jy. Jy's so bleek soos 'n lyk. Ek gaan wragtig nou met Alexander praat. Jy hoort in die bed."

Hy draai om na die staaltrappe toe.

"Whistler."

"Wat?" Hy draai terug.

"Ons het klaar gepraat."

Whistler skud sy kop. "Jy het geen donderse einde nie, het jy?"

Aella sien Heinrich Volker se kind se bleek gesiggie voor haar. Geen kind behoort deur geweld tot swye geskok te word nie. Sy skud haar kop.

Whistler gooi sy hande in die lug. "Nou maar fok voort, O'Malley. Fok net voort." Hy draai om en beduie na haar gesig. "Onthou net dat die fokken staat nie gepla is met jou nie. Niemand is onmisbaar nie. Daar is altyd iemand wat regstaan om jou plek te vat." Hy blaas sy asem hard uit. "Ek gaan nou loop en my bakkie haal. As jy jouself wil verongeluk, fok aan."

Sonder 'n verdere woord druk hy by haar verby en word een met die mensemassa op die sypaadjie.

"Waaroor het dit gegaan?" vra Leblanc. Hy staar Whistler se bewegende figuur fronsend agterna.

"Hy's baie beskermend," antwoord Aella stadig. Sy lek oor haar droë lippe. Sy hou nie daarvan om met Whistler te baklei nie.

"Is dit 'n goeie of 'n slegte ding?"

"Ek wens ek het geweet," antwoord Aella. "Ek wens ek het geweet."

Agt en dertig

Die reuk van ontbindende afval hang swaar in die lug. Dit kom uit die stegie langs die Pakistani se winkel. Gisteraand het dit nie so skerp geruik nie. Daarvan is Aella seker. Dalk het sy net nie behoorlik aandag geskenk daaraan nie.

Dis moontlik.

Sy het geveg om oorlewing.

Stadig klim sy teen die staaltrappe uit. Agter haar hoor sy Leblanc se oneweredige tred. Toe sy bo kom, staan sy stil en laat gly haar oë oor die onversorgde binneplein. Haar gedagtes is steeds 'n warboel.

Iemand het op haar geskiet om haar dood te skiet.

Sy kan die Pakistani se stukkende Corolla duidelik sien. Geen misdaadtoneellint sper die area af nie. Op die oog af het daar gisteraand geen aanslag op haar lewe plaasgevind nie.

"Hoe laat begin die hof?" vra die Fransman agter haar.

Aella draai om. Haar arm is seer en haar gemoed is gekneus. En Whistler is vir haar kwaad.

"Negeuur," antwoord sy. Sy maak die glasdeur oop. Vir 'n oomblik wonder sy hoe sy die Fransman se teenwoordigheid in haar kantoor gaan verduidelik. Synde hy nie meer lid is van die renostertaakspan nie het hy niks daar verloor nie. Sou kolonel Alexander vra, het sy vir hom geen antwoord nie. Sy trek 'n wrang gesig. Aan Alexander is sy geen antwoord verskuldig nie.

"Kom," sê sy.

Ronel praat met iemand oor die telefoon toe hulle instap. Vanoggend lyk sy mooi. Haar rooskleurige lipstiffie herinner aan die meisie wat sy lank gelede was. Sy maak grootoë toe sy vir Leblanc sien.

Aella probeer glimlag, maar haar mondhoeke bly stram. Sonder 'n woord stap hulle by Ronel se lessenaar verby. Aella sukkel vir 'n oomblik om haar sleutel in die sleutelgat te steek. Haar lam arm wil nie werk nie. Ná 'n kortstondige gesukkel draai die sleutel in sy slot. Sy stoot die kantoordeur stadig oop. Sonlig gooi vlamme op haar lessenaar se blad en selfs die inkkol op die regterkantste hoek lyk of dit daar hoort.

Die urienreuk het verdwyn.

Sy stap na die sluitkas toe en sluit dit oop.

"Ek sal," sê die Fransman. Hy leun by haar verby en lig die dik staalstaaf uit sy skraag.

"Dankie." Sy kyk op. "Maak asseblief die deur toe."

Sy haal die dossier uit die laai uit en gaan sit agter haar lessenaar. Leblanc gaan sit oorkant haar en strek sy bene lank voor hom uit.

Met 'n sug maak sy die dossieromslag oop en kram die lykskouingsverslae en gruwelike foto's net so op die B-afdeling vas. Sy het geen behoefte om die Volkers vanoggend te sien nie. Vir oulaas kyk sy na Msimango se besonderhede, maak 'n nota in haar kop om die man se vingerafdrukke en wangsmere te neem vir die stelsel. Sy maak seker dat al die papierwerk vir die borgaansoek voltooi is. Dit is 'n omslagtige proses om 'n prisonier amptelik aan te kla. Sy kyk af na die borgaanbevelingsvorm voor haar. Sal die aanklaer insien dat die taxibestuurder 'n vlugrisiko is of sal hy hierdie aanbeveling van haar ook met wantroue bejeën? Msimango staar tog lewenslange gevangenisstraf in die gesig. Sý sou gevlug het as sy hy was.

Hoëhakskoene tik in die gang en die volgende oomblik swaai die deur oop.

"Heiden, Kaptein."

Aella kyk stadig op. Ronel staan teen die deurkosyn aangevly in 'n tydlose pose. Haar rok sit te styf en haar lang tone haak desperaat aan haar wit hoëhaksandale se voorkante.

Haar toonnaels se rooi naellak dop af. Haar vroeëre sagte beeld was 'n illusie wat veroorsaak is deur die môrelig.

"Wat soek hy hier?" vra sy in Afrikaans. Sy beduie na Leblanc. Hy hou haar stilweg dop, sonder belangstelling. "Die kolonel het gesê Whistler en dié man ..."

"Die kolonel het vir my niks gesê nie," antwoord Aella styf in Engels. "Majoor Leblanc is my gas."

"Moet ek uitgaan?" vra hy.

Aella skud haar kop. Sy skaam haar vir Ronel.

"Maar ..."

"Waar is die kolonel?" vra Aella.

"Hy't gery. Hy't gesê as ek jou sien, moet ek sê hy soek jou verklaring vir OPOD, vandag nog. Hy's weer Durban toe, na die PK toe oor die Volker-saak. Die minister het 'n navraag gestuur."

Wat het die provinsiale kommissaris en die minister met die Volker-saak uit te waai? wonder Aella weer.

"Die moord op die Duitsers maak groot moeilikheid," antwoord Ronel haar onuitgesproke vraag. "Die moorde het in hulle parlement gedraai." Sy praat hard en vinnig in Afrikaans asof Leblanc nie in die vertrek is nie.

Aella snork onvroulik. Waar was die provinsiale kommissaris en die minister toe oom Van Galen en Adams vermoor is? Om die waarheid te sê, hulle het nog nooit belanggestel in enige van die ander vermoordes in die distrik van Opathe nie. Moet 'n mens eers geld en familie in Duitsland hê voordat die politici hulle werk begin doen?

"Ernstig?" vra sy ná 'n kort stilte. Sy doen haar bes om nie sarkasties te klink nie.

Ronel knik. "Ernstig." Diep plooie omraam die blonde vrou se oë en haar kurktrekkerkrulle staan styf teen haar skouers. "Jou verklaring." Haar lippe tuit die woorde. "Nie later as twaalfuur nie, het hy gesê." Sonder 'n verdere woord draai sy om en stap met ferm treë terug na haar lessenaar.

"Waaroor het dit gegaan?" Leblanc kyk vraend na haar.

Aella skud haar kop. "Die moorde het in die Duitse parlement gedraai." Sy kan dit steeds nie glo nie.

"Hierdie saak?"

Sy knik. "Hierdie saak." Sy stoot haar stoel terug. "Nou ja. Sit en staan gaan niks uitrig nie. Ek moet vir Msimango by die hof kry." Sy staan op en tel die dossier op. "Dis gaan 'n geveg wees om hom binne te hou."

Leblanc kom ook stadig regop. "Wil jy hê ek moet Chonco se selfoon ook laat nagaan? Dalk raak ons iets wys."

"Jou konneksie kan in die moeilikheid beland," antwoord Aella.

Hy skud sy kop. "Nie maklik nie. Hy't 'n groot ondersteuningsnetwerk."

Sy knik stadig. "Oukei." Sy draai na die sluitkas en haal die antieke Nokia uit. "Die battery is nog vol en dit lyk nie of daar 'n wagwoord op is nie. Ek weet net nie wat die nommer is nie."

"Dis oukei," antwoord Leblanc. Hy vat die selfoon en druk 'n paar silwer knoppies op die toetsbord. "Hy kan dit nagaan met die IMEI-nommer ook." Hy draai die selfoon se gesig na haar. "Daar."

"Ek vergeet daardie kortpaaie aanmekaar." Aella beduie vir Leblanc om voor te stap sodat sy haar kantoor kan sluit.

Hy wag vir haar in die gang.

"Hoe voel jou been?" vra sy.

Hy trek 'n gesig. "Wat kan ek sê? Dis nie 'n plesier om in 'n wip gevang te word nie."

"Twaalfuur," sê Ronel toe Aella en Leblanc by haar verbystap.

Aella gaan staan doodstil voor haar lessenaar. Sy kyk Alexander se adjudant in die oë. "Sê jy vir die kolonel dis die aanklagkantoor se werk. Hy moet die regte mense taak. Ek het werk om te doen."

Ronel se mond gaan oop maar Aella stap doelgerig by haar verby sonder om haar kans te gee om te antwoord. Sy klim vinnig by die staaltrappe af. Toe sy amper onder is, draai sy om en trek haar asem diep in.

"Wat is dit?" vra Leblanc.

Sy skud haar kop en vind onwillekeurig die ketsmerk teen die muur.

"Ek wás amper dood," sê sy met verwondering.

Die trap is prosaïes. Dit lyk nie soos 'n skavot nie. Sy ril. Op die ingewing van die oomblik draai sy na die Pakistani se Corolla toe. Sy trap versigtig oor 'n kraak in die sement op die sypaadjie tot in die onversorgde binnehof. Haar skoene sink in klam rooigrond. Eens op 'n tyd, lank gelede, was die area behoorlik geplavei, maar net soos baie ander dinge op Opathe het mot en roes sy tol geëis. Sy stap op haar tone tot by die verwaarloosde sedan. Roeskolle slaan deur die voertuig se geel verf en daar is 'n kraak in die ruit. Aella stap om die motor se neus, haar oë op die grond.

"Waarna soek jy?" vra Leblanc agter haar.

Ou koerante lê in 'n slordige stapel in die hoek agter die rammelkas en kakiebos groei teen die afdak se muur.

Aella antwoord nie. Haar oë glip na die staaltrap en terug na die Corolla. Sy stap stadig om die afgeleefde voertuig se kattebak, versigtig om nie in die bolle hondemis te trap wat onder die afdak lê nie. Die binnehof is ook die straathonde se openbare gerief. 'n Beweging in die ou motor trek haar aandag. 'n Wit straatkat het hom op die bestuurdersitplek tuisgemaak. Hy blits deur die oop venster toe hy vir Aella gewaar.

"Blerrie kat," sê sy sag.

Sy laat rus haar hand op die deurraam en in haar gedagtes sien sy haar teen die trappe afklim. Haar wit T-hemp is duidelik sigbaar in die donker. Aella trek 'n wrang gesig. In haar gedagtes rig sy haar pistool met twee hande soos wat sy geleer is en mik na die wit ketsmerk teen die rooi muur.

Hier. Hy moes net hier gestaan het.

Sy kyk ondertoe en rondom haar.

"Jy sal jou moet haas," sê die Fransman. "Dit word laat."

Aella knik. Dalk is sy verkeerd. 'n Dowwe skynsel op die bestuurdersitplek vang haar oog. Sy buk en steek haar hand deur die oop venster. Sy is tog reg. Sy staan stadig regop.

"Het jy 'n pen?" vra sy.

Leblanc vroetel in sy sak en haal 'n geel Bic-pen uit. "Is dit reg?"

Sy knik, neem die pen en leun deur die venster. Toe sy regop kom, glim 'n koperkleurige patroondoppie dof op die pen se punt. Die man wat op haar geskiet het, het net hier gestaan. Die doppie kom uit sy pistool.

"9 mm," sê sy.

"Parabellum." Leblanc leun vorentoe. "Kyk na die lengte van die dop."

"Dit het hier begin." Sy trek haar asem in.

"Hy't jou gejag."

"Tot julle opgedaag het." Sy knip haar oë. "Ek het teruggeskiet."

Die Fransman byt ingedagte op sy onderlip. "Ek verstaan nie hoekom iemand jou wil vermoor nie."

"Ek ook nie."

Aella staar woordeloos na Leblanc en hy na haar. Uiteindelik laat glip sy die doppie in haar broeksak.

"Ek sal dit vir Cedric Afrika gee. Dalk kan hulle iets daarmee doen."

Die Fransman antwoord nie. 'n Frons sny diep tussen sy oë in.

Aella kyk op haar horlosie. Sy het nie tyd om te wonder waaroor hy dink nie. Sy moet vir Msimango in die hof kry en sorg dat hy agter tralies bly.

Nege en twintig

"Hulle is nog steeds hier," sê Aella toe hulle by die aanklagkantoor se trappies opstap. Sy beduie na die drie groot plaasbakkies wat voor die deur geparkeer staan.

"Wie?" vra Leblanc.

"Die boere." Sy maak haar oë toe. Shit. Toe sy dit oopmaak, staan Jan Buthelezi die kosyn vol.

"Verskoon my," sê Aella.

Hy skuif nie op nie, stut net sy arm teen die kosyn. Hy kyk haar op en af met onleesbare oë terwyl hy aan 'n vuurhoutjie kou.

Aella trek haar asem in en tel tot tien. "Is daar 'n probleem, Adjudant?" vra sy uiteindelik.

Agter haar kug Leblanc liggies.

Buthelezi haal die vuurhoutjie uit sy mond en spoeg splintertjies daarvan op die vloer voor haar voete. Hy stoot hom regop, draai om en stap stadig na die toonbank. Hy maak die houtdeurtjie oop wat lede van die polisiediens van lede van die publiek skei en gaan leun met sy elmboë op die blinkverniste oppervlak. Die konstabel wat die toonbank beman, skuif ongemaklik in die hoek langs die telefoon in.

"Geen probleem nie, Kaptein." Hy trommel met dik vingers op die hout. "Ek wag steeds vir die ICD 1. Wanneer kry ek dit?"

Aella se kakebeenspiere bondel ineen. "Wanneer jý dit voltooi, Adjudant," antwoord sy deur stywe lippe. "Jy is skofbevelvoerder hier, nie ek nie." Aella leun verby hom en wink na die datatikster by die rekenaar langs die radiokamer. Sy stoot die dossieromslag oor die toonbank. "Ek soek 'n MAS-nommer."

Die tikster staan op en stap om 'n vaal lessenaar in die middel van die vertrek. Buthelezi sit sy hand swaar op die bruin omslag neer.

"Hierdie docket gaan nêrens voor ek my ICD 1 het nie."

Aella se oë gly oor haar kollega se korpulente figuur. Sy hemp se onderste knoop is af. Maagvel steek oor sy uniformbroek se ouderwetse, breë leergordel. 'n Dik goue ketting hang waar sy horlosieband veronderstel is om te wees. Gerugte doen die rondte dat Buthelezi omkoopgeld aanvaar om voertuigklarings vir gesteelde voertuie uit te reik.

Aella trek die dossier onder sy gewigtige hand uit en gee dit vir die tikster aan. Die beweging laat haar vel ongemaklik teen die steke in haar boarm trek.

Sy het genoeg gehad.

Jan Buthelezi het haar klaar geboelie.

"Ek ontvang nie bevele van jou nie, Adjudant. Inteendeel." Sy draai na die tikster. "Vyf minute. Ek gaan solank my prisonier haal." Sy beduie vir die konstabel wat oopmond na haar staar. Niemand praat met Buthelezi teë nie. "Kan ek die selsleutel kry, asseblief?"

Die konstabel gee dit woordeloos vir haar aan.

Sy draai terug na Buthelezi. Hy knipper sy oë en sy wange dril. Hy maak sy mond oop, maar Aella spring hom voor. "As daar iets fout is met my dossier wanneer ek terugkom, Adjudánt, kla ek jou vandag van regsverydeling aan. Dan kan jy persoonlik met die manne by die Onafhanklike Klagtedirektoraat gesels en sommer self vir hulle vertel hoekom jy nie 'n ICD 1 wil voltooi vir 'n selfmoord in die selle waarvoor jý verantwoordelik is nie."

Donker oë staar in donker oë.

"Kaptein O'Malley," sê 'n skugter stem agter haar. Aella draai om. Dit is Willem Visagie. Hy sit op 'n blou plastiekstoel teen die muur en hy is alleen.

"Yes, Willem," antwoord sy stadig.

"Kan ... kan jy nie iets doen vir S.P. nie?" Hy lig sy hande hulpeloos. "Ek bedoel, hy sit al heelnag in die selle."

"Ek weet," antwoord sy. "Wat wil jy hê moet ek doen?"

Hy haal sy skouers op. "Reël vir borg of so iets."

"Jy het self gesien wat hy aangevang het, Willem. Hoe kan jy dit van my verwag?"

"Hy's tog een van ons," antwoord die meulenaar. "Hy't niks gedoen wat een van ons nie sou doen nie."

Aella lig haar wenkbroue. "Dis die hele probleem. Praat met Sibisi," gee sy uiteindelik bes. "Dis sy saak." Sy beduie met haar kop na die straat. "Waar's jou pelle?"

"Na die senior aanklaer toe saam met dominee Haufmann, om te kyk of hulle nie daar kan regkom nie."

Aella vee moeg oor haar oë. "S.P. moet vir hom 'n prokureur kry," sê sy. "Dis die beste raad wat ek vir julle kan gee."

'n Vragmotor se lugremme blaas en sis in die straat voor die aanklagkantoor en die reuk van diesel en teer vul die afstand tussen Aella en Willem Visagie.

"Hoe kan jy só wees?" vra hy fronsend terwyl die vragmotor brullend wegtrek.

"Hoe?"

"So onbehulpsaam."

Aella knip haar oë. "Watter deel van 'dis nie my saak nie' verstaan jy nie, Willem?"

Sy kon netsowel geswyg het.

Visagie skud sy kop. "Hoe kan jy een van jou eie mense so in die rug steek terwyl jy cover vir 'n moordenaar se gat?" 'n Bitter trek speel om sy mondhoeke en hy spoeg onverwags op die grond voor haar voete.

Vir 'n oomblik staar Aella woordeloos na die meulenaar. Sonder 'n verdere woord draai sy om en beduie vir Leblanc om haar te volg. Sy gaan haar nie verwerdig om op Visagie se belediging te reageer nie.

"Waaroor het dit gegaan?" vra Leblanc toe hulle in die lang gang na die selle toe stap.

Sy skud haar kop. "Ek is 'n volksverraaier."

"Regtig?" Die Fransman klink skepties.

"Blykbaar."

Hulle stap verby die mansel. Die prisoniers staar met dowwe oë na Aella en die Fransman. Vanoggend is hulle stil.

Waar is S.P. van der Walt?

"Ek wonder wat van Whistler geword het," versteur Leblanc haar gedagtegang.

Aella haal haar skouers op. "Ek wens ek het geweet." Sy sug.

"Dalk het hy iets gaan kry om te eet."

"Dis moontlik."

Msimango lê kaalvoet op die stapel viltmatrasse. Hy sit stadig regop toe die sleutel in die slot ratel. Sy oë is steeds toegeswel.

"Trek aan jou skoene," sê Aella toe sy die koue sel binnestap. "Dis tyd om hof toe te gaan. Jy't mos gesê jy soek borg."

Hy skud sy kop. "Angifuna."

Sy frons. "Ekskuus?"

"Ek wil nie borg hê nie," herhaal hy in Engels. Sy adamsappel beweeg op en af onder sy dun keelvel.

"Msimango, wat gaan aan?" Aella frons.

"Die man is bang," sê Leblanc agter haar.

Sy draai om. "Bang vir wat?"

Hy haal sy skouers op.

Aella draai terug. "Msimango, wat's fout?"

Hy laat sak sy kop. Sy gesig is 'n masker en sy kakebene bult. Hy wroeg. Uiteindelik skud hy sy kop.

"Ek wil nie borg hê nie. Sgoloza gaan my doodmaak as ek buite is."

"Wat bedoel jy?" vra Aella. Haar frons verdiep.

"Hy was hier, gisteraand."

"Hier by jou?"

Msimango knik. "Hy was hier en toe's hy weer weg."

"Wat het hy vir jou gesê?" Aella frons.

"Hy't gesê hy gaan my doodmaak as ek in die hof praat." Die taxibestuurder wring sy hande inmekaar, een vinger oor die ander. Hy lek sy lippe nat. "Ek sê niks verder nie."

"Hoe weet hy wat jy alles vir ons gesê het?" Aella skreef haar oë teen die skerp sonlig wat deur die tralies op die sementvloer val.

"Ek weet nie. Hy weet Chonco is dood."

Aella verstaan steeds nie. "Maar hoe weet hy van jou? Jy't dan gesê jy ken hom nie."

"Angazi." Ek weet nie.

"Hoe't jy geweet dis Sgoloza?" Dit is 'n simpel vraag. Msimango se ken bewe. "Hy't gesê dis hy."

Regtig? Is dit so eenvoudig? Aella kyk op haar horlosie. Dis amper halfnege. Sy moes al by die aanklaer gewees het. Sy stap uit die sel die gang binne.

Leblanc gaan leun teen die muur, een voet oor die ander. Sy haal haar selfoon uit haar baadjiesak en tik Whistler se nommer.

"Wat is dit, O'Malley?" vra hy nadat sy selfoon drie keer gelui het. Hy praat hard, want dit raas in die agtergrond.

"Waar's jy?"

"By die taxi rank. Ek het kom vra oor King James Masondo. Dit lyk nie vir my of hy weet dat Msimango gearresteer is nie. Hy weet duidelik ook nie van Chonco nie. Die rank manager sê dat hy vanoggend 'n taxi Gauteng toe moet vat." Hy praat met iemand in Zoeloe en dit klink asof die persoon met hom saamstem. "Sodra hy hier aankom om die taxi te kom haal, gaan ek hom skraap." Dit klink of hy vir Aella vergewe het.

"Ons het moeilikheid," sê Aella.

"Watse moeilikheid?" 'n Voertuig toet in die agtergrond en maskandimusiek doef-doef agterna.

"Sgoloza het vir Msimango kom dreig."

"Wat bedoel jy?"

"Presies wat ek sê." Daar is 'n steurnis op die lug. Skielik is daar net 'n hoë luitoon tussen haar en Whistler.

"Whistler," sê sy hard. "Whistler!" Sy draai na Leblanc. "Ons het 'n reuseprobleem."

Hy takseer haar met sy oë. "Wat is dit?"

Fyn haartjies kriewel in Aella se nek. "Jy sien self hoe lyk dit hier. 'n Mens moet reg deur die aanklagkantoor stap om hier uit te kom. Die prisoniers word vorentoe gevat as iemand hulle wil sien. Niemand behalwe ons en die aanklagkantoorpersoneel word hier toegelaat nie." Sy maak haar oë toe.

"Aella O'Malley," klink 'n stem uit die sel waarin Chonco homself gehang het. Dit is S.P. van der Walt se stem.

"Wat is dit?" vra sy hard.

Sy stap nader aan die sel. Die groot boer sit op 'n grys viltmatras met sy arms oor sy bene gevou. Daar is sweetkolle onder sy arms en baardstoppels gooi 'n skadu oor sy bruingebrande gesig.

"Ek het gehoor hoe praat julle. Hierdie Sgoloza is 'n polisieman. Hy't 'n sleutel gehad vir die sel, want hy was binne-in."

Aella haak haar vingers rondom die tralies. "Praat met my."

Hy grimas. "Kry my eers hier uit."

Sy skud haar kop. "Jy weet mos dis Sibisi se saak. Ten minste het hy toegesien dat jy alleen aangehou word."

"Vir wat dit mag werd wees." Die boer staan stadig op. "Donder, maar ek's styf." Hy strek sy lang lyf en gaap oopmond.

Aella knip haar oë.

"Oukei, oukei, O'Malley," sê hy. "Iemand het gisteraand hier langsaan ingestap. Hy't 'n sleutel gehad want ek kon dit in die slot hoor ratel. Hy't allerhande dreigemente gemaak."

"Soos wat?"

"Dat die klein stront hier langsaan sy bek moet hou anders haal hulle vir hom uit. En dat hy nie eens daaraan moet dink om te probeer om 'n staatsgetuie te word nie." Hy snork minagtend. "Sover dit my betref, kan hulle dit maar in elk geval doen. Klein etterkop."

"Jy maak dit nie beter nie, S.P."

"Tough," antwoord hy. "Die fokken useless regering moet die doodstraf terugbring."

"Daar's darem nou 'n nuwe president."

"Wat ons grond wil vat. Nuwe versie, selfde wysie." Van der Walt gaan sit steunend op die matras.

"Kon jy sien wie dit was?" vra Aella hoopvol.

Hy skud sy kop. "Hulle het Zoeloe gepraat. Ek het probeer kyk, maar die selhek is te ver van die muur af en ek het nou nie juis 'n nek soos 'n kameelperd nie."

Aella blaas haar asem uit. "Hoe laat het dit gebeur?"

Die groot boer haal sy skouers op. "Halfsewe, seweuur. Ek is nie seker nie. Ek het my horlosie by die huis gelos toe Sibisi my kom haal het."

"Jy moes eerder gepraat het." Aella klem haar vingers om die tralies. Sgoloza is so naby en so onbereikbaar ver.

"Met wie? Julle is die eerste mense wat ek te siene kry van gisteraand af."

Aella trek haar asem diep in. Liewe Vader.

"Kry my hier uit, O'Malley."
"Sorry, S.P."
"Wat nou?" vra Leblanc toe sy in haar spore omdraai.
"Wag hier," antwoord Aella. Sy stap vinnig terug na die aanklagkantoor toe. Buthelezi is terug op sy pos in die deur. Van Willem Visagie is daar geen teken nie.
"Waar is die VB?" vra sy, lig die klap in die toonbank op en stap na die deurmekaar lessenaar in die middel van die vertrek. Ou koerante en wegneemetehouers stoei om plek op die beknopte oppervlak. Sy maak die koerante bymekaar en gooi dit in die vullisdrom langs die datatikster se stoel. "Wat 'n gemors." Sy sien nie die voorvalleboek nie.
"Iemand het dit gevat vir inspeksie, Kaptein," antwoord die konstabel.
Buthelezi spoeg die vuurhoutjie met 'n boog tot op die vloer. Sy ignoreer hom. Hy stoot sy groot maag teen die toonbank vas.
"Wie was aan diens gisteraand?" vra Aella vir hom.
Hy haal sy skouers luiweg op terwyl hy nog 'n vuurhoutjie uit 'n pakkie in sy bosak haal en dit in sy kies druk.
"Aan wie het jy die skofoorhandiging gedoen, Adjudant?" eis Aella. "Wie was skofbevelvoerder?"
Buthelezi haal weer sy skouers op, draai sy rug op haar en gaan leun weer met sy skouer teen die kosyn.
"Weet jý?" vra Aella vir die konstabel.
Hy kyk grootoog na haar en skud sy kop. Niemand gaan vir Buthelezi teë nie.
Aella leun met haar kneukels op die lessenaar en trek haar asem in. Sy maak haar oë toe en tel stadig soos wat Whistler haar geleer het as sy regtig kwaad word: fokken een, fokken twee, fokken drie. Sy tel tot by vyftien en maak haar oë oop toe die wond aan haar arm begin klop. Buite in die straat dreun die verkeer verby. Buthelezi se dik lyf gooi 'n donker skaduwee in die oggendson. Hy staan die hele deur vol. Sy stap haastig terug na die selle toe. Leblanc staan steeds met sy rug teen die muur voor Msimango se sel.
"Ek kry nie die register wat vir ons sê wie gisteraand aan diens was of hier was nie," sê sy met mening.
"Dink jy dis per ongeluk?" Die Fransman staan stadig regop.
"Ek weet nie."

"Hierdie man is jou enigste getuie." Leblanc byt op sy onderlip. "Hy's nie veilig nie."

"Sy agt en veertig uur ..."

"Verstryk vannag," voltooi hy haar sin.

"Jy's reg," antwoord Aella stadig. Streng gesproke hoef sy hom eers môreoggend hof toe te vat. Sy draai na die oop sel. Die taxibestuurder het intussen weer op die stapel matrasse gaan lê. "Msimango, is jy seker jy wil nie borg hê nie?"

Hy sit stadig regop en knik stram. Hy hoort in die hospitaal. "Sgoloza gaan my doodmaak."

"Jy ís nie veilig nie," beaam Aella. "Nie hier nie." Sy byt haar onderlip tussen haar tande vas. Sy draai na Leblanc. "Sal jy my help?"

"Wat wil jy doen?"

"Ek gaan hom tronk toe vat en vra dat hulle hom in 'n enkelsel aanhou tot môreoggend. Dit sal nie so maklik wees vir iemand om hom daar te intimideer nie."

"Of te vermoor nie," sê die Fransman.

Aella knik. "En dan moet ons uitvind wie hierdie persoon is. Whistler moet ons daarmee help. Hy praat die taal." Sy kyk na Msimango. "Verstaan jy?"

Hy draai sy geswelde gesig na haar toe. Die bietjie wat sy van die wit van sy oë kan sien, is bloedbelope. Sy ooglede is donker swamme. Dit lyk baie seer.

"Kom."

Hy staan stadig op.

"Hier's jou skoene," sê Aella. Sy stoot sy plakkies met haar voete nader aan syne. Hy voel-voel met sy voete op die grond. Sy buk en druk sy voete in sy skoene.

"Ngiyabonga."

Voetjie vir voetjie lei hulle hom die sel uit.

"Wat van my?" roep Van der Walt uit sy sel.

"Kry 'n prokureur," antwoord Aella oor haar skouer.

"Stank vir dank is wêreldsloon, O'Malley," klink die boer se stem teen die selblok se koue mure.

Aella antwoord nie, want S.P. van der Walt is reg.

Haar selfoon lui toe hulle voor die tronk stilhou. Dit is Whistler.

"Waar is julle?" Dit klink of hy in die straat staan, want voertuie dreun in die agtergrond.

"By die tronk." Sy skakel die bakkie se enjin af en tel haar handsak op. "Ons boek vir Msimango in," antwoord sy. "Het King James al opgedaag?" Sy klim uit, stap in die praat om die agterkant van die Hilux en kyk hoe Leblanc die taxibestuurder uit die voertuig help. Daar is steeds 'n beklemming om haar keel.

"Ek is te white en te bright. Die rank manager het gesê hy sal my laat weet sodra hy hom gewaar. Hoekom boek julle vir Msimango by die tronk in?" 'n Motor toet hard en vir 'n oomblik kan Aella nie hoor wat hy sê nie.

"Ekskuus?"

"Hoekom boek julle hom by die tronk in?" herhaal Whistler. "Hy moet mos in die hof verskyn vandag."

Aella maak haar keel skoon. "Sy agt en veertig uur verstryk eers vannag." Tortelduiwe koer in die hoë dennebome wat rondom die tronkperseel se groentetuin geplant is en die lug ruik na varsgesnyde gras. Dit is 'n lieflike oggend. "Whistler," sê sy.

"Wat?"

"Iemand het vir Msimango in die selle gaan dreig gisteraand."

"Wat bedoel jy?"

"Iemand wat beweer hy's Sgoloza. Die persoon het gesê hy gaan hom doodmaak as hy in die hof praat."

Whistler haal hard in Aella se oor asem. "Hoe sou Sgoloza nou by Msimango uitgekom het?"

Die Fransman het sy arm om Msimango se skouers. Hy lei hom versigtig om die rotstuin met sy dooie aalwyne na die tronkontvangsafdeling se groot dubbeldeure.

"Ek weet nie. Hy moet een van ons wees. Hoe anders sou hy by die selle uitgekom het? Daarby het hy 'n sleutel gehad."

Leblanc en die taxibestuurder staan stil. Die Fransman haal sy selfoon uit sy sak en druk dit teen sy oor. Hy knik sy kop aanhoudend terwyl hy praat. "Merci, thank you."

"As dit een van ons is, is dit 'n groot bekommernis," sê sy terwyl sy kyk hoe Leblanc iets op sy hand neerskryf.

"Bliksem," sê Whistler. Vir 'n lang oomblik is die geruis van voertuie en die onmiskenbare geluide van voetgangers op die sypaadjie al wat sy hoor. "Het jy gevra wie aan diens was gisteraand?" vra Whistler.

"Ja. Jan Buthelezi was nie behulpsaam nie."

"Fokker." Dit klink asof Whistler 'n gebou binnegaan, want die straatgeluide vervaag in die agtergrond. "Ek sal self by hom gaan uitvind. Waar kry ek julle?"

"Voor die kantoor. Ek moet teruggaan plaas toe."

"Ek wil nie uit die dorp gaan voordat ek weet waar King James Masondo is nie," sê Whistler.

"Jy's reg." Aella draai haar gesig na die son. Wat sal sy sonder Whistler maak? "Ek kry jou oor twintig minute by Build Masters." Dit is oorkant die taxiterminus.

"Roger that." Sonder 'n verdere woord druk hy sy selfoon dood.

"My konneksie het gebel," sê Leblanc toe Aella by hom en Msimango aansluit.

In die helder lig lyk die taxibestuurder se gesig nog slegter. Hoekom die Kubaanse dokter hom nie in die hospitaal laat opneem het nie, verstaan sy nie.

"Wat sê hy?"

"Hy't vir my 'n nommer gestuur." Hy draai sy hand na haar. Die telefoonnommer op sy palm lyk onskuldig. Dit kan enigiemand s'n wees. Dit is die nommer van die persoon wat gedreig het dat hy haar gaan doodmaak.

Sy tik die nommer op haar selfoon in en registreer dit as 'n nuwe kontak. "Dankie."

"Hy is besig met 'n reëletydsoektog en sal ons laat weet wanneer hy iets gekry het. Hy soek ook deur die RICA-databasis om te kyk in wie se naam daardie SIM-kaart geregistreer is." Leblanc haal sy skouers op. "Vir wat dit mag werd wees. Die mense koop voorafgeregistreerde SIM-kaarte by die straathandelaars en dan help dit ook niks. Ek het vir hom Chonco se IMEI-nommer ook gegee."

"Dankie," sê Aella. "Baie dankie." Sy sal nie hierdie inligting in 'n hof kan gebruik nie, maar sy sal ten minste weet waar om na die verdagte te gaan soek. Sy sit haar hand onder Msimango se elmboog. "Kom ons gaan boek hom in."

"Wat de fok het met hom gebeur?" vra Van Tonder agter die toonbank toe hulle hom die portaal binnelei.

Van Tonder is ook 'n dinosourus uit die vorige bedeling. Sy aftrede wil nie vinnig genoeg na enigiemand se sin aanbreek nie.

"Hy's aangerand toe hy gearresteer is," antwoord Aella in Engels.

"Ek kan nie vir hom so opneem nie," sê Van Tonder. "Ek gaan jare se moeilikheid kry." Hy vou sy arms. "En vir wat praat jy Engels met my?"

"Hy was reeds by die dokter, Van Tonder," sê Aella. "Dié het gesê dat hy orraait is. Hy lyk erger as wat dit is. En ek praat Engels met jou sodat my kollega kan verstaan." Sy beduie na Leblanc. "Hy's van Frankryk af."

Die ou bewaarder skud sy kop. "My wragtig." Dit klink asof hy lanklaas Engels gepraat het. Hy beduie na Msimango. "Dié perd lyk landkak. Hy moet maar in die polisieselle gaan sit. Hy's julle probleem."

"Hy gaan vermoor word in ons selle," sê Aella stram. "Iemand het hom klaar loop dreig daar – een van ons. En as hy daar vermoor word, is dit júlle probleem as dit rugbaar word dat julle geweier het om hom op te neem."

Van Tonder kyk skewekop na haar. "Ernstig?"

Sy knik.

"Het hy al in die hof verskyn?"

"Dis môreoggend sy eerste verskyning."

Van Tonder lig sy ruie wenkbroue. "Hoe gaan hy daar kom?" Die tronk is nie geneë om verhoorafwagtende prisoniers aan te hou voor hulle in die hof verskyn het nie. Hulle is veral nie geneë om sulke prisoniers van die tronk af na die hof te vervoer nie.

"Ek sal hom self kom haal."

"Oukei," gee hy uiteindelik toe. "Oukei. Maar ek gaan vir hom in die tronkhospitaal laat toesluit, want as hy doodgaan tussen vandag en môre soek ek dit nie op my gewete nie. Daar's in elk geval nou niemand daarbinne nie." Hy kyk af, trek 'n laai oop en haal 'n stapel gefotokopieerde vorms uit.

"Baie dankie," sê Aella. Sy trommel op die ontvangstoonbank. "Van Tonder?"

"Wat?"

"Ek soek niemand naby hom nie. Net ek. Geen besoeker, geen polisieman nie. Oukei," gee sy toe. "Miskien Whistler, maar dis al."

"That bad?"

Sy knik.

"Maak so," antwoord hy. Hy stoot die papierwerk oor die toonbank na haar toe. "Jy moet daar teken, en daar."

Dit is onder andere 'n verklaring van die beserings waarmee die prisonier by die tronk ingeboek word, en waar en hoe die beserings opgedoen is. Niemand wil valslik van aanranding beskuldig word nie.

Sy gehoorsaam woordeloos.

"Wat het hy gemaak?" vra die bewaarder terwyl hy met stywe bene om die toonbank se lang blad stap. Sy knieë gee hom al baie jare moeilikheid.

Aella byt aan die binnekant van haar wang. "Plaasaanval," antwoord sy uiteindelik. "Henno en Heinrich Volker."

Van Tonder frons. "Hierdie klein bliksem?"

Sy knik.

"Hoe de hel? Hy's so klein, Henno sal hom uit sy skoene klap."

"Henno is dood," antwoord Aella.

Van Tonder draai na Msimango wat steeds roerloos met sy vingers ineengestrengel staan. "Hulle moes vir jou harder gemoer het."

"Los dit," sê Aella. "Vir Henno en Heinrich se onthalwe. Hy's my enigste getuie." Sy druk haar hare agter haar oor in. "En iemand dreig om hom dood te maak as hy praat."

Die bewaarder toring bo die taxibestuurdertjie uit. "Moenie worry nie," antwoord hy stadig. "Ek sal mooi na hom kyk. Fokken mooi. Hy moet maar gewoond raak, want ons gaan vir die res van sy lewe agter sy gat kyk." Hy vat hom sagkens aan die skouer. "Of hoe, ou pel?"

Msimango antwoord nie.

Leblanc se selfoon vibreer in sy bosak. Aella kan die helder skerm deeglik deur die dun, lakense materiaal sien flikker.

Hy haal die instrument uit en druk dit teen sy oor. "Oui." 'n Vinnige gesprek volg in Frans.

Van Tonder beduie met sy kop na die lang gang wat na die tronkselle lei. Ek vat hom nou, vorm sy lippe die woorde.

Aella knik. "Dankie."

Van Tonder omvou Msimango se maer boarm met sy groot hand. "Woza," sê hy. Saam stap hulle stadig die gang af, die groot bewaarder en sy klein toevertroude.

"Dit was weer my konneksie," sê Leblanc toe die twee

om die hoek aan die onderpunt van die gang verdwyn. Die Fransman druk die selfoon terug in sy sak. "Die selfoon waarvandaan die oproep gemaak is, is hier in die dorp. En daardie selfde selfoon het ook vir Chonco gebel."

"Is hy seker?"

"Seker tot binne sewentig meter op die oomblik. Hy is besig om die soektog te verfyn en sal my binne 'n uur terugskakel. Dit behoort ons tot binne 'n meter van die foon af te bring. Ons het egter 'n probleem."

"Wat?" vra Aella. Sy trommel met haar vingers op die gladverniste toonbank. Hulle moet beweeg.

"Die selfoon is ge-RICA in die naam van Osman Ibrahim."

"Osman Ibrahim?" Sy frons. "Ek het nog nooit van hom gehoor nie."

Leblanc glimlag wrang. "Meneer Ibrahim het baie selfone. Honderde, sê my konneksie."

Aella maak haar oë toe. "Dis 'n vals SIM-kaart," sê sy stadig. Sy maak haar oë oop. Buite skyn die son helder op die rotstuin, alledaags, asof moord en doodslag nie onder sy goue gloed gedoog sal word nie.

Die Fransman knik.

"Waar is die foon?" vra Aella.

Leblanc draai sy selfoon na haar. 'n Kaart van Opathe is netjies uitgelê op die skerm. 'n Rooi kolletjie flikker op die kant van die skerm.

"Dis by die taxiterminus," sê Aella. "Weet jy hoe baie mense is daar?"

"Sodra my konneksie die presiese ligging het, sal hy ons laat weet."

"Kom ons ry." Aella verskuif die pistool in haar rug. "Ons moet in elk geval vir Whistler by Build Masters kry. Dis oorkant die terminus. Ons kan van daar af begin soek."

Sonder 'n verdere woord stap hulle uit die ouderwetse gebou na die bakkie toe.

"Hoe bestuur jy hierdie monster?" vra Leblanc toe hy langs Aella inskuif.

"Hoop en genade." Sy skakel die bakkie aan. "Dink ek."

Die persoon wat haar gisteraand geskiet het, is by die taxiterminus, dreun dit deur haar gedagtes. Dit is so eenvoudig. Sy laat haar ruit sak. Die geur van bloekom en den streel deur die bakkie se kajuit. Sy ry te vinnig by die tronkperseel uit. Uit die hoek van haar oog merk sy hoe Leblanc sy veiligheidsgordel oor sy bors trek en dit sekuur in die slot laat klik. Sy verminder spoed.

"Tot binne 'n meter, sê jy?" vra Aella.

Die Fransman knik. "Uiteindelik. Maar dit neem tyd."

"Jou konneksie het goeie konneksies." Sy rem hard agter 'n vaalblou minibus wat onverwags stop om passasiers voor die groot Cash and Carry af te laai en glip moeiteloos by die voertuig verby.

"Dit is so," antwoord Leblanc. Hy gryp na die handvatsel bokant die deur. Sy kneukels slaan wit deur sy vel soos hy daaraan vasklou.

"As dit maar altyd so maklik was." Aella sien Whistler se bakkie van ver af voor die ingang van Build Masters staan. Dié tyd van die maand is die uitgebreide bouwarewinkel stil. Aan die einde van die maand gaan dit anders wees. Die mense spaar lank om bakstene en sement kontant te kom koop om vir hulle huise te bou. Soms bou hulle jare aan 'n huis. "Daar's Whistler se bakkie."

Sy trek langsaan in en skakel haar voertuig af. "Ek wonder waar is hy."

"Daar," antwoord die Fransman en beduie met sy kop na die winkel se deur. Hy maak sy veiligheidsgordel los en vee sy voorkop teen sy mou af.

"Is iets fout?" vra Aella terwyl sy haar deur oopmaak.

"Non," antwoord hy styf.

Whistler stap hulle met lang treë tegemoet.

"Die rank manager het nou net gebel," sê hy. Hy hou sy selfoon in die lug. "Hy sê ons moet solank regstaan. King James het hom laat weet hy's op pad om die taxi te kom haal. Ons beter hom kry voordat hy ry. As hy eers in Johannesburg is, is hy weg."

Whistler se selfoon lui. Hy beduie dat hulle moet stilbly terwyl hy in Zoeloe antwoord. Sy donker oë gly soos dié van 'n arend oor die taxiterminus aan die ander kant van die straat. Hy praat vinnig en dit klink of hy iets vra. Die persoon aan die ander kant antwoord.

"Ngiyabonga," sê Whistler. Hy draai na Aella. "Hy's hier."

Dertig

Hulle loop vinnig oor die pad. Whistler stap voor met Aella en Leblanc wat die agterhoede dek.

"Die rank manager sê dit is 'n geel taxi wat daar langs die openbare toilet staan. Hy's besig om geld in te vorder," sê Whistler oor sy skouer, sy pistool uit die holster en voor sy bors. Hy stap vinnig, te vinnig vir Leblanc om by te hou.

Aella kyk vlugtig oor haar skouer of hy nog aankom, en sluit haar by Whistler aan. Die mense in die terminus staan eenkant toe. Dit is nie die eerste keer dat die polisie iemand hier kom arresteer nie.

"Daar." Whistler beduie na 'n vaalgeel minibus wat teen die randsteen voor die toilette geparkeer staan. Een of twee mense sit reeds binne-in. Die taxi sal nie vertrek voordat dit heeltemal vol is nie. 'n Lang man met Rastafariër-lokke en 'n blou Jonsson-oorpak staan by die glydeur met note in sy hand.

"King James Masondo," sê Whistler hard.

Die man kyk op. Vir 'n vlugtige moment staan hy bewegingloos, maar draai onverwags om en hardloop regs om die toilet.

"Keer hom," sê Whistler vir Aella. Hy sit die man agterna.

Aella hardloop na links om die man aan die ander kant te ontmoet. Sy haal haar pistool in die hardloop uit die holster terwyl sy na haar asem snak. Sy is baie onfiks.

"Haibo," sê 'n ouvrou toe Aella haar amper omhardloop.
"Sorry, gogo," hyg sy.
Haar verskoning verdwyn in 'n harde slag. Diep manstemme klink luid agter die toiletgebou uit, en 'n vrouestem gil hoog.
"Whistler!" roep Aella.
"Hier is ek." Sy stem is hard. "Staan terug."
Toe sy om die hoek hardloop, staan Whistler bo-oor die roerlose liggaam van die man met die Rasta-hare. Bloed loop by sy mondhoek uit en daar is 'n donker kol voor op sy oorpak. Sy bors beweeg rukkerig.
"Die bliksem het 'n mes getrek," sê Whistler.
"Sgoloza," hyg die man.
Whistler sê iets in Zoeloe.
"Sgoloza," antwoord die sterwende man op die grond. "Ngiyaxolisa, Nkulunkhulu."
"Moenie vir my kom xolisa nie," sê Whistler. Hy buig vorentoe. "Waar is Sgoloza?"
Die man kyk na Whistler. Sy lippe beweeg asof hy iets wil sê, maar sy oë rol in die kasse om. Hy snak een keer na sy asem. Sy rukkerige borskas verstil. 'n Diep, diep stilte deurweek die taxiterminus.
"Hy's weg," sê Leblanc uitasem agter Aella.
Dit voel asof die tyd verlangsaam, asof die sterre en planete en misdadigers en reggeskapenes almal in die oomblik verstar, want dit is wat die dood aan 'n mens doen.
'n Hoë klageluid skeur deur die stilte. 'n Vrou storm na vore en kniel by die roerlose liggaam.
"U sa bulala," ween sy. Sy kyk met betraande oë op na Whistler. "Jy het hom vermoor." Sy sis die woorde tussen haar tande deur.
Agter haar neem 'n vyandige groep vorm aan.
Whistler lig sy pistool en haal sy aanstellingsertifikaat uit sy sak. "Polisie." Hy hou die wit kaartjie in die lug. "Staan terug."
Aella sluk droog.
"Bel die aanklagkantoor," beveel hy. "Nou dadelik, voordat hier moeilikheid is."
Die groep mor, maar bly op 'n afstand.
Aella haal haar selfoon uit haar sak en skakel die aanklag-

kantoor se nommer met bewende vingers terwyl sy 'n oog op die groeiende groep mense voor haar hou.

Jan Buthelezi antwoord die foon. "Wat soek jy?" vra hy toe sy haar identifiseer.

"Julle moet kom," sê sy. "Hier was 'n skietvoorval."

"Waar?" Buthelezi klink nie lus om met haar te praat nie.

Aella kyk om haar rond. "Agter die toilette by die taxiterminus. Een persoon is dood."

Die groep is onheilspellend stil. Selfs die vrou wat steeds voor die dooie man kniel.

"Wie's die oorledene?" vra Buthelezi op sy tydsame manier.

"King James Masondo," antwoord Aella. "'n Verdagte in die Volker-moordsaak." Sy kan hoor hoe hy iets neerskryf. "Julle moet gou maak."

"Wie het geskiet?" vra hy asof sy niks gesê het nie.

"Kaptein Whistler."

Buthelezi lag vreugdeloos. "Ek moes dit geweet het. Julle whiteys hou net nie fokken op nie." Hy blaf 'n paar opdragte in Zoeloe en Aella kan die radio in die radiokamer hoor. "Ek stuur 'n vangwa." Sonder 'n verdere woord sit hy die foon in haar oor neer.

"Wat nou?" vra Leblanc.

"Nou wag ons."

Die groep mense is rusteloos. Iemand sit 'n noot in, en nog een. 'n Diep bariton dra die hoë vrouestemme oor die vuil taxiterminus tot aan die eindes van die kosmos waar dit saam met verlore siele in die vergetelheid swerf.

Aella laat sak haar pistool langs haar lyf.

Leblanc se selfoon lui. "Dis my konneksie oor die fone." 'n Vinnige gesprek volg in Engels en toe in Frans.

"Watse fone?" vra Whistler. Hy hou 'n wakende oog oor die groep, sy pistool voor sy bors, reg om te skiet. Die dooie man lê voor sy voete, weerloos en verlate.

"Whistler se konneksie doen vir ons 'n reëletydsoektog na die persoon wat my gedreig het. Ons kan aanneem dat dit Sgoloza is."

Hy frons. "Wanneer het dit gebeur?"

"Vanoggend." Sy kyk hoe die Fransman aflui.

"Die selfoon is hierso," sê Leblanc. "Binne 'n radius van

vyftien meter." Hy draai stadig in die rondte. "Hier is baie mense. Dit kan enigiemand wees."

Aella frons. "Hoe gaan ons weet wie dit is?"

"Bel die aanklagkantoor," val Whistler hulle in die rede. "Vind uit waar draai hulle so." Sy donker oë is waaksaam. "Ek vertrou nie die vrede nie."

Aella knik. Weer bel sy die aanklagkantoor en weer antwoord Buthelezi.

"Ons wag," sê sy.

"Die van is op pad." Sy hoor hoe hy oor die radio praat. "Hulle draai nou by die rank in. Die lykswa is ook op pad."

Aella draai om, betyds om die vangwa by die terminus se ingang te sien inry.

"Hulle is hier." Sonder 'n verdere woord druk sy die foon dood. Toe die vangwa langs die ou toiletgebou stilhou, draai sy na Leblanc.

'n Konstabel klim uit die vangwa. Whistler tree oor King James Masondo se lyk en stap op die jongman af. "Waar's die lykswa?"

"Hulle kom," antwoord hy.

"Vandag nog?"

Die konstabel knik verbouereerd. Dit lyk asof hy sy bes doen om nie na die dooie man op die grond te kyk nie.

Die groep begin weer sing, sag hierdie keer. Aella druk die nommer wat sy vroeër op haar selfoon gestoor het. Vir 'n oomblik is daar stilte in die kuberruim. Die volgende oomblik lui 'n selfoon iewers. Die lied se crescendo doof die skril geluid.

"Ek kan nie hoor waar dit vandaan kom nie," sê sy met stywe lippe. Sy kyk om haar rond. Orals om haar sien sy vyandige gesigte. Sgoloza is hier. Dit kan enigiemand wees.

Toe die lykswa opdaag, is die groep stil.

"Bel weer," sê Leblanc.

Aella kyk hoe Whistler die lykswabestuurder tegemoet loop. Sy skakel weer die nommer en weer lui 'n foon. Dit klink of dit uit die groep naby die lykswa kom.

Sy stap na Whistler toe. Sy moet hom waarsku. Haar oë gly oor die mense. Waar is jy, Sgoloza? Die foon hou weer op lui.

Leblanc hou haar hande in die sye dop.

"Whistler," sê sy.

Hy hoor haar nie, maar gee instruksies aan die lykswabestuurder.

"Whistler," sê sy weer, hierdie keer 'n bietjie harder.

Hy kyk oor sy skouer en frons. "God, wag nou, O'Malley. Kan jy nie sien ek is besig nie?"

Aella frons. Voordat sy iets kan sê, lui haar eie foon. "O'Malley," antwoord sy.

"Dis ek, Cappie." Cedric Afrika klink gespanne.

Aella moet haar oor met haar vinger toedruk, want die mense het weer begin sing. "Wat is dit?" Sy stap 'n ent weg, haar oë steeds op die mense gerig. "Wat's fout?"

"Ek weet nie," antwoord hy.

Sy frons. "Hoekom bel jy my dan?"

"Ek het 'n hit op AFIS gekry," sê hy stadig. "Van die doppies en die magasyne. Daardie nuwe tegniek is fokken amazing."

"Praat met my," sê Aella. Sgoloza is hier. Sy wil weet wie dit is. Sy kyk hoe die lykswabestuurder 'n vlekvryestaaldraagbaar uit die verweerde voertuig haal en langs King James se lyk op die grond neersit.

"Ek verstaan dit nie, Cappie, maar die vingerafdrukke kom terug as kaptein Whistler s'n."

Aella het verkeerd gehoor. Sy moes. "Ekskuus?"

"Kaptein Whistler, Cappie." Cedric Afrika praat sagter. "Is hy daar naby?"

Whistler help die lykswabestuurder om King James se lyk op die draagbaar te laai. Hulle sukkel.

"Dit moet 'n fout wees."

Afrika trek sy asem diep in. "Ek het ook so gedink. Ek het die vergelyking vier keer oorgedoen. Kaptein Whistler is elf jaar gelede skuldig bevind daaraan dat hy 'n docket verkoop het. Dockets. Daar was meer as een."

"Waarvan praat jy?" vra Aella. Sy gaan sit swaar op haar hurke.

"Hy was in Evander op daardie stadium. Dis net voordat hy Opathe toe gekom het."

Aella knip haar oë. "Ek glo dit nie."

"Ek ook nie," sê Afrika. "Maar ek wil weet hoe het sy vingerafdrukke op die doppies gekom wat gekry is op Carlsbad en op die gunne en magasyne wat gekry is binne-in die taxi wat dit vervoer het?"

Aella sluk. Whistler en die lykswabestuurder laai die dooie man agter in die groen-en-wit voertuig en maak die deur agter hulle toe. Die mense begin ook uiteengaan.

"Sgoloza het die vuurwapens verskaf," sê sy sag. Sy onthou Msimango se lispeling: "En hy wou dit weer terughê ná die aanval."

Sy kyk hoe die lykswabestuurder in sy voertuig klim en stadig by die taxiterminus uitry. Van die mense stap langs hom, ander volg die vangwa wat ewe stadig agterna ry. Oomblikke later is die geweldstoneel verlate en Whistler druk sy pistool terug in sy holster.

Dit kan nie wees nie. Dit mag nie wees nie. Sy stap na Leblanc toe terwyl sy steeds met Cedric Afrika praat.

"Hoekom het hulle hom nie afgedank nie?"

"Vandag sou hulle, maar die dissiplinêre stelsel was heel anders daardie tyd. Hy't 'n final written warning en 'n transfer as straf aanvaar. Sy vingerafdrukke is nog steeds in die stelsel. Jy glo my nie," sê Afrika toe Aella nie dadelik reageer nie.

Sy antwoord nie, want sy het nie woorde nie.

"Ek het gaan double check op die gunne se reeksnommers," sê Afrika. "Die hele spul kom uit die 13."

Afrika se woorde is 'n uitklophou. Die SAP 13 is die polisie se bewysstukkluis.

"Dankie," sê Aella uiteindelik. Sy weet nie of sy moet dankbaar wees of nie.

Whistler.

Haar vriend.

Voor haar sien sy Henno en Heinrich Volker se oopgekloofde lywe en Irmela se bleek gesig. Hoe is dit moontlik?

"Nie te danke, Cappie," sê Cedric Afrika sag.

Aella druk die selfoon dood voordat hy nog iets kan sê. Sy stap verby Leblanc wat haar vraend aankyk na Whistler toe. Terwyl sy stap, bel sy die nommer wat Leblanc se konneksie vir haar geïdentifiseer het. Sy lig haar pistool en rig dit op Whistler se gesig, op die plooie tussen sy donker wenkbroue. Toe die selfoon in sy sak begin lui, trek sy die haan met haar duim terug en krul haar wysvinger om die sneller.

"Wat nou, O'Malley? Is jy heeltemal gek?" vra Whistler fronsend.

"Hou jou hande waar ek dit kan sien," antwoord Aella hartseer.

"O'Malley ..."

"Vat sy vuurwapen," sê sy vir Leblanc. "En maak seker dat jy die rewolwer aan sy enkel ook vat."

Whistler beweeg asof hy hom wil teësit.

"Moenie," sê Aella. Haar vinger verstyf om die sneller. Daar is nie 'n manier waarop Whistler dit nie kan sien nie. Die selfoon lui steeds.

Die Fransman haal Whistler se pistool uit die holster en druk dit in sy broeksband. Toe buk hy en trek die rewolwer uit die holster om sy enkel.

"Die selfoon ook," sê Aella.

Leblanc tik aan Whistler se sakke en haal 'n selfoon uit elke sak. Aella herken sy werksfoon. Die een wat lui, het sy nog nooit gesien nie.

"Aella ..."

"Sjarrap, Whistler," sê sy. 'n Traan rol teen haar wang af en sy het 'n oorweldigende behoefte om te snuif.

"Jy is Sgoloza," sê sy vir Whistler.

Sy stilswye is antwoord genoeg.

"Hoekom?" Sy skud haar kop. "Ek verstaan nie."

Whistler maak sy oë toe. "Skiet my, O'Malley."

Sy skud haar kop, maar hou haar pistool op hom gerig. "Ek is nie só nie, Whistler," fluister sy. "Ek is nie só nie."

Een en dertig

Hoe kolonel Alexander op die toneel gekom het, weet Aella nie. Toe sy weer sien, is hy en twee uniformkonstabels in 'n vangwa daar.

"Kaptein O'Malley, is jy oukei?" vra hy.

Aella knip haar oë. Sy verstaan nie. Weg is die onkuise politikus.

In sy plek is daar 'n polisieman wat op Whistler fokus. "Boei hom," beveel hy een van die uniformkonstabels. Die jongman gehoorsaam met geoefende bewegings.

"Dankie, Majoor, dat jy gebel het," sê Alexander vir Leblanc.

Aella frons en kyk na Leblanc. "Jy?"

Hy knik.

"Hoekom?"

"Majoor Leblanc is deel van 'n internasionale ondersoekspan wat saamgestel is om kaptein Whistler vir bedrog te ondersoek," antwoord Alexander. Hy kyk na Whistler. "Jy het die reg om stil te bly, Kaptein. As daar van jou regte is wat jy nie onthou nie, sal ek dit met graagte vir jou verduidelik." Hy beduie vir die konstabels. "Gaan laai hom in die vangwa." 'n Nuwe groep omstanders begin reeds weer vorm.

"Aella," sê Whistler. "Ek kan verduidelik. Ek kan fokken verduidelik."

Whistler is Sgoloza.

Die gedagte wil nie vastrapplek kry in haar kop nie. Sy kyk na sy gesig en sy hare, sy roofvoëloë. Sy ken sy lyf so goed soos haar eie en tog is dit asof sy hom vir die eerste keer sien.

"Vat hom weg," sê Alexander.

"Ek verstaan nie," fluister Aella. Sy kyk hoe die konstabels vir Whistler na die vangwa lei. Sy skouers hang. Een keer kyk hy om. Dit lyk asof hy iets wil sê, maar Aella draai haar rug op hom.

Whistler is Sgoloza. Hoe?

Hoekom?

"Die internasionale bewaringsagentskappe vermoed al lank dat daar iets nie pluis is met renosterbewaring in hierdie area nie," sê Leblanc. "Baie van die donateurs het begin kla, want die somme klop nooit nie en die eise raak net al hoe absurder. Ons het agtergekom dat baie van die renosterstropery by herhaling in dieselfde area by dieselfde boere plaasvind. Ná verskeie klagtes en prima facie-bewyse van diefstal en bedrog het ons ons inligting aan julle prioriteitsmisdaadondersoekeenheid oorhandig. Vingers het gewys na die taakspan wat juis aangestel was om renosterstropery te ondersoek."

Aella druk haar hande oor haar ore. Sy wil nie verder hoor nie.

"Provinsie het reeds vir kaptein Whistler verdink," dring kolonel Alexander se stem deur.

Aella laat sak haar hande.

"Sy stories het net nie meer by mekaar uitgekom nie. Ons moes egter versigtig wees dat hy nie onraad vermoed nie. Hy's 'n baie, baie slim man. Ons het 'n projek geskryf en dis hoe ek julle bevelvoerder geword het. Eintlik is ek in Pretoria gestasioneer."

"Is jou naam hoegenaamd Alexander?" fluister Aella. "En is jy regtig 'n kolonel?"

Hy knik. "Kolonel Alexander MacLachlan."

Sy skud haar kop. Kolonel Alexander MacLachlan. Soos Whistler is ook hy vir haar 'n vreemdeling.

Sy draai na Leblanc. "Wie is jy?" vra sy.

Hy glimlag skeef. "Majoor Christophe Leblanc," antwoord hy. "Gendarmerie Nationale, gesekondeer aan Interpol. My eenheid se naam sal jy egter nie onthou nie."

"Wat is dit?" eis Aella. Skielik is dit vir haar belangrik om te weet.

'n Spiertjie trek aan sy mondhoek. "Sous-direction de la lutte contre la criminalité organisée et la délinquance financière."

Sy knip haar oë.

"Dis die afdeling vir die stryd teen georganiseerde misdaad en finansiële oortredings," vertaal hy. "Ek is eintlik weinig meer as 'n boekhouer."

Aella draai na MacLachlan. "En ons eie bevelvoerder?" vra sy uiteindelik. "Die een in kolonel Smit se plek?"

"Die pos is nog vakant sover ek weet," antwoord hy.

"Maar die Volkers. Wat ..."

MacLachlan sug. "Ons het die bal laat val, Kaptein. Kaptein Whistler is 'n ou hand met versekeringsbedrog. Hy en die Volkers het 'n lekker geldmaakskema met die renosters aan die gang gehad."

Aella frons. "Bedrog? Ek verstaan nie." Sy wil gaan sit, maar daar is nêrens 'n sitplek nie. Sy vou haar arms om haar lyf.

"Die skema was briljant. Henno Volker het sy renosters bona fide laat verseker."

"Ek het nie geweet 'n mens kan dit doen nie," sê Aella tam.

"Jy kan, glo my vry. Dis waar Whistler se meelopers ingekom het." Hy beduie met sy kop na die bloedplas waar King James gelê het. "Hierdie man was een van Chonco, wat hom in die selle opgehang het, se meelopers. Chonco was die middelman wat die arbeid moes reël om van die renosterhoring ontslae raak."

"Hy't vir Whistler gewerk," sê Leblanc.

Aella skud haar kop. "Chonco het nie eens geweet wie Whistler was nie."

"Hy't hom goed geken," sê MacLachlan.

"Hoekom het Whistler hom dan gaan arresteer? En hoekom het Chonco niks gesê nie?" Aella verstaan nie. Sy dink terug aan die vorige dag. "Chonco hét gepraat," sê sy stadig. Sy kyk na Leblanc. "Jy was by. Hoeveel keer het hy nie gesê dat Whistler 'n misdadiger is nie? Ek het net nie geluister nie."

Leblanc skud sy kop. "Whistler het hom aanmekaar doodgepraat. Onthou jy toe ons julle by die aanklagkantoor gaan aflaai het, het Whistler vir die omstanders vertel dat Chonco 'n kinderverkragter is?"

"Wragtig," sê MacLachlan.

Leblanc knik.

Aella druk die punt van haar ringvinger in haar mond en knaag aan die laaste stukkie vingernael totdat sy bloed proe. Sy spoeg die stukkie nael diskreet uit. "Dink julle hy sou nog gelewe het as ek beter geluister het?" vra sy. "Dalk het hy gedink ek en Whistler en jy," sê sy vir Leblanc, "is kop in een mus."

"Ken jy die Amerikaanse uitdrukking om iemand onder die bus in te gooi?" vra die Fransman. Hy druk sy hande in sy broek se agtersakke. Sy blou oë rus simpatiek op Aella.

Aella wil antwoord, maar 'n taxi trek raserig langs hulle in.

"Dalk moet ons in die kantoor verder gaan gesels," sê MacLachlan.

Aella skud haar kop. "Ek wil weet," antwoord sy. "En dan gaan ek huis toe."

"Fair enough," sê die kolonel. "Ek dink, maar dis net my teorie, dat Whistler begin het om sy spore dood te vee nadat die Volkers vermoor is. Soos ek gesê het, Henno Volker het sy renosters regtig laat verseker vir 'n enorme bedrag geld. Ná 'n ruk is die renosters van kant gemaak, 'n misdaaddossier geopen en 'n versekeringseis ingedien. Die horings het hulle uit die aard van die saak gehou. Whistler het met Chonco gereël dat die horings via Mosambiek na kopers in die Verre Ooste gesmokkel word. Almal het gedeel in die wins."

Aella dink aan die opgeblaasde karkasse in die oopte, aan Whistler en die Volkers se strak gesigte.

"Die Volkers het nuwe renosters met die versekeringsgeld gekoop. Hierdie keer is die diere ook teen translokasie verseker."

"Die drie nuwe renosters het ook gevrek," sê Aella sag. Sy voel soos 'n gek.

MacLachlan knik. "Die diere is te veel M99 gespuit. Ons het die skema in Mpumalanga ook teëgekom."

"Maar hoekom het Whistler die Volkers laat vermoor?" vra Aella stadig. "Ek verstaan nie. Hulle het tog almal gedeel in die wins?"

MacLachlan trek 'n gesig. "In van die laaste foongesprekke wat ons onderskep het, blyk dit dat daar onvrede tussen Whistler en Henno Volker was. Henno wou nie meer met Whistler saamwerk nie. Of hy nie meer bereid was om die wins te deel nie en of sy gewete hom begin pla het, weet ek nie. Wat ek wel weet, is dat hy Whistler ongeveer 'n week voor die aanval na sy peetjie gestuur het. En toe het Whistler met Chonco gekonkel om die horings by die Volkers te steel deur dit te laat lyk soos 'n plaasaanval. Renosterhoring maak jou ryk as jy die regte kontakte het. Dis in elk geval wat die transkripsies van die telefoongesprekke suggereer. Ons monitor hulle al 'n geruime tyd."

Sy was verlede week amper elke dag saam met Whistler op die skietbaan. Elke dag saam met 'n moordenaar en 'n verraaier. Sy sluk. "En Heinrich?" vra sy met moeite.

MacLachlan skud sy kop. "Ons sal nooit weet nie. Sy naam is nooit genoem in enige van die gesprekke waarvan ons weet nie, maar dit beteken nie dat hy nie betrokke was nie. Dalk was hy, dalk was hy nie."

"Die aanvallers wou die geweerkluis se sleutel hê," sê Aella. "Niks anders nie."

"Drie renosterhorings pas maklik in 'n groot geweerkluis," sê die kolonel. "Henno Volker het dit daar gebêre. Whistler het dit geweet. Ons kon dit aflei uit hulle gesprekke."

"Maar Msimango het gesê Chonco het gesê dat Sgoloza, of dan Whistler, gesê het daar is baie geld op die plaas wat hulle moes gaan haal. Die vrou wat daar werk, het so gesê."

"Daar werk niemand vir die Volkers nie; al vir meer as drie jaar nie," antwoord MacLachlan. "Ons vermoed dat dit 'n manier was waarop Msimango se samewerking verkry is sonder om te veel inligting oor die ware rede vir die aanval te deel. Hy was maar 'n klein ratjie in 'n groter sameswering. King James Masondo het goed geweet dat hulle renosterhoring gaan soek het. Whistler was baie vindingryk. Hy't hom so ver as moontlik van die misdaad gedistansieer. Die aand van die aanval was hy byvoorbeeld saam met Leblanc. Dit was die perfekte alibi."

"As julle dan al hierdie dinge geweet het, hoekom het julle nie iets daaraan gedoen nie?" vra Aella stadig.

"Ek was by Provinsie om die lasbriewe reg te kry vir hulle

arrestasie toe die Volkers vermoor is." MacLachlan druk sy hande in sy broeksakke. "Dit gaan my vir die res van my lewe pla."

Sy kyk na die bloedkol op die grond. "Maar hoekom op so 'n manier?" Die meedoënlose aanval op die Volker-huis flits deur haar gedagtes. "Dit was soos 'n militêre aanval."

"King James Masondo is 'n Mosambieker, 'n ou Frelimoman. Sy regte naam is Orlando Sithole. Hy't vryelik tussen Suid-Afrika en Maputo beweeg. Hy was 'n uiters gewelddadige man wat ook betrokke was by 'n hele aantal ander gewapende rooftogte. Ek dink nie Whistler het mooi besef waarvoor hy hom inlaat toe hy deurmekaar geraak het met hom nie. Die oordrewe gebruik van geweld is al wat hierdie oorlogsveterane ken."

"Irmela Volker het niks oorgekom nie." Aella se gedagtes dwaal in sirkels.

"Daarvoor het ek geen antwoord nie," antwoord MacLachlan. "Dit was waarskynlik net 'n Godsbestiering."

Aella maak haar oë toe. Voor haar sien sy die sterwende King James se gesig. "Whistler het gesê King James het hom met 'n mes gedreig. Dis hoekom hy hom geskiet het," sê sy sag. Sy maak haar oë oop en frons. "Hy het vir Whistler om verskoning gevra. Ek het dit self gehoor." Sy laat sak haar kop in haar hande.

"Het jy 'n mes gesien?" vra MacLachlan.

Aella skud haar kop. "Nou's King James dood en Chonco is dood," fluister sy. "En daar is nog twee aanvallers uitstaande. Hoe gaan ons hulle opspoor?"

MacLachlan trek 'n gesig. "Ons is besig met foonanalises, vir wat dit mag werd wees. Teen Whistler het ons harde getuienis. Bankinbetalings, selfoononderskeppings ..."

"Sy vingerafdrukke is op die magasyne van die vuurwapens in die taxi en op die doppies wat op die toneel opgetel is."

MacLachlan lig sy wenkbroue. "Regtig? Hoe de hel het julle dit reggekry?" Hy draai na Leblanc. "Het júlle al suksesvol vingerafdrukke van doppies afgelig?"

Leblanc skud sy kop. "Nie in 'n enkele een van my sake nie."

"Dis 'n nuwe tegniek," sê Aella. "Cedric Afrika sal vir julle kan sê. Hy't my nou-nou gebel." Dit is moeilik om verby die knop in haar keel te praat. "Al die vuurwapens wat in die taxi was, kom uit die 13. Msimango het gesê dat Sgoloza dit wou terughê ná die aanval. Hy wou dit seker weer terugsit voordat iemand agterkom dis weg."

"Waar is die beste plek om 'n boom weg te steek?" vra Leblanc onverwags.

Aella knip haar oë.

"Sorry," sê hy. "Maar dink daaraan. Waar is die beste plek om vuurwapens weg te steek wat in 'n gewapende roof gebruik is?" Hy lig sy wenkbroue. "Binne-in die polisie se bewysstukkluis. Dit klink vir my of Whistler die vuurwapens self gelaai het voordat hy dit vir sy meelopers gegee het."

Die gedagte maak haar naar.

MacLachlan kyk op sy horlosie. "Ek sal die vuurwapenregister in die aanklagkantoor nagaan. Polisiemanne boek gereeld vuurwapens daar in en uit. Maar as dit die geval is, maak ons hom stewig vas vir die moord op die Volkers."

Aella draai om. Ver, aan die ander kant van die pad, staan haar bakkie en wag. Sy draai terug en kyk na Leblanc. "Dan is dit seker ook hy wat gisteraand vir Msimango gaan dreig het."

Hy knik stadig. "Toe ons besig was met die lykskouing."

Sy knik en sluk swaar. Van binne voel sy uitgehol. "Vir wat?" vra sy. "Dis nie asof Msimango hom kon verbind met enigiets nie."

"Msimango kon 'n verband trek tussen Chonco en King James Masondo," antwoord Leblanc.

"Ek dink Whistler het desperaat geraak," voeg MacLachlan by.

Aella sit haar hand voor haar mond, draai om en loop sonder om te groet. Haar oë brand en sy vee verwoed 'n traan teen haar skouer af.

"Wag vir my," sê Leblanc.

"Los my uit."

Agter haar kan sy hoor hoe MacLachlan instruksies aan die uniformkonstabels gee. Hoekom het niemand haar gewaarsku nie? Maar sou sy hulle glo?

Die Fransman val gemaklik langs haar in. "Gaan jy met hom praat?" vra hy.

Aella kyk op. "Hoekom?"

"Hy's tog jou vriend, Aella."

Sy skud haar kop. "Nee."

"Dalk moet jy. Hy't gesê hy kan verduidelik."

Sy staan stil. "Jy't gesien hoe lyk die Volkers. Hoe gaan hy dit verduidelik?"

Leblanc antwoord nie.

Sy haal haar skouers op. "Dalk is jy reg." Woordeloos stap hulle oor die pad en klim in die bakkie. Sy ry tot by die aanklagkantoor en trek langs 'n vangwa in. "Dit verklaar nie wie op my geskiet het nie." Sy druk haar hand in haar broeksak en haal die 9 mm-doppie uit wat sy in die Pakistani se Corolla gevind het.

Leblanc sit sy hand op haar arm. "Gaan vra vir Whistler waar hy sigarette gaan koop het gisteraand."

Sy frons en skakel die bakkie af. "Wat bedoel jy?"

"Whistler het gaan sigarette koop en my in die Happy Apache gelos. Hy't lank weggebly. Die volgende oomblik hoor ek skote klap en toe ek op die toneel kom, is hy reeds daar. Vra 'n bietjie vir hom."

Aella knip haar oë. Nog 'n traan rol ongenooid oor haar wang. Leblanc vee dit met sy duim af. Hy wil iets sê, maar sy stoot sy hand weg en klim uit die bakkie. "Kom jy saam?"

"Wil jy hê ek moet?"

Vir 'n oomblik huiwer sy. Toe knik sy stadig.

"Oukei." Hy klim uit en druk die deur agter hom toe. Saam stap hulle die aanklagkantoor binne.

"Ek wil vir Whistler sien," sê Aella vir Jan Buthelezi by die toonbank. Hy maak sy mond oop, maar sy druk by hom verby voordat hy kan antwoord. "Kom," sê sy vir Leblanc.

"Julle kan nie net hier instap en aandring op spesiale behandeling nie," sê Buthelezi agter haar.

Aella draai om. "Kaptein Whistler is 'n verdagte in my saak, Adjudant. As jy aanhou inmeng, sluit ek vir jou regtig toe vir regsverydeling. Verstaan ons mekaar?" Sy draai om sonder om te kyk wat hy maak. Haar voetstappe klap in die lang gang af. Sy stap verby die mansel en die vrouesel. Voor Msimango se voormalige sel gaan sy staan.

Whistler sit op die grond met sy kop op sy knieë.

"Whistler," sê Aella.

Hy kyk op. Sy oë is leeg.

"Wat de hel?" Haar hande klem om die seltralies.

Agter haar staan Leblanc swyend en bewegingloos.

"Jy moes nie geweet het nie, O'Malley," sê Whistler in Afrikaans. "Jy moes nie."

Aella lek haar droë lippe nat. "Jissis, Whistler." Lank staar hulle in stilte na mekaar. Die man wat voor haar op die grond sit, is 'n vreemdeling.

Sy maak haar oë toe.

Dalk was hy nog altyd 'n vreemdeling.

Sy maak haar oë oop. "Sê net vir my een ding, Whistler."

"Wat?" vra hy skor.

"Irmela ..."

"Irmela weet niks," antwoord hy voordat sy haar vraag kan voltooi. "Heeltemal niks. Los haar uit." Hy kyk eerste weg, na sy voete, sy vingers, die grys vilt waarop hy sit.

Aella trek haar asem diep in. "Whistler."

Hy kyk weer op. Sy vingers knel inmekaar.

"Het ... het jy gisteraand op my geskiet?"

Whistler staan op en in een vloeiende beweging steek hy die selvloer oor. Hy omvou haar hande om die tralies met syne. Sy palms is koud en klam. Aella probeer haar hande uit syne trek, maar sy kan nie.

"Ek het gebid dat ek jou nie raakskiet nie, O'Malley. Jy moet my glo. Ek wou net gehad het jy moes ... skrik." Hy sluk. "Skrik en weggaan."

"Hoekom, Whistler?" fluister sy. Sy laat sak haar kop teen die koue tralies.

Hy laat sak sy hande en draai sy rug op haar.

"Jy het almal in die rug gesteek," sê sy stadig. "Almal."

"Gaan huis toe, O'Malley," sê Whistler. Sy skouers is stram. Hy staar onbeweeglik na die selmuur voor hom.

"Jy't gesê jy kan verduidelik, Whistler."

"Ek het niks verder te sê nie." Hy draai om. "Ek swyg."

Vir 'n ewigheid kan Aella bloot na die vreemdeling voor haar se stywe skouers en strak gesig deur die seltralies staar. Hy is 'n verdagte en sy is 'n ondersoekbeampte. Hy hoef nie met haar te praat as hy nie wil nie. Haar hart breek. Toe sy omdraai, skeur diep snikke deur haar lyf. Leblanc sit sy arm om haar skouers, maar sy skud dit af. Hy volg haar woordeloos die gang af. Sy stap deur die aanklagkantoor en by Jan Buthelezi verby. Op die sypaadjie draai sy haar betraande gesig na die ondergaande son.

"Hier," sê Leblanc. Hy druk 'n servet van die Happy Apache in haar hand.

Sy knip haar oë. "Dankie." Sy vee haar gesig met mening af. "Ek gaan huis toe," sê sy vir Leblanc.

"Ek ry saam," antwoord hy. "Dis nie goed vir jou om vanaand alleen te wees nie."

Sy stribbel nie teë nie. Saam ry hulle woordeloos na haar huis toe.

"Speel vir my," sê hy toe hulle by die voordeur instap. Hy lei haar na Roel se klavier.

Aella gaan sit, haal haar selfoon uit haar sak en sit dit voor haar neer. Toe maak sy die klap oop en laat rus haar vingers beweginloos op die klawers. Sy is heeltemal leeggetap. Daar is niks om te speel nie. Sy kyk op toe sy glas teen glas hoor rinkel.

"Hier," sê Leblanc. "Sluk. Jy't dit nodig." Hy gee vir haar 'n glas whisky aan.

Sy teug diep aan die amber vloeistof. Die brandende smaak laat haar na haar asem snak en sy sit die glas langs haar selfoon op die klavierklap neer.

"Speel," beveel die Fransman. Hy gaan sit op die bank en maak sy oë toe.

Eers sit sy roerloos. Toe vind haar vingers hulle eie pad. Aella speel. Hammerklavier, Rachmaninoff, Chopin se dawerende polonaises. Sy speel tot haar arms en blaaie brand van pyn. Sy speel vir Roel en die Volkers, vir onbeantwoorde gebede, afskeid, verraad en verlies. Op haar eie hou sy begrafnis.

Elke keer wat sy haar hande laat sak, maak Leblanc sy oë oop. "Speel."

Die oproep kom om seweuur. Aella lig haar hande van die klawers. Sy het dit verwag. Sy tel haar selfoon op. Dit is die aanklagkantoor. Sy kyk na Leblanc en hy kyk na haar.

"O'Malley," antwoord sy. Haar mond is droog en sy vat 'n diep sluk van haar whisky.

Dit is Jan Buthelezi. "Jy moet kom," sê hy bruusk.

"Hoekom?"

"Dis kaptein Whistler."

"Wat van hom?" fluister Aella.

"Hy't homself gehang, met sy hemp."

Warm trane prik haar ooglede. "Wanneer?"

"Die laaste selbesoek was sesuur. Toe was hy nog orraait." Buthelezi praat vinnig. "Toe ons weer daar kom, toe ..."

Whistler se tydsberekening was aspris. Buthelezi gaan nie vanaand vroeg huis toe nie, al het sy skof ten einde geloop. Hy het baie papierwerk om te voltooi.

"Hy't vir jou 'n boodskap gelos," sê Buthelezi.

"Watse boodskap?" vra Aella. Sy vee haar trane aan haar mou af.

Leblanc staar stil na haar.

Buthelezi praat met iemand in Zoeloe en Aella kan papier hoor kraak. "Hier is dit."

"Lees dit vir my." Aella se stem kraak.

Buthelezi maak keel skoon. "Aan Aella O'Malley," begin hy.

Aella wag.

"Pasop vir die pad na Opathe."

"Is dit al?" vra Aella ná 'n kort stilte.

"Dis al. Ons wag vir jou." Sonder 'n verdere woord sit hy die foon in haar oor neer.

Sy maak haar oë toe.

"Whistler?" vra Leblanc.

Sy knik. Haar oë brand, maar sy het nie meer trane nie. Hy luister stil toe sy vertel. "Hy het vir my 'n boodskap gelos," eindig sy. "Pasop vir die pad na Opathe."

Die Fransman frons. "Wat beteken dit?"

"Dit beteken dat ek 'n gek was, Leblanc. Dis hoe hy my gedreig het en dis hoe hy my verraai het. Die pad na Opathe is 'n verraderlike pad."

Leblanc lig 'n krul van haar skouer af. "Dalk is dit hierdie keer nie 'n dreigement nie. Hy was tog jou vriend."

"Vriende doen dit nie aan mekaar nie," sê Aella. "Wat sou jy dit noem?"

Die Fransman neem 'n sluk van sy eie whisky. "Goeie raad, O'Malley." Hy grimas. "Goeie raad om op prinse nie te vertrou nie."

Vir 'n lang oomblik staar Aella na Leblanc en hy na haar.

Sy onthou die gestolde bloed voor die Volkers se voordeur en Chonco se vet lyf wat aan 'n satynkoord aan die seltralies hang. Sy maak haar oë toe, want sy voel Whistler se hande teen haar lyf, sy lippe teen haar vel.

Die Fransman is reg, dink sy tam. Heeltemal reg.

Amen.

Outeursnota

Al is die populêre opvatting van skrywers dat hulle dagin en daguit alleen iewers sit en stories uitkarring op hulle rekenaars (en dit grootliks waar is!) is dit ook so dat boeke nie in algehele isolasie geskryf word nie. Boekskryf is 'n enorme spanpoging en ek wil graag diegene wat my bygestaan het met navorsing, en my lastige navrae op ongeleë tye met grasie en hoflikheid beantwoord het, spesiaal bedank.

Luitenant-Kolonel Theo du Plessis en kaptein Attie Engelbrecht van die Suid-Afrikaanse Polisiediens: Baie dankie dat ek julle kon teister met navrae oor algemene en gespesialiseerde ondersoekwerk. Ek het ongelooflik baie geleer oor hierdie afgelope tien maande. Dit is 'n voorreg om saam met ondersoekers van julle kaliber te werk.

Luitenant-Kolonel Flip Ferreira van die Plaaslike Kriminele Rekordsentrum: Baie, baie dankie vir jou hulp ten opsigte van my forensiese en ballistiese navrae. Weer eens was dit vir my 'n enorme leerkurwe en jy kan verseker wees dat ek in die toekoms baie op jou knoppie gaan druk.

Majoor Christophe Bellouard van die Franse Speurdiens: Merci beaucoup, mon ami. Baie dankie vir jou insette ten einde diepte aan die karakter van Leblanc te kon verleen. Dit was 'n voorreg om saam met jou te werk en ek sien uit daarna om in die toekoms weer van jou kennis te tap.

Kaptein André Pizer van die Suid-Afrikaanse Polisiediens:

Baie dankie vir al die hulp wat jy wetend en onwetend aan my verskaf het!

Die Drie Musketiers: Sabelo Aubrey Sangweni, Zipho Leon Mkhize en Sfundo Cyprian Zikalala. Wat sal ek doen sonder julle drie? Baie dankie vir al julle insette en hulp met die Zoeloe in *Dowe gode*. Ek leer elke dag 'n bietjie meer by julle, en alhoewel baie van die woorde waarmee julle my gehelp het uit die aard van die storie nie werklik hoflike woorde is nie, het julle aansteeklike sin vir humor veroorsaak dat dit 'n prettige leerkurwe was. Ngiyabonga kakhulu!

Mondli Thusini: Baie dankie dat jy my vertel het van die storie van Opathe. Dit was die sleutel wat hierdie verhaal ontsluit het.

Astrid Vonkeman: Jou hulp met die Duits was onontbeerlik. Danke schön.

Matie Pieters: Dit is wonderlik om saam met jou te werk. Hoeveel ander skrywers het die voorreg om hulle dokter te bel en 'n karakter se potensiële beserings met hom te bespreek nadat hy eers wil weet of die karakter dood moet wees of nie. Baie dankie vir jou hulp met die post mortems. Ek het my bes gedoen om dit so getrou en sensitief as moontlik weer te gee.

Drienie Vyncke: Baie dankie vir jou hulp met oor-die-toonbank-pynmiddelverslawing. Dit het baie gehelp om diepte aan Aella se karakter te verleen.

My skoonpa en goeie vriend en medeskrywer, Johan Symington: Baie dankie vir jou insette en jou gewillige oor. Dit is partykeer eindeloos vervelig om na iemand se skryfsels te luister, veral as dit buite konteks aangehaal word, maar jy is altyd bereid om te luister en opbouende kritiek te lewer. Ek waardeer dit meer as wat jy besef. Nou wag ons vir jóú boek.

Chanette, Jeanette en Cecilia: Soos altyd, dames, is julle wonderlik.

Die dorp Opathe is 'n denkbeeldige dorp in KwaZulu-Natal. Die verhaal is my verbeeldingsvlug en alhoewel daar raakpunte met die werklikheid is, is enige ooreenkoms daarmee bloot toevallig. Enige foute of waninterpretasies ten opsigte van polisieondersoekwerk en dies meer is suiwer vir my eie rekening.

Ook deur Dibi Breytenbach

Misdaad en vergelding, soms 'n ontoereikende regstelsel, dit is Amalia se brood en botter want sy is 'n aanklaer. Tot sy op 'n dag tuiskom en iemand wat sy ken, haar daar inwag, met rampspoedige gevolge.

Maarschalk is die plaaseienaar se prokureur maar hy word uitgeroep toe daar moord in die suikerrietlande is. Én 'n plaasaanval. Én verraad kom uit die oord waar hy sy vertroue gevestig het.

Dit is Hendrik se woord teen 'n taxibaas s'n, daarom sit hy enkele dae voor Kersfees in 'n tronk. Dit terwyl hy en sy geliefde moes fees vier oor 'n nuwe fase in hulle lewe.